KNAUR

Von Frank Kodiak ist bereits folgender Titel als Knaur Taschenbuch erschienen:
Nummer 25

Über den Autor:
Frank Kodiak ist das Pseudonym für Andreas Winkelmann, geboren 1968, der bei Rowohlt (rororo) schon einige Thriller veröffentlicht hat (u.a. die Bestseller *DeathBook*, *Die Zucht*, *KillGame*). Schon früh entwickelte er eine Leidenschaft für spannende, unheimliche Geschichten. Bevor er sein erstes Buch veröffentlichte, arbeitete er nach dem Studium der Sportwissenschaften zunächst jedoch als Soldat, Sportlehrer, Taxifahrer, Versicherungsfachmann und freier Redakteur. Mit seiner Familie lebt er in der Nähe von Bremen – in einem einsamen Haus am Waldrand. Mehr über Andreas Winkelmann: andreaswinkelmann.com

FRANK KODIAK

STIRB ZUERST

THRILLER

KNAUR

Besuchen Sie uns im Internet:
www.knaur.de

FSC
www.fsc.org
MIX
Papier aus verantwortungsvollen Quellen
FSC® C083411

Originalausgabe Mai 2018
Knaur Taschenbuch

Ein Imprint der Verlagsgruppe Droemer Knaur GmbH & Co. KG, München

Redaktion: Ilse Wagner
Covergestaltung: ZERO Werbeagentur, München
Coverabbildung: plainpicture/Anja Weber-Decker
Satz: Adobe InDesign im Verlag
Druck und Bindung: CPI books GmbH, Leck
ISBN 978-3-426-52010-9

2 4 5 3 1

KAPITEL 1

SONNTAG

1

Für einen Augenblick tanzten die dunkelroten Rosenblätter scheinbar schwerelos in der Luft, sackten dann jedoch ab, und sobald sie den Boden aus abgetretenem Sandstein berührten, verflüssigten sie sich und wurden zu Blut. Durch Rillen und Furchen suchte dieses Blut sich einen Weg, um schließlich in den breiten Fugen zu versickern. Von irgendwoher ertönte ein Chor: hohe Stimmen aus Engelskehlen, melodisch und schön. Zwischen den gekalkten Wänden der Kirche hallten sie wider, und ihre Tonlage veränderte sich, wurde dunkler, bedrohlicher, so als spreche Gott höchstpersönlich: *»Was ich zusammenführe, soll der Mensch nicht scheiden.«*

In diesem Moment verstand Olivia Kubat ansatzweise ihre Lage. Noch nicht vollumfänglich, dafür war sie zu lange bewusstlos gewesen, aber so wie das Rosenblut in dem Traum suchten sich nun ihre Gedanken durch die Rillen und Furchen der Dunkelheit einen Weg ans Licht.

Wo bin ich …

Blinzelnd öffnete Olivia die Augen. Über sich sah sie eine graue Stahlbetondecke, vier, fünf Meter hoch. Spinnennetze in den Winkeln fingen Staub, an vielen Stellen platzte der Beton ab, rostige Stahlbewehrung lugte hervor wie Knochen aus aufgerissenem Fleisch.

Olivia wusste, hier war sie nie zuvor gewesen. Diese Erkenntnis allein löste Angst aus, hinzu kam noch, dass sie ihren rechten Arm nicht bewegen konnte. Zwar gehorchte er den Befehlen ihres Gehirns, doch ein Hindernis blockierte die Ausführung. Olivia wandte den Kopf und entdeckte eine Schnalle aus Leder an ihrem Handgelenk.

Sie machte eine Faust, drehte den Unterarm hin und her, spürte, wie das raue Leder über ihre Haut scheuerte. Sie spreizte die Finger und betrachtete den abgenutzten goldenen Ehering an ihrem Ringfinger. Seit der Hochzeit vor siebzehn Jahren hatte sie zehn Kilo zugenommen, entsprechend quetschte der Ring das Fleisch zusammen. Ohne ihr regelmäßiges Lauftraining sähe sie längst aus wie Miss Piggy.

Ich bin gefesselt.

Es kam ihr so vor, als spräche sie die Worte laut aus, aber diese Feststellung wurde still formuliert, in ihrem Kopf. Nichtsdestotrotz entfaltete sie maximale Wirkung. Von einer Sekunde auf die nächste gab es für Olivia Kubat nichts Wichtigeres, als ihren Fesseln zu entkommen. Sie riss an der Lederschnalle, verdrehte Arm, Schulter und Hals, bis es in der Wirbelsäule knackte, an ihrer Situation änderte das jedoch nichts. Erschöpft brach sie die vergeblichen Versuche ab.

Bisher waren ihre Beobachtungen merkwürdig ungeordnet gewesen, so als sei alles zusammen zu viel für sie, doch jetzt machte sie sich an eine komplette Bestandsaufnahme.

Sie hatte noch ihre Laufkleidung an. Die erst wenige Wochen alten Nikes in grellgelber Farbe mit der besten gedämpften Sohle, auf der sie je gelaufen war. Seitdem sie diese Schuhe trug, hatten ihre Fußschmerzen deutlich nachgelassen. Dazu die lange schwarze Lycrahose mit den Leuchtstreifen an den Seiten, in der ihr Hintern eigentlich zu dick aussah, aber sie war unglaublich bequem und warm, und das ging vor. Des Weiteren die winddichte grüngelbe Jacke mit dem Werbeaufdruck ihres Sportvereins auf dem Rücken, bei dem sie ein Mal die Woche Federball spielte und am

Jahresanfang die Kohltour organisierte. Fuß- und Handgelenke waren gefesselt, und auch um ihre Körpermitte, in Höhe der Hüftknochen, lag ein straff gespanntes Lederband. Zudem spürte sie an der Stelle irgendetwas hart in ihren unteren Rücken drücken.

»Was soll das?«

Diesmal sprach Olivia ihre Gedanken laut aus. Ihre Stimme klang klar und kräftig, geschult durch mehr als zehn Jahre Kirchenchor und ein Berufsleben als Grundschullehrerin. Rolf sagte, sie neige zum Schreien, aber das sah sie anders. Eine deutliche Ausdrucksweise und eine selbstbewusst klingende Stimme waren das A und O erfolgreicher Kommunikation. Manche Konflikte wurden durch Waffen gelöst, doch die allermeisten entschied nach wie vor das Wort – Gott sei Dank! Wer nicht verstand, wie wichtig es fürs Leben war, die Sprache zu beherrschen, der kam nicht weit. Davon war Olivia überzeugt, und das brachte sie schon ihren Kleinsten bei.

»Was soll das?«, wiederholte sie mit der Betonung, die Rolf oberlehrerhaft nannte und bei der er immer die Augen verdrehte.

»Was Gott zusammenführt, darf der Mensch nicht scheiden.«

Olivia erinnerte sich, diesen Satz vorhin im Dämmerzustand schon einmal vernommen zu haben. Sie hatte ihm nur keine Bedeutung beigemessen, da er zu dem merkwürdigen Traum gehörte, in dem sich Rosenblätter in Blut verwandelten. Waren bei ihrer Hochzeit Rosenblätter gestreut worden? Die süßen kleinen Mädchen ihrer Schwester hatten Blüten auf den Weg gestreut, als sie nach der Trauung die Kirche verließen, aber Olivia glaubte, sich an eine bunte Mischung zu erinnern. Irgendwas Sommerliches.

Sie war jetzt hellwach und jede Täuschung somit ausgeschlossen: Die Stimme war real, kein übrig gebliebener Bestandteil des Traumes. Weiterhin behielt sie ihren göttlichen Klang bei und schien von überallher zu kommen. Nach dem Hall und der Höhe der Decke zu urteilen, befand Olivia sich in einem großen leeren

Gebäude, einer Industriebrache eventuell. Hierhergebracht und an einen Tisch gefesselt worden zu sein, das konnte nur eines bedeuten: Sie war einem Triebtäter in die Hände gefallen! Wahrscheinlich hatte er sie beim Joggen am Uni-See beobachtet. Zwielichtige Typen gab es dort mehr als genug, Männer, die absichtlich langsam hinter Frauen herliefen, um ihnen auf den Arsch zu glotzen, oder die den ganzen Tag nichts anderes taten, als auf den Parkbänken herumzulungern. Olivia erinnerte sich, wie sie an ihrem Auto angekommen war und mit den obligatorischen Stretchingübungen begonnen hatte. Dabei war ihr niemand aufgefallen. Das musste nichts heißen. Der Parkplatz am Uni-See war von dichten Büschen umgeben – ein Kinderspiel, sich dort zu verstecken.

Die Stretchingübungen … ein Fuß auf dem Kotflügel, die Fahrertür geöffnet wegen der Vierzehn-Uhr-Nachrichten … den Oberkörper tief nach unten gebeugt, um den Rücken zu dehnen. Im Radio die Meldung von einem Verrückten, der erst seine Großmutter getötet und dann zwei Polizisten überfahren hatte … Und dann …

Und dann?

Nichts. Keine Erinnerung.

Ein Loch, dessen Umfang sie nicht abschätzen konnte, da sie keinen Anhaltspunkt dafür hatte, wie spät es jetzt war.

Musik setzte ein. Leise Chormusik wie in einer Kirche.

Ein Schauer lief über Olivias Körper, und sie spürte, wie sich ihre Blase schmerzhaft zusammenzog. Beim Stretching hatte sie eine halbe Flasche Mineralwasser ohne Kohlensäure getrunken, das drängte jetzt hinaus. Sie biss die Zähne zusammen und drehte den Kopf auf der Suche nach dem Sprecher.

Vier Meter entfernt stand ein kleiner orangefarbener Baustrahler auf einem schwarzen Stativ, der Lichtstrahl zu Boden gerichtet, sodass der größte Teil der Halle in tiefer, undurchdringlicher Dunkelheit lag. Olivia bildete sich ein, Blicke spüren zu können. Gierige, abschätzende Blicke …

»Ist da jemand?«, fragte sie. Einfach still zu sein und abzuwarten war nicht ihr Ding, und wenn sie Angst bekam, so wie jetzt, redete sie noch mehr als ohnehin schon.

»Was soll das alles? Können Sie mir helfen? Ich muss dringend auf die Toilette.«

Der Blödsinn dieser Kombination wurde Olivia erst klar, nachdem sie gesprochen hatte. Wer auch immer sie aus dem Dunkel heraus anstarrte, hatte sie entführt und hierhergebracht und sicher kein Interesse daran, ihr zu helfen. Aber las man nicht überall, man solle in solchen Situationen den Täter in Gespräche verwickeln? Ihm zeigen, dass man eine menschliche Person mit Emotionen war und kein Stück Fleisch, mit dem er machen konnte, was er wollte?

Plötzlich wünschte Olivia sich Rolf an ihre Seite. Obwohl das natürlich albern war. Rolf war nicht der Typ Ehemann, der sich schützend vor seine Frau stellte oder gar den Kampf suchte.

Und dennoch ... Sie sehnte sich nach ihm wie schon lange nicht mehr.

»Hallo?«, fragte sie.

Keine Antwort. Die Musik lief weiterhin. Kirchengesänge, ohne Frage. Den hohen Stimmen nach zu urteilen, ein Kinderchor, aber Olivia kannte nicht eines der Lieder, obwohl sie bewandert war in christlicher Musik. In der neueren jedenfalls, die man den Leuten zumuten konnte. Diese klang jedoch historisch, stammte sehr wahrscheinlich aus dem finstersten Mittelalter und passte zu einem kitschigen Hollywoodstreifen. Eigentlich war sie wenig empfänglich für so etwas, aber jetzt machte ihr die Musik Angst.

Sie glaubte, Schritte zu hören.

Leises Schaben von Ledersohlen auf Beton.

Ihr Kopf ruckte von rechts nach links und verharrte erst, als sie eine Bewegung wahrnahm.

Da schälte sich etwas Schwarzes aus der Dunkelheit. Zunächst hielt Olivia es für eine Täuschung, dann für einen Schatten, schließlich für einen Geist, aber Letzteres lag sicher an der unheimlichen Atmosphäre, die durch die düstere Musik noch an Intensität gewann.

Es war nichts von alledem.

Es war … ein Pfarrer.

Der kirchlichen Ordnung entsprechend trug er einen weiten schwarzen Talar und ein lutherisches Beffchen. Der Saum des Talars schleifte über den Boden und wirbelte Staub auf. Als der Pfarrer durch den Lichtschein des Baustrahlers schritt, verwandelten sich Tausende Schmutzpartikel in kurzzeitig hell leuchtende Sterne, die tanzend um die schwarze Gestalt wirbelten und ihr einen mystischen Glanz verliehen.

Olivias Hang zu sprunghafter Betrachtung filterte aus dem Gesamtbild dieser Erscheinung die Schuhe heraus, die bei jedem der bedächtigen Schritte für einen Moment unter dem Talar hervorlugten.

Schwarze Lederschuhe, modisch geschnitten, Typ Brogue, mit dem üblichen Lochmuster bei der Schaftkante und der Vorderkappe. Abgewetzt waren diese Schuhe und nicht besonders sauber. Man sah ihnen an, dass ihr Besitzer sie oft trug. Auf den Enden der schwarzen Senkel saßen metallene Pinken, was selten war. Sie schimmerten silbrig und warfen Lichtreflexe, eine der Pinken, die am rechten Schuh, war defekt, sodass der Senkel ausfranste.

Irgendwo hatte sie die schon mal gesehen.

Ganz und gar nicht zum traditionellen Talar gehörte die schwarze Maske vor dem Gesicht des Pfarrers. Es handelte sich dabei um eine Art Chirurgenmaske, die Olivia bisher nur in weißer Ausführung gesehen hatte. Eine Kopfbedeckung trug er nicht, aber das lange schwarze Haar war definitiv eine Perücke. Nur die oberen Bögen der Ohrläppchen schauten daraus hervor und leuchteten rötlich im Licht des Strahlers.

Anderthalb Meter vor Olivia blieb der Pfarrer stehen.

Stocksteif zunächst. Seine Augen ruhten auf ihr. Olivia rätselte über die Farbe, die in dem Licht nur schlecht zu erkennen war. Vielleicht braun, könnte aber auch grau sein. Jedenfalls hatte er für einen Mann auffällig lange Wimpern.

»Machen Sie mich los!«, forderte Olivia ihn unmissverständlich auf. Sie nahm sich vor, keine Angst zu zeigen, auch wenn es ihr schwerfiel. Sie durfte sich nicht in die Opferrolle drängen lassen. Das wollten solche Typen doch nur, Männer, die zu Hause nichts zu sagen hatten und glaubten, sich durch Gewalt in eine Machtposition hieven zu können. Aber nicht bei ihr!

»Sofort!« Ihre scharfe Stimme schnitt durch die Stille.

Er reagierte nicht. Und es war dieses zur Schau gestellte Selbstbewusstsein, das Olivia noch stärker einschüchterte. Als er die rechte Hand hob, zuckte sie zusammen. Sie rechnete damit, geschlagen zu werden, doch zwischen seinen ausgestreckten Fingern befand sich ein profaner Gegenstand.

Ein Smartphone.

Der große Touchscreen war dunkel, laut Markenzeichen stammte es von Samsung. Olivia hatte ein ähnliches vom selben Hersteller, wie Millionen andere Menschen auch.

»Olivia«, begann der Pfarrer mit dunkler Stimme zu sprechen, »fürchte dich nicht. Dein Untergang kann zugleich deine Rettung sein. Es liegt allein bei dir. Du hast dich dazu entschieden, das Tor zur Hölle aufzustoßen. Neugierde ist eine vom Teufel gesäte Saat, die wie Unkraut wuchert und alle Zeiten überdauert. Deine Neugierde hat dich hierhergebracht. Weißt du, warum du hier bist?«

Olivia starrte den Pfarrer an. Das alles durfte doch nicht wahr sein! War sie in einer neuen Realityshow gelandet, die sie nicht kannte? Übertrugen in diesem Moment Kameras ihre Reaktionen in die Wohnzimmer des Landes, damit das perverse, voyeuristische Fernsehvolk neues Futter bekam? Nein, das konnte nicht sein, schließlich war sie nicht freiwillig hier, und kein Fernsehsender würde sich für Einschaltquoten der Freiheitsberaubung schuldig machen. Oder?

Oder?

»Ich ... Nein ... Was soll das ... Ich weiß nicht, warum ich hier bin.«

Der Pfarrer senkte das Smartphone und zugleich sein Haupt. Das wirkte salbungsvoll und gnädig, nahm Olivia aber nicht ihre Angst.

»Doch. Du weißt es, und das wird dir auch bald klar sein. Aber zunächst benötigst du einige Informationen. Was du nun siehst und hörst, entscheidet darüber, ob du leben oder sterben wirst, also konzentrier dich und hör genau zu, denn ich werde alles nur einmal sagen.«

»Ich verstehe nicht ...«

»Schweig still«, schnitt der Pfarrer ihr das Wort ab, dann bediente er den Touchscreen und hielt ihr das Handy hin.

Ein Video startete.

In ruckelnden Bewegungen näherte sich in dem Film die Kamera durch einen diffus beleuchteten, riesigen Kellerraum einer Person, die genau wie Olivia selbst rücklings auf einem Holztisch gefesselt lag. Zunächst erkannte Olivia nur, dass es sich dabei um einen großen, kräftigen Mann in einem dunklen Anzug handelte, doch als die Kamera nah genug heran war, schrie sie auf.

Da lag Rolf, ihr Ehemann.

In seinem Mund steckt ein Knebel, einer von der Art, wie er in Sexläden verkauft wird, mit einem Ball zwischen zwei Gummibändern. Der rote Ball zwang die Lippen weit auseinander und glänzte vom Speichel. Rolfs Augen huschten hin und her, sein Gesicht war ein einziger Ausdruck von Panik. Schweißperlen standen ihm auf der Stirn, der Schatten eines Drei-Tage-Bartes lag auf seinen Wangen. Den Bart hatte er nicht gehabt, als er vorgestern zu einer Geschäftsreise aufgebrochen war, und da es zu Rolfs Gewohnheiten gehörte, sich täglich gründlich zu rasieren, schlussfolgerte Olivia, dass sich ihr Mann bereits längere Zeit in der Gewalt des Pfarrers befand.

Warum hatte das niemand aus der Firma bemerkt? Rolf war im Außendienst eines Herstellers für Schrauben und Werkzeug tätig und nahm jeden Tag einige Kundentermine wahr. Diese Kunden würden sich doch beschweren, wenn er nicht auftauchte.

Seitdem Rolf aufgebrochen war, hatten sie nicht miteinander telefoniert. Es gab ja auch nicht mehr viel zu besprechen. Nach siebzehn Jahren Ehe waren ihnen die Worte ausgegangen. Was Olivia anfangs traurig gestimmt hatte, war akzeptierter Alltag geworden, an den sie sich beide gewöhnt hatten. Heutzutage störte es sie schon, wenn Rolf abends vor dem Fernseher redete und sie deshalb nicht mitbekam, was irgendein Trottel in irgendeiner Soap von sich gab.

»Rolf«, stieß sie aus.

Der Pfarrer nickte.

»Dein dir von Gott anvertrauter Mann, Olivia. Es geht ihm gut, genau wie dir, sorge dich nicht. Aber du musst eine Entscheidung treffen, denn wir wissen beide, um eure Ehe steht es nicht gut und ihr seid bereit, euer vor Gottes Antlitz gegebenes Versprechen zu brechen. Doch das werde ich nicht zulassen.«

»Aber ich bin unschuldig …«

»Niemand ist unschuldig, auch du nicht. Der Wert einer Einschätzung liegt in beiden Seiten der Münze verborgen.«

Olivia beobachtete, wie auf dem Handydisplay die Kamera sich von ihrem Mann entfernte, sodass sein kompletter Körper das Bild füllte. Die abgeschabten Sohlen seiner Businessschuhe strahlten hell, das störte Olivia. Rolf hätte sich längst neue kaufen sollen!

»Dieses mobile Telefon ist voll funktionstüchtig, es kann geortet werden, und du darfst damit anrufen, wen du willst. Sobald du aber befreit wirst, stirbt dein Ehemann. Sollte er befreit werden, stirbst du. Solltest du nach Ablauf von acht Stunden keine Entscheidung getroffen haben, töte ich zuerst dich und dann ihn.«

Olivia starrte den Pfarrer an. Sie hatte seine Worte vernommen, verstand aber nicht, was sie bedeuteten.

Der Pfarrer legte das Handy auf ihrem Bauch ab und entfernte die Lederschnalle an ihrem rechten Handgelenk. Dafür bückte er sich und fummelte unter dem Holztisch herum, auf dem sie lag.

»Du sollst eine Entscheidung treffen, Olivia, ist dir das klar?«

»Ich … ich … Aber …«, stotterte sie.

»Eine Entscheidung, die euch beide zurückbringt auf den rechten Weg. Zurück zu dem Versprechen, das ihr vor Gott abgelegt habt.«

Er drückte ihr das Smartphone in die Hand.

»Doch egal, wie du dich entscheidest, Olivia, der Tod wird euch scheiden. So, wie ihr es versprochen habt.«

»Sind Sie noch ganz dicht?«

Wohlüberlegt waren diese Worte nicht, aber das kannte Olivia von sich. Wenn man sie reizte, rutschte ihr schnell mal etwas heraus, was tiefe Narben hinterließ.

Der Pfarrer tat etwas Merkwürdiges. Wie ein Hund legte er den Kopf schief und sah sie auffordernd an. Wollte er, dass sie weitersprach?

»Das können Sie doch nicht machen! Für so etwas landet man im Gefängnis, ist Ihnen das klar.«

»Nur die Hölle schreckt mich wirklich.«

»Jaja, meinetwegen, aber so ein Knast kann schnell zur Hölle werden. Lassen Sie uns reden, ja! Wir finden sicher eine Lösung. Eine, die auch Ihrer Gottesfürchtigkeit entspricht.«

»Was weißt du von meiner Gottesfürchtigkeit, Olivia?«

»Nun … ich …«

»Du bist unwissend, so wie alle anderen. Unwissend und blind. Von Zeit zu Zeit ist die Menschheit darauf angewiesen, den Spiegel vorgehalten zu bekommen, damit ihr Blick auf das Wesentliche gerichtet wird. Diese Zeit ist jetzt.«

»Ach, und das ist Ihre Aufgabe? Hat Gott sie dazu auserkoren?«

In den letzten beiden Fragen schwang eine ordentliche Portion Sarkasmus mit, und das entging dem Pfarrer nicht.

Er kam noch einmal an den Tisch zurück, beugte sich vor und nahm Olivias freie rechte Hand.

»Triff eine Entscheidung, Olivia.«

Er drückte ihre Hand beinahe liebevoll.

»Oder stirb zuerst.«

Dann wandte er sich ab und verschwand nach wenigen Schritten in der Dunkelheit. Olivia starrte ihm nach, beobachtete die Stelle, an der er sich quasi aufgelöst hatte, und hoffte, dass er zurückkäme. Sie erwartete es geradezu, denn was er gesagt hatte, konnte kaum sein Ernst sein. Er würde zurückkehren, sie losmachen und auslachen und zugeben, dass Rolf hinter dieser dämlichen Aktion steckte. Weil ihr Ehemann annahm, auf diese Art ihre Ehe retten zu können, hatte er einen Kumpel überredet, dieses Schauspiel abzuziehen. Beide ergötzten sich an ihrer eingebildeten Genialität und schlugen dabei dermaßen über die Stränge, wie es nur Männer konnten, die nie erwachsen geworden waren.

Die Musik verstummte, der Pfarrer blieb fort.

Mehrere Minuten lang wartete Olivia. Dann rief sie. Zuerst zaghaft, schließlich lauter und lauter, wobei sie sich unflätiger Worte bediente, die sonst nicht zu ihrem Repertoire gehörten.

»Komm zurück, du dämlicher Bastard, oder ich schwöre dir, ich reiße dir die Eier ab und sorge dafür, dass ihr beiden Idioten im Knast landet.«

Nach einer Salve ähnlicher Sätze schwand ihre Kraft, und sie verstummte. Es hatte ohnehin keinen Sinn, der Pfarrer war weg. Ihre Gedanken begannen zu rasen.

Vielleicht täuschte sie sich, und es steckte doch nicht ihr Mann dahinter.

Aber meinte der Pfarrer das ernst? Verlangte er tatsächlich, dass sie sich für ihren eigenen oder Rolfs Tod entscheiden sollte? Damit ihr Eheversprechen eingehalten wurde?

Nein, nein, nein, das konnte nur ein schlechter Scherz sein. Sie weigerte sich, etwas anderes in Betracht zu ziehen.

Olivia nahm das Handy und schaute sich das Video an, viermal hintereinander. Dabei erkannte sie, dass die Panik in Rolfs Antlitz nicht gespielt sein konnte. Nein, ihr Mann hatte wirklich Angst. Todesangst. Sie waren beide in die Hände eines Verrückten geraten, der ein perverses Spiel mit ihnen spielte.

Olivia fragte sich, ob Rolf in diesem Moment ebenfalls ein Smartphone in der Hand hielt und darüber nachdachte, den Notruf zu wählen. Sie zu opfern. Würde er das tun? In den letzten Monaten waren sie nicht gerade respektvoll miteinander umgegangen, und Olivia hatte häufig ihre verbale Dominanz ausgenutzt, unter der Rolf litt. Aber daran war er selbst schuld. Bis heute glaubte sie ihm nicht, wenn er behauptete, sie nie betrogen zu haben. Irgendwas war da gelaufen oder lief sogar noch immer. Männer wollten ja nicht wahrhaben, dass Frauen so etwas spürten, aber Olivia hatte die winzigen Veränderungen in seinem Verhalten bemerkt. Die unbegründete Euphorie an manchen Tagen, dann wieder schlechte Laune. Anzüge, die er selbst in die Reinigung brachte, was er früher nie getan hatte. Ein innen gründlich gereinigter Dienstwagen, ein frisches Duftbäumchen darin. Außerdem kaufte er ständig neue Boxershorts, die sie selbst nur zu Gesicht bekam, wenn er morgens verschlafen und unansehnlich an ihr vorbei ins Bad wankte. Schnitt und Muster dieser Shorts waren viel zu jugendlich. Und dann hatten sie seit vier Jahren nicht mehr miteinander geschlafen, obwohl Rolf früher die Konstitution eines Ochsen gehabt hatte, zumindest in dieser Disziplin. Er holte sich den Sex woanders, da war sich Olivia sicher.

Würde er die Situation nutzen und den Weg frei machen für eine andere? Oder zielte diese ganze Sache sowieso nur darauf ab, und Rolf steckte doch dahinter?

Nein! Die Angst in seinem Gesicht war echt. Ein so guter Schauspieler war ihr Mann nicht, dass er solches Grauen vorspielen konnte. Wenn dies aber kein Spiel war, sondern lebensbedrohlicher Ernst, wie sollte sie sich verhalten? Den Notruf zu wählen, das war doch genau das, was der Pfarrer wollte.

Gab es eine Möglichkeit, seine Spielregeln zu unterwandern?

Olivia verließ das Video, öffnete den Startbildschirm des Handys – und beinahe wäre es ihr vor Schreck aus der Hand gefallen. Sie kannte das Hintergrundbild! Dabei handelte es sich um die Porträtaufnahme ihrer Tochter an dem Tag, als sie den Führerschein bestanden hatte. Das lag vier Jahre zurück, Marie war jetzt zweiundzwanzig, aber ein schöneres Foto von ihr war in dieser Zeit nicht entstanden. Olivia liebte die Aufnahme genauso wie Rolf.

Es war sein Handy, das sie in der Hand hielt. Der Pfarrer hatte es ihm abgenommen. Ein weiterer Beweis dafür, dass es sich hierbei nicht um ein Spiel handelte.

Olivia öffnete WhatsApp.

Dutzende Gespräche waren darin aufgelistet, die meisten mit Arbeitskollegen und Kunden, einige mit Marie, nur wenige mit ihr. Olivia öffnete das letzte Gespräch, das sie mit Rolf via WhatsApp geführt hatte. Darin ging es um den defekten Warmwasserbehälter der zwanzig Jahre alten Heizung ihres Hauses und um einen passenden Termin für den Handwerker. Kein *Ich liebe dich*, kein Küsschen, kein Emoji, lediglich Pragmatismus. In einer älteren Unterhaltung, die Olivia öffnete, stritten sie um einen Termin bei ihrem Paartherapeuten. Rolf war von Anfang an gegen eine Therapie gewesen, hatte nur widerwillig zugestimmt, in der Folge aber alles getan, um zu den Terminen nicht erscheinen zu müssen, und es natürlich auf die Arbeit geschoben.

Es machte sie traurig, diese Gespräche zu lesen.

Sie, die immer daran geglaubt hatte, durch Kommunikation alle Probleme lösen zu können, war nicht mehr in der Lage, mit ihrem Mann zu sprechen. Das war die bittere Wahrheit.

Olivia legte das Handy auf ihrem Brustkorb ab und lauschte. Minutenlang. Die Zeit dehnte sich ins Endlose. Immer wieder hörte Olivia Geräusche, leises Scharren und das Getrappel emsiger kleiner Füße. Ratten oder Mäuse, vermutete sie.

Sie wollte WhatsApp verlassen, da entdeckte sie weiter unten ein ihr unbekanntes Kürzel, das nur ein einziges Mal auftauchte. FH. Wer war FH?

Neugierde ist eine vom Teufel gesäte Saat, die wie Unkraut wuchert und alle Zeiten überdauert. Deine Neugierde hat dich hierhergebracht.

Die Worte des Pfarrers hallten noch durch ihren Kopf, hielten sie aber nicht davon ab, das Gespräch zwischen ihrem Mann und FH zu öffnen.

Was machst du gerade?

Ich liege in der Badewanne und wünschte, du wärst bei mir.

Schickst du mir ein Bild?

Es folgte ein Foto von nackten Brüsten, die teilweise mit Schaum bedeckt waren.

Da war der Beweis, nach dem Olivia lange gesucht hatte. Ihr Rolf trieb es mit einer Frau, die mit Vornamen Frauke hieß.

Wann hast du wieder Zeit?

Übermorgen. Da hat meine Frau Elternabend, und ich kann bis neun bei dir bleiben.

Ich werde jede Minute genießen, mein Großer!

Olivia erinnerte sich an den Elternabend, von dem sie erst gegen dreiundzwanzig Uhr zurückgekehrt war. Rolf war bereits im Bett gewesen und hatte laut geschnarcht.

Willst du ein Bild von dem Großen?

Unbedingt!

Und Frauke bekam ein Bild.

Angewidert ließ Olivia das Handy sinken.

Zuerst spürte sie Wut, dann eine große Leere und schließlich tiefe Traurigkeit. Tränen liefen ihr aus den Augen, und in ihr baute sich ein Schrei auf, den sie nicht zurückhalten konnte. Sie schrie und zerrte gleichzeitig an ihren Fesseln, ohne sich auch nur einen Millimeter mehr Spielraum erkämpfen zu können.

Schwer atmend ließ Olivia sich zurücksinken Sie schwitzte und zitterte und brauchte ein paar Minuten, um sich zu sammeln.

Dann tippte sie 110 ins Handy ein.

Ihr Daumen schwebte über dem grünen Hörersymbol.

Wenn sie anrief, würde Rolf sterben!

Sie fällte damit sein Todesurteil.

Durfte sie das tun?

Trotz allem spürte Olivia noch immer ein letztes bisschen Liebe zwischen ihnen – auch wenn es nur ein Bruchteil dessen war, was sie am Beginn ihrer Beziehung füreinander empfunden hatten. In diesem Moment erinnerte sie sich daran, wie aufopferungsvoll Rolf sich damals um sie gekümmert hatte, als sie in den ersten Schwangerschaftswochen so sehr gelitten hatte. Unzählige Tassen Tee hatte er gekocht, sie von vorn bis hinten bedient und ihre schlechte Laune klaglos ertragen. Tief in seinem Inneren war er ein guter Mensch, daran glaubte sie noch immer. Es war etwas kaputtgegangen in den vergangenen Jahren, vielleicht war die Liebe aber auch einfach ein flüchtiges Gefühl, nicht geschaffen für die Ewigkeit und schon gar nicht unter dem harten Dauerbeschuss des Alltags.

Was tat Rolf in diesem Moment, fragte sie sich.

Hatte der Pfarrer ihm die gleiche Chance eingeräumt, den Notruf zu wählen?

Würde Rolf sie opfern, um selbst zu überleben? Um ein neues Leben mit dieser Frauke zu beginnen, die so gern Fotos von ihren nackten Brüsten verschickte?

Olivia neigte schon immer zur Eifersucht, und in diesem Moment gaukelte ihre Fantasie ihr ein hundsgemeines Bild vor. Sie sah Rolf an ihrem eigenen Grab, Hand in Hand mit Frauke H. Fiese kleine Stiche malträtierten Olivias Seele.

Ihr Daumen senkte sich auf das grüne Hörersymbol des Handys.

Triff eine Entscheidung.

Oder stirb zuerst.

»Hier ist der Notruf, was kann ich für Sie tun?«

2

Nora Jacobi betrachtete ihren neuen Dienstausweis. Er hatte das Format einer Scheckkarte und bestand aus Vollplastik, oben rechts war der Polizeistern der Stadt Bremen zu sehen, ihr Name stand neben dem schwarz-weißen Lichtbild.

An den neuen Ausweis hatte sie sich gewöhnt, an ihr Aussehen noch nicht. Dabei trug sie ihr schwarzes Haar seit über einem Monat so kurz. Aber auf diesem Foto, das sich unauffällig in jede Verbrecherkartei eingliedern ließe, ragten ihre Ohren weit aus dem Haar hervor und wirkten viel zu groß! Na ja, dafür war die Frisur praktisch, so schnell war sie morgens im Bad vorher nie fertig gewesen, außerdem verstopften die Abflüsse von Dusche und Waschbecken nicht mehr so häufig. Seit sie denken konnte, hatte sie langes Haar gehabt und immer geglaubt, es sei ein Inbegriff ihrer Weiblichkeit. Jetzt, mit kurzem Haar, fühlte sie sich weiblicher als jemals zuvor, aber auch verletzlicher. Es war, als hätte sie einen Schutzhelm abgesetzt.

Seufzend steckte sie den Ausweis zurück, erhob sich von ihrem Schreibtischstuhl und trat auf den Gang hinaus.

Stille.

Nur der Getränke- und Süßigkeitenautomat summte leise vor sich hin.

Nach ihrem Urlaub hatte sie freiwillig mit der Wochenendschicht gestartet, die am Freitagnachmittag begann und Montag in der Früh um sechs Uhr endete. Viel war bisher nicht los gewesen, kein einziger Todesfall, nur ein Mordverdacht, der sich jedoch als üble Nachrede herausgestellt hatte – das vermeintliche Opfer befand sich auf den Malediven und erfreute sich bester Gesundheit. Jetzt, am Sonntagabend, war der Höhepunkt der Langeweile erreicht. Damit hatte Nora gerechnet und es sich insgeheim auch so gewünscht. Nach sechs Wochen Urlaub bekam ihr ein ruhiger Einstieg besser. Sie brauchte ein wenig Zeit, um sich wieder einzuleben.

Alle Formalitäten waren mittlerweile erledigt, ihr Büro vom Staub befreit, der Benjamini, den während ihrer Abwesenheit niemand gegossen und der alle Blätter verloren hatte, entsorgt. Mit den wenigen Kollegen und Kolleginnen, die ebenfalls am Wochenende Dienst schoben, hatte sie den üblichen Small Talk gehalten. Die Männer lobten sie für ihre neue Frisur, die Frauen betonten eher, wie mutig sie es fanden, sich das Haar so kurz schneiden zu lassen. Dabei klang immer auch ein versteckter Vorwurf mit, so als habe sie ein ungeschriebenes Gesetz gebrochen.

Nora blieb vor dem Süßigkeitenautomaten stehen.

Sie hatte ihn am Nachmittag bereits zweimal mit Geld gefüttert und sich selbst mit Milka Tender, obwohl sie sich vorgenommen hatte, weniger zu naschen.

Sie wühlte in der vorderen Tasche ihrer Jeans und holte genug Kleingeld für einen weiteren Riegel hervor.

Sollte sie?

Immerhin hatte sie im Urlaub wieder mit dem Schwimmtraining begonnen und damit ihren Kalorienumsatz deutlich gesteigert!

Ihr Handy vibrierte und nahm ihr die Entscheidung ab.

Es war Tessa aus der Notrufzentrale. Sie war eigentlich die Ruhe in Person, klang jetzt aber aufgeregt und forderte Nora auf, sich mit einer Anruferin zu unterhalten, die eine merkwürdige Geschichte zu erzählen hatte.

»Entweder verarscht die uns«, sagte Tessa, »oder das wird der schrägste Fall, den ich je erlebt habe.«

Dann verband sie Nora mit einer Frau namens Olivia Kubat.

»Hauptkommissarin Nora Jacobi«, meldete sie sich.

»Sie müssen mir versprechen, dass Sie mich nicht retten«, legte die Frau sofort los und klang dabei zugleich nachdrücklich und flehend.

»Vor wem oder was nicht retten?«

»Vor dem Pfarrer! Sonst tötet er meinen Mann.«

Nach diesen ersten Worten war Nora davon überzeugt, es mit einer geistig verwirrten, alkoholisierten oder unter Drogen stehenden Person zu tun zu haben – vielleicht auch alles zugleich. Solche angeblichen Notrufe waren nicht selten, und selbst wenn es nervte und Zeitverschwendung war, mussten sie bearbeitet und zumindest überprüft werden.

»Können Sie mir sagen, wo Sie sich aufhalten, Olivia?«, fragte Nora.

Es half, wenn man verwirrte Personen mit dem Vornamen ansprach und so eine vertrauliche Atmosphäre herstellte. Sobald Nora den Aufenthaltsort der Frau herausgefunden hatte, würde sie eine Streife hinschicken, die sich einen ersten Eindruck verschaffte.

»Ich weiß es nicht, es sieht nach einer leer stehenden Lagerhalle aus. Aber der Pfarrer hat gesagt, dieses Handy könne von der Polizei geortet werden.«

Nora horchte auf. Diese Sätze klangen nicht mehr wie die einer verwirrten oder betrunkenen Person.

»Können Sie mir die Nummer des Handys nennen, mit dem sie telefonieren?«, fragte sie.

»Ja, es ist das Handy meines Mannes. Aber Sie müssen mir versprechen, mich nicht zu retten. Bitte, versprechen Sie es mir!«

»Olivia, ich werde alles tun, um Ihnen und Ihrem Mann zu helfen«, sagte Nora. »Aber dafür müssen Sie sich beruhigen und mir genau erzählen, was vorgefallen ist.«

»Ich bin ruhig«, versetzte Olivia.

Und dann erzählte sie eine unglaubliche Geschichte, wie Nora sie noch nie gehört hatte. Doch die Details und Olivias halbwegs gefasste Art zu sprechen ließen jeden Zweifel daran verfliegen.

Nora wusste, die ruhige Nachtschicht war vorbei!

3

Acht Stunden hatte der Pfarrer ihnen als Limit gesetzt. Olivia hatte ihr nicht sagen können, wann genau das Limit begonnen hatte, schätzte aber, dass eine Dreiviertelstunde vergangen war, bevor sie den Notruf gewählt hatte. Dadurch hatten sie viel Zeit verloren, aber Nora verstand, warum Olivia nicht sofort angerufen hatte. Die Entscheidung, die der Pfarrer ihr aufgezwungen hatte, war an Perversion nicht zu übertreffen.

Sie oder ihr Mann!

Selbst in dieser zunehmend verrückten Welt war das eine neue Kategorie des Wahnsinns.

Olivias Anruf war um einundzwanzig Uhr drei in der Notrufzentrale eingegangen, das Limit hatte damit ungefähr um zwanzig Uhr begonnen und würde am frühen Montagmorgen um vier Uhr enden. Jetzt war es zweiundzwanzig Uhr.

Nora öffnete die Timerfunktion ihres Handys, stellte für die noch verbleibende Zeit sechs Stunden ein und startete den Timer, der von nun an rückwärts zählte.

06:00:00

Sechs Stunden Zeit, um ein Problem zu lösen, das ihr immer noch wie ein schlechter Scherz erschien.

Paul Diekhoff trat vor sie hin. Er war Einsatzleiter des SEK. Ein mittelgroßer, schmächtiger, aber zäher Mann mit braunen Augen und kurzem braunem Haar. Sobald Paul lachte, strahlten kleine Fältchen in seinen Augenwinkeln, und man sah ihm den Schalk an, der ihm im Nacken saß. Nora war mit ihm und seiner Frau Anke befreundet, hin und wieder trafen sie sich privat, hatten sich aber während Noras sechswöchigem Urlaub nicht gesehen.

»Kaum wieder im Dienst, und schon ist die Kacke am Dampfen«, begrüßte Paul sie. Er hatte eine tiefe, angenehme Stimme, der sie gern lauschte. »Und das auch noch am Tag des Herrn!«, fügte er hinzu.

»So etwas schon mal gehört?«, fragte sie und ließ ihr Handy in der hinteren Hosentasche der Jeans verschwinden.

Paul zuckte mit den Schultern. Die steife Schutzkleidung ließ ihm kaum Bewegungsspielraum.

»Vor zwei Wochen hat ein zugedröhnter Junkie seine Freundin beinahe aufgegessen. Zehn Beamte waren notwendig, um den Typen von dem Mädchen runterzukriegen. Zu spät leider, ihr Hals lag schon in Fetzen.«

Nora nickte und unterdrückte ihre Fantasie, die ihr farbige Bilder zu Pauls Schilderung liefern wollte. Sie hatte von dem Fall gehört und war froh, vor zwei Wochen noch im Urlaub gewesen zu sein.

»Du warst dabei?«, fragte sie.

Wieder zuckte er mit den Schultern. Das wirkte gleichgültig, und Außenstehende, die den Mann nicht so gut kannten wie Nora, würden ihn als empathielos einstufen. Nora wusste es besser. In diesem Job erschuf sich jeder seine ganz persönlichen Schutzfunktionen. Pauls zur Schau gestellte Gleichgültigkeit gehörte dazu.

»Ohne Schutzanzug hätte er mir ins Genick gebissen«, sagte er. »Wie in dieser verdammten Zombie-Serie.«

»Okay.« Nora winkte ab. »Ich will das gar nicht wissen. Kümmern wir uns um Frau Kubat.«

Paul nickte. Zusammen gingen sie auf einen schwarzen VW-Transporter ohne Aufschrift und Einsatzleuchten zu, der schräg am Straßenrand parkte. Eine Peitschenlampe tauchte ihn in orangefarbenes Licht.

»Was sagt der Chef? Zugriff oder warten?«

»Das überlässt er mir.«

Nora hatte ihren Chef, Kriminalrat Zerhusen, informiert und um eine Einschätzung gebeten.

»Ist ja mal was Neues.«

Paul bemühte sich erst gar nicht, seine Ironie zu unterdrücken. Zerhusen war bekannt dafür, heikle Entscheidungen auf Untergebene abzuwälzen.

»Ich brauche Zerhusen nicht für eine Entscheidung«, sagte Nora.

»Bist du sicher, dass das alles kein schlechter Scherz ist?«

Nora schüttelte den Kopf.

»Da wir ihren Ehemann nicht erreichen können, nehme ich die Sache ernst. Der Täter hätte sich nicht die Mühe gemacht, sein Opfer hierherzuschleppen, wenn er keinen konkreten Plan verfolgen würde.«

Mit »hierher« meinte Nora Jacobi das schäbigste Industriegebiet der Stadt. Es lag an der westlichen Peripherie und gerade noch im Bremer Stadtgebiet. Hundert Meter weiter, und die Kollegen aus Niedersachsen säßen mit im Boot. Sie hatten nicht einmal eine Stunde gebraucht, um Olivia Kubat zu finden. Der Täter schien es darauf angelegt zu haben, dass sie gefunden wurde – auch dies ein Indiz dafür, wie ernst er sein abstruses Ultimatum nahm.

Die Hallen und Gebäude waren durchweg alt und sanierungsbedürftig, viele standen leer. So wie die, vor dem das Aufgebot der Polizei Stellung bezogen hatte. Die Halle war circa fünfzig Meter lang und in der Spitze des Giebels zehn Meter hoch. Fenster gab es keine, außer vorn in dem backsteinernen Anbau, in dem früher die Büros untergebracht waren. Der zwei Meter hohe Metallzaun war intakt und konnte nicht so ohne Weiteres überklettert werden, schon gar nicht, wenn man jemanden tragen musste.

»Wie sieht es hinten aus?«, fragte Nora. »Irgendwie muss er aufs Gelände gekommen sein.«

»Die Kollegen sind dort mit Hunden unterwegs. Ein bepflanzter Wall trennt das Grundstück von der Autobahn, aber ein Trampelpfad führt zu einem Parkplatz.«

»Ideale Fluchtmöglichkeit.«

»Ich bin mir ziemlich sicher, dass er von dort gekommen ist. Aber wie will er die Frau töten, wenn er nicht hier ist?«

»Ist das überprüft?«

»In der gesamten Halle haben wir mittels Wärmebildkamera und Richtfunk nur eine Person geortet: die Frau. Da ist sonst niemand. Nicht einmal Ratten.«

»Umso besser. Dann können wir uns darauf konzentrieren, den Ehemann zu finden. Möglicherweise ist das sowieso sein primäres Opfer, und er hat nur großen Spaß an effektvollen Inszenierungen.«

Sie erreichten den Transporter. Die Beifahrertür stand offen, auf dem Sitz saß recht entspannt Frau Dr. Grimm. Nora hatte die Polizeipsychologin gebeten, sich um Olivia zu kümmern, solange sie mit der Einsatzleitung beschäftigt war. Selbst in dem schlechten Licht der Armaturen verloren Alke Grimms klare blaue Augen nichts von ihrem Reiz. Unter diesem Blick fühlte Nora sich jedes Mal bloßgelegt bis auf die Knochen. Der Flurfunk meldete, Alke Grimm sei lesbisch, und nicht lange nachdem die Psychologin vor anderthalb Jahren im Präsidium angefangen hatte, hatte Nora das Gefühl gehabt, von ihr angebaggert zu werden. Nora hatte die Avancen nicht erwidert, und Alke Grimms Interesse war schnell erloschen.

Die Psychologin nickte ihr zu, ihr Gesicht blieb ausdruckslos. Offenbar sprach am anderen Ende der Leitung gerade Frau Kubat.

»Olivia«, unterbrach die Psychologin sie mit ihrer angenehm sanften Stimme, »Kommissarin Nora Jacobi ist jetzt wieder hier. Ich reiche dich weiter, okay.«

Nora nahm das Handy und legte die Hand übers Mikro, damit Frau Kubat sie nicht hören konnte.

»Wie geht es ihr?«

»Sie ist im Moment ruhig und klar. Beschwichtigungen sind nicht notwendig. Sie weiß ihre Situation gut einzuschätzen.«

»Okay, danke.«

Nora wandte sich ab, trat auf den Metallzaun zu, von wo aus sie die Lagerhalle sehen konnte, presste sich das Handy ans Ohr und sagte: »Olivia, hier spricht Nora. Wie geht es dir.«

Sie duzte die ihr vollkommen fremde Frau zum ersten Mal, weil auch Alke Grimm das getan hatte.

»Tja, mittlerweile hab ich mir in die Hosen gemacht, das mal vorweg.«

»Welche Größe trägst du?«

»Wie bitte?«

»Deine Konfektionsgröße?«

»Äh … vierzig, warum?«

»Ich besorge dir eine frische Hose.«

»Das ist … sehr aufmerksam.«

»Kein Problem. Olivia, bevor wir weiterreden, wie sieht es mit dem Akku des Handys aus?«

»Der war vollgeladen, als der Pfarrer es mir gab, jetzt bin ich bei zweiundachtzig Prozent.«

»Okay. Wir wissen nicht, wie lange es dauern wird, deinen Mann zu finden, daher …«

»Ich soll aufhören zu telefonieren, oder?«

Nora hörte den Anflug von Panik in Olivias Stimme.

»Es geht nicht anders.«

»Ja … ja, ich weiß.«

»Olivia, wir sind uns absolut sicher, dass außer dir niemand in der Halle ist, und wir lassen auch niemanden hinein. Der Pfarrer ist weg, er kann dir nichts antun.«

»Ich habe trotzdem Angst.«

»Das kann ich gut verstehen. Aber stell dir folgendes Bild vor: Die gesamte Lagerhalle ist von bewaffneten Polizeikräften umstellt, und alle sind hier, um dich zu beschützen. Wir sind nur durch eine Tür von dir getrennt, die wir binnen Sekunden öffnen können. Wir tun das nur noch nicht, weil wir nicht wissen, wo sich dein Mann befindet. Wir wollen auch ihn in Sicherheit bringen.«

»Ihr habt Rolf noch nicht gefunden?«

»Nein, aber das werden wir.«

Nora konnte der Frau schlecht sagen, dass sie nicht einmal ahnten, wo sie nach Rolf Kubat suchen sollten. Kollegen hatten Kubats Chef aus dem Schlaf geklingelt und mit ihm gesprochen. Rolf Kubat hatte in dieser Woche keine geschäftlichen Termine, sondern baute Überstunden ab. Da seine Frau davon nichts wusste, hatte er sie belogen, und den Grund dafür konnte Nora sich leicht vorstellen. Darüber würde sie später mit den beiden reden müssen, aber nicht jetzt.

»Olivia, kannst du mir sagen, wann und wo der Täter dich entführt hat?«, fragte sie und lenkte auf ein Thema um, das im Moment wichtiger war.

»Samstagvormittag war ich Joggen wie immer. Ich erinnere mich noch, wie ich an meinem Wagen auf dem Parkplatz des Uni-Sees Dehnübungen gemacht habe. Ich habe dabei Nachrichten gehört, und dann … Ich weiß nicht, was passiert ist.«

Nora fand es erstaunlich, mit welch ruhiger Stimme Olivia sprach, immerhin befand sie sich in Lebensgefahr. Sie musste eine wirklich starke Frau sein.

»Okay. Siehst du in unmittelbarer Nähe etwas, das dir gefährlich werden könnte.«

»Nein, hier ist nichts. Ich sehe nur einen Baustrahler auf einem Stativ.«

»Ist Brandbeschleuniger auf dem Boden?«

»Brandbeschleuniger?«

»Benzin, Terpentin, Alkohol, so was in der Art.«

»Das würde ich riechen … Nein, hier ist nichts.«

»Was siehst du über dir?«

»Nur die Betondecke der Halle.«

»Hängt daran irgendetwas, was herunterfallen kann?«

»Nein.«

»Okay, das ist gut. Sind irgendwo Kameras, durch die er dich beobachtet?«

»Kameras … Nein, ich kann keine entdecken. Aber ich kann auch nur den kleinen beleuchteten Bereich einsehen.«

Nora machte sich Gedanken darüber, warum der Pfarrer diesen Baustrahler aufgebaut und eingeschaltet gelassen hatte, nachdem er gegangen war. Ein Grund dafür könnten Kameras sein, schließlich musste er kontrollieren, ob Olivia sich befreien ließ. Obwohl die Halle leer stand, war die Stromversorgung nicht abgestellt, das hatten Noras Leute überprüft. Nora fragte sich, ob der Pfarrer die Halle deshalb ausgewählt hatte.

»Olivia, ich brauche jetzt ein paar Namen. Personen, die wir nach deinem Mann befragen können.«

»Ich verstehe nicht …«

»Wer könnte wissen, wo er sich aufhält?«

»Seine Firma, er hat dort eine Sekretärin, die seine Termine macht. Elke Schlichting. Ihre Büronummer ist in seinem Handy eingespeichert, das ich hier habe.«

»Wir haben schon Kontakt zu der Firma deines Mannes aufgenommen. Leider hilft uns das im Moment nicht weiter.«

»War er nicht bei seinen Terminen?«

»Er hat sich zwei Tage Urlaub genommen.«

Olivia schwieg einen Moment, bevor sie antwortete.

»Ich … Davon hatte ich keine Ahnung. Er wollte am Samstagnachmittag zurück sein.«

»Olivia, mach dir bitte darüber keine Gedanken. Habt ihr kirchlich geheiratet?«

»Natürlich.«

»Kannst du dich an den Namen des Pfarrers erinnern, der euch getraut hat?«

»Du denkst …?«

»Es liegt nahe, und wir müssen alle Möglichkeiten in Betracht ziehen.«

»Den Namen … Nein, aber es war in der St.-Cosmae-Kirche in Dörverden, dort lebten wir damals, als mein Mann noch bei der Bundeswehr war.«

»Könnte der Mann, der bei dir war, der Pfarrer sein, der euch damals getraut hat?«

»Ich weiß nicht, das ist siebzehn Jahre her. Ich habe den Mann nur dieses eine Mal in der Kirche getroffen und danach nie wieder. Wir sind dann bald weggezogen …«

»Okay. Olivia, wir müssen das Gespräch jetzt beenden, um den Akku zu schonen. Es ist wichtig, dass zum Ablauf des Ultimatums noch ausreichend Ladung da ist. Ruf mich aber bitte sofort an, wenn sich in der Halle etwas tut oder dir zum Aufenthaltsort deines Mannes etwas einfällt. Die Nummer hast du!«

»Nora …?«

»Ja?«

»Bitte … hol mich hier raus. Und Rolf auch!«

»Das werde ich.«

Nora gab Alke Grimm ihr Handy zurück, zog ihr eigenes hervor und warf einen Blick auf den Timer.

05:28:04

In diesem Moment dachte sie zum ersten Mal in ihrem Leben darüber nach, wie unerbittlich der Ablauf der Zeit war. Solche Gedanken störten die Konzentration und brachten sie in diesem Fall nicht weiter, deshalb wollte sie sie beiseiteschieben, konnte sich aber nicht davon freimachen, wie bedrückend es war, die Zeit gegen sich zu haben. Sie war ein Feind, gegen den niemand gewinnen konnte.

Doch hinter diesem perfiden Spiel steckte ein Mensch, und gegen den konnte und würde sie gewinnen.

Nora winkte Paul heran.

»Wenn der Pfarrer nicht in der Halle ist und nicht mehr hineinkommen kann, wie will er die Frau dann töten?«

»Wie du schon sagtest, ist möglicherweise der Mann sein primäres Ziel«, antwortete er.

»Ja, aber was, wenn nicht?«

Diekhoff zuckte mit den Schultern.

»Sprengstoff mit Fernzünder«, sagte er.

»Gibt es irgendwelche Hinweise darauf?«

Er schüttelte den Kopf.

»Um ganz sicherzugehen, müssen wir zu der Frau hinein.«

Nora schüttelte den Kopf.

»Das Risiko ist mir noch zu hoch. Erst will ich alles daransetzen, Olivias Mann zu finden. Ich schicke ein Team zum Parkplatz des Uni-Sees, die sollen nachsehen, ob ihr Wagen dort noch steht, wenn nicht, fahnden wir danach. Und dann will ich mit dem Pfarrer sprechen, der die beiden getraut hat.«

4

03:32:02

Mehrere Bodenstrahler beleuchteten die Backsteinkirche in der Ortsmitte der kleinen Gemeinde Dörverden südlich von Bremen. Hinter den hohen Buntglasfenstern war es aber dunkel.

Von der leer stehenden Lagerhalle, in der Olivia Kubat gefangen gehalten wurde, bis hierher hatte die Fahrt über die Autobahn nicht einmal fünfundvierzig Minuten gedauert. Zuvor hatten Mitarbeiter versucht, den Pastor der Kirchengemeinde, Herrn Görling, ans Telefon zu bekommen. Erfolglos. Es nahm niemand ab. Nora hätte ein Team herschicken und selbst bei der Halle bleiben können, doch dort konnte sie nichts ausrichten, wäre zur Untätigkeit verdammt, und die Anspannung hätte sie in den Wahnsinn getrieben. Trotz zehn Jahren Diensterfahrung hatte sie noch nicht herausgefunden, wie man in solchen Momenten cool blieb. Peter Richter, ein Kollege, mit dem sie kurze Zeit zusammen gewesen war, hatte ihr mal geraten, die Situationen realistisch zu betrachten. Ganz egal, wie ein Fall ausging, ob man einen Mörder fasste oder nicht, ein Menschenleben rettete oder nicht, am Abend kroch der Polizist in sein kuscheliges Bettchen, las vielleicht noch ein paar Seiten in einem Krimi und schlief dann ein, weil das alles sein eigenes Leben nicht betraf.

Aber das war keine realistische Betrachtung, sondern eine zynische, wie Nora fand, und weil Peter sich als durch und durch zynisch herausgestellt hatte, war ihre Beziehung nur von kurzer Dauer gewesen.

»Also, ich finde Kirchen unheimlich«, sagte neben ihr Paul Diekhoff.

Ihn hatte sie als Einzigen mitgenommen. Ein großer Aufmarsch am Pfarrhaus erschien ihr überzogen, und falls sie hier an der richtigen Adresse sein sollten, würde Paul mit jeder Situation fertigwerden.

»Es wundert mich, dass du überhaupt etwas unheimlich findest.«

»Ich weiß, wie man gegen Menschen vorgeht, aber gegen Gott und den Teufel bin ich machtlos.«

»Du hast also Angst vor den beiden.«

»Erzähl's nicht weiter.«

»Poste ich noch heute auf Facebook.«

»Herzlichen Dank. Wie ist der Plan?«

»Wir klingeln, und wird uns nicht aufgetan, so finden wir in Gottes Haus dennoch stets eine offene Tür.«

»Dafür kommen wir in die Hölle.«

»Werden wir sehen!«

Nora ging voran, Paul folgte ihr. Sie hatte keinen wirklichen Plan und glaubte auch nicht daran, Rolf Kubat hier zu finden. Denn sollte Pfarrer Görling der Täter sein, wäre es dumm von ihm, sein Opfer an diesem Ort gefangen zu halten. Klar gab es dumme Täter, sie waren sogar in der Überzahl, aber bei dem Aufwand an Planung und Logistik, den der Pfarrer bisher betrieben hatte, ging Nora von einem überdurchschnittlich intelligenten Mann aus. Das machte die Sache nicht leichter. Aber selbst wenn sie hier keinen Hinweis auf den Verbleib von Rolf Kubat fanden, wäre es fahrlässig, dieser Spur nicht zu folgen. So war das eben am Anfang einer Ermittlung; man lief in verschiedene Richtungen los, und manche erwiesen sich als Sackgasse.

Nora probierte es an der Haupteingangstür und der Nebentür der Kirche, fand jedoch beide verschlossen vor. Also liefen sie zu dem Pfarramt hinüber, das gleichzeitig auch die gemeldete Wohnadresse von Pfarrer Görling war. Hinter allen Fenstern war es dunkel, die Vorhänge zur Straße hin waren geschlossen, das große Backsteinhaus mit dem tief heruntergezogenen Dach machte einen abweisenden Eindruck. Im Vorgarten verrottete ein Sandkasten, ein Schaukelgestell versank im tiefen Gras. Über der Tür schaltete ein Bewegungsmelder eine Lampe ein. Es gab zwei Klingeln. Auf der einen stand Pfarramt, auf der anderen R. T. Görling, Richard Theodor, wie Nora aus dem Melderegister wusste.

Sie drückte nacheinander auf beide Klingelknöpfe.

Paul positionierte sich halb rechts hinter ihr, seine Hand lag auf der Schusswaffe am Gürtel. Sein Blick war ruhig und aufmerksam wie bei jemandem, der im Café saß und die Leute beobachtete. Wo ließ der Mann bloß seinen Stress?

Zu Noras Überraschung öffnete ihnen jemand die Tür. Die Person war weiblich, über sechzig, korpulent und trug einen rosafarbenen Bademantel. Ihr kurzes Kraushaar stand wild von ihrem runden Kopf ab. Aus verschlafenen Augen sah sie sie fragend an.

Nora stellte sich und Paul vor, zeigte ihren Dienstausweis und fragte, mit wem sie es zu tun habe.

»Ich bin die Küsterin, Marlies Fechtmann. Ich wohne zusammen mit Pfarrer Görling hier und führe seinen Haushalt. Was ist denn passiert?«

»Ist der Pfarrer zu sprechen?«

»Nein, tut mir leid. Er ist auf einem seiner regelmäßigen Angelausflüge.«

»Er angelt? Um diese Zeit?«

»Spätabends beißen die Fische am besten, sagt er. Er campiert draußen am Flussufer und kommt erst morgen in aller Herrgottsfrühe wieder rein.«

»Aha. Wissen Sie, wo er angelt?«

»Nein, das hat er mir nie verraten. Er will dort ungestört sein, wissen Sie. Als Gemeindepfarrer hat man sonst nie seine Ruhe, und das hält kein Mensch lang aus. Nicht bei all dem Leid, das man hier erfährt. Worum geht es denn? Kann ich Ihnen helfen?«

Nora dachte kurz daran, es auch einmal mit dem Angeln zu probieren.

»Wir führen eine Routineuntersuchung durch und müssen dazu Herrn Görling befragen.«

»Eine Routineuntersuchung um Mitternacht?«

»Manche Dinge dulden keinen Aufschub.«

»Die Wahrheit aber auch nicht.« Die Küsterin sah Nora auffordernd an. Diese Frau war es gewohnt, ihren Kopf durchzusetzen.

»Die ist aber in diesem Fall nicht für jeden bestimmt«, wich Nora aus. »Machen Sie sich bitte keine Sorgen.«

»Na, Sie haben Nerven. Die Polizei klingelt mich mitten in der Nacht aus dem Bett, und ich soll mir keine Sorgen machen?«

Nora quittierte den Vorwurf mit einem Lächeln.

»Wir haben vorher versucht anzurufen, sogar mehrfach.«

»Tatsächlich?« Die sorgsam gezupften Augenbrauen der Küsterin rutschten in die Höhe. »Ich habe nichts gehört, aber ich schlafe auch sehr fest.«

Aber die Haustürklingel hast du gehört, ja?, dachte Nora, behielt das aber für sich.

»Wir lange ist Herr Görling bereits fort?«

»Ich kann es nicht genau sagen, ich hab nicht auf die Uhr geschaut, außerdem war gestern Rommé-Nachmittag bei Gertrud, da wird es immer sehr spät, deshalb kann ich nicht sagen, wann der Herr Pastor aufgebrochen ist. Irgendwann am Nachmittag. Vormittags hat er ja noch die Messe gehalten.«

»Können Sie ihn erreichen?«

»Er hat schon ein Handy dabei, schaltet es aber nur ein, wenn er jemanden erreichen will. Sonst hat er ja keine Ruhe.«

Nora fragte sich, ob so ein Verhalten für einen Pfarrer normal war. Andererseits, warum sollten Geistliche kein Recht auf Urlaub und Privatsphäre haben?

»Frau Fechtmann, ich habe eine Bitte. Mein Handyakku ist leer. Dürfte ich wohl einmal das Haustelefon benutzen?«

»Aber selbstverständlich.«

Nora gab Paul mit einer Kopfbewegung zu verstehen, ihr zu folgen. Die Küsterin führte sie durch einen halbdunklen Korridor, an dessen Wänden zahlreiche Landschaftsfotografien hingen, bis in ein Büro auf der rechten Seite. Durch ein großes Fenster fiel der Blick auf die beleuchtete Westseite der Kirchenfassade.

Nora hatte die Küsterin angelogen, der Akku ihres Telefons war nicht leer, eine kleine Notlüge, um ins Haus zu kommen. Ohne einen Blick hineingeworfen zu haben, wollte sie nicht gehen. Da keine Gefahr im Verzug war und sie keinen Durchsuchungsbeschluss hatten, blieb ihr nichts anderes übrig. Sie wusste, während sie telefonierte, würde Paul sich so diskret wie möglich umschauen.

Die Küsterin wies auf ein modernes Telefon auf einem wuchtigen Schreibtisch aus Nussbaumholz.

»Hier bitte.«

»Vielen Dank. Ich fasse mich kurz.«

»Ach was, darauf kommt es nun wirklich nicht an. Aber Sie dürfen nichts durcheinanderbringen, hier arbeitet der Herr Pastor, und er hat seine ganz eigene … na ja, sagen wir mal, Ordnung.«

Wie Nora gehofft hatte, drehte sich die Küsterin aus Gründen der Diskretion zwar weg, blieb aber im Raum. Selbst eine Polizistin würde sie niemals im Allerheiligsten ihres Pfarrers allein lassen.

Nora klemmte sich den Hörer zwischen Ohr und Schulter und tat so, als spräche sie mit jemandem. In den langen Pausen sagte sie immer wieder: »Ja, okay … Ich verstehe«, und zum Abschluss: »Rufen Sie mich bitte umgehend unter dieser Nummer zurück.«

Dann legte sie auf, gab der Küsterin zu verstehen, dass sie auf den Rückruf wartete, und rief versteckt über ihr Handy den Anschluss an. Das Telefon klingelte sehr laut. Kaum zu glauben, dass die Küsterin es nicht gehört haben wollte.

Nora nahm ab, bestätigte eine Information, die sie nicht bekam, und legte auf.

»Wo haben Sie Ihren Schlafraum?«, fragte sie.

Die Küsterin deutete auf die Zimmerdecke.

»Im Obergeschoss.«

Nora ließ das unkommentiert.

»Danke für Ihre Hilfe.«

»Ist doch selbstverständlich.« Frau Fechtmann sah sie aus großen Augen ängstlich an. »Seien Sie bitte ehrlich. Muss ich mir wirklich keine Sorgen machen? Oder ist dem Herrn Pfarrer doch etwas zugestoßen?«

»Ich habe nur ein paar Fragen an ihn. Reine Routine. Sie müssen sich keine Sorgen machen. Wenn es notwendig wird, komme ich morgen noch einmal wieder. Sie können Herrn Görling gern darauf vorbereiten.«

Sie verabschiedeten sich, verließen das Haus und liefen durch den Pfarrgarten auf die Kirche zu. Gerade als sie diese erreichten, ging die Außenbeleuchtung aus, und es wurde schlagartig dunkel.

Nora erschrak.

»Sag ich doch, Kirchen bei Nacht sind unheimlich«, meinte Paul. »Jeden Moment wühlt sich hier irgendwas aus dem Boden und greift uns an.«

»Zu viele Horrorfilme gesehen, was?«

»Unzählige.«

»Im Haus irgendetwas entdeckt?«

»Nichts«, sagte Paul. »Und bei dir?«

»Na ja, hinter dem Schreibtisch an der Wand hängen Aufnahmen von Pfarrer Görling. Er scheint ein ausgesprochener Naturfan zu sein. Kanu fahren, Berge besteigen, reiten, angeln. Alles dabei.«

»Tja, er sucht seinen Gott in der Natur. Macht ihn das verdächtig?«

»Nein, aber es zeigt mir, dass er fit genug ist, um eine solche Aktion durchzuziehen. Ist ja auch nicht selbstverständlich in diesem Gewerbe.«

Sie kamen gerade am Wagen an, da klingelte Noras Handy.

Olivia Kubat rief an.

»Olivia? Alles in Ordnung?«

Die Stimme der Frau klang tränenerstickt.

»Ich … ich hätte dir das gleich sagen sollen, aber es … es ist mir so peinlich.«

»Sag es mir jetzt, Olivia, das ist schon in Ordnung. Niemand wird dir Vorwürfe machen.«

»Mein Mann, Rolf … Ich hege schon lange den Verdacht, dass er mich betrügt. Ich konnte ihm nie etwas beweisen, habe ihm aber ganz schön zugesetzt und sogar mit dem Gedanken gespielt, sein Handy zu orten, um herauszufinden, wo er sich aufhält. Das ist ohne seine Einwilligung aber illegal, deswegen habe ich es gelassen. Eines Tages, nachdem ich ihn mal wieder genervt hatte, schlug er von sich aus vor, ein Programm von Google, Latitude heißt das, auf unsere Handys zu laden. Das zeigt mir immer an, wo er sich aufhält. Er wollte mir damit wohl beweisen, dass ich ihm vertrauen kann. Da bin ich erst recht misstrauisch geworden und habe herausgefunden, dass er noch ein anderes Handy besitzt. Das habe ich dann ohne sein Wissen zur Ortung freischalten lassen, indem ich an seiner Stelle die Zustimmung gegeben habe. Ich weiß, das hätte ich nicht tun dürfen, aber ... ich war so wütend und ... und ... es könnte ja sein, dass Rolf dieses Handy bei sich hat.«

Nora schluckte den Kloß hinunter, der plötzlich in ihrem Hals steckte – er schmeckte bitter, und ihr Magen zog sich schmerzhaft zusammen. Hätte sie sich im Spiegel betrachten können, sie hätte wohl gesehen, dass ihr jede Farbe aus dem Gesicht gewichen war. Olivia hatte ihren Mann über dessen Handy ausgekundschaftet! War das ein Zufall? Es musste einfach so sein! Eine besonders sarkastische Wendung des Schicksals, um Nora ihr eigenes Fehlverhalten noch einmal vor Augen zu führen.

»Wie ist die Nummer?«, brachte sie mühsam hervor.

»Ich ... ich weiß es nicht, ich hab den Anschluss ja nie angerufen. Aber sie ist in meinem Handy gespeichert.«

»Olivia, wo ist dein Handy?«, fragte Nora, und erst jetzt fiel ihr ein, dass sie das längst hätte fragen sollen.

»Wenn ich laufe, verstecke ich es immer im Handschuhfach meines Wagens ... unter dem alten Straßenatlas.«

5

Olivia Kubat ließ die Hand, mit der sie das Smartphone hielt, auf ihren Bauch sinken.

Plötzlich fühlte sie sich körperlich und mental vollkommen ausgelaugt. Die Angst vor dem Pfarrer war in den Hintergrund getreten, während sie hin und her überlegt hatte, ob sie der Polizistin, die so nett und gleichzeitig kompetent klang und die sogar an eine frische Hose gedacht hatte, von ihren Nachstellungen erzählen sollte. Schlussendlich hatte Olivia sich dazu durchgerungen, weil sie hoffte, Rolf damit helfen zu können. Er konnte ein Idiot und Ignorant sein, und er betrog sie, aber das rechtfertigte nicht, ein Todesurteil über ihn zu fällen – genau das hatte sie mit dem Anruf bei der Polizei aber getan. Olivia wusste, sie hatte keine andere Wahl gehabt, doch je länger die Rettung auf sich warten ließ, desto schwerer lastete diese Entscheidung auf ihrer Seele. Sie setzte all ihre Hoffnung auf Nora Jacobi. Die Kommissarin würde sie und Rolf befreien, ganz bestimmt! Danach könnte sie ihrem Mann so richtig den Kopf waschen, und vielleicht führte dieser Schock dazu, dass sie wieder zueinanderfanden. Wer konnte das schon wissen?

Olivia wünschte es sich, trotz allem.

Sie riss das Handy hoch, drückte den Start-Button und warf einen Blick auf die Ladeanzeige des Akkus. Obwohl sie wusste, sie sollte das besser unterlassen, tat sie es alle paar Minuten. Sie konnte nicht anders. Noch war genug Ladung vorhanden, aber die Kommissarin musste sich beeilen.

Zum ersten Mal schämte Olivia sich dafür, was sie getan hatte. Die ganze Zeit über, als sie Rolf nachstellte, hatte sie ihr Verhalten damit gerechtfertigt, dass die alleinige Schuld bei ihm lag. Schließlich betrog er sie und nicht umgekehrt. Gerade eben jedoch, während des Telefonats, hatte es sich ganz anders angefühlt. Nämlich so, als sei sie die Böse in diesem Spiel. Die gemeine, hinterhältige Ehefrau, die ihren Mann zu dem trieb, was er tat.

Tränen liefen Olivia über die Wangen.

Wie hatte es nur so weit kommen können? Wo waren Glück und Liebe geblieben? Sie erinnerte sich an damals, als sie ihr Haus gekauft hatten und nach langer Suche und bangem Hoffen auf einen Kredit endlich zum ersten Mal mit dem eigenen Schlüssel das noch leere Haus betreten durften. Dieses Gefühl, die Zukunft selbst bestimmen zu können und eine Heimat gefunden zu haben, war unvergleichlich gewesen. Es gab keine Möbel, nicht einmal eine Matratze, dennoch hatten Rolf und sie die Nacht dort verbracht und auf dem harten Parkettboden im zukünftigen Wohnzimmer miteinander geschlafen. Sie hatte blaue Flecken an der Hüfte davongetragen, aber das spielte keine Rolle. Sie waren einfach nur glücklich gewesen.

Olivia hob ihr Becken an, so weit es die Fesseln zuließen. Das musste sie alle paar Minuten tun, da irgendwas an dem Holztisch, auf dem sie lag, ihr schmerzhaft in den unteren Rücken drückte. Sie kam zwar nur wenige Zentimeter hoch, doch das reichte aus für ein bisschen Linderung.

Was tat Rolf gerade, fragte sie sich.

Schwelgte er in den gleichen Erinnerungen wie sie?

Wünschte er sich, die Zeit zurückdrehen zu können?

Das ging nicht, dieser Wunsch war kindisch, die Verletzungen, die sie sich gegenseitig zugefügt hatten, würden nicht einfach verschwinden, aber Olivia war bereit, mit den Narben zu leben. Vielleicht gehörten Verheerungen zu einer Beziehung, vielleicht musste man den Satz »In guten wie in schlechten Zeiten« ernst nehmen und durfte nicht einfach aufgeben.

Sie war bereit, Rolf zu verzeihen.

Wenn sie dies hier überlebten, hatten sie beide eine zweite Chance verdient.

Sie würde ihn jetzt gern anrufen, um mit ihm darüber zu sprechen, doch das ging nicht, weil sie den Akku schonen musste.

Nur, um sicherzugehen!

6

02:12:17

Das Abbruchhaus lag in absoluter Finsternis am Ende einer Sackgasse, umgeben von einem Hain uralter Eichen, die größtenteils leb- und blattlos ihre knorrigen Äste in den Nachthimmel streckten. Hinter dem Anwesen begann auf leicht ansteigendem Gelände ein Mischwald. Bei dem Haus handelte es sich um einen ehemaligen Gutshof, der zu seinen besten Zeiten herrschaftlich und eindrucksvoll gewesen sein musste. Der reich verzierte Fachwerkgiebel verriet noch ein wenig von dieser längst vergangenen Epoche. Heute rottete das große Gebäude vor sich hin. Der Putz, aus dem längst jede Farbe gewichen war, bröckelte. Klaffende Löcher statt Fenstern überall. Beim letzten Sturm heruntergefallene Dachziegel lagen auf dem Boden verstreut, und in den Laubhaufen vor der Eingangstreppe aus altem Sandstein hätte man sich verstecken können, so groß waren sie.

Nora Jacobi fröstelte. Dieser Ort war ihr unheimlich. Besonders, da Olivia Kubats Handy, das sie tatsächlich im Handschuhfach unter dem Straßenatlas gefunden hatten, sie hierhergeführt hatte.

Nora fragte sich, warum der Täter es nicht mitgenommen hatte. Wollte er in der Eile nicht danach suchen? Am helllichten Tag an einem zwar abseits gelegenen, aber gut frequentierten Parkplatz eine Frau zu entführen, das barg ein hohes Risiko. Er musste schnell und entschlossen gehandelt haben.

Und dennoch hatte er sich die Zeit genommen, den Wagen abzuschließen und den Schlüssel mitzunehmen. Das passte nicht!

Nora hatte über dieses Gutshaus noch nichts herausfinden können, dafür war die Zeit zu knapp gewesen, und es spielte vorerst auch keine Rolle, wem es gehörte und warum es verfiel. Wichtig war nur eines: Die Kollegen aus der technischen Abteilung hatten Rolf Kubats heimliches Handy auf fünfzig Meter genau hier geortet. Weit und breit gab es kein anderes Gebäude, in dem man jemanden im Keller gefangen halten konnte. Zuvor hatten sie mit Olivias Handy eine etwas gröbere Ortung durchgeführt, und auch die verwies auf diese Gegend, wenngleich nicht auf fünfzig Meter genau. Es war schon erstaunlich, wie leicht jede Privatperson heutzutage jeden überwachen lassen konnte. Ein einträgliches Geschäft für Internetunternehmen, die es mit der Gesetzeslage nicht so genau nahmen.

Rolf Kubat war hier, da war sich Nora sicher.

Die mit Kopfstein gepflasterte Zufahrt zum Anwesen war auf den letzten Metern von mannshohen Büschen eingewachsen, ein natürlicher Tunnel und Sichtschutz, in dem Nora sich verbarg. Auf dem Grasbankett des Privatweges parkten die Fahrzeuge des SEK, alle Lichter waren ausgeschaltet, die Männer und Frauen warteten versteckt auf ihren Einsatz.

Paul trat hinter sie.

»Die Wärmebildkameras haben keine Chance, die Mauern dieser verfluchten Burg sind einfach zu dick. Ein Meter, würde ich schätzen. Aber wir haben an einem der hinteren Kellerfenster Stimmen festgestellt.«

»Stimmen? Plural?«

»Ein Gespräch vermutlich.«

»Das will ich mir anhören.«

»Na, dann los.«

Paul schlich voran. Den Arm nach unten ausgestreckt, hielt er seine Schusswaffe neben dem rechten Knie. Nora folgte ihm dichtauf am Rand der Büsche entlang, bis diese vor der Toreinfahrt zurückwichen. Dort schlug Paul sich seitwärts ins Gehölz. Der Boden war weich und nachgiebig, an einigen Stellen schmatzte es feucht, sobald Nora ihren Fuß aufsetzte, und sie war froh um ihre festen Trekkingschuhe. Die Arme vors Gesicht gehoben, versuchte sie, sich in der Dunkelheit vor den Ästen zu schützen, bekam aber dennoch ein paar Kratzer ab. In dem Dickicht verborgen, arbeiteten die beiden sich bis zur Rückseite des Gutshauses vor.

Paul ließ sich auf ein Knie sinken und deutete nach vorn.

»Wenn wir da rübergehen, kann er uns aus einem der vielen Fenster sehen«, warnte er.

Nora nickte. In der zweigeschossigen, lang gestreckten Fassade befanden sich mindesten fünfzehn Fensteröffnungen, dazu ein Balkon, der auf einem Wintergarten im Erdgeschoss ruhte. Oben waren die Fenster intakt, unten teilweise zerstört oder mit Holzplatten vernagelt. Zwischen ihrem Standort und dem Haus erstreckte sich eine große Rasenfläche, aus der Hunderte Maulwurfshügel ragten.

»Riskieren wir's«, flüsterte Nora, zog ebenfalls ihre Dienstwaffe und entsicherte sie.

Abermals ging Paul voraus. Nora folgte ihm rechts versetzt mit zwei Schritten Abstand. Ihr Herz klopfte heftig, und sie begann zu schwitzen. Nach wenigen Metern trat sie in ein Loch im Boden, knickte um, spürte einen scharfen Schmerz im Knöchel und schlug der Länge nach auf dem vermoosten Rasen auf. Sie unterdrückte einen Aufschrei.

Sofort war Paul bei ihr.

»Was ist?«

»Scheiß Maulwürfe!«, schimpfte Nora leise.

»Alles in Ordnung?«

»Ja, weiter.«

Sie biss die Zähne zusammen. Ihr Fuß tat weh, aber es fühlte sich nicht so an, als sei etwas gebrochen. Vielleicht eine Bänderdehnung. Das hatte ihr gerade noch gefehlt.

Neben Paul presste sie sich an die Hauswand und spürte sofort die massive Dominanz des Gebäudes. Wände wie Burgmauern, tief verankert in festem Boden. Eine Trutzburg ländlichen Reichtums, die zugleich pragmatisch und repräsentativ sein sollte und wahrscheinlich dem Verfall noch Jahrzehnte trotzen würde.

Mit dem Rücken an der Wand schob Paul sich weiter, Nora blieb dicht bei ihm. In ihrer Blickrichtung ragte der Waldrand wie eine Manifestation der Dunkelheit auf, unbewegt und still. Dieser Ort schüchterte Nora ein, ohne dass sie den genauen Grund dafür benennen konnte.

Paul blieb abrupt stehen, und Nora stieß gegen ihn. Er deutete auf ein Kellerfenster. Es war vom Stil her den übrigen Fenstern in der Fassade nachempfunden, war kaum mehr als dreißig Zentimeter hoch und bestand aus gegossenem Stahl. Keine Chance, da hineinzukommen.

Paul huschte auf die andere Seite. Gleichzeitig ließen sie sich rechts und links des Kellerfensters auf die Knie nieder. Nora spürte sofort Feuchtigkeit ihre Jeans durchdringen und musste daran denken, dass sie noch nicht dazu gekommen war, eine frische Jeans für Olivia zu besorgen. Sie würde einfach eine ihrer Einsatzhosen nehmen, von denen sie im Kofferraum stets zwei Stück mit sich führte. Sie trug zwar Größe 38, diese Hosen fielen jedoch weit aus.

Nora beugte sich vor und lauschte. Licht war keines zu sehen, aber Paul hatte recht: Sie hörte Stimmen. Zuerst nur sehr leise, doch je länger sie sich darauf konzentrierte, desto mehr glaubte sie, zwei Menschen miteinander sprechen zu hören. Dabei war einer federführend und hatte deutlich mehr Zeitanteile. Der andere schien nur zu reagieren.

Ungeachtet des feuchten Grases ließ Nora sich auf den Bauch nieder und wagte einen Blick durchs Fenster. Das Glas war alt und mit einer milchigen Kalkschicht bedeckt, in den Winkeln zwischen Fenster und Wand hatten Spinnen dichte Netze gespannt, Laub hing darin. Nora konnte absolut nichts erkennen. Keine Formen, keine Kanten und erst recht keine Bewegungen. Sie glaubte nicht, dass das Gespräch dort unten in völliger Dunkelheit stattfand. Also war der Kellerraum entweder riesig und voller Nischen, oder das Gespräch fand in einem anderen Raum statt, der von diesem nur durch eine leichte Tür getrennt war.

Nora gab Paul per Handzeichen zu verstehen, sich zurückzuziehen. Sie nahmen den gleichen Weg, den sie gekommen waren, und erreichten nach wenigen Minuten die parkenden Einsatzfahrzeuge. Die Frauen und Männer in den martialischen schwarzen Schutzanzügen langweilten sich bereits.

Nora nahm Paul beiseite.

»Sie sind da unten. Rolf Kubat und der Täter.«

»Nehmen wir an.«

»Berechtigterweise. Die Handyortung verweist auf diesen Ort. Das Haus ist verlassen und unbewohnbar, dennoch unterhalten sich zwei Personen dort unten im Keller. Und Olivia Kubat hat auf dem Video eindeutig einen Keller erkannt. Ich brauche nicht mehr, um sicher zu sein.«

Paul zuckte mit den Schultern.

»Ist deine Entscheidung.«

»Siehst du es denn anders?«

»Nein, aber ich muss später auch nicht den Kopf hinhalten.«

»Ja, du hast eindeutig den bessern Job von uns beiden.«

»Na, ich weiß nicht … Sollen wir also reingehen? Ich brauche eine offizielle Anweisung.«

Nora warf einen Blick auf die Stoppuhr ihres Handys.

01:53:03

Sie traf eine Entscheidung.

»Du bleibst mit deinen Männern hier und stürmst auf mein Kommando hin das Gebäude. Ich fahre zurück zur Lagerhalle und übernehme dort die Befreiung von Olivia Kubat. Du wartest auf jeden Fall, bis ich den Befehl erteile, verstanden?«

»Yes, Sir.«

Er deutete ein Salutieren an, wandte sich ab und ging zu seinen Männern, um den Einsatz zu besprechen.

Nora lief allein zu ihrem Wagen zurück, der ganz am Ende des Privatweges auf einem Ackerweg parkte. Außer Atem kam sie dort an, warf sich hinters Steuer, startete den Motor, setzte zurück und gab Gas. Die Reifen drehten auf dem nassen Untergrund durch, fanden dann aber Halt.

Nora überlegte. Hatte sie alle Eventualitäten bedacht? Primäres Ziel war es, beide Kubats unversehrt zu befreien, wenn sie dabei auch noch den Täter festnehmen konnten, umso besser, aber das war nicht zwingend erforderlich. Der ließ sich später noch ermitteln.

Ist das der Pfarrer dort unten im Keller, fragte Nora sich.

Wähnt er sich in Sicherheit?

Er ahnte schließlich nicht, dass Olivia von dem geheimen Handy ihres Mannes wusste und es orten ließ. Folglich ging er davon aus, dass die Polizei kurz vor Ablauf der Acht-Stunden-Frist Olivia Kubat befreien würde, woraufhin er Rolf Kubat töten und verschwinden würde. Damit wäre sein Plan aufgegangen.

Nora verstand nicht, warum er den Mann nicht einfach so tötete. Warum dieses aufwendige Spiel, bei dem die Gefahr aufzufliegen ungleich größer war? Nur leider brachte es nichts, sich den Kopf über ein krankes Hirn zu zerbrechen, dessen Intentionen und Strategien sie sowieso nie gänzlich würde nachvollziehen können. Der Täter zwang sie zum Handeln, das war ihr bewusst. Sie ließ sich vor seinen Karren spannen und antreiben und spielte nach seinen Regeln.

Nun, nicht ganz.

Dieser Pfarrer hatte nicht mit Olivia Kubats Eifersucht und Kontrollwahn gerechnet.

In Nora rührte sich schon wieder das schlechte Gewissen. Sie musste an Henk denken und daran, was sie getan hatte. Sie war nicht besser als Olivia, was das betraf. Vielleicht sogar schlimmer, weil sie schon von Berufs wegen anders hätte handeln müssen.

Als Nora die Hauptstraße erreichte, schob sie die Gedanken beiseite und gab Gas.

Die Zeit lief ab.

7

00:25:36

Nora befand sich nahe der leer stehenden Halle, vor der ein zweites SEK-Team auf seinen Einsatz wartete. Die Zeit reichte auf jeden Fall, zumal sie eine Viertelstunde Sicherheitsreserve eingerechnet hatte.

Vor Ort hatte der Gruppenführer Ricken das Kommando. Nora besprach sich mit dem kleinen, bulligen Mann und wandte sich danach an die Polizeipsychologin Alke Grimm.

»Haben Sie mit Olivia gesprochen?«

Alke nickte.

»Zum letzten Mal vor fünf Minuten, da war ihr Akku bei zweiundzwanzig Prozent. Es geht ihr so weit gut. Sie ist natürlich sehr nervös.«

»Okay, der Einsatz beginnt gleich, ich will vorher noch einmal mit ihr reden.«

Nora wählte Olivias Nummer und trat mit dem Handy am Ohr ein paar Schritte zur Seite.

»Olivia, hier ist Nora Jacobi. Magst du Schwarz?«

»Schwarz? Inwiefern?«

»Ich habe hier eine topmoderne schwarze Einsatzhose der Polizei für dich. Sind viele Taschen für alles Mögliche dran, sehr bequem und zweckmäßig. Ich bring sie dir gleich rein, du kannst sie behalten, ich schenke sie dir.«

»Du holst mich jetzt also raus?«

»Wir haben deinen Mann gefunden. Alles deutet darauf hin, dass der Täter bei ihm ist. Dir droht also keine Gefahr.«

»Und Rolf?«

»Wir werden alles tun, ihn unbeschadet dort rauszuholen.«

»Ich habe Angst. Scheiße, ich hatte noch nie zuvor solche Angst.«

»Das kann ich verstehen, aber dir wird nichts geschehen.«

»Ja, aber Rolf … Wenn er stirbt, dann bin ich schuld daran … und muss damit weiterleben.«

»Auch das wird nicht geschehen. Pass jetzt bitte genau auf, Olivia. Ich gehe den Einsatz kurz mit dir durch, damit du weißt, wie du dich verhalten musst, wenn unsere Leute das Gebäude stürmen. Folgendes …«

Zwei Minuten später beendete Nora das Gespräch. Olivia war instruiert und in der Verfassung, den Einsatz durchzustehen. Hoffentlich! Bisher hatte sie eine erstaunliche psychische Stärke gezeigt, aber gleich würde es hart werden. Nora fand Olivia sympathisch und hatte Mitleid mit ihr, und sie hoffte, dass der Einsatz glatt ablaufen würde.

Hatte sie an alles gedacht?

Es war die schwerste Entscheidung ihrer bisherigen Dienstzeit, Olivias Mann zuerst zu befreien, und sie ahnte, sollte etwas schiefgehen, würde sie sich das niemals verzeihen.

Das Telefon in der Hand, dachte Nora darüber nach, ihren Chef über ihre Entscheidung zu informieren. Er würde sie nicht anzweifeln, deshalb machte es streng genommen keinen Sinn, war sogar kontraproduktiv.

Also rief sie stattdessen Paul Diekhoff an und gab das *Go* für den Zugriff im alten Gutshof.

8

00:11:02

Paul Diekhoff gab das Zeichen. Alle setzten sich in Bewegung, sein Team funktionierte wie das sprichwörtliche Schweizer Uhrwerk.

Team 1, bestehend aus Müller, Hagen und Leefers, drang durch die ohnehin schon desolate Eingangstür in das Gebäude vor. Team 2, bestehend aus Wolters, Teerhagen und Klotz, nahm den Weg durch den Wintergarten. Team 3 und 4 sicherten die Rückfront, dort würde sich niemand aus dem Staub machen können. Paul selbst folgte Team 1, hielt sich aber zwei Schritte zurück, da ihm als Einsatzleiter andere Aufgaben zufielen. Manchmal vermisste er es, an vorderster Front Türen einzutreten, aber so weit entfernt war er ja auch nicht.

Paul freute sich auf das verdutzte Gesicht dieses Pfarrers, wenn ihm aufging, dass sein schön ausgedachter Plan voll in die Hose gegangen war. In Gedanken legte Paul sich bereits ein paar nette Worte zurecht.

Und ob du schon wandertest im finstren Tal, erwartet dich erst jetzt wirkliche Qual.

Irgendwas in der Richtung.

Paul hatte sich schon immer gern über besonders gläubige Menschen lustig gemacht, weil er nicht verstehen konnte, wie man die Verantwortung für sein Leben an eine Art Superhelden abgeben konnte. Dieser Blödmann dort unten im Keller war sicher nicht besonders gläubig, sonst würde er nicht so eine Show abziehen, aber da er sich als Pfarrer verkleidete, war der Spruch trotzdem angebracht.

Das Vordringen lief im Vergleich zu anderen Einsätzen fast geräuschlos ab, da keine Tür nennenswerten Widerstand bot. Die auf den Waffenläufen montierten Lampen schnitten Lichtkanäle in die Dunkelheit, rote Punkte von Laserzieleinrichtungen wanderten über die Innenwände des Gutshauses. Die Männer sicherten zunächst einige der oberen Räume, in denen sich jedoch niemand aufhielt. Es gab auch keine Möbel oder sonstige Einrichtungsgegenstände. In einer kleinen Kammer neben der ehemaligen Küche entdeckten sie einen Schlafplatz aus einem zerschlissenen blauen Schlafsack, eine Orangenkiste mit Kerzenstummeln darauf und ein paar leere Konservendosen.

Team 1 und 2 trafen sich vor der Treppe, die in den Keller führte, schlossen sich zusammen und stiegen hinab. Die Sohlen ihrer Stiefel knirschten leise auf Sand und Glasscherben aus den zerstörten Fenstern. Im Keller roch es nach Feuchtigkeit und Schimmel, die Wände waren in den unteren Bereichen von einer schmierigen schwarzen Schicht überzogen. Früher hatte man noch anders gebaut, großzügiger, und wahrscheinlich hatte dieser Keller als Lagerraum für Vorräte gedient, die den ganzen Winter über ausreichen mussten. Jedenfalls war das Gewölbe riesig und unübersichtlich. Ein breiter Gang zog sich durch die Mitte, traf nach zehn Metern auf eine Wand und teilte sich. Von diesem Gang führten rechts und links Türen ab. Die Räume dahinter mussten zunächst gesichert werden. Sein Team ging dabei leise und effizient vor, dennoch wurde ihr Vorankommen dadurch verzögert. Danach teilte sich das Team auf, und Paul entschied sich, Team 1 nach rechts zu folgen. Das Spiel mit den zu sichernden Räumen wiederholte sich noch viermal, bevor sie durch einen offenen Durchgang in einen Raum gelangten, der einer unterirdischen Halle glich. Allerlei Gegenstände aus altem dunklem Holz befanden sich darin. Regale, Trennwände, Bottiche, Kanthölzer, Bretter, Tröge. Die Halle war unübersichtlich und voller möglicher Hinterhalte.

Sie hörten die Stimmen.

Noch immer unterhielten sich zwei Personen.

Das fand Paul merkwürdig. Licht und Geräusche hätten den Täter längst aufschrecken müssen.

Lautlos drangen sie bis zur Quelle der Stimmen vor.

Dort fanden sie einen Mann, gefesselt auf einer alten, massiven Holztür, die auf zwei Sägeböcken lagerte. Er trug einen Anzug und schwarze Schuhe. An dem Gespräch hatte er sich nicht beteiligt, denn in seinem Mund steckte ein perverser Knebel. Die Augen des Mannes huschten voller Panik hin und her.

Auf einem wurmstichigen Holzfass drei Meter neben dem Mann, den Paul als Rolf Kubat identifizierte, lag ein Handy, eine zusätzliche Powerbar zum Laden, daneben ein kleiner, runder Bluetooth-Lautsprecher.

»Oh, scheiße!«, stieß Paul aus und griff nach seinem Telefon.

9

00:02:40

»Geht rein!«, schrie Paul Diekhoff ins Telefon. »Der Typ ist nicht hier.«

Nora Jacobi hatte auf einen Anruf von Paul gewartet, aber nicht auf diesen. Ihre Strategie war es, Paul mit seinem Team zuerst zuschlagen zu lassen und den Täter im Keller des alten Gutshauses festzusetzen. Nora wollte sichergehen, dass der Pfarrer nicht durch irgendeinen Trick doch noch Zugriff auf Olivia bekam.

»Bist du sicher?«

»Hundertpro. Der hat uns verarscht!«

»Und Kubat?«

»Ist unverletzt, glaube ich.«

Nora beendete das Telefonat. Plötzlich stieg Panik in ihr auf. Hatte sie etwas übersehen? Die Fakten nicht genau genug hinterfragt? War Olivia Kubat doch in Gefahr? Aber das konnte nicht sein, außer ihr befand sich niemand in der Halle, und wenn der Täter nicht in dem Gutshaus war, dann hatte er Lunte gerochen und sich rechtzeitig davongemacht.

Oder nicht?

Nora verständigte sich mit Ricken und informierte ihn über die neue Lage.

»Wir gehen sofort rein«, befahl sie.

Ricken setzte sich mit seinen Leuten in Bewegung. Nora folgte ihnen, hielt sich aber im Hintergrund, denn für das Stürmen des Gebäudes waren allein die Profis des Spezial-Einsatz-Kommandos zuständig.

Der Zugriff erfolgte durch den Bürotrakt an der Vorderseite. Binnen Sekunden war die Tür aufgebrochen. Nora wartete dort, während die schwer bewaffneten Beamten im Inneren verschwanden. Ihr Herz klopfte wie wild, sie schwitzte unter der Schutzweste, die sie jetzt trug, und fragte sich abermals, ob ihre Entscheidung richtig gewesen war.

Plötzlich detonierte etwas im Innenraum des Gebäudes. Die Explosion war nicht sehr stark, aber dennoch spürbar. Im Sprechfunk überschlugen sich die Meldungen, Schreie brandeten auf. Rauchgranaten kamen zum Einsatz. Jemand sagte etwas von Sprengstoff.

Nora war wie gelähmt.

Mit dem Rücken an der Wand, die Dienstwaffe mit beiden Händen vorgestreckt, die Ersatzhose für Olivia mit den Beinen um ihre Hüfte gebunden, stand sie da und bekam kaum Luft.

Sie hatte es versaut.

Nach zwei Minuten meldete sich Ricken über Funk und bat Nora herein. Sie schaffte es kaum, sich von der Wand zu lösen. Sie steckte ihre Waffe weg, löste den Knoten in den Hosenbeinen um ihre Hüfte und nahm die Ersatzhose für Olivia in die zitternden Hände. Zwei Beamte traten aus der demolierten Tür, einer nickte ihr zu, zeigte in den Flur, und Nora ging hinein. Sie folgte den Gesten der vermummten Männer durch das Bürogebäude bis in die Halle. Dort schlug ihr Rauchgas entgegen, Lichtlanzen von Taschenlampen zuckten umher, Beamte sprachen miteinander. Es roch nach Feuer und … Blut.

Ricken kam ihr entgegen. Sein Gesichtsausdruck war hart und ohne Regung, die tief liegenden Augen verrieten nichts. Sie kannte den Mann nicht besonders gut, hatte vielleicht zwei, drei Mal mit ihm gearbeitet. Sympathisch war er ihr nicht.

Er machte eine Kopfbewegung, ihm zu folgen, und das tat Nora. Sie fühlte sich in diesem Moment nicht mehr wie eine Führungskraft, nicht mehr wie die Leiterin des Einsatzes, sondern wie eine Schülerin, die vor eine wichtige Aufgabe gestellt worden war und versagt hatte.

Aus dem Rauchgasnebel, der von dem Baustrahler in unheimliches Licht getaucht war, schälte sich der große hölzerne Tisch heraus, auf dem Olivia Kubat ihr Leben ausgehaucht hatte.

Der Tisch war in zwei Hälften geteilt, die sich wie ein zänkisches Ehepaar aber nicht völlig voneinander lösen konnten, sondern durch einzelne Holzfasern miteinander verbunden blieben. Beide Hälften sackten zur Mitte hin ab, dort liefen große Mengen Blut über die Bruchstelle zu Boden, wo es durch schmale Rillen im Beton floss und in breiteren Rissen versickerte.

Olivia Kubat war ebenso in zwei Hälften geteilt.

»Ein Minisprengsatz unter ihrem Rücken«, nuschelte Ricken.

Nora stand mit der Ersatzhose für Olivia in den Händen da und blickte ihr ins Gesicht, sah die weit aufgerissenen Augen, den geöffneten Mund, die Blutspritzer auf der rechten Wange. Zuerst begannen ihre Hände zu zittern, dann der ganze Körper, und schließlich schaffte sie es nicht mehr, ihren Mann zu stehen.

Nora torkelte zur Seite und übergab sich.

10

Der Pfarrer zog die Tür hinter sich zu und die Schultern hoch. Es war frisch geworden, und wie so oft im Frühjahr kroch kurz vor Tagesbeginn vom Fluss her Nebel herauf. Die Feuchtigkeit drang ihm in die Knochen. Er knotete den Wollschal enger um seinen Hals, schritt kräftig aus und folgte dem unebenen Weg aus roten Pflastersteinen, der von seinem Wohnhaus zur Kirche führte. Erstes Unkraut wucherte in den Ritzen. Altes Laub von den Eichenbäumen rund um den Pfarrgarten hatte sich an den Rändern angesammelt. Einen Gärtner, der sich darum kümmerte, konnte sich die Kirchengemeinde schon lange nicht mehr leisten, und wenn die Ehrenamtlichen keine Zeit hatten, blieb die Arbeit eben unerledigt.

Er schämte sich dafür und wandte den Blick ab.

Normalerweise ging er um diese Zeit nicht hinaus, aber heute hatte er das Bedürfnis, mit Gott zu sprechen. Früher hatte er das sehr oft und zu jeder Tageszeit getan, doch im Laufe der Jahre waren die Gespräche seltener geworden. Ein Verhalten, vergleichbar mit dem lang verheirateter Ehepaare, die sich nichts mehr zu sagen hatten. Die schweigend die Tage vergeudeten und auf den Tod warteten. Er verabscheute das, hatte nie so werden wollen und es doch nicht aufhalten können. Heute fragte er sich viel zu oft, was es noch zu sagen gab.

Was soll ich bereden mit meinem Gott? Ich kann ja nicht einmal dafür sorgen, dass die einfachsten Versprechen, abgegeben in seinem Haus vor dem Antlitz seines Sohnes, eingehalten werden. Meine Autorität, die sich aus Gott speist, ist keine mehr, und den Menschen ist es egal, was ich von ihren Verfehlungen halte. Sie lachen über mich und halten mich für einen Ewiggestrigen.

Er selbst hielt sich für einen schlechten Diener und schämte sich dafür. Scham war keine gute Grundlage für Gespräche, sie lähmte die Zunge oder nährte die Lüge, je nachdem, was einen Vorteil brachte.

Doch heute schämte er sich nicht. Vielleicht spürte er deshalb das Bedürfnis, mit Gott zu reden.

Der Pflasterweg machte hinter zwei Ginsterbüschen einen Knick, dahinter tauchte die Kirche auf. Sie stand schief auf einem aufgeschütteten Hügel und schien darin zu versinken. Früher war die Gegend hier wegen der Nähe zum Fluss Überschwemmungsgebiet gewesen, deshalb hatte man den Hügel künstlich aufgeschüttet und die Kirche darauf gebaut. Doch der Untergrund hielt nicht, jedes Jahr sackte die Kirche drei bis sechs Zentimeter in den Boden. Im Zweiten Weltkrieg hatte man eine Art Bunker unter die Kirche gegraben, in dem die Einwohner Schutz suchen konnten, leider hatte das die Fundamente zusätzlich destabilisiert. Heute war kein Geld mehr da, dem entgegenzuwirken, und die Statiker, die zweimal im Jahr anrückten, prophezeiten ein baldiges Ende des Bauwerkes.

Es wäre auch sein Ende, das spürte er.

Nebelschwaden zogen hüfthoch um die alten Mauern aus Bruchstein, sodass seine Kirche noch kleiner wirkte, gleichzeitig schien sie über dem Boden zu schweben. Der Pfarrer blieb stehen und bestaunte den Anblick. Ein Zeichen, dies musste ein Zeichen sein! So leicht, wie sich seine Seele in dieser Nacht anfühlte, so leicht zeigte sich seine Kirche, die doch sonst so schwer und belastend dastand. Ein Mahnmal wider die Sünde, ehrfurchtgebietend, angsteinflößend und immer häufiger von den Menschen gemieden, für die sie doch gebaut worden war.

Eine schwebende Kirche, losgelöst vom blutgetränkten Todesacker!

Ein Lächeln umspielte die Mundwinkel des Pfarrers. Das Gedankenbild gefiel ihm.

Er schritt den Hügel hinauf und tauchte in den Nebel ein. Irgendwo im Ort bellte ein Hund, ansonsten war es still. Die schwere Tür aus massivem Eichenholz, gehalten von schmiedeeisernen Beschlä-

gen aus einem anderen Jahrtausend, knarrte, als er sie aufstieß. Kühle, leicht muffige Luft schlug ihm entgegen. Sie bekamen das Problem mit der in den Mauern aufsteigenden Feuchtigkeit nicht in den Griff, der Schimmel vermehrte sich rasant. Für eine gründliche Sanierung fehlte das Geld. Für alles fehlte das Geld. Sechs Kirchenaustritte allein in der vergangenen Woche.

Aber darüber würde er sich heute nicht ärgern, nicht in dieser besonderen Nacht.

Das Licht schaltete der Pfarrer nicht ein. Zum einen fand er sich in seiner Kirche blind zurecht, zum anderen würde man es im ganzen Dorf sehen können, und dann schwätzten sie wieder, die Leute, dass ihre Kirchensteuer für unnötig brennendes Licht rausgeworfen wurde. Es war ein Fehler, es Steuer zu nennen und vom Staat eintreiben zu lassen. Das weckte Widerwillen und Anspruchsdenken. Jeder wollte heutzutage etwas haben für seine Steuer, kaum jemand dachte noch an das Gemeinwohl.

Ein langer Mittelgang teilte die Sitzreihen, so wie es in beinahe jeder Kirche der Fall war. Der Boden bestand aus Sandstein, blank poliert von den Schuhen der Sünder. Auf dem Altar, hinter dem das Kreuz mit Gottes geopfertem Sohn aufragte, brannten drei Kerzen in roten Gläsern. Jeden Abend zündete der Pfarrer sie an, weil er es nicht ertrug, wenn die Dunkelheit Besitz ergriff von seiner Kirche.

Die roten Lichter zogen ihn an. Leuchtfeuer in der rauen See der digitalen Zeit mit all ihren Versuchungen, denen die Menschen nicht gewachsen waren. Gerade hatten sie gelernt, ihre Mordlust zu bändigen, ihren Vermehrungsdrang zu mäßigen, ihre Besitzgier zu zügeln, da erschuf der Teufel das Internet und machte Jahrhunderte der Evolution zunichte.

Vor dem Altar ließ der Pfarrer sich auf die Knie sinken, faltete die Hände und sprach still ein Vaterunser. Das war die Pflicht. Die Kür folgte sogleich, aber aufrecht stehend, sein Gesicht dem Gottessohn zugewandt.

Dominicus, zum Herrn gehörend, stand in das hölzerne Kreuz geschnitzt, und genau so fühlte sich der Pfarrer heute.

»Ich danke dir, Herr, dass du deine Hand schützend über mich hältst in dieser schweren Zeit. Ich kenne deinen Willen und werde ihm folgen. Nach deinem Willen wird der Mann Vater und Mutter verlassen und an seiner Frau hängen, und die zwei werden ein Fleisch sein. So sind sie nicht mehr zwei, sondern ein Fleisch. Was nun Gott zusammengefügt hat, das soll der Mensch nicht scheiden.«

Der Pfarrer hielt es für nötig, diese Worte laut auszusprechen. Da niemand hier war außer ihm, waren sie nur für seine Ohren bestimmt, und er lauschte jeder Silbe nach, die zwischen den Kirchenwänden widerhallte.

Diese Worte waren wichtig, denn der ihnen innewohnende Sinn war verloren gegangen.

In der Welt neben der Welt, in der vom Teufel geschaffenen Virtualität, wurde der Mensch tagtäglich entwürdigt, dort stand er tiefer noch als das Vieh, denn aus Liebe war dort Missbrauch geworden, aus Vermehrung blanke Gier nach Sex, unvorstellbar widerwärtig und in unvorstellbarer Ausprägung.

»In deinem Sinne will ich handeln und alles versuchen, den Menschen auf den rechten Weg zurückzuführen.«

Er sprach diese Worte mit Inbrunst und Überzeugung, obgleich er wusste, er konnte es nicht. Denn es gab den rechten Weg nicht mehr. Er war verschwunden, zugewachsen, nicht einmal mehr die einfache Spur eines Pfades war dort zu erkennen, wo es ihn einmal gegeben hatte. Er selbst, der er Gott so nahestand, konnte sich noch erinnern an diesen lichtdurchfluteten Weg, gesäumt von grünen Bäumen, geebnet durch weiches Laub, beschützt durch den Herrn. In seinen Träumen beschritt er ihn wieder und wieder. In der Realität jedoch fand auch er ihn nicht mehr.

Der Pfarrer schob diese trüben Gedanken beiseite. Das fiel ihm heute besonders leicht. Ein großer Tag stand bevor, ein beinahe schon einmaliges Ereignis, ein Wunder, das er liebend gern bejubeln und dem Volk kundtun würde. Doch sie würden ja sowieso nicht zuhören. Würden die Zeremonie der goldenen Hochzeit als altbackenen Quatsch abtun, als Relikt einer Zeit, die gleich nach den Dinosauriern kam.

Das Paar, das morgen in seiner Kirche diesen Feiertag begehen wollte, war noch vom alten Schlag. Menschen, die wussten, was sie aneinander hatten, wenn es sonst nichts gab. Geboren in den letzten Kriegsjahren, hatte jede Stunde in des Lebens harter Schule sie geprägt, sie Demut gelehrt und ein genügsames Dasein führen lassen, weit abseits vom Kommerz. Diese beiden würden ihr Eheversprechen erneuern, nachdem sie sich vor fünfzig Jahren das Ja-Wort gegeben hatten. Sie hielten sich an das Versprechen vor Gott, sie trennten nicht, was er zusammengefügt hatte. Beide waren über achtzig Jahre alt, und der große Scheider, dem es als Einzigem gebührte, Eheleute zu trennen, stand schon in den Startlöchern.

»Ich danke dir, Gott, dass du diese beiden zu mir geführt hast.«

Der Pfarrer verneigte sich noch einmal vor dem Altar und machte sich dann daran, seine Kirche herzurichten. In den nächsten Stunden putzte er Staub, entfernte Spinnweben, übertünchte wenigstens den ärgsten Schimmel, wechselte Glühbirnen, legte Gesangsbücher aus und stellte Blumen in Vasen.

KAPITEL 2

MONTAG

1

Zäher Rauch waberte durch die Gänge, die Sicht war auf Armeslänge beschränkt, ihre brennenden Augen tränten. Fast blind tastete sie sich vorwärts, den linken Arm ausgestreckt, um nirgendwo anzustoßen, in der rechten Hand hielt sie die Waffe, den Lauf zu Boden gerichtet. Durch eine offene Tür gelangte sie in eine große Halle, der Rauch stieg zur hohen Decke empor, lichtete sich und gab den Blick frei.

Du hast mir eine neue Hose versprochen! Wo ist sie? Ich brauche doch eine neue Hose!

Olivias Gesicht war blutverschmiert, ihr Körper in der Mitte zerfetzt, nur noch zusammengehalten von einzelnen Muskelsträngen, die wie rote, fleischige Seile aussahen. Sie lächelte schief, Blut tropfte ihr von den Lippen.

Du hast gesagt, mir passiert nichts, und jetzt schau dir das an!

In diesem Moment erwachte Nora Jacobi aus ihrem Traum. Ruckartig setzte sie sich aufrecht hin, rang nach Luft und wusste für einen Moment nicht, wo sie war. Die Traumbilder zogen sich nur widerwillig zurück und entließen sie in eine Realität, die nicht viel besser war. Nora wischte sich die schweißnassen Haare aus der Stirn. Sie schwitzte am ganzen Körper.

Das Licht vor dem Fenster ihrer Penthousewohnung im sechsten Stock eines neuen Gebäudes in der Hafencity von Bremen war fahl und freudlos. Nora umfasste ihre Schultern mit den Händen und konzentrierte sich so lange auf diesen hellen Streifen, bis Angst und Verwirrung sich legten. Erst dann stieg sie aus dem Bett, streifte ihre feuchte Schlafkleidung ab und ging ins Bad. Sie duschte ausgiebig und heiß, bis sie nichts anderes mehr spürte als ihre überhitzte Haut. Dann stellte sie das Wasser ab, trat aus der Duschwanne und fand sich abermals im Nebel wieder. Weil der Spiegel beschlagen war, föhnte sie ihre kurzen Haare nicht, sondern wickelte sich ein Handtuch um den Kopf.

Sie schlurfte hinüber in die Küche und bereitete sich einen Kaffee zu. Die rote Digitaluhr über dem Hightechherd zeigte 08:30 an. Sie hatte gerade mal zwei Stunden geschlafen, und um 10:00 Uhr stand eine Einsatzbesprechung an, zu der sie topfit sein musste.

In einen flauschigen Bademantel gehüllt, das Handtuch wie ein Turban um den Kopf, ging sie mit der Kaffeetasse in der Hand auf die Dachterrasse hinaus, die von Osten über Süden nach Westen einmal um die ganze Wohnung herum verlief. In jede Himmelsrichtung bot sich ihr ein phänomenaler Blick über den gesamten ehemaligen Hafen, der nach und nach zu einem exklusiven Wohngebiet ausgebaut wurde.

Auf dem runden Glastisch zwischen den beiden Korbstühlen lagen jede Menge Brötchenkrümel. Sie erinnerten Nora an das Frühstück gestern mit ihrer besten Freundin. Nicht umsonst nannte sie sie seit Ewigkeiten Krümel, was zum einen an ihrer Art zu essen, aber auch an ihrer geringen Körpergröße lag. Sie hatten getratscht, gelacht, über Gott und die Welt geredet, und für zwei Stunden war alles Böse weit entfernt gewesen.

Tja, es hatte nicht lange gebraucht, um zurückzukehren.

Nora trank ihren heißen Kaffee in kleinen Schlucken und ließ den Blick wandern. Normalerweise schaffte sie es, hier oben die Gedanken abzustellen, aber die vergangene Nacht hatte jede Normalität hinweggefegt, und daran würde sich in absehbarer Zeit wohl nichts ändern. Nora ging der Fall schon jetzt zu nahe, gleichzeitig empfand sie es aber als ihre Aufgabe, ihn zu lösen und den Mann zu finden, der Olivia das angetan hatte. Der diese toughe Grundschullehrerin in der Mitte zersprengt hatte, bevor Nora ihr eine neue Hose bringen konnte. Allein ein Erfolg würde helfen, die Bilder loszuwerden, die sie ihm Traum verfolgt hatten.

Alke Grimm hatte ihr noch in der Nacht ihre Hilfe angeboten. *Wenn du reden möchtest, meine Tür steht dir jederzeit offen, das weißt du.* Sie hatte Nora eine Hand auf den Unterarm gelegt, eine warme, weiche Berührung, verbunden mit einem tiefen Blick. Nora hatte sich bedankt und rasch zurückgezogen. Sie wusste, sie würde die Psychologin nicht um Hilfe bitten. Das war nicht ihre Art. Sie war jetzt achtunddreißig Jahre alt und hatte in den mehr als zehn Jahren bei der Mordkommission einiges erlebt und gesehen. Okay, nichts davon war vergleichbar mit den Geschehnissen der zurückliegenden Nacht, aber auch diese würde sie irgendwie verarbeiten. Allein.

Olivia Kubat, zerrissen.

In ihrer nassen Jogginghose.

Nora wusste, sie durfte das nicht so nah an sich heranlassen. Aber das war leichter gesagt als getan. Die Frau hatte sich auf sie verlassen, und Nora war sich so verdammt sicher gewesen, sie wohlbehalten befreien zu können. Sie hatte es ihr versprochen!

Das war dumm gewesen, sehr dumm.

Bei der Dienstbesprechung würde Kriminalrat Zerhusen zugegen sein sowie alle, die in der Nacht an dem Einsatz teilgenommen hatten. Eine Sonderkommission würde eingesetzt werden, und Nora fragte sich, ob sie sie leiten durfte. Die Kompetenz und Erfahrung dafür besaß sie, aber die katastrophale Fehleinschätzung der Lage, die auf ihre Kappe ging, disqualifizierte sie. Zerhusen war schwer einzuschätzen, man wusste nie, wie er reagierte.

Nora würde all ihre Überzeugungskraft aufbieten müssen, um den Fall behalten zu können. Und das wollte sie unbedingt! Beim Anblick von Olivia Kubats zerrissenem Körper hatte sie sich ein weiteres Versprechen gegeben. Nur vor sich selbst hatte sie geschworen, diesen gottverdammten Pfarrer unschädlich zu machen.

Wieder und wieder hatte sie darüber nachgedacht, was sie hätte besser machen können. Der Täter hatte angekündigt, Olivia zu töten, sobald ihr Mann befreit werden würde, und genau das war geschehen. Die Presse würde behaupten, die Polizei sei dem Pfarrer auf den Leim gegangen und nicht mehr gewesen als sein Erfüllungsgehilfe. Ja, das konnte man so sehen, solange einem nicht alle Details bekannt waren. Und die kannte die Presse nicht, natürlich nicht. Täterwissen hatte nichts in den Zeitungen zu suchen. Dass sie davon ausgehen mussten, der Täter halte sich bei Rolf Kubat auf, beinhaltete solches Täterwissen. Ein Handy, angeschlossen an einen Bluetooth-Lautsprecher, das ein Gespräch simulierte – das war clever, verdammt clever. Ihnen war gar nichts anderes übrig geblieben, als dort zuerst zuzuschlagen.

Nora musste sich auch nicht fragen, was passiert wäre, wenn sie Olivia zuerst befreit hätten. Unter Rolf Kubats Rücken war ein baugleicher Sprengsatz gefunden worden.

Eine andere Frage nagte jedoch an ihr.

Was, wenn sie in einer konzertierten Aktion beide zugleich befreit hätten? Zwei Tote? Kein Toter?

Diese Frage brachte Nora beinahe um den Verstand, und der starke schwarze Kaffee, der ihre Synapsen so richtig in Wallung versetzte, machte es nicht besser. Sie wäre am liebsten schwimmen gegangen, am frühen Morgen, so wie im Urlaub, doch das war heute nicht drin.

In der Tasche ihres Bademantels brummte ihr Handy.

Paul schickte eine SMS.

Brötchen? In einer halben Stunde?

Sie schrieb zurück.

Sehr gern.

Wahrscheinlich hatte er genauso schlecht geschlafen wie sie, wenn überhaupt. In der Nacht hatten sie keine Gelegenheit mehr gehabt, miteinander zu reden. Paul war mit seinem Team beim Gutshaus geblieben, während Nora von der Lagerhalle aus die Ermittlungen geleitet hatte.

Sie lief ins Bad, nahm den Handtuchturban ab und föhnte sich das Haar. Egal, wie gut sie sich kannten, mit Strubbelkopf wollte sie Paul nicht entgegentreten. Lange dauerte das Föhnen nicht. Nora legte ein wenig Lidschatten und Wimperntusche auf und zog ihre Lippen mit dezenter Farbe nach. Sie war nie ein Fan von zu viel Make-up gewesen und reparierte nur, was das fortschreitende Alter an Schäden hinterließ.

Kaum war sie damit fertig, klingelte es an der Tür. Paul wohnte lediglich dreihundert Meter weit entfernt, und die Bäckerei lag auf der Strecke.

Er trug olivfarbene Cargohosen und einen dunkelblauen Kapuzenpulli mit der Aufschrift irgendeiner amerikanischen Uni. Seine Augen waren klein, müde und rot gerändert.

»Du siehst scheiße aus«, begrüße Nora ihn.

»Danke. Du dafür wie das blühende Leben. Hab ich dir eigentlich schon gesagt, wie sehr ich auf deine neue Frisur stehe?«

»Ja, ich kann's aber nicht oft genug hören.«

»Ich stehe auf deine neue Frisur.«

Sie warf ihm einen Kuss zu, nahm ihm die Brötchen ab, legte sie in einen Korb und stellte ihn auf den Tisch auf dem Balkon. Mittlerweile wärmte die Sonne den Platz. Nora lud ein Tablett mit allem voll, was sie zum Frühstücken brauchten, und Paul trug es hinaus. Sie folgte mit frischem Kaffee.

Paul blickte über die Stadt und seufzte.

»Wäre ich nicht schon verheiratet, ich würde dich wegen der Wohnung nehmen«, sagte er.

»Spüre ich da wahre Liebe?«

»Wie viel hat die Wohnung gekostet?«

»Eine halbe Million.«

»Ja, es ist eindeutig wahre Liebe. Ich fühle es in den Tiefen meines verhärteten Herzens.«

»Es gibt da eine Hürde, die selbst für dich zu hoch ist.«

»Anke?« Paul schüttelte den Kopf. »Sie würde das verstehen.«

»Nein. Mein Vater. Er hat die Wohnung bezahlt. An dem müsstest du erst vorbei. Und er ist der Typ Mann, der seine einzige Tochter bis aufs Blut beschützt.«

Paul zuckte mit den Schultern. »Ich lass es drauf ankommen.«

Einen Moment saßen sie einfach nur da, tranken Kaffee, aßen und ließen den Blick schweifen. In den Augen von Noras Vater war diese Wohnung Kapitalanlage und Renditeobjekt, so wie viele andere in seinem Besitz. Er ahnte gar nicht, wie gut es ihrer Seele tat, hier zu wohnen. Für dieses Geschenk würde sie ihm ewig dankbar sein.

»Wie geht's dir?«, fragte Paul schließlich.

»Beschissen.«

»Dachte ich mir. Und der Tag wird auch keine Besserung bringen, fürchte ich.«

»Ich denke dauernd darüber nach, was ich hätte anders machen können.«

Paul zog sein Handy hervor, legte es auf den Tisch und drückte eine Taste.

»Was wird das?«, fragte Nora.

Er hob die Hand, um sie zum Schweigen zu bringen. Das Handy spielte eine Audioaufnahme, sie hörte Pauls Stimme, im Hintergrund Straßenlärm. Wahrscheinlich hatte er die Datei auf dem Weg hierher aufgenommen.

Mach dir keinen Kopf, du hättest gar nichts anders machen können, sagte er durch den kleinen Lautsprecher des Gerätes.

»Ich schick's dir auf WhatsApp, kannst du dir dann immer anhören, wenn du dir so blöde Fragen stellst.«

»Sehr witzig.«

Paul wusste natürlich, was in ihr vorging, sie kannten einander gut genug.

»Spaß beiseite«, sagte er. »Ich denke, dieser Pfarrer hat es von Anfang an genau auf diesen Ausgang angelegt. Egal, was wir getan hätten, Olivia Kubat wäre gestorben.«

»Gestern dachten wir noch, der Mann sei das Ziel.«

»Okay, da haben wir uns getäuscht. Dennoch bleibe ich dabei: Dieser Arsch hat ein Spiel inszeniert, dass wir nicht gewinnen konnten.«

»Aber warum? Warum bringt er die Frau nicht einfach um, wenn das sein Ziel ist?«

»Na ja, hinter dem ganzen Gewese steckt natürlich eine Botschaft. Er will der Gesellschaft etwas mitteilen.«

»Und das wäre? Dass man seinen Ehepartner nicht betrügen darf?«

»Oder ihm nicht nachspionieren, zum Beispiel. Vielleicht ist der Mann im wahren Leben wirklich Pfarrer und hat einfach die Nase voll davon, dass sich kaum noch jemand an das Ehegelübde hält.«

»Und er tötet die Frau, damit der Mann mit seiner Schuld weiterleben muss.«

Diesen und Dutzend andere Gedanken hatte Nora bereits gewälzt. Darunter hatte sich leider auch ein Verdacht gemischt, der noch vage und eigentlich unglaublich war, aber sie konnte ihn nicht einfach ignorieren. Mit Paul darüber sprechen konnte sie allerdings auch nicht, obwohl sie ihm mehr vertraute als allen anderen

Kollegen im Präsidium. Vorläufig würde sie diese Idee für sich behalten und versuchen herauszufinden, ob überhaupt etwas dran war.

»So nachdenklich?«, fragte Paul und riss sie aus ihren Gedanken.

»Ich hab Olivia versprochen, sie da rauszuholen«, sagte Nora leise.

»Das war dumm von dir.«

»Ich weiß. Ich war mir so verdammt sicher.«

Jetzt traten ihr doch noch Tränen in die Augen.

Paul ergriff über den Tisch hinweg ihre Hand und drückte sie.

»Du schnappst dir den Mistkerl.«

Nora nickte und drängte die Tränen zurück.

»Er muss einfach Spuren hinterlassen haben, die uns zu ihm führen. Die Lagerhalle, das Gutshaus, die Sprengsätze – so etwas kann man nicht vorbereiten und durchziehen, ohne eine Spur zu hinterlassen. Die Techniker sitzen bereits dran, ich bin mir sicher, über die Sprengsätze finden wir ihn. So etwas baut nicht jeder Trottel zusammen, und die Fernzündung übers Handy ist auch nur etwas für Spezialisten.«

»Wir suchen also jemanden mit elektronischen Kenntnissen«, sagte Nora.

»So was in der Richtung. Vielleicht hat er sogar eine Sprengausbildung. Die Einzelteile für den Bau des Sprengsatzes muss er sich irgendwo besorgt haben, und wenn er es im Internet getan hat, was wahrscheinlich ist, hat er digitale Spuren hinterlassen, und wir können ihn damit überführen.«

Nora sah Paul an, der erwiderte den Blick und legte die Stirn in Falten.

»Was ist? Hab ich Marmelade an der Nase?«

»Nein, mir ist nur gerade aufgefallen, dass wir beide uns unterhalten wie Ermittlungspartner.«

»Besser als wie ein zänkisches Ehepaar, oder. Aber wo du es gerade ansprichst: Ich hab tatsächlich schon darüber nachgedacht zu wechseln. Immer und ewig will ich nicht beim SEK bleiben.«

»Ich dachte, das wäre ein Traumjob für harte Männer wie dich.«

»Zwischen zwanzig und dreißig war ich ein Draufgänger, jetzt spüre ich des Alters Milde in mir.«

»Graue Haare verändern einen, nicht wahr!«

Paul griff sich ins Haar.

»Wo ist da ein graues Haar? Wenn überhaupt, dann ist es silbern!«

»Silbern, natürlich. Aber mal im Ernst: Mein eigentlicher Partner ist immer noch im Krankenstand, und es sieht nicht so aus, als käme er so bald zurück. Ich kann Zerhusen fragen. Wir sind ja sowieso chronisch unterbesetzt, und immerhin bist du von Anfang an dabei gewesen.«

Pauls Augen leuchteten.

»Seite an Seite mit dir einen Pfarrer jagen … Was könnte es Schöneres geben?«

2

Georg Zerhusen war ein kleiner, kräftiger Mann mit schlohweißem Haar, stets gebräunter Haut und einem Blick, der einem den Magen umdrehte, wenn man etwas verbrochen hatte. An diesem Morgen fühlte Nora sich wie damals in der Schule, als sie mit der gefälschten Unterschrift ihrer Mutter unter der Fünf in der Mathearbeit zum Unterricht erschienen war. Ihr Lehrer, Herr Postel, hatte die Arbeit entgegengenommen und sie angesehen, als wüsste er, was sie getan hatte. Die Sache war nie aufgeflogen und hatte sich gerade dadurch zu einem Trauma entwickelt, das Nora bis heute nicht losließ. Zerhusen sah sie über die Gläser seiner randlosen

Brille genauso an wie damals ihr Lehrer. Herrn Postel hatte sie gemocht, ihren Chef mochte sie nicht. Er war ihr zu bürokratisch, zu steif, zu sehr darauf bedacht, Abstand zu seinen Untergebenen zu wahren. Bisher war er immer fair mit ihr umgegangen, deshalb unterdrückte sie ihre Befindlichkeiten und bemühte sich, ihn als Vorgesetzten zu respektieren.

»Setzen Sie sich, Frau Jacobi«, bat er.

Vor der eigentlichen Einsatzbesprechung hatte Zerhusen sie zu sich ins Büro gebeten. Damit hatte Nora gerechnet. Nicht alles war für die Ohren des gesamten Teams geeignet, vor allem ein Anschiss nicht.

»Noch weiß die Presse so gut wie gar nichts über die Sache, aber es wird nicht mehr lange dauern, und sie finden Einzelheiten heraus. Sie wissen ja, wie das läuft.«

Nora nickte.

»Vorläufig redet nur unser Pressesprecher mit der Meute«, erklärte Zerhusen. »Damit bleiben Sie aus der Schusslinie.«

»Ist mir recht.«

»Kann ich mir denken. Wenn ich mich nicht täusche, werden wir in zwei bis drei Tagen eine Schlagzeile haben, in der man Ihnen vorwirft, Handlanger eines Mörders geworden zu sein.«

»Schätzen Sie das auch so ein?«

»Nein, aber für die öffentliche Meinung ist das unerheblich. Diese Frau ist gestorben, obwohl Dutzende von Polizisten vor Ort waren. Wir haben versagt. Sie haben versagt. So sieht es die Öffentlichkeit. Damit finden Sie sich besser schon mal ab. Richtig gut dastehen werden Sie nur, wenn Sie den Täter dingfest machen.«

»Soll das heißen, ich darf den Fall behalten?«

Da war er wieder, der Blick über die Brillengläser hinweg.

»Wenn Sie sich dazu in der Lage fühlen, ja.«

»Absolut.«

»Henk Claasen ist kein Thema mehr?«

»Nicht für mich.«

Nora wunderte sich selbst, wie pfeilschnell diese Antwort kam, obwohl der Verdacht nach wie vor an ihr nagte.

»Okay, dann leiten Sie die Sonderkommission. Ich habe hier bereits erste Ergebnisse unserer Spurensicherung vorliegen, die Sie interessieren dürften. Demnach hat der Täter das Handy der Frau Kubat dazu genutzt, den Sprengsatz unter ihrem Körper zu zünden. Das geht auch aus größerer Entfernung, er kann also überall gewesen sein.«

Nora schloss kurz die Augen. Sie hatte darauf bestanden, den Akku zu schonen, damit am Ende des Ultimatums das Telefon noch funktionierte. Ein leerer Akku hätte Olivias Tod verhindert.

»Sowohl in der Lagerhalle als auch in dem Gutshaus fanden wir jeweils diesen Schriftzug«, fuhr Zerhusen fort. »Er wurde mit schwarzer Farbe an die Wand gesprüht.«

Zerhusen hielt einen Ausdruck hoch:

Bis dass der Tod euch scheidet

»Er scheint es ernst zu meinen mit seiner Botschaft«, sagte Nora.

»Und damit sind wir bei einem Problem. Ich denke, Ihre Ermittlungen werden Sie auch in Richtung Kirche führen. Dieser Pfarrer, von dem Sie gesprochen haben, der nachts angeln war …«

»Pfarrer Görling aus Dörverden.«

Zerhusen nickte. »Gehen Sie bitte äußerst vorsichtig vor. Wenn ein Verdacht auf einen Amtsträger der Kirche fällt, der sich später nicht bestätigt, ist das eine … sagen wir, knifflige Sache.«

»Sie pfeifen mich zurück?«

»Nein. Ich erwarte Diplomatie. Weil ich Ihnen die zutraue, leiten Sie die Ermittlung.«

Nora hielt Zerhusens strengem Blick stand, bis sie glaubte, er könne diesen anderen, ganz unerhörten Verdacht in ihren Augen erkennen. Rasch sah sie auf ihre Hände hinab.

»Hätten Sie anders entschieden?«, fragte sie. Diese Frage musste ohnehin gestellt werden, da sie wissen wollte, wie ihr Chef darüber dachte, zudem eignete sie sich gut zum Übertünchen ihrer Gedanken.

Zerhusen hielt seinen Blick noch einen Atemzug lang auf sie gerichtet, nahm dann die Brille von seiner Nase, legte sie auf dem Schreibtisch ab, massierte seine Nasenwurzel und lehnte sich zurück.

»Schwer zu sagen. Ich kann verstehen, warum Sie so vorgegangen sind. Aber ja, ich hätte anders entschieden. Zugunsten eines zeitgleichen Zugriffs.«

Nora nickte, ohne ihn anzusehen.

Zerhusen ruckte nach vorn und setzte seine Brille wieder auf.

»Das ist aber unerheblich. Wichtig ist jetzt nur die Ergreifung des Täters. Leider ist ihr Partner, Herr Kronauer, noch immer im Krankenstand, und es sieht nicht so aus, als ändere sich daran kurzfristig etwas. Kann es eigentlich sein, dass Sie und Kronauer nicht miteinander auskommen?«

»Wir hatten Differenzen, ja. Aber ich halte sie nicht für so gravierend, dass man sagen könnte, wir kämen nicht miteinander aus.«

»Hm … na ja, wie auch immer, er fehlt weiterhin, ich werde Ihnen also …«

»Darf ich mein Team selbst zusammenstellen?«

Zerhusen war es nicht gewohnt, unterbrochen zu werden, und sein Blick drückte Missbilligung aus.

»Sicher.«

»Ich hätte gern Paul Diekhoff vom SEK dabei. Als meine rechte Hand.«

»Warum?«

»Weil er gestern Nacht eine große Hilfe war und den Fall außerdem von Anfang an kennt.«

»Wenn Sie meinen. Ich werde mit seinen Vorgesetzten sprechen. Auf Dauer wird das aber nicht gehen. Herr Diekhoff ist ein Spezialist, der an anderer Stelle gebraucht wird.«

»Ist mir klar.«

»Gut. Machen Sie sich an die Arbeit. Ich will so schnell wie möglich Ergebnisse.«

3

»Wo ist diese Scheißkommissarin, die meine Frau auf dem Gewissen hat?«

Nora hatte die Einsatzbesprechung gerade hinter sich gebracht – einigermaßen ordentlich, wie sie hoffte. Die Teams waren eingeteilt, die Aufgaben verteilt, jeder wusste, worum es ging. Sie selbst wollte sich zunächst um die Vernehmung Rolf Kubats kümmern und dann den Pfarrer von Dörverden besuchen, der die Kubats getraut hatte. Doch kaum hatte sie den Besprechungsraum verlassen, hörte sie im Eingangsbereich eine wütende Stimme.

Nora trat ans Geländer der Galerie und wagte einen Blick hinunter.

Ihre Vorahnung bestätigte sich. Es war Olivias Ehemann, der da unten herumschrie.

Rolf Kubat war ein großer, schwerer Mann mit breitem Gesicht und vollem grauem Haar. Er trug noch den zerknitterten und schmutzigen Anzug der vergangenen Nacht. Nach Noras Information hatte ihn der Rettungswagen vom Gutshaus direkt ins Krankenhaus gebracht, wo er auch bleiben sollte. Nach der Besprechung hätte sie sich sofort auf den Weg dorthin gemacht, denn Kubat war ihr wichtigster Zeuge. Das konnte sie sich jetzt sparen.

Ein Polizist in Uniform packte Kubat am Arm, redete beruhigend auf ihn ein und bugsierte ihn gleichzeitig Richtung Ausgangstür. Doch Kubat riss sich los, stolperte ein paar Schritte vorwärts, direkt in die Arme des nächsten Kollegen und schrie: »Ich will Kommissarin Jacobi sprechen.«

Nora hätte sich am liebsten verkrochen, aber das ging nicht. Ihr Name war gefallen, einige Kollegen hatten sie am Geländer der Galerie entdeckt, außerdem musste sie sich diesem Gespräch früher oder später ohnehin stellen. Besser wäre es gewesen, wenn Kubat nicht so aufgebracht wäre, aber das ließ sich nicht ändern.

»Ich komme runter«, rief sie dem Kollegen zu, der Kubat gerade den Arm auf den Rücken drehte.

Schwitzend und mit Speichel auf den Lippen hing der große Mann im Griff des Polizisten, als Nora in der Eingangshalle eintraf. Mittlerweile hatte der Tumult einige Aufmerksamkeit erregt.

»Herr Kubat, kann mein Kollege Sie loslassen?«, fragte Nora und hielt einen Abstand von drei Metern zu dem wütenden Mann.

»Ich bin Kommissarin Jacobi, und ich werde gern mit Ihnen sprechen, aber Sie müssen sich beruhigen.«

Kubat hatte braune Augen, die unter normalen Umständen sicher Sympathie wecken konnten, jetzt flackerten jedoch Wut und Verzweiflung darin, und sein Gesicht war eine von Schmerz und Anstrengung verzerrte Grimasse. All diese negativen Gefühle waren gegen sie gerichtet, trotzdem empfand Nora Mitleid mit dem Mann. Er war nicht Herr seiner Sinne, wusste nicht, was er tat. Schon oft war sie der Prellbock für Menschen in Ausnahmesituationen gewesen, das brachte der Beruf mit sich. Sie konnte nicht behaupten, sich daran gewöhnt zu haben, aber am Anfang ihrer Laufbahn hatten Wut und Aggressionen sie noch stärker berührt. Es half, sich immer wieder zu sagen, dass man es nicht persönlich nehmen durfte.

»Sie!«, stieß Rolf Kubat hervor. »Sie haben meine Frau auf dem Gewissen!«

Nora sah zu dem Beamten, der Kubat in Schach hielt.

»Bringen Sie den Mann bitte in einen freien Vernehmungsraum und bleiben Sie bei ihm. Wir geben ihm ein paar Minuten zum Abkühlen, dann komme ich nach.«

Der Beamte nickte und führte Kubat mithilfe eines Kollegen ab.

Mitten in der Halle stehend, spürte Nora Dutzende Blicke, und als sie sich zur Galerie umwandte, entdeckte sie Kriminalrat Zerhusen, der auf sie herunterblickte. Seine Mimik war wie immer schwer durchschaubar, aber Nora konnte sich denken, was in ihrem Chef vorging. Er fragte sich, ob sie diesem Fall gewachsen war, ob seine Entscheidung, sie die Sonderkommission leiten zu lassen, richtig war. Seine Zweifel waren nicht gänzlich ausgeräumt, und Nora konnte ihn sogar verstehen. Sie zweifelte ja selbst an sich.

Mit einem Ruck wandte sie sich ab und ging auf die Toilette. Glücklicherweise war sie dort allein. Sie stützte sich auf eines der Waschbecken und betrachtete ihr Spiegelbild.

Kubat hat recht. Du hast seine Frau auf dem Gewissen.

Nora wandte den Blick ab. Ein wenig frisches Wasser auf die Handgelenke und die Wangen kühlte sie ab. Sie schloss sich in einer Toilettenkabine ein, hockte sich auf den Deckel und ließ einige Minuten verstreichen. Ihre Hände zitterten. Sie fühlte sich müde und unkonzentriert, immer wieder mäanderten ihre Gedanken in verschiedene Richtungen, um sich irgendwann zwangsläufig bei dem einen Satz zu treffen.

Kubat hat recht, du hast seine Frau auf dem Gewissen.

Nora wünschte sich Paul herbei, damit er sie mit seiner pragmatischen und unbekümmerten Art ablenkte. Warum konnte sie nicht sein wie er? Jetzt hätte sie gern seine WhatsApp-Nachricht angehört, die er ihr beim Frühstück vorgespielt hatte.

Es kostete sie Überwindung, ihr Versteck auf der Toilette zu verlassen, und während sie sich auf den Weg zu Kubat machte, verfluchte sie diesen Fall und den Mann, der dahintersteckte. Ein Pfarrer, vielleicht echt, vielleicht gespielt, der sich aufschwang, ein moralisches Urteil über Ehebrecher zu fällen.

Oder ging es ihm um etwas anderes?

War nicht der Ehebruch seine Intention, sondern das Nachstellen und Hinterherschnüffeln via Handy? Nora wusste selbst am besten, wie schwer der Vertrauensbruch wiegen konnte, wenn man in das Handy eines Menschen eindrang.

Vor der Tür zu Besprechungsraum Nummer 3 wachte einer der beiden Beamten, die Kubat abgeführt hatten.

»Mein Kollege ist noch drin«, sagte er. »Der Mann scheint sich aber beruhigt zu haben.«

»Danke.«

Nora sammelte sich und betrat den Raum.

Kubat saß am Tisch, der Beamte stand, die Hände hinter dem Rücken verschränkt, an der Stirnseite des Raumes. Kubats Blick zuckte hoch, er starrte Nora an, seine Kiefer mahlten, er knetete seine Hände – alles keine Anzeichen für einen ruhigen Mann. Vorsichtshalber schickte Nora den jungen Beamten nicht hinaus.

»Können wir uns jetzt in Ruhe unterhalten?«, fragte sie noch im Stehen.

Rolf Kubat nickte. Sein unangenehm starrer Blick sagte jedoch das Gegenteil.

Nora setzte sich dennoch, zog den Stuhl aber ein Stück vom Tisch zurück.

»Es tut mir leid, was Ihnen und Ihrer Frau zugestoßen ist«, begann sie. »Und Ihr Verlust tut mir ebenfalls sehr leid.«

»Warum?«, fragte Kubat. Seine Stimme klang rau.

»Warum es mir leidtut?«

Er schüttelte den Kopf.

»Warum musste meine Frau sterben?«

»Weil die Person, die das getan hat, es so wollte.«

»Nein! Weil Sie einen Fehler gemacht haben.«

Nora hatte kein Interesse daran, den Ablauf der letzten Nacht mit Kubat zu besprechen. Der Mann war wütend und verletzt, er suchte einen Schuldigen, das war normal. Nora war für ihn greifbar, der Täter nicht. Sie musste seine Schuldzuweisung für den Moment einfach ertragen.

»Was können Sie mir über die Person sagen, die Sie entführt hat?«, fragte sie.

Kubat schluckte trocken, bevor er antwortete.

»Ein Pfarrer. Er war gekleidet wie ein Pfarrer und hat auch wie einer gesprochen. Und er hat gesagt, wenn die Polizei keine Scheiße baut, passiert niemandem etwas.«

»Das hat er gesagt?«

»Aber Sie haben Scheiße gebaut, als Sie …«

»Herr Kubat«, unterbrach Nora den Mann, »ich muss ganz genau wissen, was der Mann gesagt hat, wie er spricht, wie er aussieht, einfach alles, was Ihnen einfällt. Wir sind auf Ihre Hilfe angewiesen, um ihn zu finden, und ich denke, das ist auch in Ihrem Interesse. Dafür müssen Sie aber mit Ihren Vorwürfen aufhören, die bringen uns nicht weiter.«

Kubat zeigte mit dem Finger auf sie. »Ich werde Anzeige gegen Sie erstatten. Wegen Unfähigkeit.«

»Das können Sie tun, aber erst sprechen wir miteinander.«

»Mit Ihnen rede ich nicht. Sie haben meine Frau auf dem Gewissen. Meine geliebte Olivia …«

Rolf Kubat schluchzte auf und schlug die Hände vors Gesicht.

Nora beobachtete ihn und fragte sich, ob er schauspielerte oder wirklich verzweifelt war.

Hör auf damit, rief sie sich zur Ordnung.

Selbst wenn das Ehepaar Kubat kurz vor einer Trennung gestanden hatte, hieß das nicht, dass dem Mann der Tod seiner Frau nicht zusetzte. So war es doch immer, nicht wahr! Man wusste erst, was man an einem Menschen hatte, wenn man ihn nicht mehr hatte. Zudem machte es einen Unterschied, ob man juristisch geschieden oder durch einen gewaltsamen Tod auseinandergerissen wurde.

Kubats Tränen waren jedenfalls echt.

Nora entschied sich, die Vernehmung zu verschieben. Der Mann war noch nicht so weit. Er stand unter Schock und sollte im Krankenhaus liegen, hatte sich aber wahrscheinlich selbst entlassen. Das war selten eine gute Entscheidung. In diesem Zustand war seine Aussage nicht viel wert. Er würde wichtige Details vergessen, Zeiten und Abläufe durcheinanderbringen oder schlimmstenfalls sogar zusammenbrechen.

Nora klappte ihren Notizblock zu, steckte den Kugelschreiber ein und erhob sich.

»Herr Kubat, ich lasse Sie zurück ins Krankenhaus bringen.«

Ohne die Hände vom Gesicht zu nehmen, schüttelte er den Kopf.

»Seien Sie vernünftig. Ihnen geht es nicht gut.«

»Ich gehe nicht zurück ins Krankenhaus«, sagte er bockig hinter seinen Händen.

»Schön, wie Sie wollen, dann lasse ich Sie nach Hause bringen. Ein Kollege wird sich darum kümmern. Wir unterhalten uns morgen weiter.«

Mit einem Blick bedeutete sie dem Beamten, bei Kubat zu bleiben. Draußen auf dem Gang rief sie zuerst die Fahrbereitschaft und dann Dr. Grimm an, die Polizeipsychologin. Sie schilderte ihr, worum es ging, und bat sie, mit Kubat zu fahren. Vielleicht fand sie ja einen Zugang zu ihm, und wenn nicht, hatte Kubat in ihr wenigstens eine professionelle Betreuerin. Alke Grimm versprach, sich um den Mann zu kümmern.

Nora lief die Treppe hinauf in den dritten Stock, in dem sich ihr Büro befand. Oben kam ihr der Kollege Dominik Roth aus der technischen Abteilung entgegen.

»Genau dich suche ich«, begrüßte er Nora. »Lange nicht gesehen, wie geht's dir?«

»Danke, gut.«

»Schönen Urlaub gehabt?«

»Na ja, eher langweilig.«

»Wir haben dich vermisst hier. Prima, dass du wieder da bist.«

»Danke. Ich hätte nur gern noch eine Weile auf einen Fall wie diesen verzichtet.«

»Krass, oder? Aber ich hab hier etwas für dich, das dir weiterhelfen kann. Sozusagen ein aufschlussreiches Tagebuch.«

Dominik Roth hielt ein Handy hoch.

»Gehört das Rolf Kubat?«, fragte Nora.

Er wiegte den Kopf von einer Seite auf die andere. »Eigentlich nicht. Kubats Handy ist bei dem Einsatz heruntergefallen, und ein SEK-Typ ist draufgetreten. Es ließ sich nicht mehr einschalten, aber die Speicherkarte und der interne Speicher waren noch intakt. Beides steckt jetzt hier drinnen.«

»Klasse, ich danke dir. Wie sieht's mit dem Handy der Frau aus?«

Dominik schüttelte den Kopf.

»Nichts zu machen. Die Explosion hat die Speicher zerstört.«

»Okay, vielen Dank. Ich brauche in dieser Sache sicher noch häufiger deine Hilfe.«

»Für dich jederzeit. Weißt du ja.«

Er hob die Hand zum Gruß und verschwand. Nora sah ihm nach und fragte sich, ob sie Dominik bei ihrem unerhörten Verdacht wirklich um Hilfe bitten konnte. Er hatte seine Loyalität und Risikobereitschaft bei der Sache mit Henk Claasen bewiesen, ohne ihn wäre sie damals aufgeschmissen gewesen, und sicher würde er ihr auch diesmal zur Seite stehen …

Nein, das war zu gefährlich. Und es wäre unfair, ihn erneut in etwas hineinzuziehen. Wenn sie diesen Verdacht verfolgen wollte, würde sie das allein tun müssen. Aber sie wollte nicht … nicht wirklich, denn wenn sie recht behielt, würden die Konsequenzen fürchterlich sein.

In ihrem Büro ließ Nora sich hinter dem Schreibtisch auf ihren Stuhl fallen, öffnete die unterste Schublade des Aktenschrankes und kramte aus einem Karton eine kleine Schachtel hervor, die sie für Notfälle dort aufbewahrte. Heute war so ein Notfall, und sie stopfte sich gleich zwei Kinderriegel nacheinander in den Mund. Kinderschokolade war die Belohnungs- und Beruhigungsstrategie ihrer Eltern gewesen, und noch heute sehnte Nora sich danach, wenn es ihr schlecht ging. Der zarte Schmelz im Mund ließ sie sich für einen Moment wie ein kleines Mädchen fühlen.

Einen dritten Riegel legte sie für später auf den Schreibtisch und widmete sich dann dem Handy, das bei Rolf Kubat in dem Keller des Gutshauses ein Gespräch simuliert hatte. Paul hatte ihr berichtet, dabei habe es sich um ein zweistimmiges Hörbuch gehandelt, ein Krimi. Nora fand es schnell. Es trug den Titel »Die eiskalte Frau«. Den Autor kannte sie nicht. Er hieß Nick Kandinski. Sie würde es komplett anhören müssen, für den Fall, dass darin eine Botschaft versteckt war. Vorerst interessierte sie sich aber für die Gespräche, Chats und SMS auf den Speichermedien aus dem zweiten Handy von Rolf Kubat, das er nach Olivias Meinung dazu benutzt hatte, außereheliche Aktivitäten geheim zu halten.

Wie Nora herausfand, hatte die Verstorbene damit recht gehabt. Der WhatsApp-Verlauf auf dem Handy war sehr aussagekräftig.

Rolf Kubat war ein großer Sexting-Fan.

Diese vor allem bei Teenagern und jungen Erwachsenen verbreitete Form des Dirty Talks schien es dem über Fünfzigjährigen angetan zu haben. Es war Nora unangenehm, tiefer in seine Nachrichten einzutauchen, doch das ließ sich nicht vermeiden. Sie fand eine große Anzahl von Bildern, die Kubat nackt oder lediglich in Unterhose bekleidet zeigten, in eindeutigen Posen auf Hotelbetten, im Auto und der freien Natur. Dazu frivole bis pornografische Sätze, gespickt mit Rechtschreibfehlern. Von verschiedenen Damen hatte er ähnliche Fotos und Texte zurückbekommen. Jede dieser Damen – Nora kam bei einer ersten Zählung auf zwölf – musste vernommen werden. Sie selbst oder deren Partner kamen als Täter infrage. Das war ein Fass ohne Boden! Für diese Vernehmungen benötigten sie jede Menge Manpower.

Als es eine Viertelstunde später forsch an der Tür klopfte, schrak Nora hoch.

»Ja.«

Die Tür ging auf, und Paul Diekhoff kam herein. Nora spürte, wie ihr das Blut in den Kopf schoss und ihre Wangen heiß wurden. Sie kam sich wie eine Spionin vor, die in der schmutzigen Wäsche anderer Leute schnüffelte, was natürlich dumm war. Wenn sie Paul dabeihaben wollte, blieb ihr gar nichts anderes übrig, als ihn in die Sexdetails einzuweihen. Er musste wissen, was Kubat getrieben hatte und in welche Richtungen die Ermittlungen liefen.

Paul stand stramm und deutete ein Salutieren an.

»Paul Diekhoff meldet sich zur Stelle. Man sagte mir, hier würde meine Hilfe gebraucht.«

»Komm rein und mach die Tür zu«, fuhr sie ihn an.

»Was ist denn los? Du bist ja richtig aufgeregt. Hast du den Pfarrer schon ermittelt?«

»Sieh dir das mal an.«

Paul kam zu ihr hinter den Schreibtisch. Die Gesichter so dicht beieinander, dass sich ihre Wangen fast berührten, betrachteten sie die Fotos und Nachrichten auf dem Handydisplay. Paul roch dezent nach einem Parfum, das Nora mochte.

»Perverser alter Sack!«, stieß Paul aus.

»Olivia ahnte, dass er sie betrog.«

»Hat sie dir das am Telefon gesagt?«

»Ja, deswegen hat sie dieses Handy orten lassen.«

»In dem Alter! Ist das zu fassen!«

Nora sah ihren drei Jahre jüngeren Kollegen an. »Was hat das mit dem Alter zu tun?«

»Na ja … Ich meine ja nur.«

»Was meinst du nur?«

»Nichts, ist egal. Ahnt Kubat, dass wir davon wissen?«

»Noch nicht. Ich wollte ihn vorhin vernehmen, aber er hat mich mehr oder weniger rausgeschmissen und mir vorgeworfen, am Tod seiner Frau schuld zu sein.«

»So ein Arsch!«

»Er steht noch unter Schock, eigentlich gehört er ins Krankenhaus. Man kann das nicht ernst nehmen. Ich probiere es morgen noch mal.«

»Lass es uns jetzt machen! Wir konfrontieren ihn damit und schauen, wie er reagiert. So wie es aussieht, ist der Mann nicht ganz unschuldig an alledem.«

Nora dachte darüber nach. Was Paul vorschlug, war eine brutale Methode, die einem SEK-Mann wie ihm gefiel und in manchen Fällen auch ihre Berechtigung hatte. Es gab Charaktere, die man nur auf diese Art knacken konnte. Doch Nora hatte Zweifel daran, dass Kubat in der Sache mit drinsteckte. Vorhin im Vernehmungsraum, das war keine Show gewesen. Er litt wirklich.

»Nein, das geht nicht«, entschied Nora.

»Warum nicht? Ist doch der beste Moment, bevor er Gelegenheit hat, sich irgendwelche Ausreden einfallen zu lassen.«

Nora schaltete das Handy ab, warf es auf den Schreibtisch und schüttelte den Kopf.

»Das kann ich nicht machen, er hat gerade seine Frau verloren. Wir stellen ihn morgen zur Rede. Lass uns zuerst diesen Pfarrer aufsuchen, der seine Nächte beim Angeln verbringt.«

4

Dicker, grauer Rauch zog durch den Pfarrgarten in Richtung Straße. Er roch eklig und kratzte im Hals. Nora hielt sich die Nase zu und folgte Paul, der ihr die Gartenpforte aufhielt.

»Was macht der Mann? Opfer verbrennen?«, fragte sie mit nasaler Stimme.

Sie klingelten nicht an der Haustür, sondern folgten dem Rauch bis in den hinteren Teil des Grundstückes. Nora hatte vor der Abfahrt angerufen und von der Küsterin erfahren, dass der Pfarrer den ganzen Vormittag im Garten anzutreffen sei.

Der war ein einziger Wildwuchs. Büsche und Bäume waren seit Jahren nicht mehr beschnitten worden und wuchsen, wie sie wollten. Das hatte seinen ganz eigenen Reiz, wie Nora fand. Jetzt, mit den durch das Blätterdach schräg einfallenden Sonnenstrahlen, mutete der Garten geradezu mystisch an. Bei Dunkelheit oder schlechtem Wetter konnte er aber wohl auch unheimlich sein.

Die Quelle des ekligen Qualms war schnell ausgemacht. Unweit eines gemauerten Brunnenringes stand eine schmale Holzhütte mit Flachdach, aus dem ein Edelstahlrohr zwei Meter in die Höhe ragte. Der obere Rand des Rohres war pechschwarz. Die Hütte war nicht mehr als eine mannshohe Besenkammer mit einem Verschlag an der Vorderseite. Der stand offen, und ein Hintern schaute daraus hervor.

»Hallo!«, rief Nora.

Ein Mann richtete sich auf und drehte sich zu ihnen um. Noras geschulter Blick registrierte die Details und Besonderheiten. Er war eins neunzig groß, hatte breite Schultern und schmale Hüften und bis auf einen leichten Schatten auf dem Schädel kein Haar. Er trug eine auf den Oberschenkeln schmutzige Jeans, dazu ein offenes kariertes Hemd, darunter ein weißes T-Shirt, das ebenfalls eine Wäsche vertragen konnte.

Der Mann schloss die Tür zu dem merkwürdigen Besenschrank, aus dem heraus es qualmte.

Nora zückte den Dienstausweis und stellte sich und Paul vor.

»Ich bin Pfarrer Görling«, sagte der kahlköpfige Mann. »Marlies hat mir erzählt, dass Sie in der Nacht schon einmal hier waren. Was will die Polizei denn so Dringendes von mir?«

»Darf ich fragen, was Sie hier machen?«, entgegnete Nora mit Blick auf die Holzhütte.

»Räuchern«, erklärte Pfarrer Görling. »Meinen Fang der letzten beiden Tage. Vier Barsche und elf Forellen.«

»Sie räuchern ihren Fisch selbst?«

»Natürlich. Warum nicht? Ist eine der einfachsten Sachen der Welt. Diese kleine Räucherhütte habe ich allein gebaut. Ein geschlossener Raum, eine Hitzequelle, ein wenig Buchenspäne, mehr braucht es nicht. Schauen Sie selbst.«

Pfarrer Görling öffnete den Verschlag und ließ sie einen Blick in die Räucherkammer werfen. Zwischen den beiden Seitenwänden waren dünne Metallstangen gespannt, die mit Haken bestückt waren. An diesen Haken hingen Fische unterschiedlicher Größe. Die Bäuche waren aufgeschnitten, die Innereien entfernt. Aus der Nähe roch es gar nicht mal so schlecht, fand Nora. Wie auf einem Fischmarkt.

»Interessant«, sagte sie. »Wie lange bleiben die da drinnen?«

»Drei bis vier Stunden.«

Der Pfarrer schloss die Tür.

»Aber Sie sind doch nicht hier, um mit mir übers Räuchern zu reden, vermute ich?«

»Nein, sind wir nicht. Sagen Ihnen die Namen Olivia und Rolf Kubat etwas?«

Nora behielt den Mann bei der Frage im Blick, sie wollte sehen, wie er darauf reagierte. Das war in einer Befragung stets ein wichtiger Moment, in dem Nora erkennen konnte, ob die Person die

Wahrheit sagte. Jedenfalls manchmal. Immer häufiger traf sie leider auf Menschen, die sich sogar bei dreisten Lügen so gut unter Kontrolle hatten, dass sie den Unterschied zwischen Lüge und Wahrheit nicht bemerkte. Nora hegte den Verdacht, der Gebrauch der sozialen Netzwerke trainierte die Fähigkeit zu lügen bis hin zur Perfektion. Wer online häufig mit falschen Identitäten oder erfundenen Geschichten jonglierte, der wurde zwangsläufig gut darin, auf glaubwürdige Details zu achten. Wie ein Autor, der Geschichten schrieb.

Der Pfarrer hielt einen Moment inne, den Blick in die Ferne gerichtet, dann nahm er einen Lappen von einem kleinen Gartentisch und wischte seine Hände damit ab.

»Ich fürchte, nein. Sollten die Namen mir etwas sagen?«

»Sie haben das Paar vor siebzehn Jahren in dieser Kirche getraut.«

»Das kann schon sein, aber ich erinnere mich nicht daran. Seitdem habe ich Hunderte Paare getraut, da kann schon mal eines in Vergessenheit geraten.«

»Darf ich Sie fragen, wo Sie gestern Nacht waren?«

»Am Ufer der Weser. Ich habe dort geangelt und in einem kleinen Zelt geschlafen. Wie schon Dutzende Male zuvor.«

»Gibt es dafür Zeugen?«

»Ich gehe ja gerade deshalb dorthin, um allein zu sein.«

Nora sah ihn mit hochgezogenen Augenbrauen an, forderte eine vernünftige Antwort auf ihre Frage.

»Nein, es gibt keine Zeugen. Brauche ich ein Alibi? Wessen werde ich verdächtigt?«

»Vorerst stellen wir nur Routinefragen. Ich finde es ungewöhnlich, dass ein Pfarrer die Nacht allein an einem Flussufer verbringt.«

»Tja, ist es wohl auch. Wissen Sie, ich habe Kollegen, die wechseln alle vier, fünf Jahre den Pfarrbezirk, weil die Probleme der Menschen vor Ort sie ausbrennen. Was sie dabei übersehen, ist, sie wechseln nur die Gesichter, nicht aber die Geschichten. In der nächsten Gemeinde stehen die gleichen Probleme wieder Schlange. Diese Kollegen halten in der Regel nicht bis zur Rente durch. Ich habe für mich einen anderen Weg gefunden.«

»In der Natur?«

»Richtig, in der Natur. Dort werde ich allen Ballast los und tanke gleichzeitig neue Energie.«

»Und finden Sie dort auch ihren Gott?«, fragte Paul aus dem Hintergrund. Das klang ein bisschen patzig, fand Nora.

Pfarrer Görling lächelte ihn an.

»Viel besser als in dem alten Gemäuer da hinten.« Er zeigte auf die Kirche hinter sich. »Aber das verrate ich eigentlich niemandem.«

»Wir werden es für uns behalten«, versprach Nora. Sie war jetzt an einem Punkt angekommen, an dem sie sich entscheiden musste. Pfarrer Görling machte auf sie einen ehrlichen Eindruck, und seine Geschichte war stimmig, immerhin räucherte er gerade den Fisch, den er gefangen hatte. Sie könnten jetzt gehen und den Mann als Verdächtigen abhaken. Sie könnten ihm aber auch von dem Fall erzählen, in der Hoffnung, dass er ihnen weiterhalf. Möglicherweise kannte er ja einen Kollegen, einen dieser frühzeitig Ausgebrannten, der sich verdächtig verhalten hatte.

Nora entschied sich für die zweite Variante.

»Können wir uns irgendwo in Ruhe unterhalten?«, fragte sie.

Görling zeigte auf seine schmutzige Kleidung.

»Mir wäre es recht, wenn wir das hier täten. So, wie ich aussehe, lässt Marlies mich nicht ins Haus. Was das angeht, ist sie strenger als Gott.«

Der Garten war groß und dicht bewachsen, das Risiko, belauscht zu werden, damit gering, also entschied Nora, das Gespräch draußen fortzusetzen. In groben Zügen erzählte sie dem Pfarrer von dem Fall.

Er hörte konzentriert zu, sein Gesicht wurde zu einem Spiegel seiner Traurigkeit, und zum Ende hin schüttelte er voller Verzweiflung den Kopf.

Sein Blick ging hinauf in die Baumkronen, als er sprach.

»Ich hab das mit dem Angeln von einem Kollegen drüben auf der anderen Seite des Flusses gelernt. Jahrelang saßen wir uns beim Fischen gegenüber, getrennt durch das Wasser, verbunden durch die Stille. Vor zwei Monaten ist er dort ertrunken. Er litt sehr darunter, dass die Menschen Gott vergessen. Er sagte immer, draußen in der Natur, da begegnet einem wenig Böses. Wenn man unter Menschen ist, ist es dagegen immer präsent. Man kann nicht sehenden Auges durch unsere Welt gehen und leugnen, dass das Zeitalter des Teufels eingeläutet ist. Ich weiß nicht, was ich dagegen tun kann, mir bleibt nur, in dem kleinen Kreis meiner Gemeinde die Balance zu wahren. Aber selbst hier gelingt das nicht immer. Was Sie erzählen, setzt der Grausamkeit neue Maßstäbe. Ein abscheulicher Mord unter dem Deckmantel des Glaubens. Und der Täter verkleidet sich auch noch als Pfarrer, sagen Sie?«

»Er wurde uns von dem Opfer so beschrieben. Ob es eine Verkleidung ist oder ob der Mann wirklich Pfarrer ist, das wissen wir nicht.«

»Ich kann mir nicht vorstellen, dass ein …«

Pfarrer Görling verstummte.

»Sie dachten, ich wäre derjenige?«, fragte er und sah Nora mit einem durchdringenden Blick an.

»Dieser Verdacht lag nahe, zumal sie gestern Nacht für uns nicht auffindbar waren.«

»Also bin ich des Mordes verdächtig?«

»Nein, ich denke, Sie sagen die Wahrheit. Der Geruch hier spricht für Sie.«

Nora deutete auf die kleine Räucherkammer.

»Da kann ich ja froh und dankbar sein, etwas gefangen zu haben. Das ist auch nicht immer so.«

»Wir vermuten einen Bezug zu der Kirche, in der die Kubats getraut wurden. Sie sprachen vorhin von Kollegen, die alle vier, fünf Jahre die Pfarrgemeinde wechseln. Wie lange sind Sie hier in Dörverden, Herr Görling?«

»In einem Monat auf den Tag genau zwanzig Jahre.«

»Wenn Sie im Urlaub sind, nimmt dann ein Kollege die Trauungen vor?«

»Ja, das kommt vor.«

»Könnten Sie bitte herausfinden, ob Sie selbst die Kubats getraut haben oder ein Kollege? Darüber muss es doch Unterlagen geben.«

»Selbstverständlich. Ich werde nachsehen. Aber da Unterlagen aus jener Zeit bei uns nicht digitalisiert sind, kann das eine Weile dauern.«

»Schaffen Sie es bis morgen? Es eilt wirklich.«

»Vielleicht schaffe ich es schon heute Abend.«

»Rufen Sie mich bitte unter dieser Mobilnummer an«, sagte Nora und überreichte dem Pfarrer ihre Karte.

»Können Sie sich einen Kollegen vorstellen, der zu so etwas fähig wäre? Vielleicht, weil er unter der hohen Scheidungsrate leidet?«

»Wäre das wirklich ein Motiv für eine so furchtbare Tat?«, fragte Görling.

»Ich will Sie nicht schockieren, aber Menschen töten aus den geringsten Anlässen.«

»Das ist mir bewusst. Aber bei einer solchen Inszenierung, muss es da nicht ein starkes persönliches Motiv geben.«

Innerlich zuckte Nora zusammen, ließ sich aber nicht anmerken, dass Görling seinen Finger in jene Wunde legte, die aufgebrochen war, seitdem Olivia ihr von ihren Nachstellungen erzählt hatte.

»Wahrscheinlich schon«, wich sie aus. »Ist es denn Ihrer Meinung nach nicht persönlich genug, wenn eine Arbeit, die im Glauben an Gott verrichtet wird, immer wieder zerstört wird?«

Görling versuchte sich in einem Lächeln, wirkte dabei aber gequält.

»Sie machen sich kein Bild«, antwortete er. »Und in der Tat gibt es einige Kollegen, die genau in dieser Frage am Glauben der Menschen zweifeln und sich darüber Gedanken machen, ob Bestrafung nicht Verbesserung schaffen würde.«

»Bestrafung?«, fragte Paul scharf.

»Was überrascht Sie daran?«

»Gott vergibt uns unsere Sünden, wenn mich nicht alles täuscht«, entgegnete Paul.

»Laut Jesaja 1,18 und Sprüche 28,13 verzeiht Gott alles – wenn wir darum bitten. Ist es dem Menschen jedoch völlig egal, was Gott zu seinem Verhalten sagt, lügt, betrügt, quält und tötet er ohne Gewissensbisse, wird Gott ihn zur Rechenschaft ziehen. Römer 2, 4 bis 8. Und jetzt sagen Sie mir bitte, wie die Menschen heutzutage sind. Wer hat noch Angst vor dem Fegefeuer?«

Pfarrer Görling hatte seine Stimme erhoben und sah Paul streng an. Paul, wie immer um eine coole Haltung bemüht, zuckte mit den Schultern.

»Nur die wenigsten.«

Der Pfarrer nickte.

»Das menschliche Gewissen ist schwach. Es ist auf ein fein austariertes Gleichgewicht von Lob und Strafe angewiesen. Fehlt eines von beiden, versinkt es in Dunkelheit.«

»Mag sein«, fuhr Nora dazwischen, weil sie kein Interesse an theologischen Diskursen hatte, »für uns spielt das aber keine Rolle. Wir wollen diesen Täter fassen.«

»Das kann ich verstehen, Frau Jacobi. Ich werde noch einmal in mich gehen, vielleicht fällt mir jemand ein, aber es wäre doch ein sehr großer Zufall, wenn Sie über mich diesen Fall lösten.«

»Sie würden nicht glauben, wie oft wir auf Zufälle angewiesen sind.«

»Klingt nicht sehr beruhigend.«

»Ist es auch nicht. Haben Sie vielen Dank für Ihre Zeit.«

Paul und Nora verabschiedeten sich von Pfarrer Görling. Bereits ein paar Meter entfernt, drehte Nora sich noch einmal zu ihm um.

»Wie stehen Sie eigentlich zu diesem Gelübde?«

»Welches Gelübde?«

»Bis dass der Tod euch scheidet.«

»Für mich manifestiert sich darin der feste Wunsch der Ehepartner, für immer zusammenzubleiben. Aber Wunsch ist nicht Wirklichkeit, und manchmal braucht es eben mehrere Versuche. Wir bemühen uns trotzdem, auch wenn es nicht immer gelingt. Ich finde, deshalb hat dieser Satz durchaus seine Berechtigung.«

Nora nickte und verließ den Garten des Pfarrhauses.

»Was hältst du von ihm?«, fragte Paul auf dem Weg zum Wagen.

»Ich halte ihn für glaubwürdig.«

»Echt?«

»Du nicht?«

»Ich finde ihn zumindest merkwürdig.«

»Daran ist deine Aversion gegen die Kirche schuld.«

»Ich habe keine Aversion gegen die Kirche, ich finde sie überflüssig und mitunter sogar gefährlich. Und dass der Mann sonderbar ist, hat nicht das Geringste damit zu tun.«

»Habt ihr eigentlich kirchlich geheiratet?«

Paul nickte. »Anke wollte das unbedingt, also hab ich mitgemacht. Aber diesen Satz haben wir nicht gesprochen.«

»Warum nicht?«

»Weil ich solche Entscheidungen nicht dem Tod überlasse. Außerdem kommt es mir wie ein schlechtes Omen vor, an so einem Tag über den Tod zu sprechen.«

»Weißt du was? Ich denke, du bist spiritueller, als du es wahrhaben willst.«

Sie grinste Paul an, der ein Gesicht machte, als habe er in eine Zitrone gebissen.

Sie kamen an einem Wagen vorbei, einem älteren Saab-Modell, der am Straßenrand neben der Pfarramtsmauer abgestellt war. Die Reifen und Kotflügel waren mit Schlamm verdreckt. Nora warf einen Blick hinein. Im Inneren, über der umgeklappten Rückbank, lagen zwei Angelruten, eine Watthose, Gummistiefel, einige andere Ausrüstungsgegenstände für Angler, die sie nicht kannte, sowie etwas, das wie ein verpacktes Zelt aussah. Außerdem ein paar schwarze Eimer.

Nora war schon an dem Saab vorbei, als sie noch einmal umdrehte und drei Schritte zurückging.

»Was ist?«, fragte Paul, der ihren Dienstwagen erreicht hatte und die Hand nach dem Türgriff ausstreckte.

Nora sah durch die große Heckscheibe des Saab, auf der dieser übliche Aufkleber mit dem Fischsymbol haftete. Der interessierte sie jedoch nicht, sondern etwas, das im oberen der beiden ineinandergesteckten Eimer lag.

Sie winkte Paul heran.

»Siehst du, was ich sehe?«

»Mein lieber Herr Pfarrer!«, stieß Paul aus.

In dem Eimer lag eine aufgeschnittene Lebensmittelverpackung aus durchsichtigem Kunststoff. Der Aufdruck war zwar durchschnitten, aber das Wort »Forelle« und der Preis waren noch sehr gut zu lesen.

»Noch mal zurück?«, fragte Paul.

Nora dachte an die Ermahnung ihres Chefs und schüttelte den Kopf.

»Nee, das heben wir uns für den nächsten Besuch auf – nachdem wir den Herrn Pfarrer ordentlich gecheckt haben.«

5

Auf dem Milchschaum des Cappuccino lag ein Herz aus Kakaopulver. Er sah zu dem Kellner auf, der ihm das Gedeck kredenzte. Ein junger Mann mit Glatze und stylischem Bart, der zur anderen Straßenseite hinüberschaute und demonstrativ Langeweile und Desinteresse zur Schau stellte.

»Was soll das mit dem Herzen?«

»Wie bitte?«

»Habe ich um ein Herz auf meinem Cappuccino gebeten? Wollen Sie mir einen Heiratsantrag machen, oder was soll das?«

»Ich … Äh, das macht die Bar immer so.«

»Das macht die Bar immer so«, äffte er das Äffchen nach. »Nehmen Sie das wieder mit und bringen Sie mir einen vernünftigen Cappuccino.«

Widerwillig nahm der Kellner das Gedeck vom Tisch und verschwand damit. Natürlich verstand der Mann nicht, was das sollte, und hielt ihn für einen unfreundlichen Gast, der an allem etwas auszusetzen hatte. Ihm ging es aber um diese immer gleichen Oberflächlichkeiten, mit denen sich die Menschen jeden Tag aufs Neue abfanden. Symbole wie dieses Herz, das Freundlichkeit suggerieren sollte, serviert von einem Kellner, der sich nicht einmal die Mühe machte, freundlich zu wirken. Blender, allesamt, die sich hinter Äußerlichkeiten versteckten und sich aufregten, wenn jemand sie zurechtwies.

Dabei hatte er so gute Laune gehabt!

Er lehnte sich in dem bequemen Gartenstuhl zurück, genoss die Sonne auf seinem Gesicht und nahm sich vor, sich diesen Tag nicht von einem unfähigen Kellner kaputt machen zu lassen. Hinter den Lidern spürte er bleierne Müdigkeit, doch Adrenalin und Freude über die erfolgreiche Nacht hielten ihn aufrecht, und er hatte das

Bedürfnis, unter Menschen zu sein, weil nur dann dieses Gefühl zur Geltung kam, anders zu sein als sie. Anders und besser. Er gehörte nicht zu der riesigen Herde der Schafe, die auf der Flaniermeile an ihm vorbeizog. Frauen zumeist, eine teure Tasche affektiert unter den Arm geklemmt, den Blick auf die Auslagen der Modegeschäfte gerichtet, während sie versuchten, mit überlangen falschen Fingernägeln ihr Handy zu bedienen. Männer in zu engen Hosen und mit flachen Schuhen, die aussahen wie vom Müll gerettet, perfekt frisiert, das Haar gegelt. Typen ohne Muskelspannung aber mit Holzfällerbart, die ebenfalls nichts Besseres zu tun hatten, als mit dem Telefon herumzuspielen. Eine graue Masse, in der sich die Einzelnen voneinander nur im Grad ihrer Ignoranz und Dummheit unterschieden.

Der Kellner kam zurück, sagte keinen Ton und stellte scheppernd das neue Gedeck auf den Tisch. Der Cappuccino schwappte ein wenig über, braune Flüssigkeit sammelte sich in der Untertasse. An anderen Tagen hätte er sich aufgeregt und den Kerl zurechtgewiesen, doch heute war er dafür zu müde und zufrieden. Wortlos stand er auf, ging über die Straße und setzte sich gegenüber in ein anderes Café. Die Arme vor der Brust verschränkt, stand der düpierte Kellner da, schaute ihm nach, schüttelte schließlich demonstrativ den Kopf und räumte auch das Gedeck wieder ab.

In diesem Café bediente ihn eine junge, hübsche Kellnerin mit charmantem Lächeln, und er bekam seinen Cappuccino ohne Herzchen. So mochte er das.

Er nippte daran, aß den beigelegten Keks und beobachtete seine Umgebung. Nichts tat er lieber, nirgendwo lernte er mehr. Wenn man verstehen wollte, wie die Gesellschaft funktionierte, musste man sie beobachten. In den feinen Nuancen ihrer Interaktionen lagen Geheimnisse verborgen, die für das aufmerksame Auge keine waren. Man durfte nur nicht den Fehler machen, den Menschen zuzuhören. Sobald einer der Mund auftat, log er. Es gab keine Ehrlichkeit mehr, jeder versuchte, jemand anderes zu sein, besser zu sein. Aber in ihren Gesten und Blicken und in ihrer Mimik verrieten sie sich.

Er hatte das lange nicht verstanden. Und als er es verinnerlicht hatte, war es ihm schwergefallen, weiterhin in der Welt zurechtzukommen, einen Platz zu finden, an dem er anders sein konnte, ohne sofort aufzufallen.

Diesen Platz hatte er nun. Am Rande. Im Schatten. Ob im realen Leben oder in den sozialen Netzwerken, er war derjenige, der aus dem Verborgenen heraus beobachtete, ohne selbst beobachtet zu werden. Wenn man es sich erst einmal abgewöhnt hatte, wie der Rest der Herde laut zu blöken, dann war es einfach, unsichtbar zu sein.

Es dauerte nicht lange, bis er an einem der anderen Tische ein Pärchen ausmachte, das ihn interessierte.

Sie hatte rotes, gelocktes Haar, wirklich prächtig, nicht diese schauderhafte Einheitsperücke, die heute alle Frauen trugen, weil Friseure zu bloßen Schafscherern verkommen waren. Nein, diese Frau, er schätzte sie auf Anfang dreißig, besaß einen eigenen Stil und hob sich dadurch ab. Sie trug ein Sommerkleid, darüber eine Strickjacke, denn so warm war es noch nicht, aber ihre schlanken Beine waren nackt, und die Füße steckten in braunen Boots mit Fellrand. Ihr Partner trug, was alle trugen. Jeans, Kapuzenjacke und Sneaker. Und leider taten die beiden auch, was alle taten: Sie beschäftigten sich mit ihren Smartphones. Hin und wieder sagte einer etwas, kurze Sätze aus wenigen Worten, und der jeweils andere lächelte, ohne den Blick oder die Aufmerksamkeit vom Handy zu nehmen.

Wie einfach es wäre, zwischen den beiden Zwietracht zu säen! Das Mittel dafür hielten sie in Händen, und sie vertrauten dem Telefon mehr als den Menschen um sich herum. Ein kleines Programm, das einem verriet, welches Handy in der Nähe gerade aktiv war, welcher Nutzer auf Partnersuche war oder irgendeiner Community angehörte, in der ständig Informationen ausgetauscht wurden, und schon könnte er in das Leben der Rothaarigen eindringen und es in seinen Grundfesten erschüttern.

Der Gedanke gefiel ihm, und er lächelte still in sich hinein. Seine Erinnerung kehrte zur letzten Nacht zurück. Alles war gelaufen, wie er es geplant hatte, und der Ausgang hätte nicht großartiger sein können. Zu seinem Bedauern war er nicht vor Ort gewesen. Wenn er etwas an dem Ablauf ändern könnte, dann dies, doch das war unmöglich, und so fehlte am Ende die Genugtuung, die ein Künstler spürte, wenn er seine fertige Arbeit betrachtete. Wenn es ihm um Rolf und Olivia Kubat gegangen wäre, wäre das tragisch, aber dem war nicht so. Im Grunde waren sie ihm egal.

Das Pärchen bekam sein Essen serviert, und die Handys verschwanden. Jetzt wurde es interessant. Die Nahrungsaufnahme verlangte nicht ihre volle Aufmerksamkeit, und ihre Augen, gewöhnt an die ständige Informationsflut durch das Handy, machten sich auf die Suche nach anderen Zielen. Sie erkundeten die wirkliche Welt, die aus Bildern bestand, die gedeutet werden mussten, wollte man sie verstehen. Doch dafür fehlte ihnen das Rüstzeug, weil ihr Verstand auf Worte und Emojis trainiert war. Die wirkliche Welt erschien ihnen langweilig, niemand offenbarte seine Gefühle einfach so, und all diese Hintergrundbilder hatten sie schon zu oft gesehen. Er wusste genau, was in den beiden vorging. Sie sehnten sich nach ihren Smartphones, wussten aber, es war unhöflich, diese auch noch beim Essen zu benutzen. Der langweilige Typ tat, was alle langweiligen Typen in einer solchen Situation taten: Er hielt nach Frauen Ausschau. Es war keine in der Nähe, die der Rothaarigen auch nur ansatzweise das Wasser reichen konnte, aber er sah seine Freundin nicht einmal an. Dafür starrte er auf Ärsche, die in Gesichtshöhe an ihm vorbeizogen. Die Rothaarige bemerkte das, und an ihren Mundwinkeln konnte er erkennen, was sie dachte. Sie fragte sich, ob er ihr treu war.

Sie zweifelte.

In diesem Moment begann der Zerfall, den sie beide nicht begriffen und der Monate oder Jahre später über sie herfallen würde, als sei er gerade erst entstanden.

Eines Tages endeten sie dann wie Olivia und Rolf Kubat.

Sie wären ein geeignetes Paar für ihn, doch sie hatten Glück.

Im Moment war sein Bedarf gedeckt.

Er hatte die nächsten Sünder bereits ausgewählt.

6

Sogar am helllichten Tage stand das Gutshaus da, als wäre es direkt einem Gruselfilm entsprungen. Düster und bedrohlich erhob es sich am Ende der Zufahrt. Ein Ort, der Nora nicht nur wegen dem, was hier passiert war, eine Gänsehaut bescherte. Sie war seit jeher empfänglich für die Auren bestimmter Plätze, und dieses Haus machte ihr Angst. Vielleicht war hier in der Vergangenheit wiederholt Böses geschehen? Immerhin stammte das Gebäude aus dem 15. Jahrhundert und hatte Kriegsjahre überstanden.

Das ehemalige Rittergut lag außerhalb der kleinen Gemeinde Hassfeld in einem Eichenhain. Von der Bundesstraße getrennt war es durch einige Hektar Ackerland, die bewirtschaftet wurden. Es bestand die Möglichkeit, dass der Landwirt, der dafür zuständig war, jemanden gesehen hatte. Ein Kollege kümmerte sich darum, aber Nora glaubte nicht an einen Erfolg, denn der Täter müsste dämlich sein, wenn er sich bei der Erkundung des Geländes hätte beobachten lassen – und dumm war der Pfarrer sicher nicht.

Hinter dem Gutshaus, so viel hatte Nora der Karte entnommen, floss in zweihundert Metern Entfernung die Weser entlang. Dort gab es keine Straßen und Wege, da es sich um Überschwemmungsgebiet handelte. Von dort war der Täter sicher nicht gekommen, es sei denn, er besaß ein Boot.

Nora musste an den angelnden Pfarrer Görling denken und die Fischverpackung in dessen Wagen. Besaß er ein Boot? Es war schon bemerkenswert, dass die Weser an diesem Tatort eine Rolle spielte. Im Präsidium hatte sie Görling gecheckt. Auffällig oder straffällig war er nie geworden, dementsprechend gab es nichts über ihn. Nicht einmal einen Eintrag in Flensburg. Paul bestand weiterhin darauf, dass Görling verdächtig war, und auch wenn Nora anderer Meinung war, strich sie ihn nicht von der Liste.

Die Techniker des Präsidiums waren noch vor Ort. Es würde Tage dauern, das große Objekt und die umliegende Gegend nach Spuren abzusuchen. Direkt vor dem Gutshaus parkten die weißen Transporter sowie drei Funkstreifenwagen. Uniformierte Kollegen und Kolleginnen bewachten das Gelände bis auf Weiteres Tag und Nacht.

Nora und Paul waren hier, um mit dem Besitzer des Gutshauses zu sprechen. Er hieß Gundalf Hesse, war siebenundsiebzig Jahre alt und gehörte der Eigentümerfamilie an, die über das gesamte Bundesgebiet verstreut lebte. Alle waren hochbetagt.

Hesse wartete auf dem Hof.

Ein distinguierter Herr in Wams, grünen Cordhosen, hohen schwarzen Stiefeln und mit grünem Jägerfilzhut auf dem Kopf. Er stützte sich auf einen Gehstock mir silbernem Knauf. Das Alter hatte sein Gesicht tief zerfurcht, sein Blick war jedoch fest und zeigte keine Regung.

Auf Noras und Pauls Begrüßung reagierte er nur mit einem kurzen Nicken.

»Wer bezahlt die Schäden durch Ihre Fahrzeuge?«, fragte er und deutete mit dem Gehstock in Richtung der Ackerflächen. Tatsächlich hatten einige Fahrzeuge in der Tatnacht darauf geparkt.

Nora versprach dem Mann, dass man sich darum kümmern würde, aber ehrlich gesagt wusste sie nicht einmal, wer für so etwas zuständig war. Es interessierte sie auch nicht.

»Ihnen gehört dieses Objekt?«, fragte sie.

»Dieses Objekt«, wiederholte Herr Hesse gedehnt und zeigte mit dem Gehstock auf das Haus, »ist ein Rittergut aus dem fünfzehnten Jahrhundert, das von meinen Urahnen erbaut wurde. Es gehört mir und meinen vier Geschwistern. Noch.«

»Warum noch?«

»Weil es zum Verkauf steht. Ich bin der Einzige, der sich um das Anwesen kümmern kann, aber auch meine Lebenszeit ist begrenzt. Ich bin dabei, meine Angelegenheiten zu regeln.«

»Es gibt keine Erben?«, fragte Paul.

Hesse bedachte ihn mit einem abschätzigen Blick.

»Es gibt verschiedene Individuen, die wohl gern erben würden. Doch solange ich das verhindern kann, bekommen die keinen Cent.«

»Ist ein Pfarrer darunter?«

»Wie bitte?«

»Ein Pfarrer«, wiederholte Nora. Das gebieterische Gehabe des alten Mannes ging ihr auf die Nerven. »Ist unter den Erben ein Pfarrer oder ein anderer kirchlicher Würdenträger?«

»Nein. Nur Gesindel, das nicht mal mehr den Namen Hesse trägt … und auch nicht verdient hätte, ihn tragen zu dürfen. Warum fragen Sie?«

»Und wie lange steht es schon zum Verkauf?« Nora ignorierte die Gegenfrage.

»Nun … es stünde längst nicht mehr zum Verkauf, wenn die Herren Ratsmitglieder der Gemeinde, allesamt dumme Tölpel, wenn Sie mich fragen, gegen den ernsthaftesten Interessenten nicht über das Bebauungsrecht Einspruch eingelegt hätten.«

»Herr Hesse, wenn Sie sich bitte damit begnügen würden, meine Fragen zu beantworten.«

Nun galt sein abwertender Blick Nora.

»Liebes Frollein«, hob er zur Belehrung an.

»Das können Sie sich sparen, ich bin nicht ihr liebes Frollein …«

»Sondern Kriminalkommissarin Jacobi für Sie«, sprang Paul ihr bei. »Wir nennen Sie schließlich auch nicht Opa.«

»Was erlauben Sie sich!«, rief Hesse brüskiert. »Ich werde mich über Sie beide beschweren. Meine Beziehungen sind weitreichend.«

»Das bleibt Ihnen überlassen. Aber einstweilen muss ich Sie um eine Liste aller bisherigen Kaufinteressenten bitten.«

»Das sind bestimmt vier Dutzend!«

»Von allen benötigen wir Namen und Adressen sowie das Datum der Besichtigung und was daraus geworden ist. Wo kann ich die Liste morgen abholen?«

Nora sah den alten Mann herausfordernd an.

Dessen Unterkiefer klappte auf der Suche nach den richtigen Worten nervös auf und ab, wegen seines faltigen Kehllappens ein unschöner Anblick.

»Darum wird sich mein Anwalt kümmern.«

»Fein. Seinen Namen und die Adresse, bitte!«

Nora zückte Notizblock und Kugelschreiber. Herr Hesse zierte sich noch ein wenig, diktierte ihr dann aber doch in den Block.

»Und wer bezahlt die Schäden im Haus?«, polterte er sofort danach los und zeigte mit dem Gehstock auf den Gutshof.

»Schäden?«, fragte Paul. »An dieser Bruchbude? Ist nicht Ihr Ernst, oder?«

Damit ließen sie Gundalf Hesse stehen und gingen nebeneinander auf das Eingangsportal zu.

Nora stieß Paul mit dem Ellenbogen an.

»Du warst ungezogen, böser Bengel!«

»Wenn das Frollein meint.« Er grinste sie an.

Einen Moment später, als sie das Foyer betraten, waren sie beide wieder ernst.

»Lass uns zuerst runtergehen«, bat Nora. »Ich hab das ja noch nicht gesehen.«

Sie stieg vor Paul die Treppe hinab.

Der riesige Keller war mit mobilen Strahlern ausgeleuchtet. Flatterband markierte einen schmalen Korridor, auf dem sie sich bewegen durften. Er führte im Zickzackkurs zwischen Gegenständen aus verschiedenen Jahrhunderten hindurch. Es roch staubig und alt, ein Geruch, den Nora mochte. Er hatte etwas Beruhigendes.

»Dort hat Kubat gelegen«, sagte Paul und deutete auf eine massive alte Holztür, die auf zwei Sägeböcken ruhte. Daneben stand ein bauchiges Fass aus Eichenholz. Überall klebten Überreste von Argentorat, dem Aluminiumpulver, das hauptsächlich für ältere Spuren verwendet wurde.

Nora wurde aber von etwas anderem angezogen.

Sie trat vor die weiße Wand, an der der Schriftzug prangte:

Bis dass der Tod euch scheidet

»Weißt du, was mir daran nicht gefällt?«, fragte sie.

Paul trat hinter sie. Sie spürte seinen Atem im Nacken.

»Die Sprühfarbe?«

»Er hat seine Botschaft Olivia schon deutlich zu verstehen gegeben, sprüht sie aber zusätzlich an die Wände, weil er nicht wissen kann, ob Olivia seine Botschaft auch ordentlich an uns übermittelt. Er will, dass wir sie verstehen. So unbedingt, dass ich mich schon wieder frage, ob es nicht eine Spur ist, die uns in eine falsche Richtung lenken soll.«

Paul schürzte die Lippen und nickte.

»Gut möglich.«

»Wir dürfen uns von ihm nicht blenden lassen. Die wichtigste Regel in einem so frühen Stadium der Ermittlung ist, kein Schubladendenken zuzulassen.«

»Schubladendenken?«

»Na, du weißt schon. Voreilige Festlegung aufgrund vorhandener offensichtlicher Fakten. Der Täter ist männlich, kräftig, jung, diese Dinge … Aber wir wissen noch zu wenig, um ihn kategorisieren zu können.«

»Na ja, ich würde schon sagen, dass er jung ist.«

»Warum?«

»Sieh es dir an«, sagte er und wies auf den Schriftzug an der Wand. »Sehr gut gesprayt. Flüssige Schrift. Keine Ansätze, keine Unterbrechungen. Der Mann macht das nicht zum ersten Mal.«

Nora betrachtete den Schriftzug eingehender. Paul hatte recht. Jemand, der zum ersten Mal eine Spraydose benutzte, hätte es nicht so sauber hinbekommen.

»Gut beobachtet«, lobte sie ihn.

Er zuckte mit den Schultern. »Ich will dich beeindrucken, damit du mir ein gutes Zeugnis schreibst.«

»Dafür fehlt etwas Elementares.«

»Ach ja?«

Nora nickte und machte ein ernstes Gesicht.

»Der obligatorische Pappbecher mit heißem Kaffee, den der Assistent der Chefin an jedem Tatort reicht.«

»Wo soll ich hier Kaffee herbekommen?«

Nora tätschelte Pauls Schulter. »Du musst noch sehr viel lernen, mein Lieber.«

Jemand rief nach Nora, und sie drehte sich zu dem Rufenden um. Es war einer der Spurentechniker, der am Treppenansatz stand und winkte. Er sagte, er habe etwas, das sie sich anschauen müsse, und so folgten sie ihm die Treppe hinauf ins Erdgeschoss bis in eine kleine Kammer neben der Küche.

Dort lag ein blauer zerschlissener Schlafsack neben einer Orangenkiste mit heruntergebrannten Kerzenstummeln darauf. Daneben einige Konservendosen. Paul hatte ihr bereits davon erzählt.

Der Spurentechniker ging in die Hocke und deutete auf die leeren Dosen.

»Die Dosen wurden erhitzt, vermutlich über einem Campingkocher, die Reste darin lassen darauf schließen, dass es nicht länger als eine Woche zurückliegt. Auf einem der Deckel klebt ein Preisschild. Es stammt von einem Rest- und Sonderpostenmarkt in der Stadt.«

»Er lässt uns wissen, wo er einkauft?«, fragte Paul erstaunt.

»Falls es der Täter war, der hier gehaust hat«, sagte Nora. »Kann auch ein Obdachloser gewesen sein. Womit wir einen Zeugen hätten, denn er muss in der fraglichen Zeit hier gewesen sein.«

Der Spurentechniker nickte.

»Der Schlafsack ist voller Haare. Es dürfte kein Problem sein, daraus einen genetischen Fingerabdruck zu gewinnen.«

»Sehr gut«, sagte Nora. »Wir brauchen den so schnell wie möglich.«

»Ich habe noch nie einen Ermittler getroffen, der zu mir sagte, lassen Sie sich Zeit damit.«

Nora wusste, dass die Labore chronisch unterbesetzt und überlastet waren. Die Mitarbeiter schoben mindestens genauso viele Überstunden vor sich her wie die Streifenbeamten, und immer sollte alles schnell gehen.

»Sorry«, sagte sie. »So bald wie möglich ist auch in Ordnung.«

Der Spurentechniker schenkte ihr ein Lächeln, das selbst unter der weißen Haube, die er trug, nett wirkte. Er sah sie einen Moment länger an als notwendig, und seine braunen Augen zeigten unverhohlenes Interesse.

Ein wenig irritiert bedankte Nora sich bei ihm und verließ die kleine Kammer.

7

Im Wasser war alles anders. Im Wasser war sie jemand anderes. Nachdem Nora vom Einmeterbrett gesprungen war und sich die Wasseroberfläche über ihr geschlossen hatte, fühlte sie sich sicher und geborgen. Dieses Gefühl begleitete sie, seit sie im Alter von fünf Jahren mit dem Schwimmtraining begonnen hatte, damals noch unter der Aufsicht und den Anfeuerungsrufen ihres Vaters. In seiner Jugend war er Europameister im Brustschwimmen gewesen und hatte gehofft, aus seiner begabten Tochter eine Olympionikin formen zu können. Im Teenageralter war sie gut, besser als ihr Vater es je gewesen war, und hatte es bis zur Deutschen Meisterin im Freistil geschafft. Dann kam der große Krach mit ihrem Vater, und sie hatte aufgehört zu schwimmen. Einfach nur, um ihm zu zeigen, dass er nicht über ihr Leben bestimmen durfte. Das war eben ihre Art, gegen Autorität aufzubegehren. Viele Jahre hatte er ihr das übel genommen, und ihre Beziehung war kühl und distanziert gewesen. Die Sache mit dem Wohnungskauf war eine Art Entschuldigung, die Nora gern angenommen hatte, denn sie war zum richtigen Zeitpunkt gekommen – als sie bei Henk Claasen ausziehen musste.

Heute schwamm sie, so oft es ging. Auch wenn sie abends vollkommen fertig war und nur noch den Wunsch verspürte, sich mit Wein und Schokolade auf die Couch zu fläzen, so wie an diesem Abend, raffte sie sich dennoch auf und fuhr ins Südbad. Das hatte bis zweiundzwanzig Uhr geöffnet, und die letzte Stunde war die schönste. Bis auf drei andere ambitionierte Schwimmer hatte sie das 25-Meter-Becken für sich und konnte ohne Unterbrechung ihre Bahnen im Kraulstil durchziehen.

Von Wasser umgeben, gelang es ihr spielend leicht, den Kopf von allem störenden Ballast zu befreien. Sie konnte dann eine halbe Stunde quasi ohne einen Gedanken vor sich hin schwimmen oder aber sich auf eine bestimmte Sache fokussieren, sie durchdenken bis in die letzte Konsequenz. Steckte sie in Ermittlungen fest, hatte sich das oft als hilfreich erwiesen.

So weit war sie heute aber noch nicht. Sie wusste einfach nicht genug, um festzustecken. Dennoch hatte zum Dienstschluss ein furchtbares Durcheinander in ihrem Kopf geherrscht.

Nora erreichte das Beckenende, tauchte ab und vollführte eine perfekte Wende. Nach dem Auftauchen ein schneller Blick nach vorn, ob die Bahn noch frei war, dann verfiel sie erneut in ihre Schwimmtrance, wie sie es nannte. Die jahrelang einstudierten Bewegungen trieben sie durchs Wasser, Körper und Element in Harmonie verbunden.

Lass es nicht zu, lass Henk nicht wieder in deinen Kopf, dachte Nora. *Befrei dich, schwimm einfach nur, lass alles im Wasser, was dich schwer und unfrei macht.*

Das tat sie für die nächsten fünfzehn Minuten, und als sie aus dem Wasser stieg, war sie allein in der großen Halle. Alle anderen Schwimmer waren längst in den Umkleiden. In einer Viertelstunde schloss das Bad, sie würde sich beeilen müssen, um noch rechtzeitig fertig zu werden.

Die Kleidung klebte an ihrem erhitzten Körper und die feuchten Haare am Kopf, als sie um Punkt neun Uhr nach draußen trat. Der Hausmeister schloss die Tür hinter ihr ab, das hatte er schon häufiger getan. Er wünschte ihr einen schönen Abend.

Es war längst dunkel geworden. Im Licht der Straßenlaternen schritt Nora auf ihren Wagen zu, der einsam und verlassen auf dem großen Parkplatz stand. Sie fühlte sich angenehm matt und entspannt und wusste, sobald sie sich zu Hause ins Bett legte, würde sie in Sekundenschnelle einschlafen. Ein weiterer positiver Effekt des abendlichen Trainings.

Woher die Angst plötzlich kam, konnte Nora sich nicht erklären. Sie war einfach da. Noch ein paar Schritte von ihrem Wagen entfernt, den Schlüssel schon in der Hand, überfiel sie das starke Gefühl, beobachtet zu werden.

Nora hielt inne und sah sich um.

Ein Streifen dichten Buschwerks zog sich an der hinteren Grenze des Parkplatzes entlang. Das künstliche Licht schien daran abzuprallen, die Schwärze darin war erschreckend tief. Nora musste an Olivia denken, die ebenfalls vom Training zu ihrem Wagen zurückgekehrt und dann entführt worden war – und das am helllichten Tage!

Noras Augen glitten von rechts nach links, entdeckten jedoch niemanden. Das Gefühl der Bedrohung blieb.

Hinter sich hörte sie Autotüren zuschlagen, ein Motor startete. Sie fuhr herum. Eine der Badmitarbeiterinnen rollte in einem alten Opel Astra davon. Nora entriegelte ihren eigenen Wagen per Fernbedienung, sprang hinein und verriegelte die Türen. Sie war kein ängstlicher Mensch, und so ein Verhalten kannte sie nicht von sich. Ihr Herz schlug schneller als gewohnt, ihre Kopfhaut kribbelte, und als plötzlich ihr Handy klingelte, schrie sie vor Schreck auf.

Die Nummer im Display war ihr unbekannt.

»Hier spricht Rolf Görling, der Pfarrer aus Dörverden«, meldete sich eine angenehme männliche Stimme.

»Herr Görling … So spät noch!«

Nora war außer Atem, so als sei sie gelaufen.

»Entschuldigung, störe ich?«

»Nein, schon gut, ich hatte nur nicht mit Ihrem Anruf gerechnet.«

»Sie sagten doch, es eilt.«

»Natürlich. Haben Sie Ihre Unterlagen durchgeschaut?«

»Ja. Ich war es, der Olivia und Rolf Kubat damals getraut hat. Erst als ich die Unterlagen sichtete, erinnerte ich mich daran, und mir fiel eine Begebenheit ein, die ein wenig aus dem Rahmen fällt, wenngleich sie auch nicht völlig ungewöhnlich ist.«

»Ich bin ganz Ohr«, sagte Nora, was auch stimmte, ihre Augen jedoch waren noch immer auf die Umgebung gerichtet.

»Die Kubats hatten für die zivile Eheschließung zwei Trauzeugen, obwohl das im Jahre 2000 schon nicht mehr notwendig war. Diese gesetzliche Pflicht wurde bereits 1998 abgeschafft. Zur kirchlichen Trauung erschien aber nur die Trauzeugin. Auf meine Nachfrage, daran konnte ich mich wieder erinnern, sagte der Bräutigam, sein Trauzeuge sei nicht in der Kirche. Ich erwiderte, das sei kein Problem, er könne dennoch dieses Amt wahrnehmen. Was genau der Bräutigam daraufhin antwortete, weiß ich nicht mehr, aber sinngemäß in etwa, es sei aber für diesen Trauzeugen ein Problem.«

»Aha«, machte Nora. Sie war enttäuscht. Was sollte sie mit dieser Nachricht anfangen? Auch Paul weigerte sich, Kirchen zu betreten – außer bei seiner eigenen Hochzeit natürlich.

»Kommt das häufig vor?«, fügte sie hinzu, um nicht unfreundlich auf Pfarrer Görling zu wirken. Immerhin machte er sich die Mühe, so spät noch anzurufen.

»Dass nur ein Trauzeuge fehlt, kommt tatsächlich selten vor. Die Menschen halten noch gern an dieser Tradition fest, auch wenn sie gesetzlich nicht mehr verankert ist.«

»Okay, vielen Dank für die Information.«

Nora wollte schon auflegen, hielt aber inne.

»Herr Görling?«

»Ja?«

»Haben Sie den Fisch, den Sie geräuchert haben, wirklich selbst gefangen?«

Seine Antwort ließ einen Moment auf sich warten, und Nora war gespannt, ob der Pfarrer lügen würde.

»Einen Teil davon, aber leider sehr wenig. Ich musste Fisch dazukaufen«, gab er schließlich zu.

»Warum?«

Wieder zögerte er.

»Sie haben meine Haushälterin, Frau Fechtmann, ja kennengelernt, nicht wahr.«

»Ja.«

»Sie ist, sagen wir mal, sehr bestimmend. Ich müsste mich dauernd rechtfertigen, warum ich tue, was ich tue, wenn ich gänzlich ohne oder mit wenig Fisch zurückkehren würde. Das ist mir zu anstrengend. Marlies … Frau Fechtmann, versteht meine wahre Intention nicht.«

»Was ist Ihre wahre Intention?«

»Vollkommener Rückzug aus der Gesellschaft.«

Mit dieser Antwort hatte Nora nicht gerechnet. Sie bedankte sich bei dem Pfarrer, legte auf und fuhr los. Sie wollte endlich von diesem gottverdammten Parkplatz wegkommen.

Auf dem Nachhauseweg dachte sie über zweierlei nach: Warum zog sich ein Pfarrer zumindest periodisch vollkommen aus der Gesellschaft zurück, für die er doch eigentlich da sein sollte? Und warum war es ihm wichtig, ihr diese an sich unwichtige Information zukommen zu lassen? Ein Trauzeuge, der keiner Kirche angehört und der bei der kirchlichen Trauung nicht dabei sein will, wird kaum Jahre später zum Mörder werden, um vor Gott gegebene Versprechen einzufordern. Morgen stand die Vernehmung von Rolf Kubat an, und sie würde ihn nach diesem Trauzeugen fragen, auch wenn sie sich nicht viel davon versprach.

Mitunter erzählten Zeugen unwichtige Dinge, einfach weil sie sich wünschten, der Polizei helfen zu können. Zudem war es auch nicht die Aufgabe der Zeugen, Wichtiges von Unwichtigem zu unterscheiden, und Nora verlangte immer, sie sollten alles erzählen, was ihnen einfiel.

Hin und wieder versuchten Zeugen aber auch, die Polizei bewusst in eine falsche Richtung zu lenken, und Nora hatte das dumpfe Gefühl, genau das sei eben bei dem Telefonat geschehen.

Aber warum?

Was hatte Paul gesagt?

Er hielt Pfarrer Görling zumindest für merkwürdig.

In diesem Moment stimmte Nora ihm zu.

KAPITEL 3

DIENSTAG

1

»Warum willst du den Mann mit Glacéhandschuhen anfassen? Für mich ist er ein Hauptverdächtiger«, sagte Paul und sah Nora fragend an.

»Wieso das? Soll er sich selbst in diesem Keller im Gutshaus gefesselt haben?«

»Nein, aber er könnte das Ganze mit einem Komplizen – oder einer Komplizin – inszeniert haben, um seine Frau loszuwerden. Und selbst wenn das nicht der Fall ist, ist er unsere beste Spur. In seinem Frauen-Portfolio auf dem Handy verbirgt sich der Täter oder die Täterin. Jede Wette!«

»Frauen-Portfolio?«, wiederholte Nora. »Auf so einen Begriff kann auch nur ein Mann kommen.«

»Mein Gott, bist du heute gut drauf. Ich habe so ein Portfolio ja nicht, aber bei Rolf Kubat trifft es zu. Deswegen muss er sofort verhört werden.«

»Ich weiß, aber er hat gerade seine Frau verloren.«

»Na und? Er hätte sie ja nicht betrügen müssen. Hör zu, Nora, ich verstehe schon, warum du davor zurückschreckst. Aber dann lass es mich allein machen.«

»Kommt gar nicht infrage.« Nora schüttelte den Kopf.

»Warum nicht?«

»Du hast keine Erfahrung bei Vernehmungen.«

»Und warum willst du mich dann überhaupt bei den Ermittlungen dabeihaben?«

»Weil …«

Nora hielt inne und sah zu dem Haus hinüber, in dem Rolf Kubat lebte – bis vor Kurzem noch mit seiner Frau. Gleich nach Dienstbeginn waren Paul und sie aufgebrochen, um den Mann zu vernehmen und ihn mit seinem Ehebetrug zu konfrontieren. Nora war fest entschlossen gewesen, es durchzuziehen, selbst wenn Kubat immer noch nicht mit ihr reden wollte. Doch hier vor seiner Haustür verließ sie der Mut. Die zweite Nacht in Folge hatte sie zu wenig geschlafen, und das ließ sie gereizt, dünnhäutig und unentschlossen werden. Noch lange hatte sie gestern Abend über die merkwürdige Begebenheit auf dem Parkplatz nachgedacht. Sowohl über das starke Gefühl, beobachtet zu werden, als auch über den Anruf von Pfarrer Görling.

Sie musste aufpassen, dass sie nicht den Überblick verlor und sich zu viel zumutete. Zu ihrem Wesen gehörte es, Arbeit lieber selbst zu erledigen, als sie an andere zu delegieren. Leider führte das oft in eine Überlastungssituation.

Paul hatte recht! Sie hatte ihn ins Team geholt, weil sie ihm vertraute und ihn mochte, und es gab keinen Grund, ihn nicht allein mit Kubat reden zu lassen. Wahrscheinlich war bei dem Thema ein Gespräch unter Männern ohnehin besser.

Frauen-Portfolio, dachte Nora. Reden Kerle wirklich so miteinander?

»Okay«, sagte sie. »Geh allein rein. Ich warte dort drüben in dem Café und erledige einige Anrufe.«

»Ja!« Paul klatschte in die Hände und sprang aus dem Wagen.

Er war schon auf halbem Weg zum Haus, da rief Nora ihn zurück.

»Vielleicht nimmst du das besser mit.«

Sie hielt das Smartphone hoch, das Dominik Roth ihr überlassen hatte. Wahrscheinlich ein Gerät aus der Asservatenkammer, in dem jetzt die Speicherkarte von Kubats Geheimhandy mit all den pikanten Details steckte.

Paul kam zurück und nahm es ihr ab.

»Geh vorsichtig mit dem Mann um«, warnte Nora.

»Natürlich, mach dir keine Sorgen. Für meine Feinfühligkeit bin ich bekannt.«

»Ja, am Abzug eines Gewehres.«

»Du unterschätzt meine Fähigkeiten, Teuerste!«

Er wedelte mit dem Smartphone und machte sich auf den Weg.

Nora überquerte die Straße und betrat das kleine Café, in dem es herrlich nach Backwaren und frischem Kaffee roch. Sie bestellte einen Cappuccino und ein Brötchen mit französischem Camembert und setzte sich an einen Tisch am Fenster, von dem aus sie freien Blick auf das Haus der Kubats hatte.

Paul verschwand gerade im Inneren, die Tür ging zu.

Er hatte gesagt, er verstünde, warum Nora in Bezug auf Rolf Kubat so zögerlich war, und sie glaubte ihm. Paul war empathisch genug, um ihre Gefühle nachvollziehen zu können. Ja, sie hielt sich für schuldig am Tod von Olivia, doch dieser andere Verdacht, der sich hartnäckig in ihren Gedanken festkrallte, drückte ihre Schuldgefühle in den Hintergrund. Wegen dieses Verdachts würde sie nicht so objektiv sein, wie es notwendig war, wenn sie Kubat auf den Inhalt seines Handys ansprach.

Henk Claasen verhinderte das.

2

Paul Diekhoff drückte den Klingelknopf tief ins Gehäuse und hielt ihn lange fest. Er konnte nicht hören, ob es drinnen überhaupt klingelte, stellte sich aber ein altes Metallgerät an der Wand vor, auf das unablässig der Klöppel schlug und ein nervtötendes Geräusch erzeugte, das Kubat entweder in den Wahnsinn oder an die Haustür trieb.

Er öffnete tatsächlich, aber erst nach zwei Minuten.

Der Mann sah, gelinde gesagt, beschissen aus.

Trug er etwa immer noch den Anzug, in dem Paul ihn gefesselt im Keller des Gutshauses gefunden hatte? Es hatte tatsächlich den Anschein, und er roch auch so. Auf Kubats Wangen lagen dunkle Schatten, seine Augen verschwanden beinahe in den Höhlen, sein Haar stand wirr von seinem breiten Schädel ab.

»Erinnern Sie sich an mich?«, fragte Paul.

Kubat nickte. »Sie waren in dem Keller.«

»Richtig. Diekhoff mein Name, Paul Diekhoff. Haben Sie ein paar Minuten Zeit für mich?«

Kubat öffnete die Tür ein Stück weiter.

»Kommen Sie rein.«

Paul hatte darauf gehofft, dass der Mann ihn in irgendeiner Form als seinen Retter betrachtete, schließlich hatte er ihn befreit. So etwas schuf eine Verbindung, vielleicht sogar eine Beziehung.

Die Tür schloss sich, und Dunkelheit eroberte den Flur zurück. Sofort verfiel Paul in eine angespannte Körperhaltung, seine Augen weiteten sich, er nahm jede noch so unbedeutende Kleinigkeit wahr – eine durch ständiges Training und viele Einsätze unter Lebensgefahr verfeinerte Auffassungsgabe. In Sekunden wie diesen hoffte Paul, diese Reflexe bald ablegen zu können. Jahrelang hatte er sich nichts anderes vorstellen können als den Job im SEK, aber diese Zeiten waren vorbei. Er musste an anderer Stelle Verantwortung übernehmen.

Kubat schob sich dicht an ihm vorbei Richtung Wohnzimmer. Paul konnte ihn mehr riechen als sehen. Ein ekelerregendes Konglomerat aus Schweiß, Angst und Alkohol. Die Wohnzimmertür flog auf, Licht flutete den Flur, und Paul folgte dem Mann. Kubat ließ sich schwer in einen ausladenden Ohrensessel fallen. Davor stand eine gepolsterte Fußbank, daneben in Reichweite ein Beistelltisch mit drei Fernbedienungen und einem halben Dutzend leerer Bierflaschen darauf. Der Sessel war zum Fernseher hin ausgerichtet. Kubats Lieblingsplatz, wenn er abends heimkehrte, nahm Paul an. Der Platz, an dem er sich vom Fernsehprogramm berieseln ließ, während im realen Leben seine Ehe den Bach runterging. Unaufmerksamkeit war eine Art von Folter, fand Paul, und wenn man einem Menschen, den man liebte, die Aufmerksamkeit entzog, starb die Liebe.

»Setzen Sie sich«, raunzte Kubat und wies auf die Couch. Sie stand seitlich neben ihm. Paul würde dem Mann nicht ins Gesicht schauen können, deshalb blieb er stehen und zeigte das Handy.

»Das wird kein einfaches Gespräch«, sagte Paul. »Hier drin befindet sich die Speicherkarte des Handys, das wir bei Ihnen im Keller des Gutshauses gefunden haben.«

Rolf Kubat richtete sich ein wenig auf.

»Meine Speicherkarte?«

»Ja. Unsere Techniker konnten alle Daten retten. Und ich meine alle.«

»Das ist Privatsphäre, das dürft ihr nicht!«, polterte Kubat. Er wirkte schon nicht mehr so abwesend wie noch vor einigen Minuten.

»Das ist Beweismaterial in einer Mordermittlung, und wir dürfen das sehr wohl«, erklärte Paul ihm. »Hören Sie zu, ich bin nicht hier, um ein Urteil über Sie zu fällen. Ist mir doch egal, mit wie vielen Frauen Sie rummachen …«

»Was fällt Ihnen ein!«

Paul brachte Kubat mit einer Handbewegung zum Schweigen.

»Aber jede einzelne der Frauen, mit denen Sie Kontakt hatten, muss vernommen werden.«

»Kommt gar nicht infrage.«

»Wenn Sie das ablehnen, erschweren Sie die Ermittlungen. Zum einen ist das ein Straftatbestand, zum anderen ermöglichen Sie dem Täter damit, straffrei davonzukommen. Sie wollen doch auch, dass dieses Mistschwein hinter Schloss und Riegel kommt, oder nicht?«

Rolf Kubat saß mit offenem Mund da und starrte Paul an. Eine Minute verging, tiefe Stille erfüllte den Raum, nur untermalt von dem leisen Schleifgeräusch in Kubats Bronchien bei jedem Atemzug. Schließlich schüttelte er den Kopf.

»Olivia«, stieß er beinahe zärtlich aus, »ich … ich hab sie geliebt, trotz allem.«

»Niemand behauptet etwas anderes.«

Paul zog den gepolsterten Fußhocker zu sich her und setzte sich darauf. Damit saß er ein gutes Stück tiefer als Kubat, der ziemlich groß war. Ein Gespräch auf Augenhöhe war so nicht möglich, aber Paul schätzte den Mann ohnehin als einen Typen ein, der aus erhabener Position zu großer Güte neigte.

»Natürlich haben Sie sie geliebt, egal, was mit den anderen Frauen war. Und dieser Pfarrer hat kein Recht, Ihnen das wegzunehmen. Aber er hat es getan. Und dafür muss er bestraft werden. Wir tun unser Menschenmöglichstes, aber wir sind auf Ihre Hilfe angewiesen, Rolf.«

Den Vornamen benutzte Paul ganz bewusst. Es fühlte sich falsch an, er kannte den Mann ja kaum und wollte ganz sicher nicht dessen Freund werden, aber in dieser Situation, mit den Bildern und den Gesprächen, die aufzuarbeiten waren, konnte ein wenig Nähe nicht schaden.

»Sie finden ihn für mich, oder?«, fragte Rolf Kubat und sah Paul an. Einem gebrochenen Mann in die Augen zu schauen war alles andere als einfach. Man war empathisch, oder man war es nicht, und wenn man es war, gab es keine Waffen, keine Zäune, keine Floskeln gegen dieses Leid. Paul wusste seit Langem, er war nicht der harte

Hund, der er vorgab zu sein, aber dass ein Blick in Rolfs Augen ihn derart aus der Bahn warf, darauf war er nicht vorbereitet.

»Ich verspreche es«, sagte er und machte sich damit der gleichen Dummheit schuldig, die er Nora vorgeworfen hatte.

»Wer hat das sonst noch gesehen?«, fragte Kubat und deutete auf das Handy.

»Meine Kollegin.«

»Diese Kommissarin Jacobi?«

Paul nickte.

»Scheiße«, stieß Kubat aus. »Die muss mich ja für das allergrößte Arschloch halten.«

»Es ist nicht unsere Aufgabe, über Menschen zu urteilen«, sagte Paul, der Kubat genau dafür hielt: für das allergrößte Arschloch.

»Das steht auch niemandem zu«, sagte Kubat. »Ihrer Kollegin schon gar nicht. Die saß nicht in diesem Sessel und musste sich die Beschimpfungen anhören und die anfangs völlig unbegründeten Verdächtigungen. Ich hätte nie gedacht, dass eine Frau sich in siebzehn Jahren derart verändern kann. Diese Rechthaberei. Diese Gehässigkeit. Niemand treibt es mit einer Frau, die einen dauernd spüren lässt, wie gering sie einen schätzt. Olivia konnte so … so … vernichtend sein.«

Paul saß da und hörte einfach zu. Die Ausflüchte und Schuldzuweisungen des Mannes interessierten ihn nicht. Kubat suchte Absolution, die würde er von Paul aber nicht bekommen, nicht einmal durch ein einfaches Nicken. Mit seiner Schuld musste der Mann selbst zurechtkommen.

»Wie lange ging das schon?«, fragte er, als Kubat in brütendes Schweigen verfiel.

»Ich weiß nicht, drei oder vier Jahre, schätze ich. Und glauben Sie bloß nicht, ich hätte nicht alles versucht. Sogar zu diesem Paartherapeuten bin ich mitgegangen, obwohl ich von solchem Seelengequatsche überhaupt nichts halte.«

»Sie waren mit Ihrer Frau bei einem Therapeuten?«

»Olivia hat darauf bestanden. Sie meinte, da wir es selbst nicht mehr schaffen, offen miteinander zu reden, sollten wir uns professionelle Hilfe suchen. Meine Frau war Lehrerin, wissen Sie. Reden war ihr Ding. Über alles und alle. Ihrer Meinung nach ließ sich durch Reden jedes Problem lösen.«

»Können Sie mir bitte den Namen und die Adresse dieses Therapeuten nennen?«

Paul zückte Notizblock und Stift und schrieb mit.

Dann holte er das Handy aus dem Stand-by-Schlaf und reichte es Rolf Kubat.

»Und jetzt die Namen und Adressen der Frauen, mit denen Sie Kontakt hatten.«

Kubat nahm das Handy nur zögernd an. Eine Weile tippte er sich schweigend durch die Gesprächsverläufe auf Whatsapp, und Paul sah fasziniert dabei zu, wie das Gesicht eines erwachsenen Mannes sich in das eines kleinen Jungen verwandelte, der sich in Grund und Boden schämte.

Schließlich räusperte Kubat sich.

»Die meisten von denen haben mich angeschrieben«, sagte er, ohne aufzublicken.

Paul sparte sich eine Reaktion auf diese Lüge.

»Ich weiß auch nicht … Ich habe wohl eine gewisse Ausstrahlung auf Frauen«, fuhr Kubat fort. »Es ist mir nie schwergefallen, eine kennenzulernen. Aber all das hier« – er hielt das Smartphone hoch – »war nur digital, sozusagen, ich habe nie eine von denen getroffen.«

Auf diese Lüge musste Paul allerdings reagieren.

»Und wo waren Sie in den zwei Tagen, bevor Sie entführt wurden? Kundentermine haben Sie nicht wahrgenommen, das wissen wir. Nach Aussage ihres Chefs hatten Sie Urlaub genommen, Ihrer Frau aber nichts davon gesagt.«

Kubat blinzelte, spielte mit dem Handy, schüttelte den Kopf und rückte mit der Wahrheit heraus.

»Diese Frauke, die wollte das unbedingt. Ich hab ihr gesagt, ich mache so etwas nicht, aber die ließ nicht locker, hat mich immer wieder angeschrieben. Mir blieb gar nichts anderes übrig, verstehen Sie? Und außerdem, na ja, ich bin ja auch nur ein Mann, und Frauke sieht wirklich gut aus. Ich gebe zu, sie hat mich gereizt, aber das ist doch kein Verbrechen.«

»Sie haben sich getroffen?«

»Ja, in einem Hotel. An dem Tag, an dem ich entführt wurde. Ich stieg auf dem Hotelparkplatz in meinen Wagen, und dann … Ich weiß nicht, da endet meine Erinnerung.«

»Okay. Ich brauche die Adresse des Hotels und die Kontaktdaten.«

»Frauke hat nichts damit zu tun.«

»Und da sind Sie sich sicher? Immerhin wurden Sie auf dem Parkplatz des Hotels in ihrem Wagen betäubt und entführt.«

»Ja, aber da war Frauke schon mehrere Stunden fort.«

»Ist sie verheiratet?«

»Frauke? Ich weiß es nicht, wir haben nicht darüber gesprochen.«

»Trug sie einen Ehering?«

Kubat senkte den Kopf und nickte.

»Also wussten Sie, dass Frauke verheiratet ist.«

Darauf erwiderte Kubat nichts.

»Hören Sie mit dieser Lügerei auf!«, fuhr Paul ihn an. »Wir bekommen sowieso alles heraus, es geht nur schneller, wenn Sie uns dabei helfen. Aber wenn ich merke, dass Sie mich verarschen, mache ich Ihnen das Leben zur Hölle.«

Kubat sah zu ihm auf. Seine Augen waren gerötet und feucht.

»Mein Leben ist längst die Hölle«, sagte er.

3

»Wenn Gott je nach Perfektion gestrebt hat, dann bei der Erschaffung dieser Frau. Sie ist wie diese eine Blume in einem Meer von Blumen, die heraussticht, weil ihre Schönheit die aller anderen überstrahlt. Ihre Haut ist von so feiner Textur wie Seide, der Teint eine einzigartige Mischung aus Bronze, Kakao und Milch. Das Schwarz ihres Haars gleicht dem des Kerns eines Ebenholzbaumes, und wird es von Sonnenlicht geküsst, erstrahlt ein Zauber, dem sich niemand entziehen kann. Dieser Zauber findet sich wieder in den großen, nach oben gerichteten Augen, die von dunkelbrauner Färbung sind. Ihr häufig entrückter Blick zeigt ihre tiefe Verbindung zum Himmel und den Sternen.
Und dann ihr Mund!
Ihr Mund!
Er verrät dem aufmerksamen Betrachter den wahren Charakter dieser außerirdischen Schönheit, und er sagt uns, dass Gott vor der Perfektion die Ehrlichkeit gesetzt hat. Seht her, will er uns sagen, sie ist eine Sirene, und ihr betörender Gesang lockt euch in eine Falle.
Die Oberlippe ihres Mundes ist schmal und nahezu ohne Amorbogen, und auch die Unterlippe ist wenig ausgeprägt. Niemals wird sich diese Frau dem Manne unterordnen, sagen diese Lippen, wohnt in ihr doch die Kraft und Durchsetzungsfähigkeit des Mannes.
Oh, hätte ich dies doch früher erkannt.
Wie viel Schmerz wäre mir erspart geblieben …«

Nora riss sich die Knopflautsprecher aus den Ohren, die über ein Kabel mit ihrem Smartphone verbunden waren.

Ihr Herz klopfte laut und schnell. Angst krabbelte wie eine eiskalte Hand ihre Wirbelsäule empor.

Zufall, das kann Zufall sein, sagte sie sich.

Ja, und Elvis Presley lebt in einem Farmhaus in Memphis und singt tagein, tagaus *Love me tender*.

Gestern Abend, nachdem sie vom Schwimmen nach Hause gekommen war, hatte sie sich von einem Downloadportal eine Ausgabe von »Die eiskalte Frau« heruntergeladen, war aber vor Erschöpfung nicht mehr dazu gekommen hineinzuhören. Nachdem sie in dem Café einige Telefonate geführt hatte, Paul aber auf sich warten ließ, hatte sie das nachgeholt. Die warme, dunkle Stimme des Sprechers hatte sie mit seinem feinen Timbre vom ersten Satz an in den Bann gezogen, weit gekommen war sie dennoch nicht.

Denn die Beschreibung der eiskalten Frau passte auf sie selbst!

Nora war mit schöner Haut gesegnet, ihr Haar war schwarz wie Ebenholz, ihre dunkelbraunen Augen schräg nach oben gerichtet, die Lippen eher schmal, weshalb sie ihr Gesicht nie als perfekt empfunden hatte.

Die prosaischen Umschreibungen waren natürlich klischeehafter Unfug, und auch die Behauptung, ihre Lippen verrieten männliche Durchsetzungskraft, war Humbug, alles andere aber passte.

Kein Wunder, dass ihr Herz raste.

Kein Wunder, dass sie nun doch wieder an Henk Claasen denken musste.

Nora trank das Glas Wasser, das sie zusammen mit dem Cappuccino bekommen hatte, in einem Zug leer. Sie hätte gern noch ein Glas gehabt, sah in diesem Moment aber Paul über die Straße schlendern.

Er hatte ein breites Grienen im Gesicht und schien mit sich und der Welt zufrieden zu sein. Nora blieb sitzen und versuchte, so schnell wie möglich wieder zu sich selbst zu finden. Sie stöpselte die Kopfhörer vom Handy ab und ließ sie in ihrer Handtasche verschwinden.

Paul kam herein, zog die Jacke aus, hängte sie über die Stuhllehne und setzte sich an ihren Tisch.

»Na, Teuerste, ist dir die Wartezeit ohne mich nicht zu lang geworden?«

Paul sprach mit verstellter Stimme wie ein Chauvinist, stellte die Beine breit auseinander und verschränkte die Arme vor der Brust. Er war so sehr damit beschäftigt, seinen Erfolg zu demonstrieren, dass er nicht bemerkte, wie sich Nora fühlte.

»Hast du was getrunken da drüben?«, fragte sie.

»Bleib cool, Süße. Lass uns noch einen Kaffee trinken, und dann gehen wir zu mir. Ich weiß ja, dass du meiner Anziehungskraft nicht widerstehen kannst.«

Paul lächelte gespielt überheblich.

In dem Moment trat die junge Kellnerin an den Tisch, die auch schon Nora bedient hatte, und fragte nach seinen Wünschen. Sofort nahm Paul eine normale Körperhaltung ein, und auch sein Tonfall änderte sich, als er einen Kaffee und ein Lachsbrötchen bestellte.

»Und bringen Sie dem jungen Mann auch ein Glas Wasser, sein Adrenalinspiegel ist viel zu hoch«, gab Nora der Kellnerin mit auf den Weg.

»Wie gut, dass du dein Geld nicht mit Schauspielerei verdienen musst«, fügte sie hinzu.

»Das kann man gar nicht spielen, so muss man geboren sein.«

»Und Kubat ist das?«

»Der Mann ist am Boden zerstört, keine Frage, aber noch immer von seiner sexuellen Anziehungskraft überzeugt. Und weil er für die nichts kann, sind natürlich die Frauen schuld an seiner Situation. Weil sie ihm ständig nachstellen. Dem geht jedwede Fähigkeit zur Selbstreflexion ab. Ich habe selten einen größeren Narzissten gesehen.«

»Also bist auch du nicht weitergekommen?«

»Moment! Das habe ich nicht gesagt. Wenn zwei Männer sich unterhalten, kommt in der Regel immer etwas dabei heraus.«

»Ja, deshalb funktioniert die Welt auch so gut.«

»Die Kubats waren in einer Paartherapie.«

»Tatsächlich?«

»Ich habe Namen und Adresse des Therapeuten.«

»Ein weitere Befragung also.«

»Eine? Das werden einige Dutzend. Kubat arbeitet sich gerade durch das Handy und schreibt zu jedem seiner Dirty Talks alles auf, was ihm zu den Frauen einfällt. Von den meisten kennt er keine Adressen, und wahrscheinlich haben sie ihm nicht einmal ihren Klarnamen genannt. Aber er gibt sich Mühe.«

»Du hast ihm das Handy dagelassen?«

»Warum nicht, wir haben ja eine Kopie der Daten. Ich habe ihm gesagt, ich gehe rüber ins Café und komme in einer halben Stunde wieder, um seine Liste abzuholen. Glaub mir, dem Mann fällt mehr ein, wenn ich ihm dabei nicht über die Schulter gucke.«

»Okay, vielleicht keine schlechte Idee.«

Paul bekam seine Bestellung inklusive eines großen Glases Wasser. Er prostete Nora damit zu und trank es in einem Zug zur Hälfte leer.

»Und was hältst du von ihm?«, fragte Nora. Ihre alte Selbstsicherheit war wieder zurück.

»Ich habe mich getäuscht. Er ist zu schwach, um so etwas durchzuziehen, auch den Handlanger traue ich ihm nicht zu. Kubat ist alles andere als ein Unschuldslamm, aber hinter dieser Tat steckt er nicht. Es muss jemand von außerhalb sein, der von der Ehekrise der Kubats wusste.«

»Ja, aber warum tötet er nicht den Mann? Der ist ja offensichtlich schuld an der Krise?«

»Ist er das?« Paul warf ihr einen kurzen Blick zu, bevor er von seinem Kaffee trank. »Wie Kubat es mir geschildert hat, hat seine

Frau ihm ganz schön zugesetzt. Handyortung beim eigenen Partner, ich bitte dich. Da verliert man jedes Vertrauen. So was geht gar nicht.«

»Dazu gehören immer zwei«, sagte Nora, schärfer als beabsichtigt.

Paul, der gerade in sein Lachsbrötchen beißen wollte, hielt inne und sah sie an.

»Dir geht das alles sehr nahe, wegen der Geschichte mit Henk, oder?«

Da war er, der Moment, den Nora dazu hätte nutzen können, Paul von ihrem Verdacht zu erzählen. Aber dafür müsste sie weit ausholen und auch ihre dienstlichen Verfehlungen erwähnen. Paul würde dichthalten, da war sich Nora sicher, mangelndes Vertrauen hielt sie also nicht davon ab. Es war Scham. Sie schämte sich für ihr Verhalten, denn rückwirkend betrachtet gab es dafür keine Entschuldigung. Sie selbst hatte Frauen, die so etwas taten, immer gering geschätzt – ein überheblicher Standpunkt, den sie nicht länger vertreten konnte.

»Das eine hat mit dem anderen nichts zu tun«, sagte Nora.

Paul legte das Brötchen zurück auf den Teller.

»Entschuldige, ich hab dich bisher gar nicht gefragt, wie es dir damit geht.«

»Womit?«

»Dem Alleinsein.«

»Du bist Chef eines Spezialeinsatzkommandos, ein harter Hund und Obermacho. Komm mir jetzt bitte nicht mit Gefühlsduselei, sonst zerstörst du das Bild, das ich mir von dir gemacht habe.«

»Es könnte falsch sein.«

»Dann will ich dennoch daran glauben.«

»Also alles okay?«, hakte Paul nach.

»Ich komme zurecht, danke. So toll seid ihr Männer auch nicht, dass wir euch dauernd um uns haben müssen.«

»Anke sieht das anders. Speziell bei mir.«

»Schön für euch.«

»Gestern hat sie gefragt, ob du nicht mal wieder zum Abendessen vorbeikommen möchtest.«

»Oh, bitte, das ist so durchschaubar!«

»Was denn?«

»Lade doch mal deine einsame Kollegin zu uns ein, damit sie sieht, wie Beziehung funktioniert. Nein danke.«

»Jetzt mach aber mal halblang! Wir sind ja wohl schon ein bisschen länger befreundet. Wäre doch scheiße, wenn das wegen Henk kaputtginge.«

Pauls Entrüstung war nicht gespielt. Nora war zu weit gegangen.

»Entschuldige, hab ich nicht so gemeint. Sobald ich den Kopf frei habe, machen wir das, okay.«

»Nee, blöde Kratzbürste, nicht sobald du den Kopf frei hast, sondern Mittwochabend. Basta!«

Paul biss kräftig in sein Brötchen. Beim Kauen spielten in seinem hageren Gesicht die Kiefermuskeln. Unwillkürlich musste Nora an Henk denken. Der hatte zwar keine Ähnlichkeit mit Paul, war aber genauso schlank und durchtrainiert. Jeder Muskel zeichnete sich unter der Haut ab, und wenn sie beide zusammen beim Training im Fitnessstudio gewesen waren, hatte sie ihm gern bei den Klimmzügen zugesehen. Das war pure Erotik gewesen.

»Woran denkst du?« Paul riss sie aus ihren Gedanken.

»Nichts, es ist nur …«

Für einen Augenblick glaubte Nora, doch über Henk sprechen zu können, aber dann ging die Tür zum Café auf, eine Frau kam mit einem lärmenden Kind an der Hand herein, und der Moment war vorbei.

»Wenn dieser Pfarrer Eheverfehlungen bestraft«, sagte Nora stattdessen und sprach einen Gedanken aus, der ihr gerade kam, »hat er dann aus persönlichen Gründen nur die Kubats im Auge, oder sucht er vielleicht gerade nach den nächsten Sündern?«

4

Barbara Focke stieg ein, zog die Autotür hinter sich zu und küsste Bernd Meyer flüchtig auf den Mund.

»Wie viel Zeit hast du?«, fragte sie.

»Meine Frau kommt um eins vom Friseur, bis dahin muss ich zu Hause und geduscht sein, weil wir danach einen gemeinsamen Termin bei einem Kunden haben.«

Barbara warf einen Blick auf die Uhr im Armaturenbrett des teuren Wagens.

»Also zwei Stunden. Na gut, muss dann eben reichen. Fahr los!«

Bernd legte nur den Gang ein, er hatte mit laufendem Motor auf dem Parkplatz vor der Sporthalle des kleinen Dorfes südlich von Bremen auf sie gewartet. Über den Seitenspiegel warf Barbara einen letzten Blick auf ihr rotes Sportcabrio und bedauerte es einmal mehr, damals dieses auffällige Auto gekauft zu haben. Im ganzen Landkreis waren davon vielleicht sechs Stück unterwegs, und jeder aus ihrem Freundes- und Bekanntenkreis würde den Wagen erkennen, wenn er ihn irgendwo stehen sah.

Hey, ich hab neulich deinen Wagen vor dem Sportplatz in Pusemuckeldorf gesehen. Was hast du denn da gemacht?

Es gab so viele Fallstricke, so viele Dinge, die sie nicht einkalkulieren konnten, kontrollieren schon gar nicht. Jedes Mal wieder dieses hohe Risiko einzugehen, das zerrte an den Nerven, aber sie wusste nicht, was sie ändern konnte. Sie kam nicht von Bernd los, oder besser gesagt von dem, was er ihr bot: den besten Sex, den sie je gehabt hatte. Nicht einmal in der Anfangszeit mit Matthias war der Sex auch nur annähernd so gut gewesen wie jetzt mit Bernd. Bernd war aktiv, wissbegierig, kannte keine Scheu und hatte sie in den letzten sechs Wochen häufiger zum Orgasmus gebracht als Matthias in den sieben Jahren ihrer Ehe.

Bernd legte seine Hand auf ihren Oberschenkel und streichelte die empfindliche Innenseite. Allein diese Berührung ließ sie erschauern und steigerte die Vorfreude auf die nächste Stunde.

»Bist du hier schon mal gewesen?«, fragte sie.

Bernd schüttelte den Kopf.

»Ich hab bei Google geschaut, es gibt hier einige Wald- und Forstwege, irgendeinen Platz werden wir schon finden.«

»Es wird immer schwieriger, etwas zu finden, wo wir noch nicht waren.«

»Ich wünsche mir so sehr eine Nacht im Hotelzimmer mit dir«, sagte Bernd und schob seine Hand zwischen ihre Beine.

Seit nunmehr anderthalb Monaten trafen sie sich ein- bis zweimal die Woche für schnellen Sex im Wagen auf irgendwelchen abgelegenen Parkplätzen oder Waldwegen. Da sie vorsichtig sein mussten, fuhren sie niemals zweimal an denselben Ort, und das machte die Sache auf Dauer schwierig. Wenn das Wetter doch endlich wärmer werden würde, könnten sie auf irgendeiner Wiese eine Decke ausbreiten und so zumindest der Enge des Autos entkommen.

Auf der wenig befahrenen Landstraße kam ihnen eine Kolonne von mehreren Fahrzeugen entgegen, die hinter einem Traktor herzockelten. Bei dieser Geschwindigkeit hatten die anderen Autofahrer jede Menge Zeit zum Glotzen. Bernd nahm die Hand von ihrem Oberschenkel, und Barbara sank so tief in den Sitz, dass sie von draußen nicht mehr zu sehen war. Bernd war Bauunternehmer und in dieser Gegend kein Unbekannter, zudem sah seine Frau vollkommen anders aus als Barbara, eine Verwechslung war damit ausgeschlossen.

Hey, wer saß da neulich bei dir auf dem Beifahrersitz? Diese dralle Blondine? Neue Sekretärin?

Barbara durfte gar nicht darüber nachdenken, sonst wurde sie noch verrückt.

Die Kolonne war vorüber, und sie tauchte wieder auf.

»Ist doch spannend, oder?«, sagte Bernd und grinste.

»Für dich vielleicht. Ich komme mir jedes Mal wie eine Verbrecherin vor.«

Barbara wusste, sie durfte ihn nicht zu sehr bedrängen und ihm schon gar nicht die Frage stellen, wann er sich endlich von seiner Frau trennen würde. Ein heikles Thema, weil ihr die Hälfte der gemeinsam aufgebauten Firma gehörte. Bernd versicherte zwar immer wieder, er liebe seine Frau nicht mehr und würde lieber heute als morgen mit ihr, Barbara, zusammenziehen, aber dann wäre er pleite.

»Da vorn«, rief Barbara und zeigte auf eine unbefestigte Abzweigung, die zwischen Äckern hindurch auf ein kleines Waldstück führte.

Ohne zu blinken, fuhr Bernd hinein. Schon nach wenigen Metern sahen sie vor dem Waldstück einen Traktor seine Bahnen auf dem Acker ziehen.

»Scheiße!«, stieß Bernd aus, bremste, knüppelte den Rückwärtsgang rein und setzte auf die Landstraße zurück. Dabei übersah er einen Wagen, der einen Schwenker auf die andere Fahrbahn machte, um einen Zusammenstoß zu verhindern. Überraschenderweise hupte der Fahrer nicht einmal, zeigte ihnen auch keinen Vogel, sondern fuhr vollkommen unbeeindruckt weiter, als sei nichts passiert.

»Wann hast du endlich mal über Nacht Zeit?«, fragte Barbara.

»Wenn nichts dazwischenkommt, muss ich bald nach Polen, um ein paar Baugrundstücke anzuschauen. Wie sieht es aus? Kommst du mit?«

»Echt? Das ist ja klasse! Du musst mir rechtzeitig sagen, wann genau, damit ich das organisieren kann.«

»Mach ich. Da drüben, das sieht doch gut aus.«

Bernd deutete mit einer Kopfbewegung auf einen Weg, der links von der Straße wegführte. Er bremste und bog ab. Nach wenigen

Metern verschwand der Weg in einem Waldstück mit dichtem Unterholz. Die Fahrspuren waren so tief, dass ein normaler Pkw aufgesetzt hätte, für Bernds teuren SUV war das aber kein Problem. Er fuhr immer tiefer in den Wald hinein, und Barbara wurde langsam kribbelig. Die Zeit lief ab, und sie wollte mindestens ein Mal ordentlich gefickt werden.

Nachdem sie fünf Minuten durchgeschaukelt worden waren, stießen sie auf eine Bahnstrecke, die in einer zwei Meter tiefen Schneise lag. Der Weg führte rechts und links parallel zu den Schienen weiter. Bernd parkte seinen Wagen auf einer freien Fläche zwischen den Büschen.

»Ist okay, oder?«, fragte er.

»Absolut.«

Bernd stieg aus, machte sich im Fond des Wagens zu schaffen und klappte die Rückbank so um, dass eine ebene Liegefläche entstand. Die war mit anderthalb Metern zwar zu kurz, um sich ausstrecken zu können, aber immer noch besser, als es bei sechs Grad Außentemperatur in der freien Landschaft tun zu müssen. Das hatten sie schon probiert, ein kläglicher Versuch, der Bernd in seiner Männlichkeit gekränkt hatte, weil er wegen der Kälte nicht hart geworden war.

Barbara zog sich nackt aus und legte ihre Kleidung ordentlich auf dem Beifahrersitz ab, damit sie nicht knitterte. Anschließend würde sie zurück ins Büro fahren, und die Kolleginnen dort bemerkten jede noch so kleine Veränderung. Sie musste aufpassen, dass ihre Frisur später wieder saß.

Nachdem Bernd die Liegefläche mit einer Wolldecke abgedeckt hatte, zog er sich ebenfalls aus. Sie krochen durch die Kofferraumklappe in den Fond, und Bernd schloss die Klappe.

Sofort fiel Barbara über ihn her. Großer Gott, war sie ausgehungert nach Sex! Lange Jahre hatte sie nicht gewusst, wie süchtig sie danach sein konnte. Es war anstrengend in dem engen Wagen, immer wieder stieß sie irgendwo dagegen, ihre Verrenkungen waren preisverdächtig, und sie schwitzten beide so stark, dass die Scheiben bald von innen beschlagen waren.

Gerade als Bernd in ihr kam – sie saß rittlings auf ihm –, hörte Barbara ein Geräusch. Ein Zug war es nicht, davon waren in der vergangenen halben Stunde mehrere vorbeigefahren, und sie erkannte das langsam anschwellende Summen. Dies hier klang nach einem Traktor. Barbara machte noch einen Moment weiter mit ihren Hüftbewegungen, um die Sache vernünftig zu Ende zu bringen, hielt dann aber plötzlich inne, legte einen Finger an die Lippen und zischte: »Pssst.«

Bernd erstarrte unter ihr und erschlaffte in ihr.

Der Traktor kam näher, eindeutig.

»Scheiße, so eine Scheiße!«, flüsterte Barbara, rutschte von Bernd herab, presste sich neben ihm ganz dicht an den Boden und drückte ihr Gesicht in die Wolldecke, die nach Weichspüler roch. Sie konnte nichts sehen, spürte aber die Vibrationen der großen, schweren Maschine, die neben dem Wagen zum Stehen kam.

»Was macht der?«, flüsterte sie.

»Hält neben uns und glotzt blöd«, flüsterte Bernd, der halb auf ihr lag.

»Wie gut, dass die Scheiben beschlagen sind. Ich glaube nicht, dass der uns sehen kann.«

Kaum gesagt, setzte sich der Traktor wieder in Bewegung und fuhr den Waldweg nach rechts hinunter. Barbara und Bernd warteten regungslos ab, bis der Motor kaum noch zu hören war, dann rollte Bernd von ihr herunter und öffnete die Heckklappe. Sofort quoll kalte Luft herein.

Barbara beobachtete Bernd dabei, wie er ein wenig ungelenk aus dem Fond krabbelte und ihr dabei unschön seinen behaarten Hintern entgegenstreckte. Jede Lust war erloschen, der Nachhall ihres Orgasmus, den Bernd ihr mit der Zunge beschert hatte, längst vergessen. Zurück blieben nur ein schaler Geschmack und eine unbestimmte Wut.

Sie folgte Bernd nach draußen. Er zog sich auf der einen Seite des Wagens an, sie auf der zu den Schienen gelegenen. Als sie einbeinig dastand, um in ihren Slip zu steigen, entdeckte sie auf der anderen Seite der tiefen Schneise, in der die Bahnlinie verlief, jemanden im Unterholz. Mehr als ein Schemen war es nicht, doch der bewegte sich nicht, und obwohl Barbara dessen Augen nicht erkennen konnte, wusste sie, dass er sie anstarrte.

5

Paul drückte die Klingel zum vierten Mal, ohne dass sich im Haus der Kubats etwas tat.

»Was soll das? Ich habe ihm deutlich gesagt, ich hole das Handy und die Liste in einer halben Stunde ab«, schimpfte er. »Wahrscheinlich liegt er sturzbetrunken auf der Couch.«

Nora machte einen Schritt zurück, um die beiden Fenster in der Vorderfront des Hauses zu betrachten. Gardinen verhinderten den Blick nach drinnen. Sie trat dicht an das rechte Fenster und spähte durchs Glas. Im Inneren des Hauses war es dunkel, sie konnte außer den vagen Umrissen einer Einbauküche nichts erkennen.

»Ich hab ein ganz beschissenes Gefühl«, sagte Nora.

»Glaubst du, der ist abgehauen?«

»Ja, aber anders, als du meinst.«

Paul sah sie an. Es dauerte einen Moment, bis er begriff, worauf sie hinauswollte.

»Scheiße! Ich breche die Tür auf.«

Nora hielt ihn nicht davon ab. Paul versuchte es mit der Schulter, was bei der stabilen Eingangstür nichts brachte, schnappte sich dann einen großen Keramikblumentopf mit einem säuberlich gestutzten Buchsbaum darin und schlug damit in der Nähe des Schlosses auf die Tür ein. Auch das brachte nichts.

»Hintenrum!«, stieß er aus und ließ den Blumentopf mit dem reichlich zerzausten Buchsbaum fallen.

Paul rannte links ums Haus herum, Nora folgte ihm. Über einen geschwungenen, gepflasterten Weg erreichten sie die Rückseite und stürmten auf die Terrasse. Paul, der schneller war, hatte bereits einen Blick durch die Glastür geworfen, zuckte zurück und zog seine Waffe.

»Scheiße! Nein, nein, nein …«, rief er, zielte auf die Tür und schoss ein Mal.

Nora wandte sich schützend ab. Glas zersplitterte. Zuerst betäubte der Knall ihre Ohren, dann schwoll ein pfeifender Ton darin an. Paul trat unten gegen die im Rahmen steckenden Splitter und schlug die Splitter in Gesichtshöhe mit dem Griff seiner Waffe heraus. Dann schlüpfte er ins Haus.

Nora folgte ihm.

Rolf Kubat hing an einem Metallhaken im Holzbalken unter der Decke. Er hatte den schweren Kronleuchter abgenommen und sorgsam auf dem Wohnzimmertisch abgestellt. Eine gelb ummantelte Plastikschnur, wahrscheinlich eine Wäscheleine, schnitt so tief in seinen Hals, dass sie nicht mehr zu sehen war. Unter seinen baumelnden Füßen – an einem fehlte der Schuh – lag eine umgestürzte Fußbank.

»Hilf mir, schneid das Seil durch!«, rief Paul, packte die Beine des Mannes und wuchtete ihn hoch.

Nora hatte kein Messer dabei. Sie lief in die Küche, schnappte sich eines von der Magnetleiste über dem Herd, kehrte zurück ins Wohnzimmer, stellte den Fußhocker auf und stieg darauf. Sie musste sich recken, um an das Seil zu gelangen. Dabei kam sie Kubats Gesicht sehr nah.

Sie hätte gern weggesehen, doch dann hätte sie das Seil verfehlt.

Kubats Augen quollen aus den Höhlen, als stünde sein Kopf unter Hochdruck. Seine Zunge hing weit heraus, das ganze Gesicht war eine verzerrte Grimasse. Ob aus Angst, Panik oder vor Schmerz wusste Nora nicht zu sagen, wahrscheinlich von allem etwas. Zwar atmete der Mann nicht mehr, dünstete aber trotzdem Alkohol aus.

Nora durchtrennte das Seil, der schwere Körper sackte nach unten. Paul fing ihn auf, ließ ihn zu Boden gleiten und begann sofort mit Wiederbelebungsmaßnahmen.

Noch auf dem Hocker, zückte Nora ihr Handy und rief den Notarzt. Während sie telefonierte, sah sie auf Paul hinab, der sich an dem massigen Körper abmühte. Immer wieder presste er mit aller Kraft seine Hände auf den Brustkorb, und Nora glaubte, Rippen brechen zu hören.

Kubats Hose war im Schritt feucht. Im Todeskampf hatte sich seine Blase entleert, nichts Ungewöhnliches. Nora hätte den nachfolgenden Gedanken gern vermieden, aber er hatte ein Eigenleben und wollte unbedingt gedacht werden. Auf eine niederträchtige Art gefiel es ihr, dass auch Olivias Mann sich vor seinem Ende in die Hosen gemacht hatte.

Paul pumpte wie ein Verrückter und geriet ins Schwitzen. Sein Hemd klebte an seinem Rücken. Nora berührte ihn an der Schulter.

»Jetzt ich«, sagte sie.

»Der ist zu kräftig, da richtest du gar nichts aus«, stieß Paul zwischen den Atemzügen hervor und machte weiter.

Nora war versucht, ihn von dem Leichnam wegzuziehen. Es sah nicht so aus, als hätte Kubat noch eine Chance. Vierzig Minuten waren vergangen, während sie im Café gegenüber geredet hatten. Vielleicht hatte Kubat sich erst noch durch seine erotischen Kontakte gearbeitet, sich dabei Mut angetrunken und war dann zur Tat geschritten. Vielleicht hatte er lange gezögert, aber selbst wenn er nur seit zehn Minuten an dem Seil hing, kam jede Hilfe zu spät.

Sie ließ Paul weitermachen, weil sie ahnte, was in ihm vorging. Das Handy mit den Beweisen für seine Untreue musste Rolf Kubat sehr aufgewühlt haben. All diese peinlichen Details, die damals, als sie ausgetauscht wurden, erotisch gewesen waren, mutierten zu Beweisen, gegen die er sich nicht wehren und die er nicht leugnen konnte. Lächerliche Bilder und unsägliche Kurztexte, die ihn schuldig sprachen am Tod seiner Frau. Paul hatte das nicht vorhergesehen, er hätte das Handy nicht dalassen dürfen, aber auch Nora traf eine Mitschuld. Sie hatte geahnt, dass es für Kubat zu früh war, sich mit diesen Vorwürfen zu befassen, der Mann war nicht so stark, wie er vorgab zu sein. Wie er im Präsidium auf Nora losgegangen war, diese Vehemenz, mit der er sich eine Schuldige gesucht hatte, hatte ihn verraten. So verhielten sich schwache Menschen, die eigene Verfehlungen nicht ertrugen.

Nora wusste, sie hätte Paul nicht nachgeben dürfen. Kubat hätte noch ein oder zwei Tage gebraucht.

Aus der Ferne hörte sie Einsatzsirenen.

Paul pumpte weiter.

Nora wandte sich ab, wollte nach vorn gehen und die Haustür öffnen, blieb aber an einer hüfthohen Anrichte aus Eichenholz stehen. Darauf stand eine Obstschale mit drei vergammelten Bananen darin. Fruchtfliegen stiegen auf und tanzten vor den Bildern an der Wand. Gerahmte Familienbilder. Hochzeitsfotos. Olivia und Rolf Arm in Arm im Grünen, wie sie sich verliebt anlächelten. Olivia und Rolf, flankiert von den Eltern. Olivia und Rolf, flankiert von zwei jüngeren Personen, eine Frau und ein Mann. Die Trauzeugen, wie Nora annahm.

Und plötzlich wusste sie, warum diese Fotos ihr Interesse geweckt hatten.

Sie waren siebzehn Jahre alt, aber den Trauzeugen, der neben Olivia stand, erkannte sie dennoch wieder.

6

Sogar die Trauzeugen waren gekommen. Die der Braut war siebenundachtzig Jahre alt, der des Bräutigams neunundachtzig. Was für eine glückliche Fügung, dass sie noch lebten und erneut bezeugen konnten, wozu die Liebe fähig war.

Der Pfarrer war euphorisch wie lange nicht mehr und spürte heute seinen Glauben so stark wie damals, als er in den Kirchendienst eingetreten war.

Von den einhundertundzwei Ehen, die er in dieser Zeit vor Gott geschlossen hatte, waren sechsundfünfzig geschieden worden, mehr als die Hälfte. Er hatte das mithilfe seines Sohnes, der sich mit dem Internet auskannte, genau verfolgt, die Zahlen und Fakten logen nicht. Einhundertzwölf ehemals Verliebte hatten sich nicht an ihr Gelübde gehalten, sondern Gott verspottet und ihn selbst damit ebenso. Aber heute war er gewillt, dies zu vergessen, denn heute war der große Tag der Liebe. Noch schöner wäre es gewesen, wenn er das goldene Brautpaar damals selbst getraut hätte, aber dem war nicht so.

Auf zwei dicht nebeneinander platzierten Stühlen saßen Irmtraud und Otto Kastens und blickten zu ihm auf. Zwei alte Menschen am Ende ihres Lebens, die gewillt waren, ihr Gelübde noch einmal zu bekräftigen. Sie hielt einen kleinen Blumenstrauß umklammert, er seine Hände vor dem Bauch gefaltet. Der Pfarrer hätte es gern gesehen, wenn sie sich an den Händen gehalten oder sich angeschaut hätten, aber die beiden waren alt, da musste man Rücksicht nehmen. Dass sie allerdings so gar keine Notiz voneinander nahmen, fand er nicht gut.

Während der gesamten feierlichen Zeremonie wirkten die beiden merkwürdig apathisch. Ein paar Tage zuvor hatte der Pfarrer mit der Braut allein alles besprochen, der Bräutigam war nicht dabei gewesen, seine Frau hatte ihn wegen einer kleinen Grippe entschul-

digt. Hatte sie nicht die Wahrheit gesagt? War es keine Grippe, sondern eventuell Demenz? Bekam Otto Kastens gar nicht wirklich mit, was hier geschah?

Der Pfarrer entschied für sich, dass es keine Rolle spielte. Seiner eigenen Freude tat das keinen Abbruch!

Endlich fühlte er sich einmal nicht wie ein Versager.

Leider waren nur wenige Menschen in der Kirche, fünfzehn an der Zahl, in dem hohen Alter des Jubelpaares war eine überschaubare Gästeschar aber normal. Ihr Alter verlangte es auch, dass er die Predigt kurzweilig gestaltete; nach einer Dreiviertelstunde war er bereits fertig.

Der Bräutigam schob einen Rollator vor sich her, als er die Kirche verließ, seine Frau hakte sich bei einer jungen Dame unter, wahrscheinlich ihre Enkelin. Die Feiergemeinschaft wollte in das nahe gelegene Gasthaus »Zur Post« einkehren, auch der Pfarrer war eingeladen. Er würde mit zehnminütiger Verspätung dazustoßen, nachdem er sich umgezogen hatte.

In dem kleinen muffigen Raum hinter dem Altar zog er seinen Talar aus, hängte ihn ordentlich auf einen Bügel und bürstete Staub und Flusen ab. Nachdem er seine Straßenkleidung angezogen hatte, schrieb er seinem Sohn eine SMS, um ihm mitzuteilen, wie gut es ihm gerade ging. Seitdem seine Frau vor sechs Jahren verstorben war, war zwischen seinem Sohn und ihm eine tiefe Bindung entstanden. Sie sprachen über alles, teilten ihre Gefühle, litten und freuten sich miteinander. Sein Sohn schrieb wie immer sofort zurück und wünschte ihm viel Spaß auf der Feier.

Der Pfarrer beeilte sich, dorthin zu kommen.

Als er eintraf, herrschte eine merkwürdige Atmosphäre. Alle saßen an einer langen Tafel, aber es war still, niemand sprach, es spielte keine Musik, und der Bräutigam war nicht da.

Auf Nachfrage teilte man ihm mit, er sei auf der Toilette. Das Alter und die Blase vertrugen sich selten gut.

Der Pfarrer bemühte sich redlich um froh gesinnte Gespräche mit allen Gästen, aber die Stimmung wollte einfach nicht besser werden. Das hatte er sich anders vorgestellt. Als nach einer halben Stunde das Essen aufgetischt wurde, war der Bräutigam immer noch nicht von der Toilette zurückgekommen. Weil sich niemand bemühte, ihn zu holen, wollte der Pfarrer sich schon anbieten, doch da rollte Herr Kastens auch schon mit seinem Rollator herein. Selbst mit gutem Willen konnte man seinen schwankenden Gang nicht auf sein Alter schieben.

Der alte Mann war betrunken!

Mit eckigen Bewegungen rollte er zu seinem Platz. Der Pfarrer bemerkte den Blick, mit dem seine Frau ihn empfing. Darin war keine Liebe, keine Dankbarkeit, keine Freude. Aber wer wollte ihr das verdenken, wenn sich der Mann an diesem besonderen Tag betrank.

Vielleicht litt er Schmerzen und versuchte, sie mit Alkohol zu betäuben, überlegte der Pfarrer. Leider gab es mannigfache Gründe, aus denen die Menschen tranken. Für manche hatte er Verständnis, für andere nicht. Am heutigen Tag wollte er jedoch über das Verhalten des Bräutigams hinwegsehen.

Mit gesegnetem Appetit löffelte er die Hochzeitssuppe, in der reichlich Eierstich schwamm. So mochte er sie am liebsten.

Nebenbei plauderte er angeregt mit der Tochter der Braut. Sie sagte, wie stolz sie auf ihre Eltern sei und dass es auch ihr Ziel sei, mit ihrem eigenen Mann die goldene Hochzeit zu feiern.

Innerlich jubilierte der Pfarrer.

Wenn doch nur jeder Tag so sein könnte!

7

»Wie konnte das passieren? Wie konnte Ihnen so ein unglaublicher Fehler unterlaufen?«

Kriminalrat Zerhusen war wütend. Das sah man ihm nicht auf den ersten Blick an, aber Nora kannte ihren Chef lange genug, um ihn einschätzen zu können. Rot vor Wut wurde er nicht, auch schlug er nicht auf den Tisch oder zappelte herum. Zerhusen stand einfach still da, die Hände hinter dem Rücken verschränkt, Kopf und Kinn vorgeschoben, einzig die pulsierende Ader an seiner Schläfe verriet den hohen Blutdruck. Zerhusen war ein stets beherrschter Mann, der seine Emotionen in seinem Inneren verbarg, wo sie Narben hinterließen, deren Schmerzen ihn zeit seines Lebens an die Verursacher erinnerten. In ihrem Fall an die Verursacherin. Zerhusen war nachtragend, und diesen Fauxpas würde er ihr nicht vergessen.

»Kubat gab sich raubeinig und unversöhnlich und suchte die Schuld am Tod seiner Frau allein bei mir. In seinem Inneren sah es aber wohl anders aus. Ich habe ihn falsch eingeschätzt«, gab Nora zu. »Das hätte mir nicht passieren dürfen.«

»Ja, ganz genau, das hätte Ihnen nicht passieren dürfen. Vor allem nicht, nachdem unter Ihrer Leitung bereits seine Frau gestorben ist. Können Sie sich die Pressemeldungen vorstellen?«

Es kotzte Nora an, dass Zerhusen schon wieder damit kam. Immer dachte er in erster Linie an die Presse. Was war mit der menschlichen Tragödie, die in diesem Fall steckte? Eine Familie war ausgelöscht, eine erwachsene Tochter zur Vollwaise gemacht worden. Um die zweiundzwanzigjährige Marie Kubat kümmerte sich gerade die Polizeipsychologin Alke Grimm. Zudem ging das alles an ihr selbst – und auch an Paul – nicht spurlos vorüber. Aber Zerhusen sorgte sich allein um die Schlagzeilen.

»Bei allem Respekt«, sagte Nora und unterdrückte die Wut in ihrer Stimme, »die Pressemeldungen interessieren mich gerade gar nicht.«

»Aber mich interessieren sie. Und Sie spätestens morgen auch, wenn die Meute Sie durch den Blätterwald hetzt. Ich fasse es nicht, dass Sie Kubat mit dem Handy allein gelassen haben. Warum nur?«

Paul war ein Mann, der für seine Fehler geradestand, und er hatte nicht gewollt, dass Nora die Schuld für das Dilemma auf sich nahm, aber sie tat es trotzdem. Entgegen der Wahrheit hatte sie Zerhusen berichtet, sie wäre zusammen mit Paul bei Kubat im Haus gewesen und hätte ihn nach der Vernehmung eine halbe Stunde oder so mit dem Handy allein gelassen, damit er zu seinen erotischen Kontakten alles aufschreiben konnte, was ihm einfiel.

»Weil ich eine Frau bin und Kubat in meiner Anwesenheit viel zu blockiert war.«

»Dann hätten Sie gehen und wenigstens Diekhoff bei ihm lassen müssen!«, warf Zerhusen ihr vor.

»Paul Diekhoff hat noch keine Erfahrungen mit solchen Situationen.«

Nachdem sie Kubat von der Decke geholt und der Notarzt den Tod festgestellt hatte, hatten Paul und Nora Kriegsrat in der Küche der Kubats gehalten. Egal, wie sie es drehten und wendeten, die Verantwortung dafür trug Nora. Sie leitete die Ermittlung und hätte Paul die Vernehmung nicht allein durchführen lassen dürfen. Also hatte sie sich dazu entschieden, Paul bei dieser Nummer außen vor zu lassen.

»Hören Sie … Es tut mir leid, das können Sie mir glauben. Ich kann es leider nicht ungeschehen machen, aber was ich kann, ist, alles daransetzen, diesen Pfarrer zu finden. Und das geht nicht, wenn ich hier rumstehe und mir Vorwürfe anhöre, die ich mir schon selbst gemacht habe und noch machen werde.«

Nora hatte keine Lust, die Unterwürfige zu spielen. Die Moralpredigt konnte Zerhusen sich sparen. Entweder ließ er sie weitermachen, oder er zog sie von dem Fall ab. Alles andere war Zeitverschwendung.

Er warf ihr einen seiner undeutbaren Blicke zu.

»Dann tun Sie das. Und sehen Sie zu, dass nicht noch jemand auf der Strecke bleibt.«

Nora schluckte den blöden Kommentar hinunter und verließ Zerhusens Reich in der obersten Etage des Präsidiums. Ein Stockwerk darunter wartete Paul vor dem Kaffeeautomaten auf sie. Wie ein kleiner Junge trat er von einem Fuß auf den anderen, außerdem schwitzte er und hatte feuchte Flecken unter den Achseln.

Sie hatte das Bild vor Augen, als der Rettungsarzt Paul von Kubats Leichnam wegzog. Vollkommen ausgepumpt und total verschwitzt von der übermenschlichen Anstrengung, den Mann wiederzubeleben, hatte er sie verwirrt und schockiert angeschaut. Ein kleiner Paul im großen Paul, der nicht akzeptieren konnte, versagt zu haben.

Manchmal glaubte Nora, in ihn verliebt zu sein.

»Wie ist es gelaufen?«, fragte Paul.

»Na, wie schon. Anschiss eingefangen, weitermachen.«

»Er hat es geschluckt?«

»Klar. Warum auch nicht. Das Dümmste, was ich hätte tun können, wäre gewesen, dich allein zu Kubat zu schicken, und Zerhusen hält mich nicht für dumm ... Tja, wie man sich täuschen kann.«

»Hör auf, das war nicht dumm von dir. Ich hab mich wie ein Vollidiot verhalten und ...«

Nora hob die Hand und brachte Paul zum Schweigen.

»Wir sollten das lassen. Es macht Kubat nicht wieder lebendig und bringt uns keinen Schritt weiter. Lass uns einfach diesen Pfarrer finden, dann kommt alles wieder ins Lot.«

»Okay, aber du hast was gut bei mir. Ich fange hier und jetzt mit dem Abstottern an. Einen Kaffee?«

»Ja bitte, schwarz und stark. Den brauche ich.«

Der Automat gab zwar auch einen Cappuccino her, doch der war ungenießbar.

Paul warf Geld ein und ließ zwei Becher Kaffee einlaufen. Schweigend gingen sie nebeneinander den Gang hinunter zu Noras Büro. An der Tür blieb Nora stehen.

»Ich muss Berichte schreiben, und das kann ich besser allein. Wenn du mit deinem Schreibkram fertig bist, mach doch Feierabend. Heute finden wir den Pfarrer sicher nicht mehr.«

Nur widerwillig verließ Paul sie. Es tat Nora leid, ihn so wegschicken zu müssen, aber für das, was sie vorhatte, musste sie allein sein.

Hinter geschlossener Tür in ihrem Büro stellte Nora den Kaffeebecher auf dem Schreibtisch ab, sackte in den Drehstuhl und fuhr sich mit den Händen durchs Haar. Die kleine Kopfmassage tat gut. Sie war noch immer vollkommen durcheinander, und es war ihr schwergefallen, vor Paul und Zerhusen die Contenance zu wahren. Das Bild auf der Anrichte in Kubats Wohnzimmer ließ sie nicht los. Nora öffnete ihre Handtasche und holte es hervor. In einem unbeobachteten Moment hatte sie es eingesteckt.

Die Trauzeugen!

Bei dem männlichen Trauzeugen handelte es sich um Henk Claasen, da gab es keinerlei Zweifel, auch wenn das Foto siebzehn Jahre alt war.

Wie konnte das sein?

Was wurde hier gespielt?

Es lief ihr heiß und kalt den Rücken hinab, denn die Antwort lag auf der Hand. Sie konnte die Logik beiseiteschieben und an einen Zufall glauben, doch dadurch würde sich das Problem, und damit der Fall, nicht lösen.

Nora trank einen Schluck des bitteren Kaffees und begann mit der Recherche.

Eine Stunde später hatte sie herausgefunden, was sie wissen musste.

Rolf Kubat und Henk Claasen hatten eine gemeinsame Vergangenheit. Sie waren beide in der gleichen Einheit bei der Bundeswehr in der Niedersachsen-Kaserne in Dörverden gewesen – jenem kleinen Ort, in dem Pfarrer Görling lebte und arbeitete. Pionierbataillon 11. Rolf Kubat als Versorgungsdienstfeldwebel, Henk Claasen als Funktechniker. In seiner Zeit als Soldat hatte Kubat geheiratet, und wenn die beiden damals Freunde gewesen waren, lag es natürlich nahe, dass er Henk als Trauzeugen wählte. So weit war alles in Ordnung und nachvollziehbar.

Als Nora und Henk Claasen vor vier Jahren ein Paar wurden, war Henk schon lange kein Soldat mehr. Er war 2002 aus dem Dienst ausgeschieden, die Kaserne 2003 aufgelöst worden. Über seine Zeit bei der Bundeswehr hatte Henk nie viel gesprochen, und sie selbst hatte nicht nachgefragt. Sie wusste nur, dass er als Stabsunteroffizier abgegangen und danach nicht einmal mehr zur einer Reserveübung herangezogen worden war.

Der Trauzeuge, von dem Pfarrer Görling aus Dörverden gesprochen hatte, der an der kirchlichen Trauung nicht hatte teilnehmen wollen, war Henk Claasen gewesen. Noras Exlebensgefährte.

Schon als Olivia Kubat Nora am Telefon von ihren Nachstellungen gegen ihren Ehemann berichtet hatte, von der Überwachung und Ortung seines Handys, war Nora zusammengezuckt und beinahe auf einer privaten Ebene in den Fall hineingerutscht. Doch das hatte sie noch als Zufall abtun können.

Diese harten Fakten nicht mehr.

Henk Claasen war äußerst clever und intelligent. Er würde sich denken können, dass Nora diese Verbindung zu den Kubats relativ schnell fand. Sprach das nicht gegen ihn als Täter? Oder sprach es für ihn, weil er wollte, dass sie Bescheid wusste?

Forderte er sie heraus?

Wollte er Rache nehmen?

Nora lehnte sich zurück und betrachtete den Bildschirm. Er log sie nicht an, das wusste sie, aber sie wünschte es sich. Denn die Wahrheit war furchterregend. Die Wahrheit war, dass sie selbst diesen Fall heraufbeschworen hatte.

8

Über ihr flatterte etwas in den Bäumen. Nora schreckte zusammen, machte einen Schritt zurück, ein am Boden liegender Zweig zerbrach, und sie glaubte, ihr Herz würde zerspringen. Durch die Baumkronen schien fahles Mondlicht, und für einen kurzen Moment sah Nora den kleinen kompakten Körper einer Taube mit ausgebreiteten Schwingen vor der hellen Scheibe des Erdtrabanten.

Sie sank in die Hocke und lehnte sich mit dem Rücken gegen den Stamm einer Buche. Ihr Puls raste. Sich in der Nacht wie ein Einbrecher an ein Haus anzuschleichen fühlte sich falsch an, und sie fragte sich, was sie hier tat. Vorhin war ihr die Entscheidung richtig vorgekommen. Zwangsläufig. Wie etwas, das einfach getan werden musste. Jetzt war sie sich nicht mehr so sicher.

Herzschlag und Puls beruhigten sich, und auch zwischen den Bäumen kehrte wieder Ruhe ein. Nora versuchte herauszufinden, ob noch jemand anderes als der Vogel ihr Missgeschick bemerkt hatte.

Es schien nicht so. Nirgendwo ging Licht an, kein Hund kläffte, alles blieb still.

Ein Steinwurf vor ihr endete der Wald, und das Gelände stieg sanft an. Eine ausgedehnte, gepflegte Rasenfläche umschloss ein quaderförmiges Haus, in dem hinter einem Fenster im Obergeschoss Licht brannte. In der Nacht verblassten alle Farben, aber Nora wusste, das Haus war weiß, die Fenster und Türen grau, das Dach mit anthrazitfarbenen Metallplatten belegt. Ein neues Haus, modern, großzügig, der Garten eher klein, nicht mehr als sechshundert Quadratmeter, aber da er an das Waldstück grenzte, fühlte man sich darin dennoch nicht eingesperrt. Vor einiger Zeit – es kam ihr vor, als sei es Ewigkeiten her – hatte Nora hinter den Fenstern dieses Hauses gestanden, in die Dunkelheit hinausgeschaut und sich gefragt, ob jemand sie aus dem Wald heraus beobachten könnte. Jetzt bekam sie die Antwort und schämte sich dafür. Sie hatte lange gezögert, war aber schließlich doch aus ihrem Wagen gestiegen, der eine Viertelstunde entfernt auf dem Parkplatz des Stadtwaldes stand. Wenn sich ihr ungeheurer Verdacht bestätigte, würde ihr Leben komplett aus den Fundamenten gerissen werden, das wusste Nora.

Die Angst davor quälte sie noch immer, aber noch viel größer war die Furcht, die nächsten Tage und Wochen in eine verkehrte Richtung zu ermitteln. Sie konnte und durfte ihren Verdacht nicht ignorieren. Ihm nachzugehen, das war sie sich selbst und Olivia Kubat schuldig.

Ihr blieb ja noch die Hoffnung, dass sie sich in eine fixe Idee verrannte.

Und dennoch … Die Zweifel brannten in ihr.

Deshalb hockte sie jetzt im Wald, fürchtete sich, war verunsichert und voller Scham und wünschte sich weit fort. Zum ersten Mal in ihrer Karriere zweifelte sie daran, ihrem Job gewachsen zu sein.

Sie würde gern mit jemandem über ihren Verdacht sprechen, wusste aber nicht, mit wem. Im Revier durfte vorerst niemand davon wissen, somit schieden Paul und Zerhusen aus. Ihr Chef kam sowieso nicht infrage, denn dann wäre sie den Fall sofort los. Ihre beste Freundin Krümel war auch nicht die Richtige dafür, sie hatte sich sowieso immer merkwürdig zurückhaltend gezeigt, wenn Nora mit ihr über Henk sprechen wollte. Alke Grimm, die Polizeipsychologin, wäre eine gute Wahl, aber damit landete dieses private Problem doch wieder im Präsidium, und davor schreckte Nora zurück.

Scheiße! Nach dem Urlaub war sie so gut drauf gewesen, und nun entwickelte sich ihr Leben binnen weniger Tage wieder zu dem Schlachtfeld, das es bereits vorher gewesen war.

Zehn Minuten Wartezeit vergingen ohne Zwischenfall, und schließlich traute Nora sich aus ihrem Versteck. Am Waldrand entlang schlich sie um das Grundstück herum, bis sie den schmalen Pfad erreichte, der über ein noch nicht bebautes Brachland von der Straße in den Wald führte. Die Bewohner dieses Viertels nutzten ihn für Hundespaziergänge. Nora selbst war hier auch schon, Händchen haltend und verliebt bis über beide Ohren, mit Henk entlanggeschlendert. Bei Nacht sah der Pfad natürlich ganz anders aus.

Sie zögerte. Sollte sie? War der Mond nicht zu hell? Würde man sie sehen können?

Als erteilte der Himmel ihr Absolution, schoben sich in diesem Moment dicke Wolken vor den Mond, und es wurde dunkel. Nora nahm ihren Mut zusammen, betrat den Pfad und arbeitete sich an der langen Seite des Grundstückes zur Straße vor. Schon nach wenigen Metern trat sie in Hundekot. Schön frisch und glitschig war er, sodass sie beinahe ausgerutscht wäre, und der aufsteigende Geruch ließ sie angewidert das Gesicht verziehen. Sie trug Stiefel mit Profilsohle, in jeder einzelnen Rille klebte nun die Scheiße.

Nicht zu ändern.

Nora konzentrierte sich auf das Haus zu ihrer Linken. Vorn, wo der große dunkle Kombi unter dem Carport parkte, brannte die Außenbeleuchtung. Sie musste darauf achten, nicht in deren Lichtschein zu geraten, denn dann würde man sie von drinnen sehen können.

Plötzlich erlosch im Obergeschoss des Hauses das Licht, einen Moment später flammte es im Erdgeschoss zuerst in der Küche und dann im Flur auf.

Nora verharrte stocksteif. Es war weit nach dreiundzwanzig Uhr, warum lief Henk noch im Haus umher? Und was sollte das mit der Außenbeleuchtung? Wollte er etwa fort?

Sie schaute sich nach einem Versteck um, da erlosch das Licht im Flur, die Haustür ging auf, und der Wagen unter dem Carport blinkte, als er per Funksignal entriegelt wurde. Weil es für eine Flucht zu spät war und es in der Nähe kein Versteck gab, ließ Nora sich an Ort und Stelle zu Boden fallen. Das Gras auf dem Brachgrundstück war hoch, wenn Henk nicht besonders aufmerksam herübersah, würde er sie nicht entdecken – zumindest hoffte Nora das.

Der Gestank des Hundekots an ihrem Schuh stieg ihr in die Nase. Zwischen den Grashalmen hindurch behielt sie den Hauseingang im Blick. Henk verließ das Haus und ging zu seinem Wagen, einem dunkelblauen VW Passat Kombi. Bei dem schlechten Licht und aus der Entfernung sah es so aus, als trüge er den Talar eines Pfarrers, doch es war wohl nur ein langer dunkler Mantel. Ein Kleidungsstück, das sie an ihm kannte. Der Irrtum sorgte bei Nora dennoch für Herzrasen.

Sie beobachtete, wie er davonfuhr. Für den Fall, dass er zurückkam, blieb sie noch zwei Minuten liegen.

Wohin fuhr er um diese Zeit?

Sie kannte seine Gewohnheiten und wusste, in der Regel ging er zwischen zehn und elf Uhr schlafen. Nächtliche Ausflüge waren bei ihm ungewöhnlich, und das weckte bei Nora Misstrauen. Sie wusste, diesem Mann konnte sie nicht vertrauen. Schon einmal hatte sie sich in ihm getäuscht. Aber war er in der Lage, einen Menschen zu töten?

Nora dachte an Pfarrer Görling. Ein Mann Gottes, der den Glauben an das Gute im Menschen verloren zu haben schien. Bei ihr selbst war das trotz ihres Berufs nicht so. Rings um sie herum gab es Menschen, die ihr guttaten, die sie liebten, mit denen sie befreundet war und die niemals einen anderen verletzen würden. Bei genauerer Betrachtung musste man dieses Niemals wahrscheinlich in Zweifel ziehen, denn jeder konnte in eine Situation der Notwehr geraten, in der körperliche Gewalt nicht zu vermeiden war, aber einen Mord traute Nora keinem von ihnen zu. Henk Claasen auch nicht. Der Verdacht war jedoch trotzdem da, und sein nächtlicher Aufbruch schmälerte ihn nicht.

Nora erhob sich, vergewisserte sich, dass niemand aus der Nachbarschaft sie beobachtete, und betrat das Grundstück. Sie wusste um die Alarmanlage des Hauses und die Videokamera über dem Eingang, deshalb hielt sie sich an die Rückseite, arbeitete sich dort bis zur Terrassentür vor und warf einen Blick in den Wohnraum.

Alles wie immer. Was hatte sie auch erwartet? Eine Bastelwerkstatt für Sprengladungen auf dem Wohnzimmertisch?

Augenblicklich kehrte die Scham zurück. Nora trat von der Scheibe zurück, als habe sie einen Stromschlag erlitten.

Sie hatte sich geschworen, sich nie wieder so niveaulos zu verhalten. Wenn jemand sie hier bemerkte, wenn Henk davon erfuhr, würde er sie womöglich wegen Stalkings anzeigen, und sie wäre die Spottfigur des gesamten Präsidiums. Niemand würde ihr dann noch glauben, dass sie im Rahmen der Ermittlungen hier gewesen war. Zerhusen, der die ganze Geschichte kannte, schon gar nicht.

Nora taumelte rückwärts über die Terrasse auf den Rasen, drehte sich um und lief auf den Waldrand zu. Das Grundstück war von einem niedrigen Drahtzaun umgeben. Sie übersprang ihn und tauchte in den Wald ein. Wenig später erreichte sie verschwitzt ihren Wagen. Sie fühlte sich innerlich schmutzig, ein widerliches Gefühl, das sich nicht mal eben mit einer heißen Dusche fortspülen ließ.

Die Hände am Lenkrad, saß sie in dem dunklen Wagen. Ihre Finger zitterten. Nora lehnte sich zurück, schloss die Augen und atmete gleichmäßig ein und aus.

Es tat immer noch weh, Henk zu sehen. Die alten Verletzungen rissen wieder auf und bluteten. Zerhusen gegenüber hatte sie behauptet, Henk sei kein Thema mehr für sie, doch das stimmte nicht. Sechs Wochen reichten nicht, um vier Jahre vergessen zu machen. Vor allem reichten sie nicht, um die letzten Wochen vergessen zu machen, die zu den schlimmsten ihres Lebens gehörten.

Die Tränen waren plötzlich da, Nora konnte nichts dagegen tun. Stumm weinend saß sie da, horchte und fühlte in sich hinein und war sich ihrer eigenen Persönlichkeit, die sie immer für stark gehalten hatte, so unsicher wie nie zuvor.

KAPITEL 4

MITTWOCH

1

Paul Diekhoffs Gesicht sprach Bände, als er vormittags um neun aus dem Präsidium auf den Parkplatz hinausgelaufen kam, um Nora abzupassen. Dunkle Gewitterwolken und spaltende Blitze wären als Hintergrundkulisse für seine Stimmung gerade richtig gewesen. Nora entdeckte in seiner linken Hand eine aufgerollte Zeitung und ahnte Böses. Sie stieg aus und ging ihm ein paar Schritte entgegen.

»So eine gottverdammte Scheiße!«, rief Paul.

Selbst die feinen Lachfältchen in seinen Augenwinkeln retteten heute nicht seine sympathische Ausstrahlung. Er kochte vor Wut.

»Ich will sofort zurück ins SEK«, schimpfte er. »Da muss man sich nicht mit solchem Mist abgeben.«

Er knallte die Zeitung auf die Motorhaube eines Wagens, wo sie von selbst auseinanderrollte und die Schlagzeile des Tages entblößte.

»Polizei treibt Ehepaar in den Tod.«

Nora schluckte trocken. Hitze stieg ihr ins Gesicht. Mit einer schlechten Schlagzeile hatte sie gerechnet, besonders bei diesem Boulevardblatt. Dass sie aber die Schuld am Tod der Kubats in die Schuhe geschoben bekamen, war eine Frechheit, die mit vernünftigem Journalismus nichts zu tun hatte. Vernunft und verkaufsfördernde Schlagzeilen passten eben nur selten unter einen Hut.

»Idioten!«, sagte Nora leise und schlug die Zeitung zu. Sie verzichtete darauf, den Artikel komplett zu lesen, das würde ihr nur den Tag verderben und keine neuen Informationen liefern.

»Zerhusen ist kurz vor der Detonation«, sagte Paul. »Deshalb bin ich rausgekommen.«

»Hat er nach mir gefragt?«

Paul nickte. »Ich habe ihm gesagt, du bist schon unterwegs zu einer Vernehmung. Ist wohl besser, wenn du ihm jetzt nicht unter die Augen kommst.«

»Danke.«

»Ist doch das Mindeste, nachdem du gestern für mich in die Bresche gesprungen bist.«

»Bin ich nicht. Es war meine Schuld.«

Paul hob die abwehrend die Hände.

»Meine und deine, aber lassen wir das. Schuldzuweisungen bringen uns nicht weiter.«

»Ein diplomatischer SEK-Mann. Du überraschst mich ein ums andere Mal.«

»Ich sag ja, unterschätz meine Fähigkeiten nicht.«

Nora war drauf und dran, Paul von gestern Nacht zu erzählen, von ihrem ungeheuren Verdacht, der sich weder bestätigt noch zerschlagen hatte. Dass Henk gegen Mitternacht irgendwohin aufgebrochen war, bereitete Nora noch immer Kopfzerbrechen.

»Hast du noch etwas auf der Seele?«, fragte Paul, dem ihre innere Unruhe nicht entgangen war.

Nora schüttelte den Kopf.

»Nein. Ich fahre jetzt gleich zu Frauke Heiligenstedt. Sie steht ohnehin auf dem Tagesplan.«

»Mach das. Bei dem Thema ist ein Gespräch allein unter Frauen wohl sinnvoller.«

»Du gestern Kubat, ich heute seine Geliebte. Da kristallisiert sich eine Arbeitsteilung heraus.«

»Ja, aber bring sie nicht um, so wie ich Kubat.«

»Paul, hör auf! Du hast ihn nicht umgebracht. Das hat er selbst getan und den Entschluss dafür bereits vorher getroffen.«

Paul nickte ohne Überzeugung.

»Mag sein, aber der Katalysator war in jedem Fall ich. Mach's gut, wir sehen uns später. Ich telefoniere Kubats Frauen-Portfolio ab.«

Er schnappte sich die Zeitung, schlug zum Abschied damit auf die Motorhaube und ging zurück ins Präsidium. Nora sah ihm lange nach. Es war schwer einzuschätzen, wie sehr er unter dem gestrigen Vorfall litt. Sie musste dringend mit ihm reden, aber in einer stillen Minute, nicht jetzt, wo die Kacke so richtig am Dampfen war.

Nora stieg zurück in den Wagen und verließ den Parkplatz.

Eine Stunde später erreichte sie die Kleinstadt Nienburg, in der Frauke Heiligenstedt ein Nagelstudio betrieb. Angemeldet war Nora nicht, und ganz sicher wusste Kubats Geliebte auch nichts vom Freitod ihres Lovers. Solche Gespräche waren immer schwierig, kein Ermittler riss sich darum, und Noras Magen schmerzte, als sie ihren Wagen in der Nähe des Nagelstudios abstellte. Was, wenn die beiden sich nicht nur für Sex getroffen hatten, sondern verliebt gewesen waren?

Das Nagelstudio lag eingezwängt zwischen einer Commerzbank-Filiale und einem Schuhgeschäft mitten in der Fußgängerzone und hob sich überraschend bunt ab von dem Einheitslook der anderen Läden. Eine Glocke über der Eingangstür begrüßte Nora mit fröhlichem Geläut. Im Hintergrund dudelte fröhliche Musik, und eine nicht minder fröhliche Stimme rief: »Bin gleich da!«

Der Kloß in Noras Magen wurde fester und schwerer. Sie versenkte die Hände in den Taschen ihrer Jacke und bereitete einen idealen Gesprächseinstieg vor.

Ein bunter Vorhang glitt zur Seite, und Frauke Heiligenstedt kam dahinter hervor. Sie war ungefähr eins sechzig groß, hatte breite Hüften und schmale Schultern, langes blondes Haar und eine einnehmende Ausstrahlung. Ihre Augen und Lippen waren stark geschminkt, die Fingernägel wahre Kunstwerke.

Nora zeigte ihren Ausweis und stellte sich vor.

»Polizei? Was ist passiert?«

Wie den meisten Menschen entglitten auch Frauke Heiligenstedt die Gesichtszüge.

»Könnten Sie für ein paar Minuten den Laden schließen?«, fragte Nora. »Ich möchte mich gern in Ruhe mit Ihnen unterhalten.«

»Ja … sicher … Moment …«

Völlig verdattert schloss Kubats Geliebte die Ladentür ab, hängte ein Schild ins Fenster und zog einen Vorhang davor. Dann führte sie Nora in den hinteren Bereich des Ladens. Dort gab es eine kleine Teeküche mit einem Tisch und vier Stühlen. An der Wand hing ein gedrucktes Banner in bunten Farben.

Mit den Augen lacht die Seele, stand darauf.

Frauke Heiligenstedt ließ sich auf einen Stuhl fallen. Unter dem Make-up war sie sichtlich blass geworden.

»Ist etwas mit meinem Mann?«, fragte sie und sah Nora an.

Dass die Heiligenstedt verheiratet war, hatte Nora zwar nicht vergessen, aber nicht daran gedacht, diese Angst, die natürlich zuallererst auftrat, auszuräumen. Sie holte es schnell nach.

»Ich bin nicht wegen Ihres Mannes oder eines anderen Familienmitglieds hier.«

Frauke atmete hörbar aus und fächelte sich mit der Hand Luft zu.

»Gott sei Dank! Und ich dachte schon … Aber warum sind Sie dann hier? Meine vielen Tickets wegen falschen Parkens sind doch wohl nicht der Grund.«

»Ich bin wegen Rolf Kubat hier.«

Frauke Heiligenstedt trug ihr Herz nicht nur auf der Zunge, wie man so schön sagte, sie trug es auch im Gesicht. Bei der Erwähnung von Rolf Kubat zeigten sich plötzlich alle Schuld und Scham, die sie fraglos empfand. Nora hatte einen der wenigen Menschen vor sich, für die lügen keine Option war, weil sie es schlicht und einfach nicht beherrschten.

»O Gott!«, stieß Frauke aus und schlug sich eine Hand vor den Mund. »Seine Frau hat Sie geschickt!«

»Für so etwas ist die Kriminalpolizei nicht zuständig.« Nora holte tief Luft. »Frau Heiligenstedt ... Es tut mir sehr leid. Rolf Kubat ist gestern verstorben.«

Es kam, was kommen musste. Die Frau brach sofort in Tränen aus. Die viel beschriebenen Sturzbäche waren hier kein Klischee, sondern Wahrheit. Wie eine Kettenraucherin Zigaretten aus einer Packung zog, riss sie Papiertaschentücher aus einem Pappkarton, durchnässte sie in Sekundenschnelle und verteilte das Augen-Make-up im ganzen Gesicht. Bald sah sie aus wie ein im betrunkenen Zustand geschminkter Clown, und es zerriss Nora schier das Herz. Sie ließ der Frau so viel Zeit, wie sie brauchte.

»Was ... was ist denn passiert? Ein Autounfall?«, fragte Frauke nach einer Weile mit tränenerstickter Stimme.

Wie gern hätte Nora Ja gesagt. Wie gern hätte sie der Frau den Horror dessen erspart, was sie ihr nun erzählen musste. Die unfassbare Geschichte eines Pfarrers, der Ehepaare in seine Gewalt brachte, die in Trennung begriffen waren, um sie an ihr Gelübde zu erinnern.

Bis dass der Tod euch scheidet ...

Mit offen stehendem Mund und erstarrten Gesichtszügen, in der Hand einen festen Ball aus feuchten Papiertüchern, hörte Frauke Heiligenstedt ihr zu. Hörte zu und verlor ihr Weltbild, ihren Glauben an das Gute in den Menschen. Dabei war auch sie eine Sünderin, hatte ihren Mann betrogen und die Ehefrau eines anderes gedemütigt. Aber wer war Nora, sich darüber ein Urteil zu erlauben.

Mit jedem Satz, den Nora sprach, zerfurchte die Qual das Gesicht dieser eben noch so lebensfrohen Frau. Nora wollte sie trösten, hielt sich aber zurück, weil sie glaubte, professionell bleiben zu müssen.

Schließlich hörte Frauke Heiligenstedt auf zu weinen.

Die Fassungslosigkeit hatte alle Quellen versiegen, der Schock ihren Körper erstarren lassen.

Zum denkbar ungünstigsten Zeitpunkt musste Nora die wichtigsten Fragen stellen, aber das war in jeder Mordermittlung so. In den vergangenen Jahren hatte Nora festgestellt, dass viele Menschen sich gerade in dieser Phase besonders gut erinnerten, beinahe schien es so, als ließe der Schock das Gehirn auf Hochtouren laufen.

»Wie lange waren Sie mit Herrn Kubat in dem Hotel Heidekrug?«, stellte Nora ihre erste Frage, hangelte sich dann zur nächsten, steigerte die Intensität. Und langsam gelang es ihr, Frauke Heiligenstedt über Scham und Schock hinweg einiges zu entlocken.

So erfuhr sie, dass Kubat und sie zwei Tage und Nächte in dem Hotel am Rande der Lüneburger Heide verbracht hatten, davon nur wenige Stunden außerhalb des Zimmers. Aufgefallen war Frauke Heiligenstedt nichts, keine verdächtige Person, die sie besonders beobachtet hätte, auch nicht an dem Tag, als sie zurückfahren musste und sich von Rolf Kubat verabschiedete.

»Ich wusste ja, wie schwierig es mit seiner Frau ist, und habe ihn nie gedrängt«, sagte sie mit tonloser Stimme. »Aber an dem Morgen hat er mir versprochen, innerhalb der nächsten zwei Wochen Schluss zu machen mit ihr. Wir hatten schon darüber nachgedacht, wo wir uns eine Wohnung suchen würden.«

Gegen Ende der Vernehmung blieb Nora nichts anderes übrig, als das schwerste Geschütz aufzufahren. Es wäre fahrlässig, täte sie es nicht.

»Frau Heiligenstedt, ich muss mit Ihrem Mann sprechen.«

»Was? Warum?«

»Weil er in dieser Konstellation als Tatverdächtiger infrage kommt.«

Frauke schüttelte vehement den Kopf.

»Nein, nicht Heino, das können Sie vergessen. Er ist Heizungsbauer und hat viel zu tun, auch an den Wochenenden, wie sollte er so etwas schaffen? Außerdem ist er dazu gar nicht fähig. Heino ist ein herzensguter Mensch, müssen Sie wissen.«

Nora war versucht, der Frau zu sagen, dass unter bestimmten Umständen jeder Mensch zu allem fähig war, ließ es aber. Ebenso lag ihr die Frage auf der Zunge, warum Frauke ihren herzensguten Heino betrog, aber auch die verkniff sie sich. Eine Antwort bekam sie trotzdem. Frauke musste wohl ihr Gewissen erleichtern.

»Ich hätte nie gedacht, dass ich so etwas tun könnte, wissen Sie, aber Heino … In den letzten Jahren, immer nur die Arbeit, damit genug Geld da ist, jeden Tag Arbeit, auch an den Wochenenden, dabei gehe ich doch so gern tanzen …«

Sie musste es gar nicht weiter ausführen, Nora verstand sie. Ihr Heino war langweilig geworden, etwas Schlimmeres konnte einer Partnerschaft nicht passieren. Keine Frau wollte dauerhaft einen langweiligen Typen, der zu keiner Überraschung mehr fähig war und sich vollkommen im Alltag verlor. Nora war mit Henk zusammengekommen, weil er alles andere als langweilig war. Henk war das personifizierte Abenteuer – und leider immer auf der Suche nach neuen Herausforderungen, was die sexuelle Komponente mit einschloss.

»Bitte!«, flehte Frauke, »mein Mann darf davon nichts erfahren.«

Nora schüttelte den Kopf.

»Das geht nicht, so leid es mir tut.«

»Ich kann Ihnen doch sagen, wo Heino war. Ich weiß immer, wo Heino ist.«

»Und wo war er?«

»Auf dem Neubau von Ullrich. Ullrich ist ein Freund aus dem Fußballverein von früher. Heino baut da die komplette Heizungsanlage ein, mit Fußbodenheizung in jedem Raum. So was dauert. Und da er das praktisch nebenbei macht, neben seinen anderen Aufträgen, verbringt er jede freie Minute dort.«

»Frau Heiligenstedt, ich glaube Ihnen, aber selbst diese Aussage muss ich mir von diesem Ullrich bestätigen lassen. Es führt kein Weg daran vorbei, ich werde mit Ihrem Mann sprechen müssen. Aber ich gebe Ihnen die Gelegenheit, vorher selbst mit ihm zu reden. Schenken Sie ihm reinen Wein ein. Glauben Sie mir, danach geht es Ihnen besser.«

Frauke Heiligenstedt sah sie mit einem Blick an, der Nora daran zweifeln ließ, ob es der Frau jemals wieder besser gehen würde.

Eine halbe Stunde später verließ Nora das Nagelstudio. Sie hatte noch abgewartet, bis eine gute Freundin von Frauke Heiligenstedt eintraf, die sich um die völlig aufgelöste Frau kümmerte. Nora hätte sie in diesem Zustand nicht allein lassen können und andernfalls einen Seelsorger bestellen müssen, mit dem die Polizei bei solchen Gelegenheiten zusammenarbeitete.

Nora war froh, wieder an der frischen Luft zu sein. Die Sonne schien schräg über die Dächer der gegenüberliegenden Häuser und blendete sie. Menschen strömten in der Fußgängerzone an ihr vorbei, ohne von ihr Notiz zu nehmen. Jeder beschäftigte sich mit seinem Kram. Falls die Leute hier überhaupt schon von dem Fall wussten, aus der heutigen Zeitung vielleicht, dann war es für sie nicht mehr als eine Randnotiz, die ihr eigenes Leben nicht betraf. So war es eigentlich immer. Bis irgendein Ereignis das eigene Leben zerstörte. So wie gerade bei Frauke. In den Medien hörte man stets nur von den Toten und Verletzten, all die anderen, die sogenannten Kollateralschäden, blieben unerwähnt. Frauke war so jemand, und Nora mochte sich gar nicht vorstellen, wie es für sie sein musste, heute Abend nach Hause gehen und ihrem Mann gestehen zu müssen, dass sie fremdgegangen war.

Nora hätte ihr das gern erspart, doch das war nicht möglich.

Plötzlich kam ihr ein Gedanke, der sie jäh innehalten ließ.

Rolf und Olivia Kubat waren drauf und dran gewesen, ihr Ehegelübde zu brechen, und deswegen gestorben. Wie sah es bei den Heiligenstedts aus? Frauke wollte mit Rolf Kubat zusammenziehen, war also ebenfalls kurz davor gewesen, sich von ihrem Mann zu trennen. Lag es da für den mörderischen Pfarrer nicht nahe, die Heiligenstedts als nächste Opfer auszuwählen?

Nora holte ihr Handy hervor und wählte Pauls Nummer. Der meldete sich sofort. Nora schilderte ihre Gedanken und bat Paul, bei Zerhusen wegen einer lückenlosen Überwachung der Heiligenstedts vorzusprechen. Paul versprach, sich darum zu kümmern, dann setzte er sie über die neuesten Informationen aus der kriminaltechnischen Abteilung ins Bild. Der verwendete Sprengstoff war aus handelsüblichen Haushaltsreinigern gemischt worden, aber man musste im Umgang damit geübt sein, um eine funktionsfähige Bombe bauen zu können. Der Sprengsatz, der Olivia getötet hatte, war nicht komplett gekauft, sondern aus Einzelteilen hergestellt, die man natürlich im Internet bekam. Leider gab es heutzutage die passenden Bauanleitungen im Internet oder in dessen dunklem Kanal, dem Darknet, gleich mit dazu. Dem IS sei Dank! Wie bastle ich in Mamas Küche eine Bombe, war eine beliebte Seite. Die Mitarbeiter der KTU bestätigten aber, dass es sich bei dem Täter um einen erfahrenen und versierten Mann handeln müsse. Idioten würden sich dabei selbst in die Luft sprengen oder lediglich funktionsuntüchtigen Schrott herstellen.

Nora bedankte sich und legte auf.

Sie musste daran denken, dass Henk Claasen bei der Bundeswehr Funkelektroniker gewesen war, und glaubte, sich erinnern zu können, dass er früher Elektriker gelernt hatte. Mittlerweile besaß er eine Kette von fünfzehn Geschäften für Handys und Outdoor-Elektronik wie GPS-Geräte und Fahrradcomputer. Ein boomender Markt.

Das machte ihr Angst. Sie wusste, wenn etwas zu gut passte, um wahr zu sein, dann war es meistens auch nicht wahr, aber Angst machte es ihr trotzdem. Sie musste endlich mit jemandem darüber reden.

Bevor sie sich in Richtung ihres Wagens auf den Weg machte, bemerkte sie einen Tumult und entdeckte eine offene Kutsche, die in diesem Moment vor der Kirche hielt. Drinnen saß ein Brautpaar. Ohne lange nachzudenken, ging Nora darauf zu. Eine Gruppe festlich gekleideter Menschen rahmte die Kutsche ein, einige applaudierten, andere warfen Reis in die Höhe. Das Brautpaar war aufgestanden und winkte den Gästen zu. Beide waren jung, nicht über fünfundzwanzig, und die Braut sah atemberaubend schön aus in ihrem weißen Kleid. Sie strahlte übers ganze Gesicht, schien vor Freude beinahe zu platzen, legte ihrem Gatten sanft die Hand in den Nacken, zog ihn zu sich herunter und küsste ihn liebevoll, schloss dabei die Augen und ließ den Arm mit dem Brautstrauß sinken.

Noras Magen zog sich fast schmerzhaft zusammen. Diese Szene berührte sie an einem wunden Punkt tief in ihrem Inneren, und sie musste daran denken, wie nah sie vor einer Heirat mit Henk Claassen gestanden hatte. Wenn er sie damals gefragt hätte, sie hätte ohne Zögern Ja gesagt. Jetzt war das alles nicht mehr als eine ferne Erinnerung mit fadem Beigeschmack. Der Wunsch, sich in einem weißen Kleid von ihrem Vater vor den Traualtar führen zu lassen, war genauso weit entfernt, wie er es für sie im Alter von sechzehn Jahren gewesen war.

Ein älterer Herr öffnete die Tür der Kutsche, streckte formvollendet seine Hand aus und half der Braut heraus. Nora hielt ihn für den Vater, ein stolzer und gleichzeitig verwundeter Mann, der seine kleine Prinzessin in die Hände eines anderen Mannes geben musste. Für diese Menschen war heute der glücklichste Tag ihres Lebens, und nichts deutete darauf hin, dass sich an ihrer Liebe zueinander irgendwann etwas ändern könnte.

Bis die Realität sie einholte.

Bis der männliche Jagdtrieb durchbrach.

Bis alles zerbrach und sie sich gegenseitig an die Kehle gingen.

Nora hasste sich für diese Gedanken. Schnell wandte sie sich von der Hochzeitskutsche ab.

Das Glück verliebter Menschen war gerade gar nichts für sie.

2

Die sechzig Kilo schwere Last glitt von seiner Schulter zu Boden und gegen einen Baumstamm. Leblos sackte sie in sich zusammen.

Er dehnte seinen Rücken und bewegte die Schulter. Sechzig Kilo wurden verdammt schwer, wenn man das Gewicht dreihundert Meter durch unwegsames Gelände tragen musste. Zumal ein lebloser Körper schwammig war und die Knochen einem ins eigene Fleisch drückten und stachen. Sei's drum, die Schmerzen würden rasch vergehen, die Genugtuung dafür lange anhalten. Wie gut, dass die nächste Sünderin nicht achtzig Kilo wog. Denn dann hätte er sich eine andere Location suchen müssen, die mit dem Auto erreichbar war.

Tatsächlich hatte er darüber nachgedacht, eine längere Zeit abzuwarten und dann noch einmal den Gutshof zu nutzen. Eine größere Schmach könnte er der Polizei nicht zufügen, allein die Vorstellung daran ließ ihn euphorisch werden. Das Risiko, dort erwischt zu werden, war ihm jedoch zu hoch. Er konnte nicht ausschließen, dass der Hof nicht doch zumindest sporadisch überwacht wurde. Außerdem konnte er nicht warten. Es musste jetzt getan werden! Einen besseren Zeitpunkt gab es nicht, seine Botschaft unter die Menschen zu bringen, und die Taten mussten Schlag auf Schlag folgen. Kaum jemand war im Zeitalter digitaler Informationsüberflutung noch in der Lage, sein Interesse und seine Konzentration über einen längeren Zeitraum hinweg aufrechtzuerhalten. Nur ständige Wiederholungen brannten sich in die Köpfe der Sünder ein, immer und immer wieder mussten sie an ihre Fehlbarkeit erinnert werden.

Die Location hinter diesem Zaun war ebenso gut dafür geeignet wie das Gutshaus, vielleicht sogar noch besser, weil es einen Bezug gab, den Nora Jacobi verstehen würde – wenn sie ihn denn erkannte!

Lange vor ihm hatten jugendliche Vandalen oder Altmetalldiebe auf der Suche nach Verwertbarem einen Schlitz in den alten Zaun geschnitten. Der war jedoch nicht groß genug für eine Person mit einer Last auf dem Rücken. Also holte er die Zange mit den roten Kunststoffgriffen hervor, die er in der Innentasche seiner schwarzen Jacke bei sich führte. Mit einigen wenigen gezielten Schnitten erweiterte er das Loch auf die passende Größe. Er steckte die Zange weg, schulterte den Sack mit dem leblosen Körper darin und stieg durch den Zaun.

Das Loch war immer noch zu klein, der Sack blieb am oberen Rand hängen, ein hervorstehender Draht verhakte sich in der groben Jute und riss daran wie eine zänkische alte Hexe. Abermals ließ er den Sack zu Boden gleiten, wobei der Draht ein Loch hineinriss und zurückschnellte.

Das klappernde Geräusch war nicht sonderlich laut, trotzdem verharrte er, lauschte und beobachtete, wie so häufig in den letzten Wochen. Mehrere Besuche der Location waren zwingend erforderlich gewesen, um herauszufinden, ob sich jemand regelmäßig dort herumtrieb. In der Lagerhalle und in dem alten Gutshaus war er fünf Mal gewesen, bevor er sich sicher war, sie nutzen zu können. Das Kasernengelände besuchte er heute zum dritten Mal.

Niemand reagierte auf sein Ungeschick. Es hätte ihn auch gewundert. Die Kaserne war im Zuge der Umstrukturierung der Bundeswehr bereits vor Jahren aufgegeben worden. In der Zwischenzeit war alles von Wert gestohlen und alles Zerstörbare zerstört worden. Wenn man keine Fenster mehr einwerfen und keine Wände mehr beschmieren konnte, verloren die Vandalen das Interesse. Hin und wieder trafen sich möglicherweise Liebespärchen hier, allerdings nur in lauen Sommernächten, und die gab es noch nicht im April.

Noch einmal vergrößerte er mit der Zange den Durchlass im Zaun. Dabei fiel sein Blick auf das Loch im Sack. Dunkle Haut mit Haaren lugten daraus hervor.

Er schulterte die Last und drang weiter auf das Gelände vor. Dabei interessierten ihn die dicht bebauten Flächen, auf denen die ehemaligen Unterkünfte für Soldaten, die Kantinen, Sanitätsbereiche und die Verwaltung standen, nicht. Er hielt sich im hinteren Teil auf, dort, wo die Natur sich längst wieder ausbreitete. Hier reihten sich Schleppdächer aneinander, unter denen früher Lkw und Panzer geparkt worden waren. Unweit davon bildete der technische Bereich eine U-Form, gewaltige verglaste Hallen, gedacht für Reparaturarbeiten auch an den größten Fahrzeugen. Aber auch die interessierten ihn nicht. Er schleppte seine Last zwischen ihnen hindurch, bewunderte die jungen Birken, die Fuß gefasst hatten in den Spalten und Ritzen der Betonfläche und beinahe schon zwei Meter hoch aufragten. Hinter der linken Halle begann ein Trampelpfad, der als solcher kaum noch zu erkennen war. Er bog einige Äste zur Seite, tauchte ins Unterholz ein und schlich gebückt über den Pfad.

Ein spitzer Knochen stach ihn zwischen die Schulterblätter. Er verlagerte den Sack auf die andere Schulter. Vielleicht hätte er doch eine Sackkarre nehmen sollen. Ein Detail, das er sich fürs nächste Mal merkte.

Der Trampelpfad endete an einem Bunker. Ein monströses Bauwerk aus meterdicken Betonwänden und einem Flachdach, das selbst Bombenangriffen aus der Luft standhielt, nicht aber der Zeit. Irgendwo da oben, in sechs Metern Höhe, hatten sich Risse und Löcher gebildet. Wasser tropfte hindurch und lief an den glatten Wänden hinab – feuchte Zungen, umgeben von Moos und Algen. Dort, wo früher ein schweres Metalltor gewesen war, klaffte ein Loch. Die Finsternis dahinter wirkte im letzten Licht sogar auf ihn abschreckend.

Das Tor zur Hölle, dachte er. *Wie passend!*

Leicht vorgebeugt, um seinen Rücken zu entlasten, blieb er einen Moment stehen und lauschte nach Geräuschen im Inneren des Bunkers. Aber auch, um sich des Augenblicks bewusst zu werden. Die Atmosphäre zu atmen. Zu leben!

Selten hatte er sich besser gefühlt.

Was er tat, musste getan werden. Sein Auftrag war heilig, die Menschen mussten an ihre Sünden und gebrochenen Versprechen erinnert werden. Worte reichten dafür nicht, es mussten Taten folgen. Der Mensch lernt allein durch Schmerz, so viel hatte er begriffen. Schmerz und Tod. Nicht grundlos waren dies seit Jahrhunderten die mächtigsten Waffen der Kirche. Und das war gut so. Gottes Strafe musste durch Menschen vollzogen werden, nur auf diese Art machte es Sinn.

Das Gewicht auf seinem Rücken schien nachzulassen. Die schmerzenden Stellen schmerzten nicht mehr. Nur diese eine Stelle noch, tief drinnen, aber das war in Ordnung, er würde sie sonst vermissen. Sie war sein Antrieb und seine Orientierung. Eine Verletzung, die er hegte und pflegte und die nicht verheilen konnte, solange die Verursacherin nicht ihre gerechte Strafe bekommen hatte.

Er betrat den Bunker. Zwischen den massiven Wänden überkam ihn sofort ein beklemmendes Gefühl, aber das kannte er schon.

Der Stahlbeton schien ihn erdrücken zu wollen, schirmte das Innere gleichwohl aber auch von der Welt ab.

Eine Treppe aus Beton führte an der hinteren Wand des Bunkers nach unten. Das metallene Geländer war natürlich längst verschwunden, die unsauber abgesägten Stümpfe bewiesen, dass es hastig und ohne Erlaubnis entfernt worden war. Staub, Schutt und Laub lagen auf den Stufen, auf dem Absatz in der Mitte, wo die Treppe wendete, sogar Tierkot, alt und trocken. Unten angekommen, nahm er die Taschenlampe vom Gürtel und schaltete sie ein. Das fahlblaue LED-Licht teilte die Dunkelheit.

Er störte sich nicht an dem Unrat, den die Vandalen hier zurückgelassen hatten. Er stieg darüber hinweg, achtete darauf, nicht mit den gebrauchten Kondomen in Berührung zu kommen, und folgte dem schmalen Gang, von dem zwölf Räume abgingen. Kammern, in denen im Falle eines Angriffes die Soldaten ausgeharrt hätten. Die letzte Kammer war sein Ziel. Auch sie hatte keine Tür mehr, aber irgendjemand, vielleicht ein Obdachloser, eine geschundene einsame Seele, der hier übernachtete, hatte eine Holzplatte gefunden und vor den Durchgang gestellt, damit es nicht zog. Diese Platte lehnte an der Wand neben der Tür. Sie war nicht besonders dick oder massiv, dennoch ging er davon aus, dass sie ausreichte.

Er ließ die Last zu Boden fallen, richtete sich auf und entspannte seinen Rücken. Der Sack kippte um, und ein blutiger Rippenbogen rutschte heraus. Er stopfte ihn mit dem Fuß zurück.

Den sechzig Kilo schweren Sack hierherzuschleppen war anstrengend, aber machbar. Die Schlachtabfälle, die er extra für diesen Zweck aus der Großschlachterei besorgt hatte, würde er auf dem Rückweg in den Wald kippen. Es war notwendig gewesen, etwas Lebloses aus Fleisch und Blut zu tragen, das einem betäubten menschlichen Körper vom Gewicht Barbara Fockes glich.

Das hatte gut funktioniert.

Test erfolgreich!

3

Barbara Focke griff zum wiederholten Mal nach ihrem Handy.

Bernd hatte sich noch nicht zurückgemeldet, obwohl sie ihm bereits drei SMS geschickt hatte. Sie wusste, er konnte nicht immer sofort antworten, dennoch fiel es ihr schwer zu warten. Besonders heute. Seitdem sie aufgestanden war, fühlte sie sich fahrig und unkonzentriert, so als bekäme sie eine Grippe, aber ohne die anderen Symptome wie Kopf- und Gliederschmerzen. Barbara kannte das schon: Sie sehnte sich nach Bernd. Bereits wenige Stunden nachdem sie sich getroffen hatten, fehlte er ihr. An manchen Tagen kam sie besser, an anderen schlechter damit zurecht. Leider war heute kaum etwas zu tun im Büro, und ihre Gedanken wanderten immer wieder in die Zukunft. Sie malte sich aus, wie es sein würde, wenn sie sich nicht mehr heimlich mit Bernd treffen müsste, wenn sie eine offene Beziehung führten so wie alle anderen. Als sie sich auf ihn eingelassen hatte, hatte sie gewusst, wie schwierig es werden würde. Gab es damals eine Wahl für sie? Nein. Denn »eingelassen« war nicht das richtige Wort, absolut nicht. Sie hatte sich in ihn verliebt, auf den ersten Blick, Hals über Kopf, mit allem, was dazugehörte. Verlegenheit, Nervosität, Schmetterlinge im Bauch, das Gefühl, wieder sechzehn Jahre alt zu sein und nicht zweiunddreißig.

Sie war für ihre Firma auf einer Baumesse in Dortmund gewesen, hatte dort den Stand und die Kunden betreut. So etwas konnte sie gut, auf Menschen zugehen, Konversation machen, herzlich sein und auch noch den verstocktesten Bauunternehmer aus der Reserve locken. Bernd war alles andere als verstockt gewesen. Barbara erinnerte sich genau an die erste Begegnung. Frühmorgens war es gewesen und noch nicht viel los in den Messehallen. Sie hatte sich gerade einen Kaffee aus dem Automaten am Stand gezogen, als dieser große, kräftige Mann mit dem vollen, braunen Haar auf sie zutrat. Er trug einen gut sitzenden Anzug und sah ein klein wenig aus wie George Clooney. Dieser Typ Mann hatte bei ihr schon immer für Herzklopfen gesorgt, so auch an diesem Tag. Und sein Lächeln! Wie es ihr direkt in den Bauch gefahren war. Sie hatte keine Augen mehr gehabt für andere Kunden und sich vollkommen auf Bernd konzentriert. Natürlich war ihr Gespräch rein geschäftlich gewesen, und sie hatte sich nicht getraut, um ein persönliches Treffen zu bitten, obwohl sie es sich wünschte. Nachdem alle technischen Fragen geklärt gewesen waren, war Bernd gegangen, und Barbara hatte sich gefühlt wie aus der Welt gerissen. Die nächsten Gespräche hatte sie nur halbherzig geführt. Wenn ihr Chef sie so erlebt hätte, wäre sie rausgeflogen.

Vier Stunden später war Bernd noch einmal an den Stand gekommen. Sie war gerade beschäftigt und konnte nicht aus dem Verkaufsgespräch aussteigen. Bernd hatte sich davon überzeugt, dass sie sah, was er tat, hatte eine Visitenkarte auf dem Tisch abgelegt und war gegangen. Aber nicht, ohne ihr noch einmal zuzulächeln.

Auf die Rückseite der Visitenkarte hatte er den Namen des Hotels geschrieben, in dem er nächtigte, sowie »In der Bar, um acht?«.

Um zehn Uhr waren sie in seinem Zimmer gelandet.

Viel Schlaf hatten sie in der Nacht nicht bekommen.

Ihr Handy brummte und riss Barbara aus ihrer Träumerei.

Eine SMS von Bernd.

Ihr Herz schlug schneller vor Aufregung.

»Kann heute nicht. A. ist den ganzen Tag im Büro.«

Bernd schrieb ihren Namen nie ganz aus. Statt Antonia schrieb er A.

»Wie schade. Ich sehne mich nach dir«, tippte Barbara mit flinken Fingern in ihr Smartphone.

»Es tut mir wirklich leid. Bist du allein?«

»Ja. Und du?«

»Für einen Moment, aber nicht lange. Schickst du mir ein Foto? Ich würde dich jetzt gern sehen.«

Dieser Teil ihrer Beziehung gefiel Barbara nicht besonders gut, aber sie konnte so schlecht Nein sagen, wenn Bernd sie darum bat. Außerdem genoss sie seine Komplimente. Matthias, ihr Mann, sagte ihr schon lange nicht mehr, dass sie gut aussah, sexy war, ihn scharf machte. Nichts dergleichen. Bernd tat das immer, wenn sie ihm Fotos schickte. Trotzdem fühlte es sich falsch an. Barbara wusste, bei Teenagern war dieses Sexting heute völlig normal, aber sie war kein Teenager, sondern eine erwachsene Frau, die sich auch so verhalten sollte.

Dennoch stand sie vom Schreibtisch auf, ging zur Tür und schloss sie ab. Dann öffnete sie die Knopfleiste ihrer Bluse und fotografierte ihr Dekolleté – zum Glück trug sie den neuen, sündhaft teuren BH, den sie erst vor einer Woche gekauft hatte.

Sie schickte das Foto ab, kurz darauf kam die Antwort.

»Du hast einen Körper zum Niederknien. Kann ich mehr sehen?«

Barbara wusste, er würde nicht lockerlassen. Also schob sie den BH nach unten, fotografierte ihre nackten Brüste und verschickte auch dieses Bild. Obwohl sie Dutzende solcher Fotos in den letzten Monaten verschickt hatte, gewöhnte sie sich nicht daran, und ihr Unwohlsein offenbarte sich in körperlichen Reaktionen. Schlagartig wurde ihr heiß, und Blut schoss ihr in den Kopf, so als sei sie bei einer Lüge ertappt worden.

Schnell verhüllte sie ihre Brüste, knöpfte die Bluse zu und strich sie glatt.

Bernds Antwort ließ nicht lange auf sich warten.

»Du bist das Beste, was mir je passiert ist«, schrieb er.

»Wann können wir uns sehen?«

»Ich plane bereits die Fahrt nach Polen. Nicht mehr lange, dann haben wir zwei oder drei Nächte ganz für uns.«

4

Nora war unterwegs zu dem Paartherapeuten Gereon Reichmann und hörte während der Autofahrt das Hörbuch »Eine eiskalte Frau« von Nick Kandinski. Dazu hatte sie ihr Handy mit dem USB-Anschluss ihres Wagens verbunden.

»Wo warst du gestern Abend zwischen acht und Mitternacht?«
»Mit meiner Freundin im Theater, das habe ich dir gesagt.«
»Ach ja? Und wie hieß das Stück?«
»Die Opferung des Gorge Mastromas.«
»Und wie war es?«
»Sehr interessant! Es hat mir klargemacht, wie die Zwänge unserer Gesellschaft einen Menschen verändern können.«
»Wart ihr beiden allein?«
»Nein, Ricardo war dabei, auch das habe ich dir gesagt.«
»Ach ja, Ricardo, der Latin Lover. Schwarm aller Frauen. Habt ihr euch gut verstanden?«
»Was soll diese Fragerei? Du weißt genau, ich habe kein Interesse an Ricardo. Schon allein deshalb nicht, weil Eleonore ihn liebt.«
»Also ist er dein Typ?«
»Nein, ist er nicht, jetzt hör aber auf!«
»Vielleicht bist du sein Typ? Schon mal daran gedacht?«
»Na und, was spielt das für eine Rolle?«
»Eine sehr große! Manchmal glaube ich wirklich, dir ist nicht bewusst, wie du auf Männer wirkst? Oder tust du nur so naiv?«
»Wie wirke ich denn auf Männer?«
»Wie ein Magnet auf Metall. Ich kenne niemanden, der sich deiner Ausstrahlung entziehen kann, mich eingeschlossen. Und

was tust du? Gehst durchs Leben, als sei es etwas vollkommen Normales. Betörst jeden Mann, der in deine Nähe kommt, bringst ihn um den Verstand und tust so, als bemerktest du es nicht einmal.«

»Bin ich jetzt dafür verantwortlich, wie Männer auf mich reagieren?«

»Ja natürlich, wer sonst? Du, und nur du allein. Und du lädst Schuld auf dich, weil du offen und herzlich bist, weil du keine Scheu kennst und dich anbiederst.«

»Wie bitte? Ich biedere mich ganz sicher nicht an.«

»O doch! Du müsstest dich einmal betrachten, von außen. Wie nahe du den Männern bei Gesprächen kommst, wie du dein Kinn reckst und deinen Hals straffst, wie du dein Dekolleté in Szene setzt, wie deine Stimme sie in den Bann schlägt. O doch, du biederst dich an. Und ich halte das nicht mehr lange aus, das kann ich dir sagen.«

»Ich halte deine Nachstellungen auch nicht mehr lange aus, das kann ich *dir sagen!«*

»Du verstehst gar nichts! Halte dich zurück, oder es wird am Ende eine Tragödie geben!«

Die Dialogszene zwischen Frau und Mann war ebenjene Szene, die im Keller des Gutshauses in Endlosschleife gelaufen war, als Rolf Kubat dort gefesselt auf dem provisorischen Tisch lag.

Nora schaltete das Hörbuch ab.

Henk war nie eifersüchtig gewesen, das hatte sie an ihm geschätzt. Das mochte an seinem Selbstbewusstsein liegen, wahrscheinlich war er davon ausgegangen, dass Nora an keinem anderen Mann Interesse haben konnte, wenn sie mit ihm zusammen war. Gleichzeitig hatte sein Selbstbewusstsein ihre Beziehung zerstört, weil Henk sich beweisen musste, dass er auch bei anderen Frauen ankam. Er hatte das zwar immer bestritten, aber welcher

Mann würde einen Betrug zugeben, wenn es dafür keine Beweise gab?

Noch immer hatte Nora die Bilder der Hochzeit in der Nienburger Innenstadt vor Augen. Sie war verwirrt, weil diese Bilder sie traurig machten. In ihrem tiefsten Inneren wünschte sie sich immer noch und trotz allem, was Henk ihr angetan hatte, selbst die Braut sein zu können – an seiner Seite. Das war kindisch. Sie sollte sauer sein und ihn zur Hölle wünschen, aber so einfach war das nicht mit den Gefühlen.

Dieser Fall ging in jeder Beziehung an ihre Substanz, und sie hoffte, ihn so schnell wie möglich aufklären zu können.

Einer, der eventuell dazu beitragen könnte, war der Paartherapeut der Kubats. Wenn jemand über das Seelenleben des verstorbenen Paares Bescheid wusste, dann dieser Mann.

Gereon Reichmann lebte und arbeitete im Stadtteil Borgfeld in den südlichen Ausläufern der Stadt. An der Rückseite seines Grundstückes begannen die Feuchtgebiete der Wümme-Niederung. Nora hatte sich telefonisch angemeldet und für zwei Uhr einen Termin bekommen. Paul war im Präsidium geblieben, er musste die Berichte über die vergangene Nacht schreiben.

Sie parkte ihren Wagen ein Stück weit entfernt und machte sich zu Fuß auf den Weg. Reichmanns Haus lag am Ende einer Sackgasse mit Wendehammer. Eckig, viel Glas, weiß verputzte Außenwände, graue Fensterrahmen, alles sehr stylisch und gepflegt. Im Erdgeschoss gab es zwei nebeneinanderliegende Eingangstüren. Die eine führte in die Praxis, die andere in die Privaträume im Obergeschoss.

Nora drückte die Klingel, auf der »Praxis Reichmann« stand.

Im Inneren erklang ein melodischer Gong, gefolgt von Hundegebell. Schneller als der Hausherr war ein mittelgroßer Golden Retriever an der Glastür, bellte freundlich und wedelte mit dem Schwanz, als sei Nora seine beste Freundin.

Gereon Reichmann erschien einen Augenblick später. Er trug legere Kleidung. Bluejeans mit Löchern auf den Oberschenkeln, ein graues Langarmshirt mit weitem Halsausschnitt und Sportschuhe. Sein Haar war voll und schwarz, sein Vollbart gepflegt.

Durch die geschlossene Tür rief er ihr zu, den Hund erst wegsperren zu wollen. Er packte den Retriever am Halsband und führte ihn durch eine schmale Tür auf der rechten Seite hinaus in den Garten. Dann kam er zurück und öffnete Nora.

»Entschuldigen Sie bitte. Sam will immer und überall dabei sein.«

Reichmann streckte die Hand aus, Nora ergriff sie. Er hatte große, weiche Hände mit gepflegten Nägeln. Sein Lächeln entblößte gerade weiße Zähne und umspielte seine grünen Augen, in deren Winkeln sich kleine Fältchen bildeten. Aus der Nähe sah Nora, dass sein schwarzes Haar von grauen Strähnen durchzogen war. Sie schätzte ihn auf Mitte vierzig.

»Ich mag Hunde. Sie hätten ihn drinnen lassen können«, sagte sie. »Als Kind hatte ich selbst so einen Retriever.«

»Wie schön! Das sind tolle Hunde. Aber wir hätten keine ruhige Minute, wenn Sam dabei wäre. Er ist ein echter Womanizer und kann sehr aufdringlich sein. Aber bitte, kommen Sie doch herein.«

Reichmann hielt die Tür auf, und Nora betrat seine Praxis.

»Gerade durch, bitte.«

Der kurze Flur führte in einen großen, hellen Raum mit bodentiefen Fenstern, die in den Garten hinausgingen. Die linke Seite des Raumes war als Büro mit Schreibtisch, PC, Drucker, Aktenschränken und Bücherregal eingerichtet. Der wesentlich größere, rechte Bereich wirkte einladend gemütlich. Eine braune Couch füllte in L-Form die Ecke, flankiert von zwei merkwürdig aussehenden Sesseln, wie Nora sie nie zuvor gesehen hatte. Auf einem ausladenden Holztisch leuchtete in einer Keramikvase ein Strauß frischer Frühlingsblumen.

»Darf ich Ihnen einen Kaffee anbieten?«, fragte Reichmann. »Oder einen Cappuccino? Meine Zaubermaschine kann alles.«

»Dann gern einen Cappuccino.«

»Kommt sofort.«

Reichmann verschwand durch einen offenen Durchgang in eine kleine Teeküche.

»Ich hab nur selten eine Kommissarin zu Gast«, rief er, während er die Maschine bediente. »Bin richtig aufgeregt.«

»Müssen Sie nicht.«

Sein Kopf erschien im Durchgang.

»Sie verhaften mich also nicht?«

»Na ja, kommt auf Ihr Alibi an.«

»Hoffentlich habe ich überhaupt eines.«

Er verschwand wieder. Nora trat ein Stück vor, damit sie ihn sehen konnte. Gereon Reichmann war ohne Frage ein charismatischer Mann mit erotischer Ausstrahlung. Einen Paartherapeuten hatte Nora sich anders vorgestellt. Auf der Fahrt hierher hatte sie das Bild eines unauffällig gekleideten, verkniffenen Beamtentypen vor Augen gehabt, der mit übereinandergeschlagenen Beinen in einem Ledersessel saß, ein Notizblock auf den Knien, ein Bleistift zwischen den Fingern, mit dem er zwischen seinen Fragen einen nervigen Rhythmus gegen übergroße Schneidezähne klopfte.

»Das sieht alles sehr neu aus«, rief Nora gegen das Zischen des Vollautomaten an.

»Ich bin auch erst seit einem halben Jahr hier. Vorher hatte ich eine kleine Praxis in der Neustadt. Hier fühlen Sam und ich uns aber bedeutend wohler.«

Wie auf Kommando tauchte der Retriever vor der Glastür auf. Er schien Nora anzulächeln und weckte schmerzhafte Erinnerungen an Lucy, ihren Hund, mit dem sie aufgewachsen war. Im Alter von sechs Jahren hatte sie ihn als Welpen bekommen. Lucy war für einen Hund steinalt geworden, fast sechzehn Jahre, und schließlich in Noras Armen an Altersschwäche gestorben. Damals lebte sie schon nicht mehr zu Hause, weil sie in Hamburg studierte, aber als ihre Mutter anrief, um ihr mitzuteilen, dass es zu Ende ging mit Lucy, hatte sie alles stehen und liegen lassen und war heimgefahren, um bei ihr sein zu können. Danach hatte sie nie wieder einen Hund gehabt. Ihr Beruf ließ das nicht zu. Nora empfand es als unfair, einen Hund acht bis zehn Stunden jeden Tag allein zu lassen, nur um sich abends zwei Stunden an ihm zu erfreuen.

»Wie hieß Ihr Hund?«, fragte Reichmann und balancierte zwei Cappuccini in den Händen.

»Lucy.«

»Ich nehme an, Lucy lebt nicht mehr.«

»Warum nehmen Sie das an?«

»Sie sagten, Sie hätten ihn als Kind gehabt. Und wenn ich Sie auch nicht auf älter als dreißig Jahre schätze, übersteigt das doch die Lebenserwartung eines jeden Hundes.«

Reichmann stellte die Tassen auf dem Holztisch ab, und Nora beobachtete ihn dabei. Er hatte genau zugehört und sich gemerkt, was sie beim Hereinkommen gesagt hatte. Wahrscheinlich war das eine durch seine Tätigkeit antrainierte Fähigkeit.

»Sie lebt nicht mehr, richtig. Aber mit dem Alter liegen Sie verkehrt, ich bin deutlich über dreißig.«

»Zerstören Sie niemals ein Kompliment!«, sagte er, lächelte und hob belehrend den Zeigefinger.

»Eine Therapeutenweisheit?«

»Eher eine Lebensweisheit. Möchten Sie Platz nehmen. Vielleicht in einem meiner Pro-Aging-Sessel?«

»Pro-Aging-Sessel? Nie gehört.«

»Der Name ist meine Erfindung, die Stühle kommen aus Kanada. Eine Mischung aus Sessel und Schaukelstuhl. Setzen Sie sich rein, und Sie wissen sofort, was ich meine.«

Nora ließ sich in den rechten Stuhl fallen. Obwohl man aufrecht saß, war er ungeheuer bequem, und sobald man sich mit den Füßen abstieß, schaukelte er leicht vor und zurück. Schon die ersten Bewegungen wirkten beruhigend.

»Nicht schlecht. Aber warum der Name?«

»In Kanada sitzen die alten Leute den ganzen lieben langen Tag in diesen Dingern auf den Terrassen ihrer Häuser und schauen die Welt an. Wünscht man sich da nicht, selbst alt sein zu dürfen? Also, ich kann es kaum abwarten.«

»Alles zu seiner Zeit«, erwiderte Nora. »Saßen die Kubats in diesen Sesseln?«

Sie hatte ihm am Telefon nur gesagt, dass es um die Kubats ging, nicht, was ihnen zugestoßen war.

»Bei der Polizei kommt man schnell zur Sache, was?«

»Leider drängt die Zeit meistens.«

»Was ist den Kubats zugestoßen?«

Nora fasste den Fall für den Therapeuten in Kurzform zusammen und achtete genau darauf, kein Täterwissen preiszugeben. Auch versuchte sie, seine Mimik und Körpersprache einzuschätzen, wenngleich sie wusste, dass das bei einem Psychotherapeuten schwierig war. Ein Mann mit seiner Ausbildung kannte sich in diesen Dingen besser aus als sie selbst und wusste natürlich, was er vermeiden musste, wenn er sich nicht verdächtig machen wollte. Während sie sprach, saß Reichmann ruhig in seinem Sessel, schaukelte nicht, seine Füße standen nebeneinander, die Unterarme ruhten auf den Lehnen. Er sah Nora unverwandt an und blinzelte nur wenig, was bei ihr dazu führte, dass sie den Blick häufiger als sonst abwandte. Reichmanns Augen waren faszinierend, und er wusste um die Wirkung. Nora konnte sich seiner Ausstrahlung kaum entziehen und fragte sich, wie es wohl den Ehefrauen erging, die er betreute.

»Wie unfassbar grausam«, sagte Reichmann leise, nachdem Nora geendet hatte.

»Ja, an Perfidität nicht zu übertreffen.«

»Nein, perfide ist das nicht. Es sei denn, der Täter hätte sich vorher das Vertrauen der Kubats erschlichen. Ein wesentlicher Bestandteil der Perfidität.«

»Richtig, mein Fehler, der falsche Begriff. Bleiben wir also bei unfassbar grausam.«

Sie hatte das Wort mit Bedacht gewählt und kannte seine Bedeutung. Reichmann auch, davon ging sie aus, und sie hatte wissen wollen, wie er darauf reagierte. Denn wenn er als Therapeut zunächst das Vertrauen der Kubats gewonnen hätte, um sie später gegeneinander auszuspielen, dann wäre das sehr wohl perfide gewesen.

»Guter Versuch«, sagte er.

Nora fühlte sich ertappt und hatte Mühe, nicht wegzuschauen.

»Damit das weitere Gespräch nicht so angestrengt verläuft, möchte ich an dieser Stelle sagen, dass ich nichts zu tun habe mit dieser Sache.«

»Darf ich fragen, wo Sie in der besagten Nacht waren?«

Reichmann deutete mit dem Finger zu Decke.

»Oben, im Schlafzimmer, wie jede Nacht.«

»Kann das jemand bezeugen?«

»Sam zählt wohl nicht?«

»Ich fürchte, nein.«

»Dann wird es schwierig mit dem Alibi. Ich lebe allein.«

»Nicht jeder, der kein Alibi hat, ist schuldig.«

»Es beruhigt mich, dass Sie das sagen.«

»Können Sie mir etwas über Olivia und Rolf Kubat erzählen?«

»Ich bin als Therapeut natürlich zur Verschwiegenheit verpflichtet. Sie wissen ohnehin schon von den Eheproblemen der beiden, deshalb kann ich das ruhig erwähnen, aber Einzelheiten der Gespräche kann ich nicht wiedergeben.«

»Haben beide die Therapie machen wollen?«

Reichmann schüttelte den Kopf, trank von seinem Cappuccino und antworte dann.

»Olivia war federführend. Rolf hat sich mehr oder weniger gut eingebracht.«

»Hatte ihre Ehe noch eine Chance?«

»Frau Jacobi, bitte, ich darf darüber nicht reden.«

»Können Sie stattdessen etwas Allgemeines über Ihre Arbeit erzählen?«

»Was wollen Sie wissen?«

»Wie läuft das ab, wenn ein Paar sich entscheidet, Ihre Hilfe in Anspruch zu nehmen?«

»Zuerst einmal muss zumindest ein Partner zu der Erkenntnis gelangen, ohne Hilfe nicht weiterzukommen. In der Regel ist das die Frau, und zu neunzig Prozent führt die Frau das erste Gespräch mit mir allein. Nur die wenigsten Männer wissen zu diesem Zeitpunkt davon, und es erfordert Geduld und eine geschickte Strategie, sie ebenfalls in die Therapie einzubinden.«

»Woran liegt das?«

»Männer gehen davon aus, dass sich die Probleme schon irgendwie von allein erledigen, oder aber sie sehen bestimmte Umstände gar nicht als Problem an.«

»Bestimmte Umstände?«

»Fehlende Kommunikation in der Partnerschaft. Fehlender oder schlechter Sex. Einseitig bedienter Narzissmus.«

»Was bedeutet das?«

»Im Grunde ist jeder Mensch eitel, will geliebt und gelobt werden. Bei dem einen ist dieses Bedürfnis stärker ausgeprägt als bei dem anderen. Verfällt ein Partner, meist ist es die Frau, in einer Partnerschaft darauf, den Mann zu häufig und zu unreflektiert zu loben, kann sich daraus bei ihm eine narzisstische Störung entwickeln, die dazu führt, dass ihr eigenes Bedürfnis nach Lob nicht mehr erfüllt wird. Er nimmt sie quasi nicht mehr wahr, jedenfalls nicht als Frau. Sie verkümmert neben ihm.«

»Und wie oft ist Untreue der Grund einer Therapie?«

»In den meisten Fällen.«

»Tatsächlich?«

Reichmann nickte. »Wobei der außereheliche Sex eine aus den zuvor genannten Problemen resultierende Handlung ist. Männer suchen sich häufiger sexuelle Befriedigung bei Dritten, wenn sie sie in der Ehe nicht mehr bekommen. Frauen suchen dann eher therapeutische Hilfe. Oder die eines Privatdetektivs.«

Reichmann lächelte gequält.

Sein letzter Satz fuhr Nora tief in den Bauch. Augenblicklich fühlte sie sich wieder schuldig und schämte sich. Sie hatte so berechenbar gehandelt wie viele andere Frauen in ihrer Situation. Weil sie fürchtete, von Reichmann durchschaut zu werden, nahm sie die Kaffeetasse und trank, spürte aber, wie er sie beobachtete.

»Aber was auch immer die Gründe sein mögen, irgendwann sitzen im besten Fall beide Partner hier bei mir«, fuhr Reichmann fort. »Dann geht es darum, eine Gesprächsatmosphäre zu schaffen, in der sich beide öffnen und über das sprechen können, was zu Hause ungesagt bleibt. Ich nehme dabei eine lenkende Rolle ein und betrachte mich als Mediator. Mein Ziel ist es herauszufinden, ob es für beide als Paar eine Zukunft gibt oder ob es eventuell besser ist, sich zu trennen.«

»Und wie erfolgreich sind Sie damit?«

»Meine Quote liegt bei hundert Prozent, denn eines von beiden trifft immer zu.«

»Höre ich da Sarkasmus?«

»Nein. Es ist wichtig zu verstehen, dass meine Arbeit nicht auf die unbedingte Weiterführung der Partnerschaft ausgerichtet ist, sondern darauf herauszufinden, welcher Lebensweg für die Individuen lebenswerter ist. Und das ist eben nicht in jedem Fall die Partnerschaft. Wenn sie es aber doch ist, kann ich helfen, Probleme zu lösen und in der Zukunft zu vermeiden.«

»Und wie muss ich mir das praktisch vorstellen? Wie gehen Sie vor?«

»Kommunikation ist das A und O. Die meisten Paare haben verlernt, miteinander zu sprechen. Eigentlich hat es sogar die gesamte Gesellschaft verlernt, aber das ist ein anderes Feld. Ich bringe es den Ehepartnern wieder bei. Kleine Übungen, die sich zunächst einfach anhören, können alles auf den Kopf stellen und zu einer vollkommen neuen Sicht führen. Ich gebe den Paaren Hausaufgaben auf. Zum Beispiel dürfen sie sich nicht darüber unterhalten, was gestern war oder in der ferneren Vergangenheit, und auch nicht darüber, was morgen sein wird. Nur über das Jetzt wird gesprochen. Und das jeden Abend eine Stunde lang.«

»Klingt einfach, ist aber sicher schwierig.«

»Probieren Sie es mal mit Ihrem Partner aus«, schlug Reichmann vor.

Beinahe hätte Nora geantwortet, dass es niemanden gab, mit dem sie diese Übung hätte ausprobieren können. Im letzten Moment hielt sie jedoch inne. War es Reichmanns Absicht, etwas aus ihrem Privatleben zu erfahren? Der Mann war gewieft und wusste, wie man Menschen Informationen entlockte.

»Es würde mir wirklich helfen, wenn Sie mir ein klein wenig über die Kubats erzählen könnten«, wich Nora aus.

»Wie schon gesagt, ich darf nicht.«

Reichmann hob die Arme ein Stück an und ließ sie wieder auf die Lehnen fallen.

»Kann es sein, dass Olivia Kubat noch bei jemand anderem Hilfe gesucht hat?« So schnell wollte Nora nicht aufgeben. »Kommen Sie! Die Frage hat doch nichts mit der Therapie zu tun.«

»Soweit ich weiß, hat Olivia tatsächlich mit jemandem gesprochen, bevor sie zu mir kam.«

»Und mit wem?«

»Mit dem Trauzeugen ihres Mannes. Ich kenne den Namen nicht, aber er scheint für sie eine Vertrauensperson gewesen zu sein.«

Scheiße, dachte Nora. Henk wusste von den Eheproblemen der Kubats.

»Hat Olivia etwas über den Inhalt des Gespräches mit diesem Trauzeugen berichtet?«, fragte sie mit belegter Stimme.

»Nein. Sorry!«

»Kein Problem. Eine Frage habe ich aber noch. Wenn Rolf Kubat eigentlich nicht an der Paartherapie teilnehmen wollte, wie haben Sie es geschafft, dass er es am Ende doch tat?«

»Das war nicht mein Verdienst. Olivia hat dafür, sagen wir mal, eine unorthodoxe Methode gewählt.«

»Und die wäre?«

»Sie hat in der gemeinsamen Wohnung einen ausgedruckten Onlineartikel liegen lassen. Darin gab es eine Kernaussage, die ich nicht teile, von der Olivia aber annahm, sie würde ihren Mann mobilisieren.«

»Ich bin gespannt.«

»Im Wesentlichen ging es darum, dass die meisten Paartherapien in einer Trennung enden.«

»Dann ging sie also davon aus, ihr Mann würde nur an der Therapie teilnehmen, wenn sie zu einer Trennung führt?«

»Klingt ein wenig zynisch, nicht wahr. Aber ich fürchte, so war es. Olivia konnte ihren Mann recht gut einschätzen.«

»Also hatten die beiden keine Chance?«

Gereon Reichmann schüttelte den Kopf und legte die Fingerspitzen ans Kinn.

»In ihrer Beziehung wohl nicht, im Leben sehr wohl.«

»Wie muss ich das verstehen?«

»Eine Trennung kann auch eine Chance sein. Haben Sie sich einmal überlegt, dass viele Paare ein Leben lang unter den unwürdigsten Umständen zusammenbleiben, weil sie die Scheidung mit der damit verbundenen gesellschaftlichen Stigmatisierung fürchten?«

Nora schüttelte den Kopf und musste an ihre Eltern denken, für die es immer äußerst wichtig gewesen war, was die anderen sagten und dachten.

»Auf den ersten Blick mag eine Trennung erschreckend sein«, fuhr Reichmann fort. »Aber glauben Sie mir, sie ist nichts im Vergleich mit der Folter einer lebenslang unglücklichen Ehe.«

5

Um fünfzehn Uhr klingelte es an der Haustür des Pfarramtes. Der Pfarrer studierte gerade die Todes- und Heiratsanzeigen in der Tageszeitung und wünschte sich wieder einmal, jede Ehescheidung möge in der Zeitung kundgetan werden. Hatten die Menschen nicht ein Recht darauf, die Sünder unter sich zu kennen?

Er blickte auf, als die Klingel ertönte.

Zu dieser Zeit bekam er selten Besuch. Seitdem er vor zwei Jahren aus Kostengründen seine Putzfrau entlassen hatte, war es einsam geworden im Pfarrhaus. Sein Sohn kam stets nur in den Abendstunden, tagsüber musste er arbeiten.

Der Pfarrer ging zum Fenster und spähte durch die Gardinen. Vor der Tür wartete, auf einen Gehstock gestützt, eine grauhaarige alte Frau. Ihre Hand auf dem Knauf des Stockes zitterte. Irmtraud Kastens. Ihr Anblick ließ den Pfarrer frohlocken. So schnell es ging, öffnete er der alten Dame die Tür.

»Frau Kastens, wie schön! Ich hatte nicht geglaubt, Sie so schnell wiederzusehen.«

»Ich hoffe, ich störe nicht. Ich wollte mich noch einmal für die

schöne Zeremonie zu unserer goldenen Hochzeit bedanken. Ich habe einen Kuchen für Sie gebacken, Herr Pfarrer.«

Sie deutete auf das Plastikbehältnis mit Tragegriff, das auf den Stufen vor dem Eingang stand.

»Nein, Sie stören nicht. Möchten Sie eine Tasse Kaffee?«

»Aber nur, wenn ich auch wirklich nicht störe«, druckste die alte Dame herum.

»Unfug. Kommen Sie rein. Lassen Sie uns zur Feier des Tages Ihren Kuchen gemeinsam essen. Was ist es denn für einer?«

»Versunkener Kirschkuchen.«

»Wunderbar!«

Der Pfarrer nahm das Behältnis vom Boden auf, ließ Frau Kastens eintreten und folgte ihr. Kuchen bekam er mehr als genug. Die alten Frauen in seiner Gemeinde glaubten wohl, er ernähre sich ausschließlich davon; keine Woche verging, in der er nicht mindestens zweimal Selbstgebackenes vor seiner Tür fand. Heute freute er sich darüber besonders, weil der Kuchen von Frau Kastens stammte.

»Links in die Küche«, wies er sie an. »Nehmen Sie bitte Platz.«

Frau Kastens ließ sich auf der kurzen Seite der Eckbank vor dem Fenster nieder. Der Pfarrer sah ihr – wie auch schon während der Zeremonie – an, wie schwer es ihr fiel, sich längere Zeit auf den Beinen zu halten. Klagen würde er von ihr dennoch nicht hören. Ihre Generation hatte gelernt, Schmerzen zu ertragen.

Er bereitete Kaffee zu, nahm zwei Gedecke aus dem Schrank und stellte sie auf den Tisch.

»Haben Sie sich gut von der Feier erholt?«, versuchte er sich dabei im Small Talk.

»So schlimm war das gar nicht. Es waren ja nur unsere Kinder Martin und Franziska da. Und natürlich unsere beiden Urenkel, Vivian und Janosch. Die beiden sind wirklich goldig, aber auch sehr lebhaft. Das kann schon anstrengend sein.«

»Das glaube ich. Aber wenigstens haben Sie Urenkel.«

»Otto und ich freuen uns auch sehr über die beiden. Auch wenn Otto oft schimpft, weil Martin und Franziska den beiden alles durchgehen lassen. Aber heute sind die Erziehungsmethoden eben anders als früher.«

»Wem sagen Sie das!« Er goss ihr Kaffee ein. »Milch und Zucker.«

»Nein, nein, schwarz. Vielen Dank!«

»Wie schön, dass Ihre Trauzeugen anwesend sein konnten!«

»Friedhelm und Gunda, ja. So ein Glück. Sie wissen ja, wie das ist, Herr Pfarrer. Bei einer goldenen Hochzeit in unserem Alter sind die meisten Freunde und Bekannten schon verstorben.«

»Der Lauf des Lebens, nicht wahr!«

Der Pfarrer schob sich auf die Eckbank und beobachtete, wie Frau Kastens nickte und in die Ferne starrte. Er hatte das Gefühl, sie sei nicht einfach nur da, um sich für die kirchliche Zeremonie zu bedanken. Irgendwas hatte sie auf dem Herzen, die Gute. Frauen ihres Jahrgangs hatten in den Kriegsjahren Härte gelernt, sie waren es nicht gewohnt, mit anderen über ihre Gedanken und Gefühle zu sprechen. Es musste also schon etwas Bedeutendes sein, wenn sie dafür herkam.

»Nehmen wir doch beide ein Stück Kuchen. Was meinen Sie?«

Der Pfarrer nahm die Plastikhaube ab, schnitt zwei Stücke ab und legte sie auf die Teller.

»Der sieht ja wirklich fantastisch aus!«

Vielleicht übertrieb er es mit der Lobhudelei, aber die alte Dame hatte es verdient. Sie und ihr Mann wussten vermutlich nicht, welch großen Gefallen sie ihm getan hatten, indem sie ihre goldene Hochzeit in seiner Kirche feierten. Die ganzen Kränkungen der Vergangenheit waren für ein paar Tage verblasst, seine Gedanken waren klarer und friedlicher geworden, nicht mehr so voller unterdrückter Boshaftigkeit. Es erschreckte ihn jedes Mal selbst, wenn er spürte, wie sehr die Sünden der Menschen ihn veränderten. Warum Gott diese Gedanken in ihm zuließ, verstand er nicht. Er schämte sich dafür, konnte aber nichts dagegen tun.

Außerdem – es war hart, sich das einzugestehen – empfand er diese Gedanken immer häufiger als richtig. Als gerecht. Denn die Strafe Gottes musste durch den Menschen ausgeführt werden, nicht wahr!

Nachdem Frau Kastens von ihrem Kuchen gegessen hatte, ließ sie die Gabel sinken. Jetzt zitterten ihre Hände sowie ihre Unterlippe. Es fiel ihr sichtlich schwer, die richtigen Worte zu finden.

»Sie haben doch etwas auf dem Herzen, meine Liebe«, versuchte er, ihr behilflich zu sein. Was auch immer sie ihm sagen wollte, welche Last sie mit ihm teilen wollte, er würde ihr tragen helfen, denn das war er ihr schuldig.

»Wir haben Wort gehalten«, begann Frau Kastens. »Unser Versprechen vor Gott haben wir bis heute gehalten.«

»Und dafür bin ich Ihnen persönlich sehr dankbar. Heutzutage ist das keine Selbstverständlichkeit mehr.«

»Obwohl Otto ein Tyrann ist, von dem ich nie mehr als Anweisungen gehört habe, der mich nie gelobt oder mir gesagt hat, wie sehr er mich liebt, haben wir unser Versprechen gehalten.«

Der Kuchen blieb dem Pfarrer im Hals stecken.

»Obwohl er mich oft geschlagen und mir die Freude am Leben genommen hat. Otto hat immer viel getrunken, ja, man kann sagen, er ist ein Alkoholiker, und der Alkohol hat nur seine schlechten Seiten hervorgeholt, nur die. All die Sonntagnachmittage, das Gemecker, das Geschrei, die Wutausbrüche … Ich hab das alles durchgestanden, weil ich vor Gott ein Versprechen abgab.«

Jetzt sah Frau Kastens zu ihm auf. Ihr Blick war fest, keine Spur von Tränen.

»Was habe ich denn getan, dass Gott diesen Mann an meine Seite stellte? Was habe ich getan, dass es sein Wille ist, mich fünfzig Jahre leiden zu lassen?«

»Frau Kastens …«, brachte der Pfarrer mühsam hervor und wünschte sich, sie würde aufhören zu sprechen. Er hätte die Tür nicht öffnen sollen, es war ein Fehler gewesen.

»Fünfzig Jahre lang habe ich mich Otto untergeordnet, und nicht ein einziges Mal habe ich an Scheidung gedacht, auch nicht, als mein Auge zuschwoll, meine Nase blutete oder ich die Scherben meines guten Porzellans vom Boden klaubte. Man lässt sich nicht scheiden, nicht wahr! Weil man ein Gelübde abgelegt hat, vor Gott. Und das bricht man nicht, nur weil das Leben mitunter schwer ist. Man hält durch, man glaubt, man geht sonntags in die Kirche und bittet um Gnade. Im Guten wie im Bösen. In schlechten Zeiten wie in guten Zeiten. Bis dass der Tod uns scheidet. Was Gott vereint hat, soll der Mensch nicht trennen. All das habe ich verinnerlicht, habe es immer wieder still aufgesagt und versucht, Otto eine gute Frau zu sein.«

Frau Kastens schob den Teller von sich und stand auf.

»Gott hat mich lebenslang eingesperrt. Es tut mir leid, Herr Pfarrer, aber ich wollte, dass Sie es wissen.«

Damit verließ sie, auf ihren Gehstock gestützt, die Küche und das Pfarrhaus.

Und der Pfarrer saß da wie gelähmt.

6

Anke Diekhoff öffnete Nora die Haustür. Pauls Frau trug ein blaues Kleid und sah darin einfach umwerfend aus. Ihr kastanienbraunes Haar fiel ihr auf die Schultern und glänzte im Licht der Halogenspots im Flur.

Sie umarmten einander zur Begrüßung und küssten sich auf die Wangen.

»Schön, dich endlich wiederzusehen«, sagte Anke und hielt Nora fest. »Gut siehst du aus.«

Nora folgte ihr ins Haus. Zuletzt hatten sie sich zu Silvester gesehen, da war Henk noch dabei gewesen, und sie hatten zusammen ins neue Jahr hineingefeiert. Nora mochte Anke. Sie war unkompliziert, nie zickig und hatte in der schlimmen Zeit keine Partei ergriffen, weder für Henk noch für sie. Manch einer würde behaupten, sie habe keine eigene Meinung, aber das stimmte nicht. Es gehörte viel Klugheit und Bescheidenheit dazu, seine Meinung für sich zu behalten, wenn es angebracht war.

»Ist sie schon da? Mein Gott, wie sehe ich aus, ich hab überhaupt nichts anzuziehen!«, dröhnte Pauls Stimme aus der Tiefe des Hauses.

Anke verdrehte theatralisch die Augen.

»Er ist heute besonders witzig ... Meint er zumindest.«

Nora legte ihre Hand auf Ankes Unterarm und zog sie ein Stück zurück.

»Wie geht's ihm denn? Wegen Rolf Kubats Suizid, meine ich.«

Ankes rechter Mundwinkel zuckte kurz, ihr Blick wurde ernst.

»Du weißt ja, wie er ist. Er versucht, die Sache mit Humor zu übertünchen, aber es nagt schon sehr an ihm. Er sagt immer wieder, er hätte niemals allein da reingehen dürfen.«

»Ich hätte das verhindern müssen, und es tut ...«

»Hey, was gibt's da zu tuscheln!« Paul betrat den Flur. »Wenn Mädels tuscheln, wird's für Männer teuer.«

Paul begrüßte Nora mit einer Umarmung. Auf dem Revier taten sie das nie, aber hier war es in Ordnung, fand Nora. Es war schön, Freunde zu haben, bei denen es eine Selbstverständlichkeit war, sich zu umarmen.

»Ich habe Nora nur verraten, was das Kleid gekostet hat.«

»Und? Was hat es gekostet?«

Nora strich Paul mit der Hand über die Wange.

»Diese Info würde dich aus der Bahn werfen, Schätzchen.«

»Weiber!«

Paul folgt den beiden ins Wohnzimmer. Der Tisch war bereits gedeckt, bauchige Weingläser reflektierten das Licht weißer Kerzen.

»Was ist das für ein Duft?«, fragte Nora und fächerte sich mit der Hand Luft zu. »Ist es das, was ich denke?«

Anke ging in die Küche, die vom Wohnbereich nur durch eine Theke getrennt war. Darauf stand ein Glasdekanter, gefüllt mit Rotwein.

»Wenn du schon mal kommst, gibt's natürlich dein Lieblingsgericht.«

»Ich hab die Spaghetti gekocht!«, rief Paul.

»Und das hast du prima gemacht«, lobte Anke.

»Und den Sellerie und die Karotten geschnippelt.«

»Das war dann schon nicht mehr so toll«, stichelte sie.

»Hör nicht auf sie, sie weiß nicht, was sie redet«, sagte Paul und bugsierte Nora zum Tisch. »Nimm Platz. Aber nicht am Kopf der Tafel, da sitzt der Chef des Hauses.«

»Quatsch nicht, schenk den Wein ein«, befahl Anke aus der Küche.

»Wenn sie so weitermacht, lasse ich mich scheiden«, erwiderte Paul und ging zum Tresen.

Nora wusste, er scherzte, und machte sich keine Gedanken darüber, wie unpassend dieser Scherz gerade war. Nicht jedes Wort auf die Goldwaage zu legen, das war eine Eigenschaft, die Nora an Paul und an Männern im Allgemeinen schätzte. Es waren schließlich die Taten, die zählten, und nicht die Worte.

Als Paul nach dem Dekanter griff, beugte Anke sich über den Tresen und küsste ihren Mann.

»Lass ihn fallen, und ich töte dich«, sagte sie lächelnd.

Nora beobachtete die beiden. Was sich neckt, das liebt sich, ging ihr durch den Kopf, und sie musste daran denken, dass Paul und sie sich im Dienst oft ähnlich verhielten.

Übertrieben vorsichtig trug Paul die Glaskaraffe zum Tisch und verzog dabei das Gesicht, als stünde er eine Heidenangst aus.

»Rosenthal«, flüsterte er Nora zu. »Sündhaft teuer. Hochzeitsgeschenk von meinen geliebten Schwiegereltern.«

»Ich kann dich hören«, rief Anke.

Paul füllte die Gläser mit Rotwein. Nicht ein Tropfen geriet auf die weiße Tischdecke.

Anke kam mit einer großen Edelstahlpfanne aus der Küche und stellte sie mitten auf dem Tisch auf einem Holzbrett ab.

»Tadaaa! Die beste Bolognese der Welt!«, rief sie.

»Ich hab die Nudeln gekocht!«

»Ja, wissen wir«, sagten Anke und Nora unisono, und alle drei brachen in schallendes Gelächter aus.

Während des Essens unterhielten sie sich über alles Mögliche, nur nicht über die Arbeit, das war ehernes Gesetz. Auch Henk Claasen blieb ausgespart, was Nora nur recht war. Sie lachten viel, und nach dem zweiten Glas Wein spürte Nora, wie sie sich mehr und mehr entspannte. Ihre Nackenmuskulatur lockerte sich, und der Druck im Kopf ließ nach. Im Bauch nahm er dafür zu, denn bei Ankes Bolognese konnte sie einfach nicht Nein sagen und aß mehr, als sie vertrug. Nachdem sie auch von dem dritten Nachschlag nichts übrig gelassen hatte, lehnte sie sich zurück und rülpste vernehmlich.

»Hey, ein Kompliment«, rief Paul.

»Ich würde gern noch mehr essen, aber dann platze ich«, sagte Nora und strich sich über den vorgewölbten Bauch. »Entweder das, oder ich bin schwanger.«

Paul und Anke warfen sich einen vielsagenden Blick zu, den Nora sehr wohl registrierte. Anke stand auf, stellte sich neben sie, nahm ihre Hand und legte sie auf ihren eigenen Bauch, der wie immer flach und straff war.

»So fühlt sich schwanger an«, sagte sie. »Zumindest im zweiten Monat noch.«

Noras Blick wechselte von Anke zu Paul und wieder zurück.

»Im Ernst?«

Beide nickten und grinsten wie die Honigkuchenpferde.

Nora stand auf, umarmte Anke, gratulierte ihr und danach Paul.

»Seit wann wisst ihr es?«

»Seit zwei Wochen.«

»Ihr sagtet doch immer, ihr wollt keine Kinder.«

»Paul schon, aber ich nicht. Wegen seiner Arbeit«, erklärte Anke. »Ich wollte nicht irgendwann eine alleinerziehende Mutter sein.«

»Und was hat dich umgestimmt?«

»Der Gedanke, dass ich als Witwe noch einsamer wäre.«

Paul nahm seine Frau in den Arm.

»Irgendwann wirst du Witwe sein, aber nicht vor deinem achtzigsten Geburtstag.«

»Versprochen?«

»Versprochen!«

Die beiden blickten sich tief in die Augen und besiegelten das Versprechen mit einem Kuss. Nora konnte es nicht verhindern, sie musste daran denken, was sie Olivia Kubat versprochen und nicht eingehalten hatte.

»Und wer weiß, vielleicht wechsele ich ja dauerhaft ins Morddezernat«, sagte Paul und warf Nora einen fragenden Blick zu. »Ist viel ungefährlicher als beim SEK.«

Nora ließ seinen durchaus ernst gemeinten Satz unbeantwortet und quittierte ihn lediglich mit einem Lächeln. Paul würde einen guten Ermittler abgeben, aber diese Dinge wurden auf höherer Ebene entschieden.

»Ich freu mich so für euch«, sagte sie ausweichend und nahm Anke noch einmal in die Arme.

Danach stießen Paul und sie mit einer neuen Flasche Rotwein auf das ungeborene Leben an. Anke blieb beim Mineralwasser. Ohne allzu großen Ernst debattierten sie über Namen, und Paul, der felsenfest behauptete, es würde ein Junge werden, weil richtige Männer eben Männer zeugten, verliebte sich dabei in den Namen Erasmus – sehr zu Ankes Ärger.

Nora, die Paul beispringen wollte, zückte ihr Handy, das sie aus Gründen der Höflichkeit stumm gestellt hatte, googelte den Namen und fand heraus, dass er in etwa »Der Liebenswürdige« bedeutete.

Während Paul und Anke sich darüber unterhielten, checkte Nora schnell die eine SMS, die in der Zwischenzeit eingegangen war.

Es waren lediglich drei Wörter mit einer Bilddatei.

Halt dich fern!

Auf dem Bild war sie selbst zu sehen, wie sie an der Terrassentür von Henk Claasens Haus gelehnt stand und hineinsah. Der Winkel, aus dem das Foto aufgenommen worden war, sprach für eine weitere Videokamera irgendwo unter dem Dach des Hauses, die sie nicht kannte und nicht gesehen hatte.

Noras Herz setzte einen Schlag aus. Ihr Kopf und ihre Ohren waren ohnehin schon warm vom Alkohol, aber jetzt schoss zusätzliche Hitze hinein. Ertappt! Henk hatte sie ertappt. Obwohl sie die Nummer nicht kannte, konnte die SMS ja nur von ihm stammen.

So eine Scheiße! So eine verfluchte Scheiße!

Wenn im Präsidium jemand davon erfuhr, war sie geliefert.

»Schlechte Nachricht?«, fragte Anke, und Nora begriff, dass sie wie gebannt auf ihr Handy starrte, statt sich an der Unterhaltung zu beteiligen.

»Oder bedeutet Erasmus noch etwas anderes?«, wollte Paul wissen, der mittlerweile ziemlich angeheitert war.

Nora steckte das Handy weg.

»Nein … Alles in Ordnung …«

Paul und Anke unterhielten sich weiter über einen Namen für ihr Kind und bezogen Nora mit ein, aber sie konnte kaum noch folgen. Ihr Kopf glich einem Bienenstock, in dem das Volk in Panik geraten war. Ein heilloses Durcheinander, aus dem immer wieder ein Gedanke aufblitzte: Wenn Henk mich auffliegen lässt, bin ich geliefert. Wäre ich doch nur nicht dorthin gegangen. Nora war klar, wie wenig es sie weiterbrachte, sich an diesem Gedanken festzubeißen, es nützte ihr nur nichts. Paul und Anke mit ihrer Fröhlichkeit begannen sie zu nerven, sie wollte nur noch weg, nach Hause, sich in Decken vergraben oder am besten gleich auswandern und die Probleme hinter sich lassen.

Anke warf ihr immer wieder prüfende Blicke zu. Klar, sie war nicht betrunken, so wie Paul, und spürte, dass etwas nicht stimmte.

»Geht es dir nicht gut?«, fragte sie nach einer Weile.

Nora schüttelte den Kopf.

»Es ist nichts, ich hab nur zu viel Wein getrunken. Ich schätze, ich muss ins Bett.«

»Ich fahr dich«, schlug Anke vor.

»Die paar Meter schaffe ich ganz gut zu Fuß.«

»Kommt gar nicht infrage«, fuhr Paul dazwischen. »Da draußen wimmelt es von bösen Jungs. Meine Frau fährt dich.«

Er lallte ein wenig, seine Augen glänzten, und seine ansonsten harten Gesichtszüge hatten sich in die eines kleinen Jungen verwandelt. Unter anderen Umständen hätte Nora das süß gefunden, jetzt nervte es sie.

Sie stieß sich vom Tisch ab und stand auf.

»Ich gehe zu Fuß, das tut mir gut. Bis ich zu Hause bin, ist mein Kopf wieder klar.«

Paul gab sich geschlagen, und die beiden begleiteten sie zur Tür. Nora beglückwünschte sie noch einmal und machte sich auf den Weg. Die Haustür war schon zugefallen, ging aber noch einmal auf, und Anke lief ihr barfuß nach.

»Nora, warte mal!«

Unter einer Straßenlaterne standen sie sich gegenüber.

»Tut mir leid, wenn das zu viel heile Familie war für dich.«

Es war rührend, welche Gedanken Anke sich machte. Sie konnte ja nicht wissen, dass sie auf einer vollkommen falschen Fährte war.

»Nein, das ist es nicht, ich freue mich für euch. Mir geht nur der Fall nicht aus dem Kopf. Mach dir keine Sorgen. Kümmer dich um Paul, damit er morgen wieder fit ist. Ich brauche deinen Mann noch.«

Sie umarmten sich noch einmal, dann lief Anke zurück, winkte ihr von der Tür aus zu und schloss sie.

So allein wie in diesem Augenblick hatte Nora sich lange nicht mehr gefühlt. Sie ging bis zur nächsten Ecke, weil sie sicher sein wollte, dass Paul und Anke sie nicht aus dem Fenster beobachteten, dann holte sie rasch ihr Handy hervor und öffnete noch einmal die SMS.

Halt dich fern!

Auf dem Foto war Nora nicht wirklich zu erkennen, da sie ihre Hände seitlich ans Gesicht gelegt hatte, um besser durchs Glas schauen zu können – um besser spionieren zu können. Sie war sich aber sicher, dass es sich bei dem Foto um das Standbild eines Videos handelte. Wahrscheinlich verfügte Henk über noch mehr Material. Aber würde er es auch gegen sie einsetzen? War er rachsüchtig genug dafür?

Viel entscheidender war aber die Frage, wie sie die drei Wörter interpretieren sollte.

Halt dich fern!

Bedeuteten sie, sie sollte sich von ihm und seinem Haus fernhalten oder ihm bei den Ermittlungen nicht zu nahe kommen? Aber hätte er sie überhaupt geschrieben, wenn er dahintersteckte? Dann wäre es doch klüger gewesen, sich still zu verhalten.

Als sie eben behauptet hatte, zu viel Wein getrunken zu haben, war das nicht einmal gelogen gewesen, das spürte Nora jetzt. Sie war zu keinem klaren Gedanken fähig, ließ sich von ihrer Angst hetzen, statt einen kühlen Kopf zu bewahren.

Mit dem Smartphone in der Hand ging Nora weiter. Es dauerte nicht lange, bis sie das Gefühl hatte, beobachtet zu werden – wie schon auf dem Parkplatz des Schwimmbads neulich. Nicht so deutlich und intensiv, aber das mochte am Alkohol liegen. Sie ließ es sich nicht anmerken, ging zielstrebig weiter und bereute nun, ihre Dienstwaffe nicht dabeizuhaben. Aber warum sollte sie sie zu einem privaten Abendessen mitnehmen?

Hatte Henk ihr die SMS absichtlich zu diesem Zeitpunkt geschickt? Wusste er, wo sie war, weil er sie beobachtete? Er kannte sie und konnte sich denken, dass er sie damit aufschrecken und die Party sprengen würde. Wenn sie eines wusste über ihren ehemaligen Lebenspartner, dann, dass er manipulativ war und sich gut in die Köpfe anderer Menschen hineindenken konnte. Deshalb war er ja ein so guter Verkäufer und Geschäftsmann.

Aber war er auch ein Mörder?

Hatte sie ihn dazu gemacht?

KAPITEL 5

DONNERSTAG

1

Nie war es Nora schwerer gefallen, zum Dienst zu erscheinen. Abermals hatte sie kaum geschlafen, und wenn sie doch eingenickt war, dann nur, um von grauenhaften Albträumen geplagt zu werden. Wirres Zeug ohne Zusammenhang, immer wieder die zerteilte Olivia, die nach einer frischen Hose schrie, oder der an der Decke baumelnde Rolf Kubat. Wie gerädert war sie am Morgen aus den verschwitzten Laken gekrochen und hatte sofort einen Blick aufs Handy geworfen. Keine neue Nachricht von Henk. Immerhin etwas. Obwohl sie wusste, wie sehr sie sich damit quälte, hatte sie die SMS von gestern noch einmal angeschaut. Die Wirkung war die gleiche wie am Abend zuvor. Entsetzen, aber erneut auch der Verdacht, Henk könnte diese Nachricht als Warnung gemeint haben. Nora wusste, sie musste endlich etwas unternehmen!

Zunächst galt es jedoch, die morgendliche Dienstbesprechung mit dem Team durchzustehen. Ob Zerhusen dabei sein würde? Hatte er ebenfalls eine SMS von Henk bekommen? War heute ihr letzter Tag in der Mordermittlung »Pfarrer«? Allein das wäre schlimm genug, aber wenn Henk es geschickt anstellte, könnte er sie der Lächerlichkeit preisgeben, und sie wäre in diesem Präsidium für alle Zeiten die Kommissarin, die ehemaligen Lebenspartnern mit polizeilichen Methoden nachstellte.

Der Ruf würde bleiben, auch wenn sie Henk des Mordes an Olivia Kubat überführen konnte.

In der zurückliegenden Nacht hatte sie intensiv darüber nachgedacht, ob Henk dazu in der Lage wäre. Er war bisweilen ein Egoist, und eitel konnte er auch sein, dennoch glaubte Nora nicht, dass er psychopathische Züge hatte. Aber die hatten die wenigsten Mörder. Gekränkte Eitelkeit oder nicht erwiderte Liebe, gepaart mit Demütigung, waren oft genug ausreichende Mordmotive. Das wusste Nora. So liebevoll und zärtlich, so aufmerksam und galant sich Henk in ihrer Beziehung auch gezeigt hatte, es war möglich, dass er der Pfarrer war. Seine private Beziehung zu Rolf Kubat und zu ihr selbst waren starke Fakten. Wenn er sich an Nora rächen wollte, dann würde er es auf eine Art und Weise tun, bei der ihr eigenes schändliches Verhalten früher oder später publik würde. Alle sollten davon wissen. Sie sollte ihren Job verlieren. Das waren seine Ziele.

Nur, wie war er ihr auf die Schliche gekommen?

Hatte er sie damals schon mit versteckten Kameras überwacht?

Erfüllten sie beide die Kriterien für einen Spruch, den Noras Vater oft gebrauchte?

Alle in einen Sack stecken und draufhauen. Trifft man immer den Richtigen.

Die Stufen hinauf zur Eingangstür des Präsidiums zu erklimmen war an diesem Morgen wie Bergsteigen.

Schon in der Eingangshalle glaubte Nora, alle würden sie anstarren. Mit gesenktem Kopf lief sie hinauf in ihr Büro und kramte die Unterlagen zusammen, die sie für die Besprechung benötigte. Zum Glück hatte sie die bereits gestern Nachmittag vorbereitet. Nora hatte noch fünf Minuten. Im Stehen ging sie die Notizen durch und überlegte sich eine Zusammenfassung der bisherigen Ermittlungen. Es gab Dutzende von Spuren und Hinweisen, denen sie nachgehen musste, viele davon erschienen Erfolg versprechend, aber

Nora sah hinter alledem nur Henk. Das war gefährlich. Ihre Objektivität litt ganz massiv darunter.

Es klopfte an der geöffneten Tür, und Paul steckte seinen Kopf herein. Sie sah ihm an, dass die kleine Party gestern Abend noch ohne sie weitergegangen war. Seine Augen waren klein und müde, sein Haar zerzaust.

»Brauchst du Hilfe?«, fragte er.

»Geht schon.«

Er warf einen Blick in den Gang, kam dann herein und schloss die Tür.

»Hab ich gestern was Falsches gesagt? Wenn ja, entschuldige ich mich dafür. Ich war betrunken.«

»Hast du nicht. Alles okay. Habt ihr euch noch auf einen Namen einigen können?«

»Erasmus ist in der engeren Auswahl. Dank dir!«

Nora klappte den Ordner zusammen.

»Wie schön. Lass uns gehen. Das Team wartet. Du hättest dir wenigstens das Haar kämmen können.«

Sie ging an ihm vorbei, ohne Paul anzusehen, weil sie befürchtete, er würde sie durchschauen.

Er lief ihr nach.

»Von Anke soll ich dir bestellen, dass sie den Abend sehr schön fand.«

»Ja … danke«, sagte Nora, blickte aber nicht von den Papieren auf. »Sag mal, hat jemand den Energieversorger der Halle, in der Olivia Kubat getötet wurde, überprüft?«

»Energieversorger? Nicht, dass ich wüsste.«

Abrupt blieb Nora stehen und fuhr herum.

»Paul, du bist hier, um so etwas zu wissen. Das gehört zu deinen Aufgaben. Und wenn du wirklich in den Ermittlungsdienst wechseln willst, solltest du die ernst nehmen.«

Er sah sie erschrocken an, sagte aber nichts.

Die Tür zum Besprechungsraum stand offen, Stimmengemurmel drang heraus. Einige Kolleginnen und Kollegen saßen bereits drinnen, andere lungerten an der Tür herum. Nora erkannte ein Gesicht und zuckte zusammen.

Sie drehte sich zu Paul um.

»Was macht der hier?«

»Wer?«

»Peter Richter.«

»Er wurde der Mordkommission zugeteilt, soweit ich weiß, von Zerhusen persönlich. Wir brauchen jeden, den wir kriegen können.«

»Ja, aber doch nicht den!«, zischte Nora.

Paul sah sie verständnislos an. Er wusste nichts von der kurzen Beziehung zu Peter Richter, Zerhusen auch nicht. Sie hatten sich damals nur ein paarmal getroffen und es geschafft, die Affäre geheim zu halten.

Die Kolleginnen und Kollegen nahmen nach und nach Platz, und Nora blieb nichts anderes übrig, als mit der Besprechung zu beginnen. Allerdings fühlte sie sich dazu jetzt noch weniger in der Lage als zuvor.

Sie ging nach vorn ans Pult, Paul setzte sich ins Auditorium, ein Kollege begrüßte ihn mit Handschlag, zwei andere steckten die Köpfe zusammen und tuschelten mit Blick auf Paul. Es war ungewöhnlich, den Einsatzleiter des SEK dabeizuhaben, und wahrscheinlich brodelte längst die Gerüchteküche, wie es dazu gekommen war. Was das betraf, war ein Polizeipräsidium nicht anders als jedes Büro der Welt.

Nora warf kurze Blicke in den Raum, um herauszufinden, ob jemand über sie tuschelte. Wussten sie schon Bescheid? Hatte Henk seine giftige Saat bereits gesät. Sie fand keine Anhaltspunkte dafür, aber die Vorstellung setzte sich in ihrem Hinterkopf fest.

Sie begrüßte die Anwesenden und wollte jemanden bitten, die Tür zu schließen, da betrat Zerhusen den Raum und zog die Tür hinter sich zu. Er nickte Nora zu und suchte sich einen Platz in der hinteren Reihe. Alle Gespräche verstummten sofort, und Nora spürte, wie ihr der Schweiß ausbrach. Auch das noch! Die Unterlagen vor ihr auf dem Pult verschwammen, die Buchstaben tanzten, in ihrem Kopf löste sich die Struktur auf, die sie sich mühsam zurechtgelegt hatte. Sie spürte die Blicke auf sich und war unfähig, sich zu konzentrieren.

Halt dich fern!

Er weiß es, schoss es Nora durch den Kopf. Er weiß es und ist hier, um mich vor versammelter Mannschaft fertigzumachen.

Ihr Hals war zu eng zum Sprechen, zu eng zum Luftholen. Sie räusperte sich, sortierte erneut die Unterlagen, nahm die leichte Unruhe unter den Wartenden wahr und wusste, sie blamierte sich gerade bis auf die Knochen.

»Der Stromversorger«, stieß sie aus, als handele es sich dabei um ein Wort, das sie innerlich vergiftete. »Woher wusste der Täter, dass es in der Halle nach wie vor Strom gab? Das muss überprüft werden. Welcher Mitarbeiter, welches Unternehmen? Paul, Sie machen das.«

Er nickte nur.

Nora hatte einen Einstieg gefunden und hangelte sich daran entlang.

»Das Team, das sich um den Sprengstoff kümmert, bleibt da dran, bislang ist das unsere beste Spur. Rainer und Helge, macht mehr Druck, und wenn ihr noch jemanden braucht, sagt Bescheid.«

Die beiden nickten.

»Das Gutshaus«, fuhr sie nahtlos fort. »Wie wir wissen, steht es zum Verkauf. Der Verkäufer hat eine Liste der Interessenten angefertigt. Die müssen natürlich alle überprüft werden. Sina, wie weit seid ihr damit?«

Sina Kleinschmidt warf einen schnellen Blick in einen Hefter, schob sich das lange brünette Haar hinters rechte Ohr und antwortete: »Dreißig Personen sind bereits überprüft. Keine Auffälligkeiten. Allerdings handelt es sich bei einem Interessenten um eine Kapitalgesellschaft aus England, dahinter steckt ein Firmenkonsortium aus Deutschland, und man hat mir gesagt, nach der offiziellen Besichtigung ging ein Schreiben mit Fotos und Lageplan an alle Mitarbeiter, die mit dem Projekt zu tun hatten. Das waren siebzehn. Man plante, dort ein Hotel zu eröffnen, aber die Pläne haben sich zerschlagen.«

»Also weitere siebzehn Personen, die vernommen oder überprüft werden müssen.«

Sina Kleinschmidt nickte. »Und dann leider dieser Investor aus Hagenfeld, den der Verkäufer favorisiert. Wir hatten darüber gesprochen.«

»Ja richtig, erzählen Sie bitte den anderen kurz davon.«

»Männlich, achtundfünfzig, Investor, vermögend, wird der rechtsradikalen Szene zugeordnet. Hat Interesse an dem Objekt, um dort ein Zentrum für Fertilisation zu eröffnen. Dabei geht es um Rassenforschung. Arierscheiße. Die Gruppe ist nicht ernst zu nehmen, was dieses Thema angeht, nicht einmal der BND tut das, aber es stecken ein paar Wirrköpfe mit extremem Gedankengut dahinter. Na ja, ich dachte mir, dass einem von denen die Ehe heilig genug ist, um dafür zu töten.«

Sina Kleinschmidt zuckte mit den Schultern und sah sich um.

»Guter Ansatz, Sina, machen Sie dort auf jeden Fall weiter.«

Die Kollegin nickte erfreut.

Eine Hand ging in die Höhe.

»Torben«, forderte Nora den Kollegen auf zu sprechen.

»Dieses Hotel in der Heide, in dem sich Kubat mit seiner Geliebten getroffen hat.«

»Was ist damit?«

»Wir haben unter den anderen Gästen in dem betreffenden Zeitraum niemanden finden können, der verdächtig ist. Es gab eine

Onlinebuchung, die mit gefälschten Daten gemacht und nicht in Anspruch genommen wurde. Sieht so aus, als habe sich jemand ein Zimmer sichern wollen, brauchte es dann aber nicht mehr. So was kommt vor, aber warum die gefälschten Daten? Ich versuche herauszufinden, von welchem PC aus die Buchung vorgenommen wurde.«

»Okay, danke.«

»Außerdem«, berichtete Torben weiter, »verbrachte eine männliche Person Anfang vierzig fast vier Stunden in einem Café auf der anderen Straßenseite, an dem Tag, an dem Kubat und Heiligenstedt dort einchecken sollten. Die Inhaberin des Cafés sagt, niemand verbringt dort so viel Zeit. Ich lasse heute eine Phantombild anfertigen.«

»Sehr gut!«

Nora hätte dem Kollegen am liebsten verboten, diese Skizze anfertigen zu lassen. Was, wenn sie Henk Claasen zeigte?

In der folgenden Viertelstunde wurden weitere Aufgaben verteilt, bis jeder wusste, was er zu tun hatte und wo die Schwerpunkte lagen. Nora beendete die Besprechung, die Kolleginnen und Kollegen verließen den Raum, nur Zerhusen blieb mit verschränkten Armen in der letzte Reihe sitzen. Erst als Nora mit ihm allein war, kam er noch vorn.

»Alles in Ordnung mit Ihnen?«

Nora sortierte ihre Unterlagen und vermied es, ihn anzusehen.

»Ja natürlich.«

»Sie wirkten etwas … unkonzentriert.«

»Mir geht viel durch den Kopf.«

»So ein Lapsus wie bei Kubat darf nicht passieren, egal, wie viel Ihnen durch den Kopf geht.«

»Ja, ist klar.«

»Was ist mit dem Ehemann von Frau Heiligenstedt?«

»Den vernehme ich heute.«

»Ich muss Ihnen nicht sagen, dass der Druck sich erhöht hat, seitdem die Presse die Fährte aufgenommen hat.«

»Nein, müssen Sie nicht.«

»Das hoffe ich.«

Nora sah zu ihrem Chef hoch. Es lag ihr auf der Zunge, ihm zu sagen, dass sie Peter Richter nicht dabeihaben wollte, aber dann hätte er nach dem Grund gefragt, und sie hätte von ihrer Beziehung berichten müssen. Sie ließ es bleiben.

»Und noch etwas«, fuhr Zerhusen fort. »Dieser Gundalf Hesse hat sich über Sie und Herrn Diekhoff beschwert. Er behauptet, sie hätten sich ungebührlich verhalten.«

»Daran kann ich mich nicht erinnern.«

»Hesse ist ein rechtsradikaler Hetzer und Gründungsmitglied der AfD. Ungebührliches Verhalten ihm gegenüber finde ich großartig!«

»Wie bitte?«

Nora sah ihren Chef überrascht an.

»Vielleicht finden Sie ja noch etwas, um ihn zu ärgern. Das würde mich freuen. Ansonsten, weitermachen!«

Damit wandte er sich ab und verließ den Raum.

2

Die Heiligenstedts lebten in einem kleinen Klinkerhaus aus den Nachkriegsjahren, das in einer ruhigen, geschlossenen Wohngegend mit ähnlichen Häusern stand. Hier kannte jeder jeden, nichts blieb unbemerkt. Die Gärten waren gepflegt, neben jedem Haus stand ein frisch gestrichener Carport aus dem Baumarkt, die Autos darunter waren nicht übermäßig teuer und wahrscheinlich größtenteils finanziert.

Nora stellte ihren Wagen am Seitenrand der Straße vor dem Haus mit der Nummer sieben ab. Da sie das Beifahrerfenster geöffnet hatte, hörte sie den Lärm, sobald der Motor ausgeschaltet war.

Geschrei.

Zuerst von einer Frau, hoch und gellend, dann von einem Mann, wütend und bedrohlich.

In Sekundenschnelle war Nora aus dem Auto heraus, sprang über die niedrige Pforte im Jägerzaun und lief auf die Haustür zu.

Der Lärm wurde lauter, etwas polterte, die Frau schrie abermals. Nora klingelte und schlug gleichzeitig mit der Faust gegen die Tür. Doch bei dem Geschrei da drinnen hörte keiner sie.

Ein kreischendes »Nein« der Frau im Inneren des Hauses zeigte ihr, sie hatte keine Zeit, Unterstützung anzufordern. Nora zog ihre Dienstwaffe, umrundete das Haus und betrat auf der Rückseite über die Granitstufen die Terrasse. Sie hatte auf das Glas schießen und so ins Haus eindringen wollen, doch die Tür stand offen.

Die Frau schrie: »Bitte … nein, nicht …«

Nora betrat das Wohnzimmer, orientierte sich in Richtung des Geschreis und rief selbst so laut wie möglich: »Polizei! Hier ist die Polizei!«

Über einen kurzen Flur gelangte sie in die Küche. Dort sah es aus wie nach einem Tornado. Tische und Stühle lagen umgeworfen und ineinander verkeilt am Boden, dazwischen Besteck und zerstörtes Geschirr, überall höllisch scharfe Scherben – und Blut.

Auf den weißen Fliesen, der weißen Front der Küche und in Form eines Handabdrucks an einem Türrahmen – und hinter dieser Tür tobte der Streit.

Nora stellte sich breitbeinig und mit der Waffe im Anschlag in den Türrahmen und wiederholte ihre Warnung.

Bei dem Raum handelte es sich um ein Ess- und Wohnzimmer. Auch hier herrschte Chaos, es lagen aber keine Splitter herum. Frauke Heiligenstedt drückte sich in die hinterste Ecke zwischen

Flachbildschirm und Anrichte, die Arme schützend vors Gesicht gehoben. Blut lief aus einer klaffenden Schnittwunde im Handballen ihren Unterarm hinab. Ihr Haar war zerzaust, das Gesicht vor Todesangst verzerrt.

Vor ihr stand drohend und mit erhobener Faust ein Hüne von einem Mann. Bestimmt zwei Meter groß, breite Schultern, ausrasierter Stiernacken und Beine wie Baumstämme. Heino Heiligenstedt, wie Nora annahm. Er hatte ihr den Rücken zugewandt und näherte sich seiner Frau, die nicht mehr ausweichen konnte. Noras Rufe hatte er in seiner Raserei nicht gehört.

»Polizei, hören Sie sofort auf!«, schrie Nora und spürte, dass sie am nächsten Tag keine Stimme haben würde.

Aber es wirkte, sie drang zu dem Mann durch. Erschrocken drehte er sich zu ihr um. Falls es ein Schock für ihn war, in den Lauf einer Waffe zu schauen, so ließ er es sich nicht anmerken.

Er hatte ebenfalls Blut im Gesicht, ob es sein eigenes oder das seiner Frau war, war unklar.

»Heino, hören Sie auf, das hat doch keinen Sinn!«

Nora hoffte, ihn aus seiner Wutstarre reißen zu können, wenn sie ihn mit seinem Vornamen ansprach, doch es sah nicht danach aus. Er fletschte regelrecht die Zähne, Speichel lief ihm aus dem Mund.

Drohend kam der Mann einen Schritt auf Nora zu.

Sie hob die Waffe an.

»Stopp! Heino, bleiben Sie, wo Sie sind. Lassen Sie uns darüber reden.«

Doch Heino war nicht in dem Zustand zu reden, er wollte sich abreagieren. Und zwar an seiner Frau, doch davon hielt Nora ihn ab, also ging er auf sie los. Die Waffe hatte Eindruck machen sollen, mehr nicht. Nora hatte nicht vor, sie gegen Fraukes Ehemann einzusetzen – zumindest nicht im eigentlichen Sinn.

Heino stürmte auf sie zu, und Nora wich in die Küche zurück. Dort hatte sie mehr Platz, wich dem großen Mann, der sich bewegte, als stünde er unter Drogen, aus, brachte sich blitzschnell hinter ihn und schlug ihm mit dem Griff der Waffe kräftig auf den Hinterkopf. Dafür musste sie sich strecken, weil Heino wirklich riesig war, und sie traf ihn nicht optimal, nicht fest genug, um ihn außer Gefecht zu setzen.

Heino schüttelte den Kopf, doch noch bevor er einen zweiten Angriff auf Nora starten konnte, trat sie ihm von hinten in die rechte Kniekehle. Er schrie auf und sackte zu Boden, mitten hinein in die umgestürzten Möbel und die Scherben.

Es passierte, was passieren musste: Er griff in eine Scherbe und schnitt sich die linke Handinnenfläche auf. Nora sah, wie die Scherbe, bei der es sich um den kräftigen Boden einer Porzellankanne handelte, aus dem Handrücken herausragte. Es zog ihr den Magen zusammen, aber Heino schien in diesem Moment keine Schmerzen zu spüren. Er schaute seine verletzte Hand an wie einen Fremdkörper.

Zumindest kam er nicht wieder auf die Beine.

Nora entfernte sich zwei Schritte von ihm.

»Heino, beruhigen Sie sich. Wir müssen Ihre Wunde versorgen.«

Nora schrie nicht mehr, sprach aber laut und deutlich. Aus der Ferne hörte sie Sirenengeheul. Hatte einer der Nachbarn die Polizei gerufen? Das wäre nicht schlecht, sie könnte ein bisschen Hilfe gebrauchen.

»Heino, hören Sie mich?«

Der breite, kräftige Rücken im Karohemd vor ihr erzitterte. Der Mann ließ sich auf den Hintern fallen und drehte sich halb zu ihr um. Dabei hob er seine Hand mit der darin steckenden Scherbe. Blut lief wie Wasser aus der Wunde.

»Scheiße«, sagte er tonlos.

Nora ließ ihr Handy stecken und rief nicht den Notarzt. Vorerst erschien es ihr sicherer, die Waffe in der Hand zu behalten, außerdem näherten sich die Sirenen eines Polizeiwagens.

»Hilfe ist unterwegs«, sagte sie in normalem Tonfall. »Mein Name ist Nora Jacobi, ich bin von der Polizei.«

Verständnislos sah Heino sie von unten herauf an.

»Polizei? Ich … ich wollte das nicht … Frauke, sie … sie hat … rumgemacht … mit einem anderen. Wie kann sie so etwas tun?«

»Weil ich auch meine Bedürfnisse habe!«, rief Frauke laut und wütend hinter Nora.

»Frauke, verhalten Sie sich ruhig. Das hilft jetzt gerade gar nicht.«

»Der blöde Mistkerl hat mich geschlagen … Er hat mir ins Gesicht geschlagen!«, keifte sie, und Nora sah, wie Heino sich bewegte.

»Bleiben Sie am Boden«, befahl Nora und wedelte mit der Waffe.

Draußen hielt das Einsatzfahrzeug vor dem Haus. Türen klappten. Jemand rief etwas. Fußgetrappel auf dem Weg. Es klingelte an der Haustür.

»Bleiben Sie beide, wo sie sind!« Auf dem Weg zur Haustür steckte Nora die Dienstwaffe weg und holte ihren Ausweis hervor. Dann öffnete sie und blickte diesmal selbst in den Lauf einer Waffe.

Zehn Minuten später traf auch der Rettungswagen ein, zu dem Zeitpunkt hatte sich die Situation bereits entspannt. Die Besatzung zweier Streifenwagen kümmerte sich um Heino und seine Frau. Man hatte sie in unterschiedliche Räume gebracht, beruhigend auf sie eingeredet und auf den Notarzt gewartet.

Nachdem dieser Fraukes Verletzungen versorgt hatte, durfte Nora zu ihr. Sie hatte Prellungen und eine Schnittwunde an der Hand, die nicht genäht werden musste, konnte also zu Hause bleiben. Sie hockte im Obergeschoss im Schlafzimmer auf dem Bett und weinte. Nora setzte sich zu ihr auf die Bettkante, und Frauke ließ sich von ihr in den Arm nehmen.

»Es tut mir leid«, sagte Nora, »aber ich musste das von Ihnen verlangen. Ich hoffe, Sie können das verstehen.«

Frauke schüttelte den Kopf. Schniefend sagte sie: »Sie hätten mich vorwarnen können. So etwas macht man doch nicht am Telefon.«

»Wie bitte?« Nora verstand nicht, was Frauke da sagte.

»Außerdem haben Sie mir versprochen zu warten, bis ich es ihm sage.«

»Moment …«

Nora schob die Frau auf Armeslänge von sich.

»Sie haben es Ihrem Mann noch gar nicht gestanden?«

Abermals schüttelte Frauke den Kopf und schnäuzte sich in ein Taschentuch.

»Ich wollte, gestern schon, ganz ehrlich … Aber dann fehlte mir der Mut … Ich kann so was nicht …«

»Woher wusste Ihr Mann es?«

»Ich dachte, Sie haben ihn angerufen.«

»Nein, habe ich nicht, und so etwas würde ich auch niemals am Telefon mitteilen.«

Frauke sah sie entgeistert an und zuckte mit den Schultern.

»Dann weiß ich es auch nicht. Jemand muss es ihm verraten haben. Aber wer?«

Frauke stellte die richtige Frage. Wer? Und warum genau zu dem Zeitpunkt, als Nora sich auf den Weg zu den Heiligenstedts gemacht hatte?

»Wie ist das abgelaufen. Erzählen Sie mal«, bat sie Frauke.

Die schnäuzte sich noch einmal kräftig und kam der Bitte dann nach.

»Eine Viertelstunde bevor Sie hier eintrafen, kam Heino plötzlich von der Arbeit zurück. Fuchsteufelswild. Hat rumgeschrien und mich geschlagen und mich eine Hure genannt. Es war furchtbar … Ich dachte, er bringt mich um. Wenn Sie nicht gekommen wären … Wer weiß, vielleicht hätte er es ja wirklich getan.«

»Das glaube ich nicht. Ihr Mann war furchtbar aufgebracht, aber so weit wäre er bestimmt nicht gegangen.«

»Ich weiß nicht ... Er war so anders.«

Nora unterhielt sich noch einen Moment mit Frauke und erkundigte sich dann, ob sie oder Rolf Kubat an jenem Tag, als sie ins Hotel Heidekrug eincheckten, jemanden im Café gegenüber bemerkt hatten, der sie beobachtete. Frauke verneinte das, sie wusste nicht einmal, dass es dort ein Café gab. Nach zehn Minuten hatte Nora den Eindruck, die Frau allein lassen zu können.

Sie brannte darauf zu erfahren, woher Heino von dem Ehebruch wusste. Doch als sie ins Wohnzimmer kam, wo sie ihn zuletzt gesehen hatte, war er nicht mehr da. Eine Kollegin von der Streife berichtete, der Notarzt hätte ihn ins Krankenhaus überwiesen.

Nora verließ das Haus und ging zum Wagen. Noch immer standen zahlreiche neugierige Nachbarn an den Gartenzäunen. Für diese verschlafene Wohnsiedlung war das sicher ein ungewöhnlicher Anblick. Zwei Streifenwagen, ein Notarztwagen, ein Rettungswagen, und dann wird der Herr des Hauses, den man straßauf, straßab hatte schreien hören, auch noch mit Blaulicht weggefahren. Das gab Gesprächsstoff für die nächsten Jahre.

Nora nutzte die Chance und ging auf eine ältere Dame zu, die sich über ihren niedrigen Maschendrahtzaun beugte. Nora zeigte ihren Ausweis und stellte sich vor.

»Was ist denn da passiert?«, fragte die Dame. »Hat es einen Einbruch gegeben?«

»Wahrscheinlich schon«, log Nora und hoffte, Frauke damit wenigstens in der Nachbarschaft den Arsch retten zu können. »Ist Ihnen bei den Heiligenstedts in der letzten Zeit etwas Ungewöhnliches aufgefallen? Vielleicht eine Person, die das Haus beobachtet hat oder dort ein und aus gegangen ist?«

Die alte Dame verneinte. Ihr war niemand aufgefallen, und sie musste es wissen, war sie doch den ganzen Tag zu Hause, seitdem ihr Karl-Heinz tot war und sie nicht mehr fahren konnte. Sie selbst hatte ja leider nie den Führerschein gemacht.

Nora bedankte sich, ging zu ihrem Wagen und setzte sich hinein. Nachdem sie sich einigermaßen gesammelt hatte, rief sie Paul an und berichtete ihm von den neuesten Entwicklungen. Das war zwar nicht unbedingt notwendig, aber sie hatte sich vorhin ihm gegenüber unfair verhalten und wollte das wieder hinbiegen.

Paul berichtete, der Stromversorger, der für die leer stehende Lagerhalle zuständig war, habe keine Kündigung des Anschlusses erhalten und deshalb weiterhin Strom geliefert.

»Wie geht's dir?«, fragte er dann.

»Ich komme langsam wieder runter. War ganz schön haarig. Ich hätte dich gern dabeigehabt.«

»Vielleicht sollten wir zusammen rausfahren.«

»Wäre mir auch lieber. Machen wir, sobald es geht.«

»Ich bin bereit!«

Mehr gab es zu dem Thema nicht zu sagen, Nora wusste, Paul nahm ihr das zickige Verhalten von vorhin nicht krumm. Sie legte auf, hielt einen Moment inne und war froh darüber, Paul als Partner im Boot zu haben. Wieder einmal gestand sie sich ein, dass Paul genau ihr Typ Mann war. Aber er war tabu für sie. Niemals würde sie Anke das antun. Was bei einem Ehebruch herauskommen konnte, bekamen sie ja gerade drastisch vorgeführt. Außerdem würde Paul da auch nicht mitmachen. Seitdem sie ihn kannte, hatte er nie den Versuch unternommen, sie anzubaggern, und das, obwohl sie sich oft neckten wie ein altes Ehepaar. Er schien bis über beide Ohren verliebt zu sein in seine Anke, und Nora fragte sich, was das Erfolgsrezept der beiden war.

3

Dreißig Minuten später erreichte sie das Krankenhaus Mitte, in das Heino Heiligenstedt eingeliefert worden war. Nora hatte sich absichtlich Zeit gelassen, auf halber Strecke einen Kaffee und ein Brötchen aus einer Bäckerei geholt und beides im Wagen verzehrt. Sie würde ohnehin nicht mit Fraukes Mann sprechen können, solange er behandelt wurde.

Im Krankenhaus ging sie direkt in die Notfallambulanz. Nora war schon häufiger dort gewesen und kannte sich aus. Der Wartebereich war wie immer gut gefüllt. Heino Heiligenstedt stach aus den vielleicht vierzig wartenden Patienten hervor. Er überragte alle anderen um Haupteslänge, auch wenn er dasaß wie ein Häufchen Elend.

Er hielt den Kopf gesenkt, seine dick bandagierte linke Hand lag auf seinem Knie. Neben ihm war einer der orangefarbenen Plastikstühle frei. Nora setzte sich. Heino sah kurz zu ihr auf, wieder zu Boden, dann wieder auf. Erst jetzt erkannte er sie.

»Wie geht es Ihnen?«, fragte Nora.

Er zuckte mit den Schultern.

»Geht so.«

Die wenigen Worte reichten, um die Aufmerksamkeit aller anderen zu wecken, denn niemand sonst sprach. Es schien ein allgemeingültiges Gesetz zu sein, in ärztlichen Wartebereichen möglichst den Mund zu halten.

»Können wir kurz vor die Tür gehen?«, fragte Nora. Was sie wissen wollte, war nicht für neugierige Ohren bestimmt.

»Meinetwegen.«

Heino folgte ihr bis vor den Haupteingang. Dort bot ein halbes Dutzend Bänke Rauchern die Möglichkeit, ihre Sucht im Sitzen zu befriedigen. Heinos Blick flog zu den Rauchern hinüber, es lag etwas Sehnsüchtiges darin, und Nora beobachtete, wie er mit den Händen seine Taschen abtastete.

»Brauchen Sie eine Zigarette?«

»Meine liegen im Wagen, und Geld hab ich auch nicht dabei.« Verzweiflung in der Stimme untermalte seine Worte.

»Welche Marke?«

»Marlboro.«

»Bin gleich zurück.«

Nora suchte den kleinen Kiosk im Foyer des Krankenhauses auf, kaufte eine Schachtel Marlboro und ein Feuerzeug und kehrte zu Heino zurück, der sich weit entfernt von den anderen auf einer Bank niedergelassen hatte. Sie überreichte ihm die Suchtutensilien, er nahm sie dankbar entgegen und zündete sich eine Zigarette an. Auch mit nur einer funktionstüchtigen Hand bekam er das hin. Oft geübte Routine.

Die ersten Züge genoss er schweigend.

»Tut's weh?«, fragte Nora und deutete auf seine Hand.

»Geht.«

»Tut mir leid, das wollte ich nicht.«

»Ist ja nicht Ihre Schuld. Schließlich bin ich auf Sie losgegangen. Bekomme ich jetzt eine Anzeige wegen irgendwas? Angriff auf eine Polizistin oder so?«

»Von meiner Seite aus haben Sie nichts zu befürchten.«

»Wenigstens etwas.«

»Ich brauche Ihre Hilfe«, hakte Nora ein.

»Meine? Wobei kann ich helfen? Ich merke es ja nicht einmal, wenn mich meine Frau betrügt.«

»Sie wussten bis zum heutigen Tag also nichts davon?«

Heino schüttelte den Kopf. »Man könnte drüber lachen, wenn es nicht so traurig wäre. Ich bin ein Idiot. Klotze Stunden wie ein Blöder, damit ja immer genug Geld da ist und das Haus abbezahlt werden kann, und meine Frau hat Langeweile und vergnügt sich mit einem anderen Kerl.«

»Ich kann verstehen, dass Sie sauer sind, aber Gewalt hilft da auch nicht weiter.«

Heino nahm einen langen Zug und nickte.

»Ich schäme mich dafür, dass ich Frauke geschlagen habe. Das war feige. Den Typen hätte ich mir vorknöpfen sollen. Vielleicht mache ich das noch.«

»Der ist tot.«

Heino sah sie überrascht an. »Jetzt kapier ich's. Deswegen sind Sie hier. Sie denken, ich hätte den Mistkerl auf dem Gewissen.«

»Zumindest bis vorhin bestand die Möglichkeit.«

»Jetzt nicht mehr?«

»Nee, jetzt nicht mehr.«

»Warum ist er tot?«

Nora sah keinen Grund, Heino nicht davon zu erzählen.

»Er hat sich erhängt, nachdem seine Affäre bekannt wurde.«

»Na, das ist ja wohl das Feigste, was man sich … Moment mal … Davon hab ich doch in der Zeitung gelesen. Ist das der Typ, dessen Frau umgebracht wurde?«

Nora nickte nur.

»Und meine Frauke war mit dem zusammen?«

Wieder reichte ein Nicken.

»Ich fasse es nicht.«

Heino zündete sich eine zweite Zigarette an.

»Deswegen brauche ich Ihre Hilfe. Wie haben Sie von dem Ehebruch Ihrer Frau erfahren?«

Mit der Fluppe im Mundwinkel lachte Heino trocken auf.

»Die ganze Welt wusste davon, nur ich nicht. Wie kann man nur so blöd sein. Bestimmt gibt's im Internet Fotos davon, wie Frauke es mit dem Typen treibt, nur ich bekomme nichts mit, weil ich ja ständig arbeite.«

»Gibt es nicht, da können Sie sicher sein. Wie kommen Sie überhaupt darauf?«

»Na, weil ich ein Foto bekommen habe.«

»Was für ein Foto?«

»Meine Frauke im Arm dieses Wichsers, wie sie sich küssen. Ich könnte kotzen, wenn ich nur dran denke.«

»Wann und wie haben Sie das Foto bekommen?«

»Vor zwei Stunden oder so. Auf mein Handy.«

»Von wem?«

»Keine Ahnung, ich kenne die Nummer nicht. Hab auch gleich versucht, da anzurufen, aber es geht niemand ran.«

»Würde Sie es mir zeigen?«

»Klar, aber mein Handy liegt zusammen mit den Zigaretten im Wagen.«

Der »Wagen«, ein weißer Handwerker-Caddy mit Dachaufbauten und einem Firmenlogo auf beiden Seiten, parkte am Straßenrand vor dem Haus der Heiligenstedts. Nora hatte ihn vorhin gesehen, aber nicht bewusst wahrgenommen. Lange Kupferrohre und eine Aluleiter ragten weit über die Motorhaube, die Hecktür wies eine ordentliche Beule auf.

Heino saß neben Nora auf dem Beifahrersitz, als sie hinter dem Caddy hielten. Nora hatte ihn kurzerhand aus dem Krankenhaus mitgenommen, sonst wäre sie nicht an sein Handy herangekommen. Fast schon ängstlich blickte Heino zu seinem Haus hinüber und klammerte sich mit seiner unverletzten Hand am Haltegriff über der Tür fest, sodass sein Arm sein Gesicht verdeckte.

Nora stellte den Motor ab.

»Ist meine Frau noch da?«, fragte Heino.

»Vermutlich.«

Er presste die Lippen zusammen und nickte. Er wusste nicht, wie er mit der Situation umgehen sollte, und konnte einem richtig leidtun.

Nora stieß die Tür auf. »Lassen Sie uns das Handy holen.«

Heino stieg zögerlich aus und ging mit ihr zu dem Handwerkerwagen. Er schloss die Fahrertür auf, beugte sich hinein, nahm etwas aus der Mittelkonsole, kam wieder heraus, wischte auf dem Display des Handys herum und überreichte es Nora.

Das Bild war eindeutig – und es war vor dem Hotel Heidekrug entstanden. Wenn sie nicht alles täuschte, aus dem Blickwinkel, den man vom gegenüberliegenden Café aus hatte.

Nora holte ihr eigenes Handy hervor und verglich die Nummern.

Sie hatte es geahnt. Sowohl das Bild, das sie selbst beim Herumschnüffeln vor Henk Claasens Haus zeigte, als auch das Kussfoto von Frauke Heiligenstedt und Rolf Kubat waren von demselben Handy verschickt worden.

Scheiße, dachte Nora.

»Scheiße«, sagte Heino und versteckte sich hinter seinem Wagen. »Sie ist da!«

Nur widerwillig löste Nora ihren Blick von den beiden Handys.

Frauke Heiligenstedt stand in der geöffneten Haustür und winkte Nora schüchtern zu.

Nora schickte sich selbst von Heinos Handy aus das Bild und gab es ihm zurück.

»Ich rede mit ihr, bleiben Sie hier.«

Heino nickte nur und machte keine Anstalten, aus dem Versteck hinter dem Caddy hervorzukommen. So tobsüchtig er vorhin gewesen war, so eingeschüchtert war er jetzt.

»Ist das Heino da hinter dem Auto?«, fragte Frauke.

Nora nickte und erklärte ihr, warum sie hier waren.

»Ich nehme Ihren Mann wieder mit und setze ihn an einem Hotel ab«, bot sie Frauke an. »Aber wenn Sie mich fragen, ich glaube, er möchte sich für sein Verhalten vorhin entschuldigen. Es tut ihm wirklich leid.«

»Hat er das gesagt?«

»Ja, er schämt sich dafür.«

»Und wenn er wieder auf mich losgeht?«

»Ich denke, das wird nicht passieren. Hören Sie, Frauke, er war schockiert und nicht mehr Herr seiner Sinne. Ich finde, sie beide sollten sich in Ruhe hinsetzen und reden. Ganz egal, was dabei herauskommt, reden sie miteinander. Das ist das Wichtigste.«

Hör dich nur an, dachte Nora. Du erteilst hier Beziehungsratschläge und warst selbst nicht in der Lage, sie zu beherzigen.

»Okay«, sagte Frauke. »Aber Sie bleiben noch einen Moment, oder?«

Aus ängstlich geweiteten Augen sah Frauke sie an, und Nora konnte gar nicht anders, als zuzustimmen. Es brannte ihr unter den Nägeln herauszufinden, von welchem unbekannten Handy diese Fotos stammten, darüber hinaus gab es Dutzende andere Dinge zu erledigen, aber in diesem Moment musste sie dafür sorgen, dass Heino und Frauke zumindest wieder Kontakt zueinander aufnahmen. Irgendwie war sie es ihnen schuldig.

Nora holte Heino aus seinem Versteck hinter dem Wagen hervor, und sie gingen gemeinsam ins Haus. Im Wohnzimmer nahmen sie auf der Couch Platz, Heino gegenüber seiner Frau, und Nora erzählte ihnen gerade so viel von den Ermittlungen, wie sie vertreten konnte, um das Gespräch in Gang zu bringen.

Dann überraschte sie sich selbst, als sie sagte: »Ich bin auch betrogen worden, von meinem Partner, und ich weiß, wie weh das tut. Heute ist mir klar, ich hätte damals mit ihm reden müssen, damit wenigstens kein Hass zurückbleibt. Ich hab's aber nicht getan. Ich war zu verletzt, zu wütend, ich wollte Rache. Und aus Rache wird immer Hass. Machen Sie nicht denselben Fehler. Reden Sie. Und dann entscheiden Sie, wie es weitergehen soll. Zusammen. Nicht jeder für sich allein.«

Damit ließ sie die Heiligenstedts allein.

Als sie mit ihrem Wagen die enge Wohnsiedlung verlassen hatte, fuhr Nora an den Straßenrand und weinte.

4

Es pochte an der Scheibe, und Barbara Focke erschrak. Obwohl sie aufgeregt war wie ein Teenager vor dem ersten Date, war sie eingenickt. Kein Wunder! Seit mehr als einer Stunde saß sie in ihrem Wagen und wartete.

An der Seitenscheibe stand ein abgerissener Typ mit langem, zotteligem Bart, der wie angeklebt aussah, dazu wirr abstehendes Haar und eine dunkle Sonnenbrille auf der Nase. Er wankte ein bisschen, so als wäre er betrunken, und machte mit der Hand eine Geste, die man auf der ganzen Welt verstand: Er wollte Geld.

Barbara fuhr die Seitenscheibe einen Spalt herunter.

»Was ist denn?«, fragte sie.

»Ham Se mal 'nen Euro für mich. Ich muss dringend telefonieren.«

Selbst durch den schmalen Spalt roch Barbara die Alkoholfahne des Mannes. Sie wusste, er würde jeden Cent sofort für Schnaps ausgeben, aber sie wollte ihn loswerden, deshalb nahm sie das Eurostück aus dem Becherhalter in der Mittelkonsole, das sie immer für Einkaufswagen benutzte, und schob es durch den Spalt. Der langhaarige Typ nahm es, nickte ihr zu und ging davon. Barbara schaute ihm nach, bis er an der Tankstelle verschwand. Er humpelte stark, wahrscheinlich ein Hüftleiden, und für einen Moment fragte Barbara sich, welches Schicksal ihm wohl widerfahren war.

Sie lenkte sich mit einem Blick aufs Handy ab. Kein Anruf, keine Nachricht, dabei war Bernd bereits mehr als eine Stunde überfällig. Um zehn Uhr hatten sie sich auf dem Parkplatz der Autobahnraststätte treffen wollen, jetzt war es halb zwölf.

Was war passiert?

War ihm in letzter Minute etwas dazwischengekommen? Oder hatte seine Frau was bemerkt?

Barbara rief seine Telefonnummer auf, ihr Daumen schwebte über dem grünen Hörersymbol, doch sie scheute sich, es zu berühren. Was, wenn sie Bernd zu einem falschen Zeitpunkt anrief und alles nur noch schlimmer machte? Sie stellte sich vor, dass seine Frau irgendwie an sein Handy gekommen war und nur auf einen Anruf oder eine Nachricht wartete. Antonia Meyer war eine Furie, das wusste sie von Bernds Berichten. Mit dieser Frau konnte und wollte Barbara es nicht aufnehmen.

Sie nahm sich vor, noch eine halbe Stunde zu warten. Sollte Bernd bis dahin nicht aufgetaucht sein oder sich gemeldet haben, würde sie zurückfahren. Vielleicht mit einem Abstecher in das nahe gelegene Outletcenter, um ihre Enttäuschung über den entgangenen Liebesurlaub im Shoppingrausch zu ersticken.

Da der abgerissene Typ nicht wieder aufgetaucht war, öffnete Barbara die Tür ihres kleinen roten Cabrios und stieg aus. Sofort hüllte der Geräuschpegel der nahen Autobahn sie ein.

Über das Gelände der Tankstelle rollte ein riesiges, weiß glänzendes Wohnmobil mit einer Frontscheibe so groß wie ein Schaufenster. Ein Angebermobil für mindestens hunderttausend Euro. Es hielt direkt auf Barbara zu, und als es sie fast erreicht hatte, erkannte sie Bernd hinter dem Steuer. Er winkte ihr zu und lenkte das rollende Haus auf den Lkw-Parkplatz.

Barbara folgte ihm zu Fuß.

»Na, was sagst du?«, rief Bernd freudestrahlend, nachdem er ausgestiegen war. »Das ist für die nächsten vier Tage unser Love-Mobil.«

»Ich kann es kaum glauben«, stieß Barbara aus.

Als sie neben dem eckigen Kasten auf Rädern stand, erschien es ihr noch viel größer.

»Jetzt sag bloß nicht, das Ding gehört dir!«

»Doch, vor einem halben Jahr bestellt und gestern bekommen. War schon immer mein Traum. Und für uns beide ist es doch wie geschaffen, meinst du nicht auch. Wir müssen in kein Hotel einchecken, niemand sieht uns, und du kannst mich während der ganzen Tour durch Polen begleiten.«

Bernd umarmte und küsste sie. »Freust du dich nicht? Wir beide, fast eine Woche, das wolltest du doch immer.«

Sein Enthusiasmus war ansteckend, er strahlte übers ganze Gesicht wie ein kleiner Junge, der zu Weihnachten ein sehnlich erwünschtes Geschenk bekommen hatte.

»Doch, ich freue mich. Ich war nur erschrocken ... Es ist ... so groß.«

»Ja, nicht wahr! Zehn Meter lang, mit allem an Ausstattung, was man sich nur wünschen kann. Komm, ich zeig's dir, und dann brechen wir auf.«

»Ich hab meinen Koffer noch im Wagen, lass uns den erst holen.«

Sie liefen zusammen zu Barbaras Wagen, luden den kleinen Koffer und die Sporttasche aus und trugen beides zum Love-Mobil hinüber. Ihr Wagen würde hier stehen bleiben, so war es von Anfang an geplant gewesen, nur hatte Barbara gedacht, dass sie in Polen ein Hotel nehmen würden, statt auf Rädern zu wohnen. Ihre Vorbehalte lösten sich in Luft aus, als Bernd ihr die Tür aufhielt und sie einsteigen ließ. So viel Platz und Luxus hatte sie nicht erwartet. Es gab eine komplett ausgestattete Küche, ein kleines Duschbad, einen Fernseher, das Bett hinten im Heck war riesig, und an allen Seiten konnten hübsche Vorhänge zugezogen werden. Darüber bildeten winzige Punktstrahler einen künstlichen Sternenhimmel, der sich sogar dimmen ließ.

Auch wenn es anzüglich klang, Bernd hatte recht. Es war ein Love-Mobil.

Barbara nahm auf dem bequemen Beifahrersessel Platz und fühlte sich wie Captain Kirk in der Kommandozentrale vom Raumschiff Enterprise.

»Auf in den Liebesurlaub«, sagte sie.

Noch etwas unerfahren im Umgang mit dem Monstrum, manövrierte Bernd es umständlich zwischen zwei Lkw heraus. Als sie schließlich in Richtung Autobahnauffahrt rollten, entdeckte Barbara den abgerissenen Typen wieder, der vorhin Geld von ihr erbettelt hatte.

Er starrte hinter ihnen her.

5

Das Phantombild des Mannes, der vier Stunden in dem Café vor dem Hotel Heidekrug verbracht hatte, zeigte eine Person mit Allerweltsgesicht, die niemand zu kennen schien. Wahrscheinlich hatte dieser Mann überhaupt nichts mit dem Fall zu tun, ein Geschäftsmann vielleicht, dem ein Termin ausgefallen war und der deshalb Zeit totschlagen musste. Morgen würde ein öffentlicher Aufruf gestartet, um den Mann dazu zu bewegen, sich bei der Polizei zu melden. Ob es etwas brachte, stand in den Sternen.

Nora war froh, dass es sich bei dem Mann nicht um Henk Claasen handelte. Dabei war sie sich sicher gewesen, nachdem sie das Foto auf Heino Heiligenstedts Handy gesehen hatte. Immerhin war es auch aus der Richtung des Cafés geschossen worden.

Der Sprengstoff war tatsächlich selbst in irgendeinem privaten Labor hergestellt worden, nach einem Rezept, das sich jeder aus dem Internet herunterladen konnte. Dabei handelte es sich um TATP, ein verhältnismäßig leicht herzustellender Sprengstoff, der deshalb bei Terroristen beliebt war. Aber das Zeug war saugefährlich, weil es auch ohne Zündung explodieren konnte. Schaffte man es allerdings, damit umzugehen, dann reichten zwei Drähte und ein Funke, um es zu zünden. Natürlich überwachten die Behörden seit

Jahren Einkäufe, bei denen es um größere Mengen bestimmter Produkte ging, die für den Bombenbau geeignet waren. Aber ihr Täter war mit einer kleinen Menge zufrieden, es brauchte nicht viel, einen Menschen zu zerreißen, wenn man den Sprengsatz direkt am Körper befestigte.

Dem Täter dürfte klar sein, dass die Polizei diese Spur intensiv verfolgen würde. Nora glaubte nicht, dass er sich bei dem Kauf einen Fehler erlaubt hatte. Dafür war er zu intelligent.

Offiziell verfolgten sie eine Vielzahl von Spuren, inoffiziell krallte Nora sich an einer einzigen Spur fest, von der nach wie vor nur sie wusste.

Sie hatte niemandem von dem unbekannten Handy berichtet, von dem sie und Heino Heiligenstedt Fotos bekommen hatten. Die Gefahr, dass diese Spur zu Henk führte, war einfach zu groß. Sie haderte mit sich, ob sie Dominik Roth aus der technischen Abteilung bitten sollte, den Absender herauszufinden. Dominik war ihr schon mit Henk außerdienstlich behilflich gewesen und würde es sicher wieder tun, aber noch scheute Nora davor zurück. Sie wusste, sie setzte damit ihren Job aufs Spiel – und den des Kollegen gleich mit.

Und weil sie sich so verdammt unsicher war, ob sie überhaupt auf der richtigen Spur war, hatte sie um einen zweiten Termin bei Gereon Reichmann gebeten.

Um halb acht abends stellte sie ihren Wagen unweit seines Hauses ab. Der Termin war erst um acht, sie war viel zu früh dran und wollte nicht, dass Reichmann sie entdeckte, deshalb parkte sie vor einem Friedhof in der Nähe.

Nervös trommelte sie mit den Fingern auf dem Lenkrad herum. Sie hatte sich überlegt, was sie sagen wollte, wie viel sie verraten durfte und was sie lieber verschweigen sollte, aber natürlich könnte sich das Gespräch mit einem professionellen Therapeuten anders entwickeln als geplant. Nora hatte keine Wahl. Sie verlor die Kontrolle, wenn sie nicht endlich mit jemandem darüber sprach. Gereon Reichmann war ihr sympathisch, er war ein Profi, hatte aber nichts mit der Polizei zu tun, vor allem musste er alles, was sie ihm erzählte, vertraulich behandeln – und er hatte einen Hund, Sam, der genauso aussah wie ihre Lucy.

Nora hielt es nicht länger im Wagen aus. Vielleicht war es keine schlechte Idee, sich auf dem Friedhof ein wenig die Beine zu vertreten. Seit dem Beginn der Ermittlungen vor vier Tagen bekam sie kaum Bewegung an der frischen Luft und war nur ein einziges Mal beim Schwimmen gewesen. Ihre Nackenmuskulatur war bereits verhärtet, und ein lauernder Kopfschmerz schien zu ihrem ständigen Begleiter werden zu wollen.

Die Luft war mild an diesem Abend. Auf dem weiträumigen Gelände des Friedhofes sangen Vögel. Eine friedliche Atmosphäre, die sofort auf Nora übersprang und ein bisschen Druck von ihren Schultern nahm. Sie spazierte zwischen den Gräbern entlang und las die Namen der Toten. Das hatte sie schon immer gern getan.

Den Mann mit dem Retriever bemerkte sie erst, als er hinter ihr stand.

Nora erschrak.

Es war Gereon Reichmann.

»Einen kurzen Moment die Ruhe des Todes genießen?«, fragte er und lächelte freundlich. Sein Bart war heute nicht ganz so gepflegt wie bei Noras erstem Besuch, er sah verwegener aus, nicht so gestylt, das gefiel ihr.

Nora presste sich die rechte Hand auf die Brust.

»Mein Gott, haben Sie mich erschreckt. Was machen Sie hier?«

»Na ja, ich wohne hier, und unser abendlicher Spazierweg führt über den Friedhof. Dort hinten gibt es einen Ausgang in die Felder, da kann Sam sich so richtig austoben. Ich dachte mir, ich erledige das vor unserem Termin.«

»Ja richtig, entschuldigen Sie … Ich war so in Gedanken, dass ich Sie nicht bemerkt habe.«

Sie reichten sich die Hände.

»Ihre Hand ist eiskalt«, erklärte Gereon Reichmann.

Nora zog sie rasch zurück. Sie wusste, das war ein Anzeichen für Nervosität.

»Kommen Sie, gehen wir rein. Ich mache Ihnen einen heißen Tee.«

Sie gingen nebeneinander her, zwischen ihnen der Hund, der immer wieder mit seiner feuchten Nase an Noras Hand schnupperte.

»Was macht der Fall? Sind Sie schon weitergekommen?«

»Wir ermitteln, aber es ist kompliziert.«

»Kein Täter in Sicht?«

»Darüber darf ich nicht sprechen.«

Reichmann warf ihr einen vielsagenden Blick zu. Er wusste, dass Nora genau deswegen gekommen war und sehr wohl mit ihm über den Fall reden würde. In diesem Moment hielt Nora es für einen Fehler und dachte darüber nach, ins Auto zu steigen und abzuhauen. Noch nie hatte sie während einer Ermittlung externen Rat eingeholt – und das auch noch ohne Zustimmung ihres Vorgesetzten. Aber sie war bisher auch noch nie so verzweifelt gewesen.

In seiner Praxis angekommen, machte Reichmann sich sofort daran, Tee zuzubereiten. Sam blieb bei Nora und ließ sich von ihr die Ohren kraulen. Als er zufrieden auf den Teppich sank und sich auf den Rücken drehte, ging Nora neben ihm auf die Knie, um ihm auch noch den Bauch zu kraulen.

»Verwöhnen Sie ihn nicht zu sehr. Sonst will er das immer.«

»Dafür sind Hunde da, oder?«

Zum ersten Mal seit langer Zeit wurde Nora klar, dass sie es vermisste, einen Hund zu haben.

Gereon Reichmann betrat mit zwei großen Tassen den Raum und stellte sie auf dem kleinen Holztisch zwischen den kanadischen Pro-Aging-Sesseln ab.

»Genau dafür«, sagte er. »Und das wissen sie auch. Kommen Sie, setzen Sie sich zu mir.«

Nora trennte sich von dem Hund, der zufrieden grunzte. Sie ließ sich in den Schaukelsessel fallen und spürte augenblicklich dessen entspannende Wirkung.

Reichmann setzte sich neben sie.

»Sitzen hier sonst die Paare?«

Er nickte. »Wenn es gut läuft, so ungefähr ab der Hälfte der Therapie. Vorher sitzen sie nicht gern so dicht beieinander. Sie würden nicht glauben, wie viel Abstand Menschen zueinander haben können, die ein Bett miteinander teilen.«

Doch, dachte Nora, das glaube ich nicht nur, ich weiß es. Irgendwann, wenn alles gesagt war, entstand eine Kluft, die so gewaltig, so unendlich tief war, dass sie nicht mehr überbrückt werden konnte. Dann befand man sich zwar noch im selben Raum, vielleicht sogar im selben Bett, aber der Abstand betrug Lichtjahre.

Der Tee war noch heiß, und Nora wusste nicht, wie sie beginnen sollte, deshalb entstand ein peinliches Schweigen.

Reichmann streckte ihr seine Hand entgegen.

»Das hatten wir doch schon«, sagte Nora mit einem Stirnrunzeln.

»Ich möchte Ihnen das Du anbieten. Vielleicht fällt es Ihnen dann leichter, aus einer anderen Rolle als der der Kommissarin mit mir zu sprechen. Wir können natürlich auch formell bleiben, wenn Ihnen das lieber ist. Ihre Entscheidung.«

Nora war viel zu überrumpelt, um darüber nachzudenken, außerdem wäre es unhöflich, sein Angebot abzulehnen, deshalb schlug sie ein.

»Nora.«

»Gereon.«

»Machen Sie das auch bei Ihren … Machst du das auch bei deinen anderen Patienten?«

Es fühlte sich merkwürdig an, den Therapeuten zu duzen, da sie ihn so gut wie gar nicht kannte.

»Ich bevorzuge den Begriff Klienten. Und nein, das mache ich nicht. Aber da Sam dich mag und ich immer schon eine Freundin bei der Polizei haben wollte, dachte ich mir, es kann nicht schaden.«

Sein Lächeln war viel zu aufrichtig, um ihm die vorschnelle Anbiederung als Freund übel zu nehmen.

»Geht es heute um die Ermittlungen oder um dich selbst?«

Nora presste die Lippen zusammen und senkte den Blick.

»Um beides. Aber ich muss dich vorher darum bitten, absolutes Stillschweigen zu bewahren.«

»Natürlich. Schon von Berufs wegen.«

Wieder suchte Nora nach dem richtigen Einstieg, und wieder kam ihr Gereon zuvor.

»Also betrifft der Fall dich privat? Du verdächtigst jemanden aus deinem Umfeld, kannst mit niemandem darüber sprechen und bist dir unsicher, wie du weiter vorgehen sollst.«

»Es geht um meinen ehemaligen Partner.«

»Partner bei der Polizei?«

»Nein. Er war mein Lebenspartner.«

»Wann habt ihr euch getrennt?«

»Erst vor ein paar Monaten. Ist alles noch sehr frisch.«

»Magst du mir die ganze Geschichte erzählen?«

Nora nickte. Dafür war sie hier.

»Er heißt Henk Claasen. Kennengelernt haben wir uns im Schwimmbad. Ich schwimme regelmäßig, schon seitdem ich ein Kind war, im Winterhalbjahr gehe ich ins Hallenbad, im Sommerhalbjahr ins Freibad. Henk ist ebenfalls ein hervorragender Schwimmer. An diesem Tag im August war es sogar am späten Abend noch voll im Becken, und man musste sich seine Bahn zwischen den anderen Badegästen suchen. An solchen Tagen lasse ich das Rückenschwimmen ausfallen, ist mir zu stressig, immer Ausschau halten zu müssen, um nicht mit jemandem zusammenzustoßen. Henk war das egal, er zog stur seine Bahnen und pflügte alle anderen aus dem Weg. Irgendwann hatte ich keine Lust mehr, ihm dauernd auszuweichen, weil ich sein Benehmen doof fand, und wir stießen zusammen. Aber so richtig. Na ja, im Wasser quatscht man nicht groß. Ich machte ihn an, er solle aufpassen, er entschuldigte sich und schwamm weiter. Allerdings weiterhin rücken. Vielleicht hätte mir das damals schon etwas sagen müssen.

Irgendwann war er weg. Später lehnte dann ein Mann an meinem Wagen, in jeder Hand ein Eis. Magnum weiß, mein Lieblingseis. Das kaufe ich mir dort im Schwimmbad selbst oft. Er sah gut aus. Braun gebrannt, groß, kräftig, volles Haar. Erst später ging mir auf, wie genau er das getimt hatte, denn das Eis war noch gefroren, trotz der hohen Temperatur. Er kann keine zwei Minuten vor mir aus dem Bad gekommen sein.

Eins kam zum anderen, zwei Wochen später waren wir ein Paar. Und es lief gut. Er hatte kein Problem mit meinen ungewöhnlichen Arbeitszeiten und der dauernden Überbelastung, denn bei ihm war es nicht anders. Er hatte gerade ein eigenes Unternehmen gegründet und so gut wie gar keine Freizeit. Dieses Schwimmen abends war alles, was er sich zur Entspannung gönnte. Anfangs trafen wir uns drei, vier Mal die Woche, mal bei ihm, mal bei mir. Später wurde es weniger, die Treffen waren aber jedes Mal sehr intensiv. Henk ist der Typ Abenteurer. Langeweile kennt er nicht. Über die vier Jahre, die wir zusammen waren, war ich mit ihm Klettern, Bergsteigen, Mountainbikefahren, Paragliden, Höhlentauchen. Alles, was gefährlich ist, macht ihn an. Er zeigte mir eine völlig andere Welt, und ich genoss es. Ich kam gar nicht auf den Gedanken, er könne beim Thema Frauen genauso sein. War er aber. Immer auf ein Abenteuer aus. Und da wir es drei Jahre lang nicht schafften zusammenzuziehen, hatte er jede Menge Gelegenheiten. Wegen seiner Firma war er ja auch viel unterwegs. Im letzten Jahr baute er dann dieses große Haus und bat mich, zu ihm zu ziehen. Was ich auch tat. Ab da ging es bergab. Der Alltag war nichts für uns. Ich fand immer mehr Indizien dafür, dass er auch noch andere Frauen hatte. Als ich ihn darauf ansprach, stritt er alles ab und behauptete, ich würde mir das einbilden und sei aufgrund meines Berufs paranoid.

Damit hat er etwas bei mir ausgelöst. Sie … Entschuldigung … du musst wissen, ich liebe meinen Job – und einen Teil davon ganz besonders. Ich glaube, es rührt von meinem Vater her. Er wollte immer, dass ich wettkampfmäßig schwimme. Eine Weile habe ich das auch gemacht, und davon ist etwas hängen geblieben. Wenn ich an einem Fall dran bin, betrachte ich es als persönlichen Wettkampf zwischen mir und dem Täter. Zu Beginn ist er mir ein paar Schritte voraus, doch ich komme immer näher an ihn heran, und irgendwann habe ich ihn. Ich liebe es, wie ich mich ihm allein durch strategisches Denken und klares Analysieren annähere. Und ich liebe es, am Ende zu gewinnen. Ehrlicherweise muss ich sagen, um Gerechtigkeit geht es mir dabei gar nicht so sehr, jedenfalls nicht in erster Linie. Klingt ein bisschen doof für jemanden, der bei der Polizei ist, oder?«

Gereon schüttelte bedächtig den Kopf.

»Ich finde das als Antrieb für einen so schwierigen Beruf völlig legitim.«

Das gefiel Nora, und sie lächelte dankbar. Henk hatte immer gesagt, sie sei während einer laufenden Ermittlung wie eine Furie. Das hatte ihr nie gefallen.

»Na ja, jedenfalls wusste ich, dass er mich belügt, und ich wollte es ihm unbedingt beweisen. Was dann passierte, ist mir heute sehr peinlich, und ich schäme mich dafür. Ich setzte polizeiliche Mittel ein, um Henk auf die Schliche zu kommen. Hin und wieder, wenn es meine Zeit zuließ, beschattete ich ihn, hauptsächlich ließ ich aber sein Handy orten, um zu wissen, wo er sich aufhielt. Als er ein paar Tage ins Krankenhaus musste, um sich die Mandeln herausoperieren zu lassen, nahm ich sein Handy mit in die Dienstelle und ließ von einem Profi eine Überwachungssoftware installieren. Auf diese Weise fand ich heraus, dass er nicht immer dort war, wo er vorgab zu sein, aber natürlich fehlten mir schlagkräftige Beweise. Also ging ich noch einen Schritt weiter und spionierte regelmäßig in seinem Handy.

Anfangs war da nichts, aber dann fand ich immer wieder Korrespondenz mit Frauen. Sehr eindeutige Gespräche. Sexting. Richtig versaute Sachen. Henk hielt sich für schlau, weil er dafür nicht WhatsApp benutzte, sondern Telegramm, aber wie gesagt, ich hatte das Handy manipulieren lassen und kam auch an diese Daten heran. Wenn man weiß, wie, lassen sie sich problemlos wiederherstellen.«

An dieser Stelle hielt Nora inne und sah Gereon an. Sie musste einfach wissen, wie er sie jetzt einschätzte, nachdem er wusste, wie mies sie in Beziehungen war.

Sein Blick und seine Mimik verrieten ihr nichts.

»Dein Verhalten war nachvollziehbar, aber unangebracht«, sagte er in neutralem Tonfall. »Aber das weißt du ja selbst.«

Nora nickte.

»Hat Henk es herausgefunden?«

»Ja, und dann war die Kacke richtig am Dampfen. Er stritt weiterhin alles ab und behauptete nun, ich sei es, die mit anderen Männern schlief, und wolle ihm Affären andichten, um besser dabei wegzukommen. Er erzählte es überall herum, bei Freunden und Bekannten, irgendwie schaffte er es sogar, dass mein Chef davon erfuhr. Jetzt stellte plötzlich er mir nach, ließ mich von einem Privatschnüffler fotografieren, und als ich einen guten Freund umarmte, den ich zufällig in der Stadt traf, landete dieses Foto und auch noch andere im Präsidium. Es wurde richtig hässlich, denn er hörte einfach nicht auf, auch nachdem ich längst bei ihm ausgezogen war. Mein Chef half mir dabei, eine Verfügung zu erwirken, die es Henk untersagte, mich zu fotografieren oder sich mir zu nähern. Auch dabei war es wieder von Vorteil, bei der Polizei zu sein.

Nach dieser Verfügung kehrte endlich Ruhe ein. Ich war vollkommen fertig, und mein Chef schickte mich sechs Wochen in den Urlaub. Er wusste besser als ich, wie dringend ich eine Auszeit brauchte.

Zwei Tage nachdem der Urlaub geendet hatte, begann der Fall der Kubats.«

Gereon Reichmann sah Nora an und nickte.

»Ich verstehe, worauf du hinauswillst. Du denkst, Henk hat doch nicht aufgehört, sondern nur die Mittel geändert.«

»Ja, es gibt Indizien dafür, die ich nicht ignorieren kann. Und es würde zu seinem Charakter passen. Er hat mir mal gestanden, dass unser Zusammenstoß im Schwimmbad kein Zufall war. Er hatte mich schon vorher beobachtet und das geplant, um mich kennenzulernen. Dabei war es ihm egal, wie rücksichtslos er sich gegenüber anderen Badegästen verhielt, wichtig war nur, sein Ziel zu erreichen. Als er mir das erzählte, fühlte ich mich auch noch geschmeichelt. Ich war so dumm …«

Gereon ließ ihr einen Moment Zeit.

»Was sind das für Indizien?«, fragte er schließlich.

Nora erzählte ihm von den Fotos, die von einem unbekannten Handy aus geschickt worden waren. Außerdem von dem Gefühl, beobachtet zu werden, besonders an jenem Abend nach dem Schwimmen.

»Ich weiß, ich hätte nicht zu seinem Haus gehen dürfen, aber ich wusste nicht, was ich sonst tun sollte. Ich kann nicht offiziell gegen Henk ermitteln, weil dann alles auffliegt, was ich damals getan habe. Ich verliere meinen Job, meine Reputation, plötzlich stünde alles in einem anderen Licht da. Mein Chef, mein Kollege, meine beste Freundin – alle haben mich damals unterstützt, weil sie dachten, Henk sei der böse Stalker, unter dem ich leide, dabei war es doch genau andersherum. Er weiß das. Er verwendet meine Fehler gegen mich, um mich fertigzumachen. Und es gelingt ihm. Ich halte das nämlich nicht mehr lange durch.«

Nora war nahe dran, in Tränen auszubrechen, riss sich aber zusammen. Gereon legte ihr eine Hand auf den Unterarm.

»Ganz ruhig. Wir finden eine Lösung.«

Nora konnte nicht weitersprechen; in ihrem Hals steckte ein dicker Klos. Sam schien zu spüren, dass irgendwas nicht stimmte. Er kam zu ihr, stupste sie an und wollte gestreichelt werden. In seinen braunen Augen entdeckte sie nicht den Hauch eines Vorwurfes.

»Genau deshalb lieben wir Hunde«, sagte Nora und nahm Sams Kopf zwischen ihre Hände. »Weil ihr uns nichts vorwerft.«

Während Nora erzählt hatte, hatte sie ihren Tee ausgetrunken. Gereon nahm ihre und seine Tasse, brachte sie in die Küche, klapperte herum und kam einen Moment später mit zwei kleinen Schnapsgläsern zurück.

»Der lockert, befreit und erleichtert, und mit einem Glas bleibt man unterhalb des gesetzlich vorgeschriebenen Promillewertes. Ich hab's ausprobiert.«

Er reichte ihr ein Glas. Nora nahm es, sie prosteten sich zu und tranken es in einem Zug. Nora, die selten Schnaps trank, war überrascht, wie wenig dieser in Hals und Magen brannte. Er wärmte, ja, aber er brannte nicht.

Gereon setzte sich wieder, schlug die Beine übereinander und legte die Fingerspitzen aneinander.

»In erster Linie bist du hier, weil du dir das endlich von der Seele reden musstest, richtig?«

»Richtig.«

»Aber du bist auch hier, weil du von mir hören möchtest, ob ich es für möglich halte, dass ein Mann, der so sehr in seiner Eitelkeit, seinem Selbstverständnis und in seiner Liebe gekränkt wurde, zu einem kaltblütigen Mord an einer unschuldigen Person fähig ist, die nichts mit der Kränkung zu tun hat. Richtig?«

»Richtig.«

»Was meinst du selbst? Du kennst Henk am besten.«

»Ich halte es für möglich. Jetzt. Vor ein paar Wochen hätte ich es noch ausgeschlossen. Und deshalb zählt meine Einschätzung nicht, ich bin nicht objektiv, kann es gar nicht sein.«

»Ich muss dir nicht erklären, was Antizipation ist.«

Nora schüttelte den Kopf.

»Sie ist eine sehr scharfe, vielleicht sogar die schärfste Waffe des menschlichen Geistes.«

»Worauf willst du hinaus?«

»Der Vorfall damals im Schwimmbad, als Henk den Zusammenstoß provoziert hat ... Er hat dein Verhalten gezielt vorweggenommen, er muss dich zu dem Zeitpunkt also schon besser gekannt haben, als du dachtest.«

»Wieso das? Wir sind doch nur zufällig ...«

In diesem Moment begriff Nora, worauf Gereon hinauswollte.

»Nein, nicht zufällig«, sagte er. »Er hat durch sein rücksichtsloses Rückenschwimmen so lange dich und andere Badegäste belästigt, bis du es absichtlich auf eine Konfrontation hast ankommen lassen. Er wusste, dass du das tun würdest. Er hat deine Antwort auf sein Verhalten perfekt vorhergesehen. Das nennt man Antizipation. Und wer so etwas kann, ist ein großer Manipulator, ein kühler Denker und Stratege und jemand, der seine Wut kanalisieren und zu seinem Zweck einsetzen kann.«

»Also hältst du es für möglich, dass Henk ein Mörder ist?«

Gereon schüttelte den Kopf.

»Nicht so voreilig. Ich führe seit beinahe acht Jahren diese Praxis und habe so ziemlich alles mitbekommen, was es an Beziehungsuntiefen und menschlichen Dramen gibt. Eine der schlimmsten Verletzungen ist es, in seiner Liebe betrogen und hintergangen zu werden, und dabei spielt es keine Rolle, ob Mann oder Frau das Opfer ist. Es spielt auch in der Reaktion keine Rolle. Manche toben, manche leiden still, manche suchen die Schuld bei sich, manche bei anderen. Jeder, der betrügt, hat einen guten Grund dafür. Ein Grund, der sein Verhalten legitimiert, zumindest vor sich selbst, denn nur so kann man es dauerhaft mit dieser Lebenslüge aushalten. Ich habe schon gehört, wie Männer und Frauen dem Internet die Schuld gaben. Sie sagten, niemand kann dieser andauernden Versuchung standhalten. Handy und Internet machten es einem heutzutage viel zu leicht, eine Affäre zu haben. Das sind natürlich nur vorgeschobene Begründungen, und die meisten wissen das selbst sehr gut.

Wenn Henk neben dir noch andere Frauen hatte und er der Egozentriker ist, für den du ihn hältst, wenn er eventuell sogar psychopathische Züge hat, dann kann er gar nicht anders, als die Schuld bei dir zu suchen. Dieser Typ Mann wird alles dafür tun, als Opfer und nicht als Täter dazustehen, und wenn ihm das nicht gelingt, wenn er dabei eine Niederlage hinnehmen muss, ist er zu allem fähig, um das von ihm erwünschte Ergebnis herzustellen. Dann ist es nur noch eine Frage der Intelligenz und der persönlichen Leistungsfähigkeit, ob jemand zum Mörder wird.«

»Soll ich das als Ja auf meine Frage deuten?«

»Grundsätzlich ist unter bestimmten Umständen jeder zu einem Mord fähig.«

»Du auch?«

»Selbstverständlich. Allerdings habe ich keinen Grund, Olivia Kubat zu töten.«

»Na ja, gekränkte Berufsehre vielleicht. Als Paartherapeut hast du bei den Kubats versagt.«

»Wer sagt das? Wir waren noch nicht am Ende des Weges. Außerdem ist es für mich kein Versagen, wenn ich Paaren dabei helfe zu erkennen, dass eine Trennung die bessere Alternative ist.«

»Hm, merkwürdige Berufsauffassung. Damit schließt du ein Versagen deinerseits schon von vornherein aus.«

Gereon hob die Hände und ließ sie auf die Lehnen des Sessels fallen.

»Ich bin nur ein Mediator, nichts weiter. Die Ergebnisse tragen meine Klienten bereits in sich, wenn sie zu mir kommen.«

»Hättest du mir und Henk helfen können?«

»Das wäre auf den Zeitpunkt angekommen. Vor der gegenseitigen Bespitzelung sicher. Danach? Ich denke nicht. Euer Weg war zu Ende. Das ist es, was viele nicht verstehen. Ein Blick ins Handy gleicht einem Blick in die Seele, und niemand mag es, wenn darin herumspioniert wird. Wir alle nutzen Smartphones hochintensiv, vertrauen ihnen alles an, denken aber kaum einmal darüber nach, wie angreifbar wir dadurch sind. Und wenn das Handy dann tatsächlich angegriffen wird, ist der Vertrauensverlust immens. Im Grunde klingt es lächerlich, denn es handelt sich um ein technisches Gerät, und es sollte uns egal sein, ob jemand hineinschaut, ist es aber nicht. Binnen kürzester Zeit ist für die Menschheit aus einem technischen Gerät eine Art ausgelagertes Ich geworden. Zum ersten Mal in der Evolution tragen wir außerhalb unseres Körpers mit uns herum, wer wir sind, was wir denken, was wir wünschen, was oder wen wir hassen, unsere Träume, Begierden, sexuellen Ausrichtungen, unsere Ängste, Sorgen und Ziele. Alles, was einen Menschen ausmacht und was bisher immer sorgsam verschlossen hier drinnen verwahrt wurde« – Gereon tippt sich gegen die Stirn –, »ist jetzt praktisch für jeden zugänglich. Wir stellen es den großen IT-Konzernen sogar freiwillig zur Verfügung. Niemand muss mehr an Mind Control forschen, ist unnötig. Wir sind längst übers Handy beherrschbar und manipulierbar.«

Gereon hatte sich richtig in Rage geredet und war ein wenig außer Atem, als er endete.

»Ist das nicht ein bisschen to much?«, fragte Nora.

Er schüttelte den Kopf und stellte eine Gegenfrage: »Darf eine Kommissarin so naiv sein?«

Nora wollte sich sofort verteidigen, hielt aber inne. Sie ahnte, dass ihre Verteidigungshaltung nur dazu diente, ihre Schuld zu mildern. So intensiv, wie Gereon es soeben dargestellt hatte, hatte sie noch nicht über den Gebrauch der Handys und deren Einfluss auf die Menschen nachgedacht. Das würde sie nachholen, aber schon jetzt hatte sie das Gefühl, vieles von dem, was Gereon gesagt hatte, traf ins Ziel.

»Demzufolge habe ich Henk gleich doppelt und dreifach verletzt«, sagte sie leise.

Gereon sah sie nur an. Er musste nicht antworten, die Zustimmung stand in seinen Augen.

Und jetzt zahlt er es mir doppelt und dreifach zurück, dachte Nora, behielt das aber für sich.

6

Er fühlte sich entsetzlich alt, träge und schwach. Sein Herz schlug langsam und sandte immer wieder Stiche aus, die ihn jedes Mal zusammenzucken ließen. Seitdem Irmtraud Kastens ihn besucht hatte, war er nicht mehr derselbe. Zuerst hatte er gemeint, sein Glaube sei nun endgültig verloren. Zerstört durch das Geständnis der alten Frau, verwese er nun in seinem Inneren und setze dabei giftige Gase frei, die ihn langsam töteten. Aber das stimmte nicht. Sein Glaube kämpfte, wehrte sich gegen die Angriffe des Teufels, verbrauchte dafür aber seine ganze Kraft.

Der Pfarrer wusste nicht, ob er gewinnen würde.

Er wusste es einfach nicht.

Draußen schlug eine Autotür, und der Pfarrer zuckte zusammen. Es war weit nach einundzwanzig Uhr und längst dunkel. Wer be-

suchte ihn um diese Zeit noch? Mühsam stemmte er sich von seinem Platz am Küchentisch hoch und ging ans Fenster. Jemand kam aufs Pfarrhaus zu. Da die Außenbeleuchtung nicht brannte, konnte er jedoch nicht erkennen, um wen es sich handelte.

Sekunden später klingelte es an der Haustür.

Der Pfarrer zog sich vom Fenster zurück und nahm wieder am Tisch Platz. Er konnte jetzt keinen Besuch empfangen, er wollte allein sein, in das Kerzenlicht starren und sich fragen, wozu er überhaupt noch auf der Welt war.

Der Besucher klingelte abermals, doch der Pfarrer rührte sich nicht.

Schließlich hörte er, wie ein Schlüssel ins Schloss geschoben und die Haustür zum Pfarramt aufgeschlossen wurde. Nur eine weitere Person besaß einen Schlüssel.

Sein Sohn.

Der Pfarrer freute sich immer über die seltenen Besuche seines einzigen Kindes, heute jedoch nicht. Es war der falsche Zeitpunkt.

Sein Sohn trat in den Türrahmen, und sie sahen sich an.

»Warum öffnest du nicht? Warum sitzt du hier bei Kerzenlicht?«, fragte er. Sein Gesicht drückte Besorgnis aus. Sein Sohn war feinfühlig und empathisch, ganz so, wie es seine Mutter gewesen war. Der Pfarrer wusste, er konnte seinen Gemütszustand vor ihm nicht verbergen, also versuchte er es erst gar nicht.

»Ich trauere«, sagte er.

»Wer ist verstorben?«

»Niemand.«

»Ich verstehe nicht …«

»Komm zu mir, dann erzähl ich dir davon.«

Sein Sohn setzte in dem alten Kessel Teewasser auf, hängte je einen Beutel Früchtetee in zwei Tassen, stellte sie auf dem Tisch ab und goss schließlich kochendes Wasser dazu. Erst dann zog er seine Jacke aus und nahm Platz. Der Pfarrer berichtete von Irmtraud Kastens. Er spürte, wie gut es ihm tat, mit einem Vertrauten darüber sprechen zu können. Die Last auf seinen Schultern wurde leichter.

Sein Sohn war ein guter Zuhörer. Er unterbrach ihn nicht, bis er zu Ende erzählt hatte. Dann streckte er die Hand aus und legte sie auf die des Pfarrers.

»Das tut mir leid für dich«, sagte der Sohn leise. »Ich weiß ja, wie sehr du dich über die goldene Hochzeit gefreut hast.«

»Ich wünschte, sie hätte es mir nicht erzählt«, erwiderte der Pfarrer und schämte sich dafür. Wenn nicht er, wer hatte dann noch ein offenes Ohr für die Sorgen der Menschen? Aber er war übervoll von deren Sorgen, für die sie größtenteils selbst verantwortlich waren. Wenn sie doch wenigstens die Kraft aufbringen würden, sie aus der Welt zu schaffen, aber nein, dafür brauchten sie dann doch einen Gott. Diese schamlose Doppelmoral war kaum zu ertragen.

»Vielleicht war er einfach nicht der Richtige für sie«, sagte der Sohn.

»Gott fügt nichts zusammen, was nicht zusammengehört.«

»Bist du dir sicher?«

Der Pfarrer blickte zu seinem Sohn auf. Er spürte, wie die Frage Ärger in ihm aufwallen ließ.

»Du etwa nicht?«

Sein Sohn schüttelte den Kopf. »Papa … Da draußen, in der wirklichen Welt, da wimmelt es von Menschen, die nicht zusammenpassen, es aber trotzdem versuchen.«

»Ich weiß, glaub nicht, dass ich das nicht wüsste …«

»Ist es denn nicht besser, eine Beziehung zu beenden, wenn man spürt, dass man nicht wirklich liebt? Oder dass man einen anderen Menschen noch mehr liebt?«

Die Art, wie sein Sohn diese Frage stellte, ließ den Pfarrer hellhörig werden.

»Warum fragst du das? Ist alles in Ordnung mit dir und Daniela?«

Er mochte die Verlobte seines Sohnes sehr gern. Daniela war ein herzensguter Mensch, eine Krankenschwester, die sich um das Wohl anderer kümmerte, sich aufopferte und für jeden ein Lächeln übrig hatte.

»Wir sind nicht mehr zusammen«, sagte der Sohn, und der Pfarrer meinte, sich verhört zu haben.

»Geht es Daniela gut?«, fragte er.

Sein Sohn schüttelte den Kopf.

»Papa … Ich weiß, du magst sie sehr, und ich liebe Daniela, aber ich habe jemanden kennengelernt, den ich noch mehr liebe. Es ist, als hätte ich die Liebe gerade erst wirklich entdeckt. Ich kann aber nicht gleichzeitig zwei Frauen lieben, das wäre verkehrt, es wäre eine Sünde. Deshalb habe ich mit Daniela gesprochen, und wir haben uns getrennt. Wir sind aber weiterhin gute Freunde.«

Sein Sohn sah ihn aus Augen an, die vor Enthusiasmus schier überquollen.

Der Pfarrer spürte Kälte in sich und wusste nicht, was er sagen sollte.

Sein Sohn ergriff seine Hände, drückte sie und lächelte.

»Ich stelle sie dir bald vor, sie wird dir gefallen, ganz sicher.«

»Aber du hattest Daniela die Ehe versprochen«, sagte der Pfarrer.

»Ja, ich weiß, und es tut mir auch sehr leid, dieses Versprechen brechen zu müssen. Aber du hast ja gerade selbst erlebt, was passieren kann, wenn man mit dem falschen Partner zusammen ist. So etwas wünscht man keinem, Versprechen hin oder her. Das verstehst du doch, nicht wahr, Papa!«

Aber der Pfarrer verstand gar nichts mehr. Wut übernahm die Oberhand in ihm. Mit einem Ruck stand er auf, der Stuhl kippte hinter ihm polternd um. Er richtete sich zu voller Größe auf, krallte die Hände an die Tischplatte.

»Nicht in meiner Familie!«, stieß er heiser aus.

»Papa, bitte, versteh doch …«

»Raus! Verlass mein Haus!«

7

Das erste Baugrundstück, das Bernd Meyer sich anschauen wollte, lag in der Innenstadt von Warschau. Hier zeigte sich, wie unpraktisch das riesige Love-Mobil war. Bernd verzweifelte dabei, es durch die engen Straßen zu lenken. Irgendwann gab er auf, fuhr aus der Stadt hinaus, fand einen kleinen Parkplatz im Grünen, stellte das Monstrum, wie er es jetzt selbst nannte, dort ab und rief sich ein Taxi.

Barbara hatte keine Lust, erneut mit ihm in die Stadt zu fahren, sie würde ohnehin nur dumm herumstehen, während er Fachgespräche führte, außerdem wollte Bernd das Hunderttausend-Euro-Fahrzeug nicht unbeaufsichtigt zurücklassen. Barbara erklärte sich bereit, auf ihn zu warten. Bernd versprach, sich zu beeilen, stieg ins Taxi und fuhr davon.

Barbara schaute sich um. Der Platz war idyllisch. Außenherum Felder und Äcker, die gerade grün zu werden begannen, ein kleiner Bach mit klarem Wasser, der in einem Waldstück verschwand.

Sie schloss das Wohnmobil ab, folgte dem Wasserlauf auf einem Trampelpfad, nahm sich aber vor, nicht allzu weit zu gehen, um immer ein Auge auf Bernds neues Spielzeug zu haben. Durch die Baumkronen fiel das letzte Licht des Tages, die Vögel setzten an zum Crescendo, der Bach plätscherte leise, ein Reh lief im Unterholz davon. Barbara war vollkommen gefangen von den Reizen der Natur, und als sie sich entschloss umzukehren, ging die Sonne bald unter, und das Wohnmobil war längst außer Sicht.

Den gesamten Rückweg über machte sie sich Sorgen, befürchtete, es könnte gestohlen worden sein, aber als sie aus dem Wald trat, stand es noch da und reflektierte die letzten Sonnenstrahlen.

Bernd hatte ihr gezeigt, wo der Kofferraum war. Wobei der Begriff nicht wirklich passte. Der Raum im Heck des Fahrzeuges, der sich unter dem Bett befand, hatte die Ausmaße eines kleinen Bads in einer normalen Wohnung. Darin fand Barbara eine komplette Campingausrüstung. Sie holte einen klappbaren Liegestuhl und einen kleinen Tisch hervor und baute beides so neben dem Eingang auf, dass sie den Ausblick auf den Sonnenuntergang genießen konnte.

In der Küche bereitete sie sich ein Abendessen zu, nahm es mit hinaus und öffnete eine Flasche Rotwein. Warum sollte sie diesen Moment nicht genießen? Bisher waren ihre Treffen mit Bernd immer voller Anspannung gewesen. Die Angst, entdeckt zu werden, war ein ständiger Begleiter, aber jetzt war sie in Polen, auf einem Parkplatz im Nirgendwo, niemand kannte sie hier. Endlich einmal würden sie und Bernd die Nacht miteinander verbringen. Kein Zeitdruck, keine Furcht – es würde wunderbar werden.

Barbara legte sich in den Liegestuhl, aß und trank und begann, sich zu entspannen. Im Westen berührte die Sonne den Horizont und tauchte ihn in orangefarbenes Licht. Für einen Moment brannte die Welt, und als ein Schwarm Wildgänse vor dem Szenario vorbeizog, war die Schönheit kaum noch zu ertragen. Dann wurde es jedoch binnen einer Viertelstunde dunkel und kühl. Barbara wollte trotzdem noch nicht hineingehen. Sie wickelte sich in eine Wolldecke und beobachtete, wie die Sterne aufgingen.

Bernd hatte zum Abschied gesagt, es könnte sein, dass er mit dem Verkäufer des Grundstückes zu Abend essen müsse, manchmal ließ sich das nicht vermeiden, deshalb machte Barbara sich keine Sorgen.

Leider drifteten ihre Gedanken irgendwann doch wieder ab, und sie fragte sich zum hundertsten Mal, was sie hier tat. Warum verliebte sie sich in einen verheirateten Mann, drängte sich in dessen Ehe, zerstörte sie, machte eine Frau unglücklich? Das war doch gar nicht ihre Art, und wenn sie früher solche Geschichten gehört hatte, hatte sie immer verächtlich auf diese Betrüger herabgeschaut. Andererseits konnte sie nichts dafür, sich verliebt zu haben. Es war einfach geschehen. So war das eben mit der Liebe. Sie war unberechenbar, kam und ging, wie sie wollte, ohne Rücksicht auf Gefühle.

Liebte sie Matthias noch?

Diese Frage hatte sie sich in den letzten Wochen oft gestellt. Es war nicht einfach, eine ehrliche Antwort zu finden. Sie empfand etwas für ihn, aber es war nicht mehr so wie vor zwölf Jahren, als sie sich kennengelernt hatten. Irgendwie erschien es ihr, als seien ihre Gefühle ihm gegenüber abgestumpft. Sie waren noch da, schafften es aber nicht mehr, ein Loch in die schwere Decke des Alltags zu stechen. Sie erstickten unter der Last, und je länger dieser Zustand anhielt, umso weniger waren sie beide bereit, sich aufzuraffen, um etwas daran zu ändern.

Oder tat sie das gerade?

Änderte sie nicht etwas, indem sie fremdging?

Sicher. Aber war es zum Besseren? Würde Bernd sich je von seiner Frau trennen und das Risiko auf sich nehmen, mit seiner Firma in Konkurs zu gehen? Und was war mit ihr? Würde sie es schaffen, sich von Matthias zu trennen?

Fast wünschte Barbara sich, entdeckt zu werden. Wenn sie aufflögen, würde sich schlagartig alles ändern.

Das Knacken eines Zweiges riss Barbara aus ihren Gedanken. Bis zum Kinn in die kuschelige Decke gehüllt, lauschte sie, und erst jetzt wurde ihr bewusst, dass sie hier allein mehr oder weniger schutzlos in der Einöde herumlag. Sie war nie eine ängstliche Frau gewesen, aber jetzt gruselte es sie.

Wo blieb Bernd? Es musste doch mittlerweile nach zwanzig Uhr sein.

Sie traute sich nicht, die Hand unter der Decke hervorzustrecken und nach dem Handy auf dem Tisch zu greifen.

»Guten Abend, Barbara.«

Die dunkle, männliche Stimme schien von überall her zu kommen. Barbara erschrak, wollte aufspringen, doch plötzlich presste sich eine Hand auf ihre Stirn, und etwas Kaltes, Hartes drückte gegen ihre Kehle.

»Bleib liegen, Barbara, dann wird dir nichts passieren.«

Er kennt meinen Namen, wieso kennt er meinen Namen? Niemand hier kennt mich!

Die Angst lähmte Barbara, und das war wahrscheinlich auch gut so, denn hätte sie sich gewehrt, hätte der Fremde ihr die Kehle durchgeschnitten. Sie musste es gar nicht sehen, um zu wissen, dass es ein Messer war, das sich so kalt an ihren Hals presste.

Der Mann befand sich hinter ihr zwischen der Klappliege und dem Wohnmobil. Wie hatte er sich unbemerkt anschleichen können? War er etwa unter dem Fahrzeug hindurchgekrochen?

»Bernd lässt dich so lange warten, da habe ich gedacht, ich leiste dir ein wenig Gesellschaft. Du hast ja nichts dagegen, oder? Du bist doch geradezu süchtig nach männlicher Gesellschaft. Hab ich recht?«

Barbara schluckte trocken und spürte ihren Kehlkopf an der Schneide des Messers entlangrutschen. Mit weit aufgerissenen Augen starrte sie zum Nachthimmel empor, auf dem der Große Wagen sich aus der Dunkelheit schälte.

»Komm, steh auf, wir gehen hinein. Hier draußen wird es zu kühl.«

Der Druck an ihrer Stirn ließ nach, das Messer blieb aber an ihrem Hals. Die Decke wurde weggerissen, eine Hand packte sie unter der Achsel und half ihr auf. Barbara spürte den Körper hinter sich, den warmen Atem in ihrem Nacken. Sie glaubte sogar, ein teures Parfum riechen zu können.

Der Fremde drängte sie ins Wohnmobil, zog die Tür hinter sich zu, bugsierte sie durch die Küche und befahl ihr, sich vor das Bett zu hocken, den Oberkörper vorgebeugt.

»Nein … Bitte nicht …«, flehte Barbara, der klar war, was der Mann mit ihr, sobald sie ihm den Hintern entgegenstreckte, tun würde. Wenn nicht ein Wunder geschah, würde sie in diesem beschissenen Love-Mobil vergewaltigt werden.

»Hab keine Angst, dir passiert nichts. Ich verspreche es.«

Erstaunlicherweise klang die Stimme aufrichtig und vertrauenswürdig.

Barbara wollte sich umdrehen, wollte sehen, wer da mit ihr sprach, doch er stieß sie heftig in den Rücken, und sie stolperte vorwärts gegen das Bett und fiel in genau die Position, die er verlangte.

Er fesselte ihr die Hände auf dem Rücken. Das tat weh, und Barbara begann zu weinen und zu betteln, doch er reagierte nicht. Danach band er ein Tuch über ihre Augen, und es wurde dunkel für Barbara. Er packte sie und warf sie bäuchlings aufs Bett. Sie spürte, dass er sich zu ihr setzte. Eine Hand strich ihr sanft das Haar aus dem Gesicht.

»Barbara … Babsi, ich darf dich doch Babsi nennen? Was, in Gottes Namen, tust du hier? Hast du dich auch nur ein Mal gefragt, was du hier tust?«

Barbara hatte viel zu viel Angst, um zu antworten.

»Du brichst gleich zwei von Gottes Geboten. Wie lautet das Sechste Gebot, Barbara?«

Sie wollte antworten, aber sie wusste es nicht.

Der Fremde schlug ihr mit der Hand gegen den Hinterkopf.

»Sag es mir!«

»Ich … ich weiß es nicht.«

»Du sollst nicht die Ehe brechen. Und was tust du hier? Du brichst deine und die Ehe eines anderen ohne auch nur das geringste Anzeichen von Scham. Wenn aber die Scham schwindet, ist das der Beginn des Schwachsinns, Barbara. Weißt du das denn nicht? Wie lautet das Neunte Gebot?«

Barbara wusste es nicht, und wieder schlug er sie, diesmal kraftvoller als zuvor. Tränen schossen ihr in die Augen, wegen der Schmerzen, aber auch aus Wut.

»Du sollst nicht begehren deines Nächsten Mann oder Frau. Oh, Babsi, wie tief du doch gesunken bist. Ich weiß nicht, ob Gott dich noch retten kann, ich weiß es wirklich nicht.«

In diesem Moment hörte Barbara ein Auto vorfahren. Bevor sie schreien konnte, stopfte der Fremde ihr etwas aus Stoff in den Mund. Er stopfte es ihr so tief hinein, dass sie glaubte, ersticken zu müssen.

»Pssst, da kommt der andere Ehebrecher.«

Bernd Meyer bezahlte den Taxifahrer und gab ihm ein ordentliches Trinkgeld. Es war nicht selbstverständlich, dass der Mann ihn hier herausbrachte und damit einen langen Rückweg in Kauf nahm.

Bernd wartete, bis Oleg, der sehr gut Deutsch sprach, abgefahren war. Oleg hatte berichtet, er sei ein paar Jahre in Frankfurt Taxi gefahren, hatte dort aber zweihundertsechzig Stunden arbeiten müssen, um überhaupt über die Runden zu kommen. Hier in Polen war es etwas entspannter, darum war er zurückgekommen.

Die Rücklichter verschwanden in der Dunkelheit. Bernd winkte ihnen nach und drehte sich zu seinem Love-Mobil um. Etwas zu schnell. Sein Gehirn, das in Alkohol schwamm, kam nicht mit, er taumelte und wäre gestürzt, hätte er sich nicht an der hüfthohen Leitplanke abstützen können, die den Parkplatz von den abschüssigen Wiesen trennte.

Im Love-Mobil ging in diesem Moment eine Lampe an. Im hinteren Bereich, wo sich das Bett befand. Nur einen Augenblick später veränderte sich das Licht, wurde rot und gedämpft.

Bernd grinste. Er stellte sich vor, wie Barbara sich in knappen Dessous auf dem breiten Bett rekelte. Sie war nicht mehr die Jüngste, und es gab Zonen an ihrem Körper, die der Schwerkraft nachgaben, alles in allem war sie aber immer noch eine schöne Frau und unersättlich im Bett. Ganz anders als Antonia, die richtig frigide war. Eine Frau wie Antonia trieb einen Mann geradezu in die Arme einer anderen.

Bernd wartete, bis sein Kopf sich beruhigt hatte. Dieser verdammte Wodka! Er wusste, wie schlecht er das Zeug vertrug, aber der Verkäufer des Grundstücks in Warschau, Pjotr, war Russe, und bei ihm gehörte es zu einem vernünftigen Vertragsabschluss dazu, eine Flasche Wodka zu leeren. Das war sogar wichtiger als eine Unterschrift auf einem Blatt Papier. Bernd hoffte nur, dass der Alkohol sich nicht auf seine Potenz auswirkte. Diese erste Nacht mit Barbara wollte er genießen, und zwar jede Minute.

Er stieß sich von der Leitplanke ab und hielt auf sein Wohnmobil zu. Davor stand eine Liege, die er im Dunkeln nicht sah. Er stolperte darüber und schlug der Länge nach hin.

»Verdammte Scheiße, Barbara, warum lässt du das Ding hier stehen!«

Mühsam rappelte er sich auf und bemerkte die leere Weinflasche und das benutzte Glas auf dem Klapptisch.

Hatte sie also auch vorgeglüht? Wunderbar! Dann stand einer ausgelassenen Nacht ja nichts mehr im Wege.

Aber warum hatte sie ihr Handy draußen liegen lassen?

Bernd pochte an der Tür und zog sie auf.

»Hey, meine Süße, ich hab dich lange warten lassen, ich weiß, aber jetzt mache ich es wieder gut. Und wie ich es wiedergutmache.«

Er lachte scheppernd und erklomm die Stufen hinauf ins Love-Mobil. So, wie er es sich erhofft hatte, lag Barbara bereits auf dem Bett. Ihre Arme waren gefesselt. Wie schön! Fesselspiele. Das hatten sie auch noch nicht ausprobiert.

»Warst du etwa ein böses Mädchen?«

Bernd steuerte durch den schmalen Gang auf das Heck zu, passierte dabei die Tür zum Bad und bemerkte, wie sie sich hinter ihm öffnete. Seine Reflexe waren durch den Alkohol deutlich verlangsamt, um angemessen darauf reagieren zu können. Er fragte sich noch, wie das sein könne, weil Barbara doch auf dem Bett lag, da bekam er einen kräftigen Stoß in den Rücken und taumelte nach vorn. Der nächste Stoß beförderte ihn bäuchlings neben Barbara. Ihr Gesicht war nur eine Armeslänge entfernt, ihre Augen waren verbunden, ihr Mund verzerrt von dem Geschirrhandtuch, das darin steckte.

Plötzlich spürte Bernd ein schweres Gewicht auf seinem Rücken, er wurde tief in die Matratze gepresst.

»Hallo, Bernd«, sagte ein Mann über ihm. »Deine Strafe dafür, dass du Gottes Gebote brichst, ist der Tod.«

Etwas wurde ihm um den Hals geschlungen, ein Tuch oder Schal, und dann wurde es in seinem Nacken langsam und unnachgiebig zusammengedreht. Eine Hand erschien in Bernds Blickfeld und riss Barbara das Tuch von den Augen.

»Sieh hin, Barbara. Das ist die Strafe für eure Sünde.«

Während der Druck an seinem Hals immer mehr zunahm und er verzweifelt nach Luft schnappte, blickte Bernd in Barbaras Augen.

Sie hatte panische Angst und weinte.

Bernd Meyer starb mit diesem Anblick.

KAPITEL 6

FREITAG

1

Den Obstbrand aus der Vogelbeere hatten sie von ihrem Urlaub im österreichischen Zell am See vor drei Jahren mitgebracht. Ihr Zimmervermieter dort brannte selbst und hatte ihnen eine Flasche geschenkt. Bisher war sie unangetastet im Wirtschaftsraum verstaubt, doch heute war ein guter Tag, sie anzubrechen. Scheiß drauf, dass es erst früh am Vormittag war, schließlich hatte er frei.

Matthias Focke goss das Schnapsglas randvoll und kippte sich die klare Flüssigkeit in die Kehle, als handele es sich um Wasser. Im Rachen fühlte sich der Schnaps noch einigermaßen sanft an, einen Moment später entfaltete er sein Feuer jedoch im Magen – und noch einen Moment später im Kopf. Nach dem vierten Glas spürte der wenig trinkfeste Matthias die Wirkung deutlich.

Das war der Sinn der Sache.

Vor drei Jahren im Urlaub in Österreich war alles noch in Ordnung gewesen mit ihnen. Barbara und er, das unzertrennliche Paar. Sie teilten die gleichen Interessen, waren naturverliebt und sexuell kompatibel, und nichts hatte darauf hingedeutet, dass ihre Ehe irgendwann in die Brüche gehen könnte. Absolut nichts!

Matthias nahm die Flasche und ging auf die Terrasse hinaus. Noch schien die Sonne, aber für den Nachmittag war Regen angekündigt. Eigentlich müsste er jetzt mit der Gartenarbeit beginnen, doch Matthias ließ sich in den Klappstuhl fallen und starrte auf die

Rasenfläche und die Beete, die Barbara und er meistens gemeinsam pflegten. Sie hatten doch Spaß gehabt dabei! Babsi hatte ihn immer aufgezogen, weil er so pingelig war und die Rasenkanten schnitt, als sei er ein Friseur, während sie selbst gern mal das Unkraut übersah.

Alles dahin.

Vielleicht würde sie gar nicht wiederkommen.

Matthias glaubte die Geschichte vom gemeinsamen Wellnesskurztrip mit ihrer besten Freundin nicht. Er könnte sie einfach anrufen, diese Freundin, ihre Nummer hatte er. Aber was sollte er fragen? Weißt du, wo meine Babsi ist? Ich weiß es nämlich nicht, und ich vermute, sie betrügt mich.

Scheiße, das war so peinlich, das konnte er nicht bringen.

Warum tat sie ihm das an? Er hatte sich mit allem so viel Mühe gegeben. Mit dem Job, dem Haus, auch mit dem Kinderkriegen, sie konnte ihm doch nicht die Schuld dafür geben, dass es nicht klappte. Ja, es lag an ihm, die Tests hatten es zweifelsfrei erwiesen, sein Sperma war praktisch schon tot in dem Moment, da es seinen Körper verließ. Aber das war nicht seine Schuld. Ein genetischer Defekt, eine Erkrankung. Sie würden niemals eigene Kinder haben. Die Nachricht war damals ein Schock gewesen, keine Frage, ein richtiger Tiefschlag, besonders für ihn, weil er sich in der ersten Zeit wie ein Versager gefühlt hatte.

Vielleicht hätten sie intensiver über alles reden sollen. Vielleicht hätten sie einen Experten hinzuziehen sollen, diesen Paartherapeuten, den Babsis Ärztin ihr empfohlen hatte. Ja, vielleicht wäre das besser gewesen, aber Matthias hatte sich geweigert. Nicht auch noch diese Schmach, vor einem Fremden zugeben zu müssen, kein richtiger Mann zu sein, keine Familie gründen zu können. Und was sollte der Scheiß auch! Die Diagnose war eindeutig, daran würde ein Therapeut überhaupt nichts ändern. Sie mussten sich einfach damit abfinden und ihren Lebensentwurf anpassen.

Matthias goss ein weiteres Glas voll und kippte den Schnaps hinunter.

Vielleicht hätten sie mehr reden sollen.

Wenn er zurückblickte, fiel ihm auf, dass sie seit der Diagnose vor achtzehn Monaten kaum noch miteinander sprachen. Also schon noch über Dinge wie: Was gibt es zu essen, was machen die Nachbarn, wie wird das Wetter, wo droht der nächste Krieg? Aber was sie beide betraf, was sie bewegte, tief im Inneren …

Er war nicht so gut darin. Eben typisch Mann, genau wie sein Vater. Aber Babsi hatte es auch nicht mehr versucht. Wenn sie ihn mehr gedrängt hätte …

Scheiße!

Sich vorzustellen, wie sie gerade jetzt in den Armen eines anderen Mannes aufwachte, der sie die ganze Nacht gevögelt hatte, das machte Matthias wütend. Richtig wütend! Das kannte er gar nicht von sich. Wut gehörte nicht zu seinem Repertoire.

Und dennoch … Die vergnügten sich, lachten wahrscheinlich über ihn, verhöhnten ihn wegen seiner Unfähigkeit und seiner Dummheit.

Das konnte er sich nicht bieten lassen! Was für ein Mann wollte er sein? Einer, der keine Kinder zeugen konnte und sich von seiner Frau Hörner aufsetzen ließ? War es nicht endlich an der Zeit, etwas dagegen zu unternehmen?

Matthias zog sein Handy hervor und suchte die Nummer von Babsis bester Freundin heraus.

Ein Knopfdruck, und die Dinge gerieten ins Rollen. Danach gab es kein Zurück mehr. Aber wahrscheinlich war es für ein Zurück ohnehin längst zu spät, und er war nur der Letzte, der das kapierte.

Matthias drückte auf das grüne Hörersymbol, presste sich das Handy ans Ohr und wartete.

Es nahm niemand ab.

Na gut, dann eben erst noch ein Glas Vogelbeerbrand.

2

Nora trat unter die Dusche des öffentlichen Hallenbads und genoss es, wie das Wasser hart auf ihren Kopf und den Nacken prasselte. Schon beim Schwimmen hatte sich ihr verhärteter Trapezius gelockert, und das heiße Wasser tat nun ein Übriges.

Zudem hatte sie eine Entscheidung getroffen. Die sorgte zwar nicht unbedingt für Erleichterung, erzwang sie doch eine Aufgabe, die Nora lieber vermieden hätte, aber es tat trotzdem gut, ab jetzt selbst zu bestimmen, wie es weiterging. Nicht weiterhin nur zu reagieren, sondern zu agieren.

Sie würde mit Henk reden.

Nach dem Gespräch, da war sich Nora sicher, würde sie klarer sehen. Entweder stand dann fest, dass Henk der mörderische Pfarrer war, oder aber sie könnte ihn als Verdächtigen ausschließen.

Das Treffen mit Gereon Reichmann gestern Abend hatte ihr geholfen. Zum einen, weil sie endlich mit jemandem über ihren Verdacht reden konnte, andererseits aber auch, weil seine Einschätzung ihre Zweifel ausgeräumt hatte. Dass ein Mensch wie Henk zum Mörder werden konnte, so wie beinahe jeder andere auch, war ihr vorher schon klar gewesen, doch es gab einen guten Grund, warum sie es nicht wahrhaben wollte. Sie selbst hatte Henk in die Enge getrieben, und deshalb war es jetzt auch ihre Aufgabe, die Sache zu beenden. So oder so.

Die Dusche schaltete sich automatisch ab. Nora trat aus der engen Kabine heraus, nahm ihr Handtuch vom Haken und trocknete sich ab. Schon lange war sie nicht mehr morgens schwimmen gewesen, dabei fühlte es sich gut an, den Tag aktiv zu beginnen. Vielleicht sollte sie das wieder einführen. Einfach eine Stunde früher aufstehen, den gewohnten Tagesablauf unterbrechen und vor Dienstbeginn ihre Bahnen ziehen. Damit hätte sie gleich nach dem

Umzug beginnen sollen, als sowieso alles noch neu und ungewohnt war. Ihr Urlaub war geprägt gewesen von Neuem, und wäre sie nicht über weite Strecken traurig und deprimiert gewesen, hätte sie das auch genießen können.

Nora hielt sich für stark, aber die Verletzungen waren tief und befanden sich an Stellen, die nur schlecht verheilten. Kein Mann bedachte das, wenn er fremdging. Sie machten sich keine Gedanken darüber, wie wichtig es war, vertrauen zu können. Gerade in der heutigen Zeit, in der es so aussah, als würde man von aller Welt nach Strich und Faden beschissen, brauchte man diesen einen Fixpunkt im Leben, um den man sich nicht sorgen musste. Nora hatte geglaubt, ihn gefunden zu haben. Sie hatte sich getäuscht. Und als ob das nicht genügte, bekam sie nun einen Nachschlag der besonderen Art.

Nachdem sie sich angezogen hatte, kontrollierte Nora aus Gewohnheit ihr Handy und wurde überrascht.

Matthias Focke hatte angerufen.

Krümels Ehemann.

Das war bislang nur einmal vorgekommen, als Krümel nach einem Fahrradunfall ins Krankenhaus musste. Sie hatte natürlich keinen Helm getragen, davon bekam man schließlich eine platte Frisur. Matthias war so umsichtig gewesen, Nora zu informieren, seitdem hatte sie seine und er ihre Nummer.

Hoffentlich war Krümel nichts passiert!

Im Gang vor den Kabinen föhnte sie sich schnell das Haar. Draußen rief sie auf dem Weg zu ihrem Wagen Matthias zurück.

Er ging sofort ran. Schnell bemerkte Nora, dass er betrunken war. Sie konnte ihn kaum verstehen, so sehr lallte er und faselte irgendwas davon, dass Babsi, wie er seine Frau nannte, im Urlaub sei und er die Lügerei satthatte. Nora wurde nicht schlau daraus. Schließlich fragte er, ob sie ihm Babsi mal kurz ans Telefon holen konnte. Nora erwiderte, sie sei nicht bei ihr, und Matthias sagte, das hätte er sich schon gedacht, dann legte er auf.

Ratlos starrte Nora ihr Handy an.

Was war denn mit dem los?

Sie hatte Matthias nie wirklich gemocht und nicht verstanden, warum Krümel ihn geheiratet hatte. Der Mann war pedantisch, latent frauenfeindlich und in Gesprächen ein unerträglicher Rechthaber. Er sah gut aus und war in seinem Beruf als Finanzmakler wohl auch erfolgreich, zumindest ritt er immer darauf herum, wie einfach es war, den Leuten ihr Geld aus der Tasche zu ziehen. Aber menschlich hielt Nora ihn für eine Niete. Das hatte sie Krümel natürlich nie gesagt, denn die liebte Matthias. Ihre Freundschaft war wegen der Heirat zwar nicht in die Brüche gegangen, aber ein wenig abgekühlt war sie schon. Sie sahen sich seltener als früher.

Nora warf ihre Schwimmtasche in den Kofferraum ihres Wagens und überlegte, ob sie ihre Freundin anrufen sollte. Schaden konnte es wohl nicht, wenn Matthias bereits am frühen Morgen ziemlich betrunken war.

Sie versuchte es, erreichte Krümel aber nicht und hinterließ ihr eine Nachricht auf der Mailbox.

»Hi, Nora hier. Ich hatte eben ein merkwürdiges Telefonat mit deinem Göttergatten. Ruf mich doch bitte mal zurück, ich bin den ganzen Tag erreichbar.«

Sofort danach rief sie noch einmal bei Matthias an, doch der ging jetzt auch nicht mehr ran.

Auf der Fahrt ins Präsidium dachte sie über dieses Telefonat nach. Kaum auf dem Parkplatz angekommen, versuchte sie es abermals bei Krümel – wieder ohne Erfolg.

Hatten die beiden sich gestritten? Matthias hatte gelallt und unzusammenhängend gesprochen, aber ein wenig so geklungen, als verdächtige er seine Frau, ihn zu betrügen.

Eine heiße Nadel bohrte sich tief in Noras Unterleib.

Verdächtigte Matthias sie, Barbara zu decken? Hatte er das gemeint, als er von »eurem« Urlaub gesprochen hatte? Es wäre ja nicht das erste Mal in der Menschheitsgeschichte, dass ein Freund oder eine Freundin für ein Alibi herhalten mussten. Nur hatte Krümel ihr gegenüber nie Andeutungen in diese Richtung gemacht.

Oder doch?

Nora hatte sich schon damals über das Verhalten ihrer Freundin gewundert, sobald es um Henk Claasen ging. Zumindest in den letzten zwei, vielleicht drei Monaten hatte Krümel bei diesem Thema immer sehr kurz angebunden reagiert und versucht, die Gespräche in eine andere Richtung zu lenken. Erst jetzt ging Nora auf, was dahinterstecken könnte. Krümel hatte einen anderen Mann kennengelernt und Nora als Alibi vorgeschoben, wenn die beiden sich heimlich trafen. Plötzlich erinnerte sich Nora an das Gespräch von letztem Sonntag auf ihrem Balkon. Krümel hatte einen Kurzurlaub erwähnt. Wellnesshotel, Massage, Entspannung, aber ohne Matthias. Sie hatte allerdings keinen Zeitpunkt genannt, sondern nur hervorgehoben, wie dringend sie eine Auszeit benötigte.

Was würde ein Mann wie Matthias tun, wenn er die beste Freundin seiner Frau verdächtigte, sie beim Ehebruch zu decken, um ihn wie einen Hornochsen dastehen zu lassen?

War Matthias rachsüchtig?

Von einer Sekunde auf die andere tauchte ein weiterer Verdächtiger auf, und Nora wurde gleichzeitig heiß und kalt. Sie hatte das Handy schon in der Hand, um Paul anzurufen, hielt aber noch einmal inne.

Konstruierte sie sich gerade etwas zurecht, nur um nicht das tun zu müssen, wofür sie sich beim Schwimmen verbindlich entschieden hatte?

Scheute sie davor zurück, Henk aufzusuchen?

Nora ließ das Handy sinken, dachte einen Moment nach und entschied sich gegen einen Anruf.

Zuerst würde sie zu Henk fahren, jetzt gleich.

Falls es dann noch nötig sein sollte, zu Krümel und Matthias.

3

Es klingelte an der Haustür.

Matthias nahm es wie durch Watte gedämpft wahr. Mühsam öffnete er die Augen, die sofort tränten, weil die Sonne hell durchs Wohnzimmerfenster hereinschien. Eine kleine Explosion wirbelte seinen vom Alkohol vernebelten Verstand durcheinander.

Das musste Babsi sein!

Sein Anruf bei Nora hatte die beiden aufgeschreckt, und jetzt kam sie zurück, um zu retten, was noch zu retten war.

Scheiße, sie konnte ihn mal! Er würde ihr ordentlich die Meinung geigen und sie eiskalt abblitzen lassen. Sollte sie doch zu ihrer beschissenen Busenfreundin ziehen, die Schlampe.

Matthias kämpfte sich aus dem Sessel hoch. Die ersten Schritte durchs Wohnzimmer brachten ihn nicht voran, sondern nur von einer Seite zur anderen. Bis er sich einigermaßen unter Kontrolle hatte, hatte es erneut zweimal geklingelt, und er fühlte sich gestresst.

Die eng stehenden Wände des Flurs beförderten ihn wie eine Billardkugel beim Bandenspiel auf die Haustür zu. Zwar stieß er sich schmerzhaft die Schulter an dem verfluchten Garderobenhaken, aber das war in Ordnung, hielt seine Wut schön warm.

Er riss die Tür auf, bereit, seine Babsi so richtig fertigzumachen, und bekam einen wuchtigen Stoß vor die Brust, der ihn in den Flur zurücktaumeln und zu Boden gehen ließ. Der Aufprall war hart, er biss sich auf die Zunge, Blut füllte seinen Mund, und er schluckte es hinunter. Im Gegenlicht der geöffneten Haustür sah er einen großen dunklen Schemen, der sich entsetzlich schnell bewegte. Die Tür fiel zu, der Schemen war hinter ihm, packte ihn unter den Achseln und zog ihn Richtung Küche.

Was lief denn hier ab? Wer war dieser Wichser? Hatte Babsi einen Schläger bestellt, um *ihn* fertigzumachen?

In der Küche ließ der Schemen ihn los, und Matthias schlug der Länge nach hin. Sein Hinterkopf knallte auf die italienischen Fliesen, die er selbst verlegt hatte, und ihm schwanden die Sinne. Einen Moment später hob jemand seinen Kopf ein Stück an, und Matthias spürte warmen Atem in seinem Gesicht.

»Hallo, Matthias. Ich soll dich von deiner Ehefrau grüßen. Sie wartet schon auf dich. Bist du bereit, zusammen mit ihr eine Entscheidung zu treffen?«

Matthias verstand den Sinn der Worte nicht, hatte aber auch keine Lust nachzufragen. Ein Schluck von dem Vogelbeerschnaps gegen die Kopfschmerzen wäre jetzt toll.

Stattdessen schlug jemand seinen Kopf zweimal hart auf die Fliesen, und es wurde dunkel.

4

Das hätte sie sich denken können!

Freitagvormittag, gutes Wetter, natürlich waren einige Menschen draußen, auch in dem Wohngebiet, in dem Henk Claasens Haus stand. Nora ließ den Wagen langsam durch die verkehrsberuhigte Straße rollen und sah in den Vorgärten Männer und Frauen, die Autos wuschen, Büsche beschnitten oder mit den Kindern spielten.

Und alle konnten sie sehen!

Nora beruhigte sich damit, dass sie ja nicht dienstlich, sondern privat unterwegs war, und niemand konnte es ihr verbieten, ihren ehemaligen Lebenspartner zu besuchen. Für die Ermittlungen hatte es dennoch Konsequenzen. Ab sofort konnte sie nicht mehr behaupten, Henk nicht zu verdächtigen, der Pfarrer zu sein. Die Nachbarn kannten Nora, immerhin hatte sie hier eine Weile gelebt.

Eine Nachbarin, Sabine Woltmann, die Vorzeigeblondine, wie Henk sie genannt hatte, grüßte sie sogar.

Nora grüßte verhalten zurück und fuhr direkt bis vor Henks Haus. Sein Wagen stand unter dem Carport, er war also zu Hause. Nora stieg aus, schritt, ohne zu zögern, auf die Haustür zu und klingelte.

Einmal, zweimal, niemand öffnete.

»Henk ist nicht da!«, rief eine Frau hinter ihr.

Nora drehte sich um. Sabine Woltmann war ihr gefolgt. Nora hatte sie als neugierig und intrigant in Erinnerung, und sie hatte sich darüber geärgert, als Henk sie einmal als »echt scharf« einstufte. Wieso ließen Männer sich so sehr vom Äußeren täuschen? Auch der Dümmste müsste die gewollte Signalwirkung blonder Haare doch längst durchschaut haben.

Nora riss sich zusammen, lächelte freundlich und ging zurück zur Pforte. Vielleicht konnte sie sich Sabines Charakter heute zunutze machen.

»Aber sein Wagen steht doch da«, sagte sie.

»Ja, ich glaube, Henk ist verreist. Vor zwei Tagen ist er morgens mit dem Taxi weggefahren. Bestimmt was Geschäftliches, er ist ja immer so furchtbar busy. Dich hab ich lange nicht mehr gesehen, wie geht es dir denn überhaupt?«

Sie begrüßten sich mit einer raschen Umarmung.

»Danke. Mit geht's ganz gut. Und euch?«

»Prima! Luise kommt im Sommer in die Privatschule, in der man so schwer einen Platz bekommt, und Frank ist zum Chefeinkäufer befördert worden. Könnte also kaum besser laufen. Und bei dir? Wo lebst du jetzt?«

»Hafencity.«

»Oh, sehr mondän, nicht wahr?«

»Du weißt nicht zufällig, wo Henk hingefahren sein könnte?«, fragte Nora und versuchte, das Gespräch in eine andere Richtung zu lenken.

Sabine schüttelte den Kopf. »Seitdem du fort bist, haben wir keinen Kontakt mehr. Leider. Er hat sich total zurückgezogen, von allen, arbeitet nur noch, kommt und geht zu ganz merkwürdigen Zeiten. Fast ist es so, als lebte er hier gar nicht mehr. Ich glaube, er hat eure Trennung noch nicht überwunden. Ich finde das auch immer noch alles sehr, sehr traurig. Ihr wart so ein schönes Paar.«

»Also gibt es keine neue Frau bei Henk?«

»Auf gar keinen Fall! Das hätte ich bemerkt.«

Es war Nora klar, wie Sabine diese Frage auffasste. Sie würde Henk von ihrem Besuch erzählen und andeuten, dass Nora zu ihm zurückwollte.

»Sprecht ihr wieder miteinander?«, fragte Sabine mit hoffnungsvollem Blick.

Nora schüttelte den Kopf.

»Nein, ich habe etwas im Haus vergessen, das ich abholen wollte, aber das hat noch Zeit. Du sagtest, Henk kommt und geht zu merkwürdigen Zeiten? Wann kann ich ihn denn antreffen?«

»Warum rufst du ihn nicht einfach an?«

Nora war auf die Frage vorbereitet, sie lag ja nahe.

»Eigentlich will ich ihn überraschen. Wegen der alten Zeiten, weißt du …«

Sie ließ es ein bisschen so klingen, als wolle sie die wieder aufleben lassen.

Sabine nickte verständnisvoll und strich Nora über den Oberarm.

»Das würde mich so freuen. Du fehlst hier in der Siedlung. Ich hab mich viel sicherer gefühlt, als du noch da warst. Neulich hat Frank nachts jemanden hier herumschleichen sehen, gleich da vorn, auf dem Brachgrundstück.«

Darauf wollte Nora lieber nicht eingehen. Sie wusste ja, wen Frank gesehen hatte.

»Ich hab eine Bitte«, sagte sie und ignorierte die Bemerkung. »Erzähl Henk bitte nicht, dass ich da war. Wegen der Überraschung, weißt du.«

»Aber klar doch. Mein Mund ist verschlossen.«

Sabine machte eine Geste, als zöge sie ihre Lippen mit einem Reißverschluss zu.

Nora bedankte und verabschiedete sich und fuhr davon. Im Rückspiegel beobachtete sie, wie Sabine ihr lang nachsah. Die würde niemals den Mund halten. Sobald Henk nach Hause kam, würde sie bei ihm klingeln, irgendeine Begründung erfinden und ihm die frohe Kunde überbringen.

Leider hatte dieser Besuch Noras Verdacht erhärtet. Sogar die Nachbarn hatten bemerkt, dass Henk kaum noch zu Hause war und zu den unterschiedlichsten Zeiten kam und ging. Das war etwas, was die meisten Täter nicht ausreichend bedachten. Jede Verhaltensänderung – und ohne war eine Tat wie die des Pfarrers nicht möglich – wurde von irgendjemandem bemerkt. Meistens von Menschen wie Sabine, die ihre Sicherheit in Routinen suchten.

Aber wenn Henk der Pfarrer war, warum rächte er sich auf diese Art und Weise an ihr? Warum griff er ein verheiratetes Paar an, das Eheprobleme hatte? Henk und sie waren schließlich nicht verheiratet gewesen. Oder bezog sich seine Intention auf die Nachstellungen? Was das anging, stand Olivia Kubat Nora in nichts nach – oder besser, hatte ihr in nichts nachgestanden. Wollte Henk ihr aufzeigen, wohin ein solches Verhalten führen konnte?

Möglicherweise legte er es auf eine Auseinandersetzung zwischen ihnen beiden an. Eine einsame Abrechnung, nachdem er Nora isoliert und in die Enge getrieben hatte. Henk war klug genug, einen solchen Plan einzufädeln und durchzuführen. Aber wusste er, in welche Zwangslage er Nora brachte und dass sie nicht offiziell gegen ihn ermitteln würde?

Wie viel von dem, was sie damals getan hatte, war ihm bekannt?

Obwohl Nora jetzt fast sicher war, auf der richtigen Fährte zu sein, wollte sie sich an ihren Plan halten. Selbst wenn Krümels Ehemann Matthias nichts mit dem Fall zu tun hatte, war sein Anruf besorgniserregend. Sie konnte gar nicht anders, als den beiden einen Besuch abzustatten. Dafür musste sie quer durch die ganze Stadt ins Stromer Land. Die beiden lebten in dem umgebauten Landhaus von Matthias' verstorbenen Eltern. Das lag ziemlich weit draußen und war nicht mal durch eine S-Bahn mit der Stadt verbunden. Lediglich eine Buslinie bediente die Gegend tagsüber.

Nora schätzte die Fahrtzeit bei dem Verkehr auf vierzig Minuten. Zeit genug, noch mal in das Hörbuch reinzuhören. Sie verband ihr Handy mit dem USB-Anschluss des Wagens, suchte die Stelle heraus, an der sie ausgestiegen war, und drückte auf Play.

»Frauen wie sie gehen durchs Leben und merken nicht einmal, was sie uns antun. Sie schweben in ihrer ätherischen Wolke aus Schönheit und Unnahbarkeit und verletzen uns ein ums andere Mal, ohne sich auch nur umzuschauen.
Anfangs dachte ich, ich dürfe ihr das nicht übel nehmen, denn sie kann ja nichts dafür, dass Gott sie so erschaffen hat. Doch dann änderte ich meine Meinung. Denn Gott hat sie ebenso mit Gefühlen und sensorischen Organen ausgestattet wie alle anderen Menschen. Sie kann sehen, hören und riechen und das Verhalten ihrer Umwelt interpretieren. Sie kann sehr wohl bemerken, welche Spur der Zerstörung sie hinterlässt.
Aber es ist ihr gleichgültig. Und deshalb darf ich es ihr übel nehmen und sie dafür bestrafen. Aber hier stieß ich rasch an meine Grenzen.
Wie bestrafe ich jemanden, dessen Anmut jede Wut sofort erlöschen lässt? Ich kann nicht die Hand erheben, wenn ich in ihre Augen sehe, wenn ihr Blick mich weich werden und in mir den Wunsch aufblühen lässt, sie zu beschützen. Sie ist wie ein Gift,

das mich lähmt und mich bei vollem Verstand langsam tötet, während ich hilflos zusehen muss, was mit mir geschieht. Lange fand ich keinen Ausweg aus diesem Dilemma und war schon bereit, mich damit abzufinden und wenigstens anzuerkennen, wie privilegiert ich bin, für die Liebe sterben zu dürfen.
Dann aber schlich sich dieser eine Gedanke ein, als ich sie Arm in Arm mit ihrer geliebten Freundin sah. Seit jeher umgab sie sich mit Eleonore, wie sich jede schöne Frau mit einer weniger schönen umgibt, eine Symbiose, von der beide profitieren. Die eine erstrahlt noch heller, wenn das überhaupt möglich ist, die andere zieht Blicke auf sich, die sie sonst nie bekommen hätte, und Männer, die sich niemals trauen würden, die Göttin anzusprechen, wagen es bei der Untertanin.
Ist das wahre Freundschaft zwischen ihnen, basierend auf Liebe?
Und wenn ja, wie viel Schmerz kann ich der Göttin zufügen, wenn ich die Untertanin töte?
Denn das kann ich tun. Immerhin das. Sie, Eleonore, greift nicht nach meinem Herzen, lähmt mich nicht, erweckt nicht den Beschützer und Helden in mir. Gegen sie kann ich die Hand erheben. Aber neben der Frage, wie sehr ich Clarice mit einer solchen Tat treffe, stellt sich eine weitere: Reicht mir das? Reicht es mir, das Blut der Freundin zu vergießen, wenn es doch die Göttin mit dem kalten Herzen ist, die mich zugrunde richtet?«

Nora schaltete das Hörbuch ab.

Kalter Schweiß brach ihr aus allen Poren.

Der Innenstadtverkehr ließ es nicht zu, sonst hätte sie das Gaspedal bis zum Bodenblech durchgedrückt. Leider fuhr vor ihr ein Lkw, sodass sie nicht einmal sehen konnte, ob es eine Chance gab zu überholen. Alles in ihr brannte darauf, schneller zu fahren.

Bei den anderen Passagen des Hörbuchs, die sie bisher gehört hatte, war sie noch von einem Zufall ausgegangen, oder besser, sie hatte sich daran geklammert, dass es sich um einen Zufall handeln musste. Das konnte sie jetzt nicht mehr. Der mörderische Pfarrer hatte das Hörbuch von Nick Kandinski absichtlich ausgesucht, um ihr eine Botschaft zu senden – und wieder passte diese Botschaft zu Henk Claasen. Sie hatte ihn verletzt, und jetzt rächte er sich an einem Menschen, der ihr etwas bedeutete. An Krümel. Nora war nicht ganz klar, warum er davor die Kubats angegriffen hatte, aber im Moment hatte sie keine Chance, diesen Gedanken zu Ende zu denken. Dafür war sie viel zu angespannt.

Noch zehn Minuten!

Nora wählte Krümels Nummer. Niemand nahm ab. Das war alarmierend, denn Nora hatte es schon einige Male bei ihrer Freundin versucht, und so lange ließ sie sie sonst nie schmoren. Ein weiterer Versuch bei Matthias brachte auch keinen Erfolg.

Nora ignorierte eine rote Ampel, nahm jemandem die Vorfahrt, holte beinahe einen Fahrradfahrer aus dem Sattel, erreichte die Adresse im Stromer Land aber schließlich doch, ohne einen Unfall zu verursachen.

5

Das Haus stand allein auf einem großen Grundstück, hinter dem sich weite Felder bis an die Weser erstreckten. Es war ein typisches Friesenhaus, niedrig, mit Reet gedeckt, Fachwerkwände, die teilweise schief standen. Die Einfahrt führte auf einen Innenhof, der von der Straße aus nicht einsehbar war. Nora bemerkte sofort, dass Krümels kleiner roter Flitzer nicht da war – und auch sonst kein Auto. Sie wusste nicht, was für einen Wagen Matthias fuhr, nur dass er einen eigenen besaß. War er in seinem Zustand weggefahren, oder hatte er gar nicht von zu Hause aus angerufen?

Nora sprang aus dem Wagen und lief zum Haus. Die blau lackierte Tür bestand aus massivem Holz und hatte kein Fenster, sodass Nora nicht in den Flur schauen konnte. Sie klingelte Sturm, schlug mit der Faust gegen das Holz, machte einen Höllenlärm, dennoch erfolgte keine Reaktion.

Nora hielt inne. Sollte sie sofort die Kavallerie rufen? Sie entschied sich dagegen, umrundete stattdessen das Haus und schaute durch jedes Fenster. Sie entdeckte niemanden im Inneren des Hauses. Als sie ratlos und frustriert zurück zum Hof ging, rief jemand von der anderen Straßenseite und winkte ihr zu. Eine ältere Frau in schmutziger Gartenkleidung und mit bunten Holzclogs an den Füßen.

»Zu wem wollen Sie denn?«

Nora ließ zwei Autos passieren und überquerte dann die Straße.

»Zu meiner Freundin, Barbara Focke, aber es scheint niemand da zu sein.«

»Die Barbara ist schon vor zwei Tagen fortgefahren. Kurzurlaub, hat sie gesagt. Und dem Matthias seinen Wagen hab ich vor einer halben Stunde oder so abfahren sehen.«

»Saß Matthias selbst am Steuer?«

»So genau hab ich nicht hingeschaut. Er hat ja auch einen Wagen mit getönten Scheiben, wissen Sie. So wie bei der Mafia. Aber wer soll sonst am Steuer gesessen haben? Ist denn irgendwas nicht in Ordnung?«

»Sie als Nachbarin haben nicht zufällig einen Schlüssel für das Haus?«

»Nee, so dicke sind wir mit den Fockes dann doch nicht.«

»Okay, vielen Dank.«

Die Frau wollte noch etwas fragen, doch Nora wandte sich ab, rannte über die Straße, blieb noch einen Moment unschlüssig auf dem Hof stehen und rief dann Paul an.

Paul Diekhoff traf eine halbe Stunde nach dem Anruf beim Haus der Fockes ein. Die Wartezeit war für Nora unerträglich und ließ viel Raum für Vorwürfe. Warum hatte sie nicht vorher daran gedacht, dass Henk Claasen sich an ihrer besten Freundin vergreifen könnte, um sie zu treffen? Wenn Krümel etwas zustieß, wäre es ihre Schuld, und Nora wusste nicht, ob sie damit leben könnte.

Sie bat Paul, die Haustür aufzubrechen, doch der protestierte und wies darauf hin, dass sie keinen Durchsuchungsbeschluss hatten und auch keinen bekommen würden, nur weil Nora glaubte, der Pfarrer kündige mit dem Text des Hörbuchs seine nächste Tat an. Nora blieb hartnäckig und bekniete Paul, ihr zu helfen. Sie wusste, er konnte ihr nicht widerstehen. Schließlich öffnete er mit einem Spezialwerkzeug die Tür.

Im Haus folgte die große Ernüchterung.

Barbara und Matthias Focke waren nicht da, und nichts wies darauf hin, dass hier ein Verbrechen stattgefunden hatte. Auf dem Tisch im Wohnzimmer stand eine zur Hälfte geleerte Flasche Obstbrand.

»Matthias war am Telefon vollkommen dicht, der kann nicht allein weggefahren sein«, sagte Nora und raufte sich die Haare. Sie war verwirrt und machte sich große Sorgen. Paul hingegen war die Ruhe selbst, und das nervte sie noch mehr.

»Vielleicht hat ein Freund ihn gefahren. Nora, hör zu, mir fallen spontan mehrere Varianten ein, was hier passiert sein könnte, und die haben alle keinen kriminellen Hintergrund. Warum meinst du, dass den beiden etwas zugestoßen ist? Nur wegen des Hörbuchs, oder hab ich irgendwas verpasst?«

Verpasst nicht, aber Paul wusste längst nicht alles. Nora musste sich eingestehen, dass jetzt der Zeitpunkt gekommen war, ihm reinen Wein einzuschenken. Sie kam allein nicht weiter und fühlte sich, als stünde sie kurz vor einem Zusammenbruch.

Paul sah sie mit einem Blick an, der ihr nicht gefiel.

»Was ist? Glaubst du etwa, ich spinne?«, fuhr sie ihn an. Ihre Stimme klang panisch.

Er packte sie am Arm, führte sie in die Küche, drückte sie auf einen Stuhl und füllte Wasser aus dem Hahn in ein Glas, das er vor sie hinstellte.

»Trink das, und dann erzähl mir bitte in Ruhe, was hier vorgeht. Und zwar alles!«

Nora war viel zu verzweifelt, um zu widersprechen. Sie trank, verschluckte sich, hustete, dass ihr Tränen in die Augen traten, und ließ sich von Paul ein Papiertuch reichen, um sie zu trocknen.

Nachdem sie sich beruhigt hatte, erzählte sie ihm von Matthias' Anruf und davon, dass ihre Freundin nicht zu erreichen war und sich nach Noras Trennung von Henk merkwürdig verhalten hatte.

»Du glaubst also, das alles dient dazu, dich fertigzumachen? Die Entführung der Kubats, der Mord an Olivia, die deutliche Anklage des Täters gegen den Ehebruch?«

Paul klang skeptisch. Zu Recht. Noch hatte Nora nichts alles erzählt.

»Es ist Henk«, sagte sie. »Henk Claasen ist der Pfarrer. Er will sich an mir rächen, deshalb inszeniert er das alles. Es ging von Anfang an nicht um die Kubats, sondern um mich. Henk war Rolf Kubats Trauzeuge, und von dem Therapeuten Gereon Reichmann weiß ich, dass Olivia mit Henk über ihre Eheprobleme gesprochen hat. Außerdem hat mir der Pfarrer aus Dörverden erzählt, dass Henk sich damals geweigert hat, an der kirchlichen Zeremonie als Trauzeuge teilzunehmen. Er hat eine Abneigung gegen die Kirche, genau wie du. Henk hat die Kubats ausgewählt, weil er von ihren Eheproblemen wusste, nur deshalb.«

»Das ist doch Quatsch«, fuhr Paul dazwischen. »Selbst wenn er sich an dir rächen will, was ich bezweifle, warum verkleidet er sich dann als Pfarrer und tut so, als sei er auf einem moralischen Feldzug gegen die Ehescheidung? Gerade sagtest du noch, er habe eine

Abneigung gegen die Kirche. Und dann tritt er für deren Ansichten ein? Das ergibt doch gar keinen Sinn.«

»Natürlich ergibt es einen Sinn! Das tut er, um von sich abzulenken, damit wir einer falschen Spur folgen. Er ist schließlich nicht dumm. Außerdem liegt es irgendwie nahe. Henk und ich waren zwar nicht verheiratet, nach vier Jahren aber so gut wie, und ob mit Ehegelübde oder nicht, war das zwischen uns eine Trennung. Und zwar eine sehr harte.«

»Ja, aber eine, die er zu verantworten hat. Henk ist fremdgegangen, daran muss ich dich wohl nicht erinnern. Welchen Grund hätte er, sich jetzt auf diese Art an dir zu rächen? Nee, Nora, das ergibt keinen Sinn. Du verrennst dich da in etwas, und ich kann auch verstehen, wieso. Dieser Fall so kurz nach der Trennung von Henk …«

»Ja eben!«, unterbrach sie Paul und schrie beinahe. »Kaum bin ich nach meiner Auszeit wieder im Dienst, beginnt dieser Fall. Wie viele Indizien brauchst du denn noch?«

Paul schüttelte den Kopf und sah zu Boden.

»Das kann Zufall sein. Henk ist doch gar nicht der Typ für so was. Oder weißt du etwas, was ich nicht weiß?«

Nora ging auch noch den letzten Schritt und erzählte Paul von ihren Nachstellungen damals. Sie verschwieg nichts … na ja, fast nichts. Nicht die wochenlange Überwachung während des Dienstes, die vielen Fotos, die sie selbst geschossen hatte, und auch nicht die Manipulation und Überwachung von Henks Handy. Sie ließ nur Dominik Roth unerwähnt, weil sie ihm nicht schaden wollte. Während sie sprach, wurde ihre Stimme immer leiser, und am Ende liefen ihr Tränen über die Wangen.

Als sie fertig war, starrte Paul sie aus großen Augen an. Sein Mund stand offen.

»Ist nicht dein Ernst?«

Nora schaffte es, ihn anzusehen.

»Ich war so verletzt …«

»Du hast also genau das Gleiche getan wie Olivia Kubat?«

»Henk ließ mir doch gar keine Wahl …«

Schon jetzt bereute Nora es, Paul die Wahrheit gesagt zu haben. Sein Bild von ihr hatte sich gerade gewandelt, er hielt sie nun für eine dieser Frauen, die nicht damit leben konnten, wenn sie verlassen wurden. Rachsüchtige Frauen, die nicht nur ihre Beziehung, sondern das ganze Umfeld gleich mit zerstörten.

Und das Schlimme war, er hatte dazu jeden Grund.

»Nora … Ich fasse es nicht.«

Er schaffte es nicht, sie anzusehen. Der Fußboden der Küche der Fockes war in diesem Moment interessanter für ihn.

»So kenne ich dich gar nicht. Ich meine, ich weiß ja, wie gern du gewinnst und so, aber das hätte ich nicht erwartet. Hätte ein Gespräch mit Henk nicht gereicht?«

»Bei dir und Anke mag das anders laufen«, sagte Nora leise. »Ihr redet wahrscheinlich über alles, aber lass dir gesagt sein, ab einem bestimmten Zeitpunkt wird nicht mehr geredet. Und den hatten Henk und ich erreicht.«

»Weiß er davon?«

»Henk?«

»Ja, hast du es ihm gestanden?«

»Nein.«

»Wie hat er es dann erfahren, wenn er sich jetzt für dein Verhalten rächen will?«

»Ich weiß es nicht.«

»Aber du weißt, dass er der Pfarrer ist?«

»So vieles spricht dafür … und dann mein Bauchgefühl … Ja, ich bin mir sicher. Und ich bin mir auch sicher, dass Barbara und Matthias in Gefahr sind. Er hat sie sich geholt, um mir den nächsten Schlag zu verpassen.«

»Dafür gibt es nicht einen einzigen Anhaltspunkt.«

»Beide gehen nicht an ihre Telefone.«

»Na und? Das kann tausend andere Gründe haben.«

»Hat es aber nicht. Paul, wir müssen etwas unternehmen, und zwar sofort.«

Paul hob den Blick.

»Okay, dann machen wir es offiziell und fahnden nach Henk. Erklären wir ihn zu unserem Hauptverdächtigen.«

»Nein!«

»Du willst doch etwas gegen ihn unternehmen.«

»Ja, aber nicht so. Wenn wir das tun, erfährt Zerhusen davon, und ich muss ihm alles erzählen, was ich gerade dir anvertraut habe.«

»Tja, so leid es mir tut, aber da musst du jetzt durch.«

Nora schüttelte den Kopf. »Es gibt einen anderen Weg. Wir müssen Henks Handy und die Handys der Fockes orten lassen. Ich wette, sie befinden sich alle am selben Ort.«

»Für so eine Ortung benötigen wir eine offizielle …«

»Nein, nicht offiziell. Das bleibt zunächst unter uns. Sobald wir Henk überführt haben, kann Zerhusen meinetwegen alles wissen, aber nicht vorher.«

»Nora, hörst du dir eigentlich selbst zu?« Paul ergriff ihre Hände. »Du rennst in dein Verderben.«

Sie entzog ihm ihre Hände. »Nein, wenn wir es richtig anstellen …«

»Wir stellen gar nichts an.« Paul sprang auf. »Ich riskiere nicht meinen Job, weil du Henk heimlich ausspioniert hast. Schon gar nicht jetzt, wo es so aussieht, als könne ich in die Mordkommission wechseln. Außerdem glaube ich sowieso nicht, dass er der Pfarrer ist. Nein, Nora, so funktioniert das nicht, das kannst du dir abschminken.«

Paul lief in der Küche auf und ab und zeigte bei seinen letzten Worten mit dem Finger auf Nora.

»Komm endlich zur Vernunft. Du siehst ja vor lauter Bäumen den Wald nicht.«

»Ach, aber du?«

»Ja richtig. Hast du dir mal Gedanken zu diesem Paartherapeuten gemacht?«

»Gereon Reichmann?«

»Ja, was ist mit dem? Warum ermitteln wir nicht gegen ihn? Er hat kein Alibi, aber ein Motiv, und es besteht die Möglichkeit, dass er dich mit seiner Aussage auf eine falsche Fährte gelockt hat.«

»Quatsch.«

»Wisch das nicht einfach so weg, Nora. Er weigert sich, dir Einzelheiten der Therapie mit den Kubats zu berichten, lässt aber den Satz fallen, Olivia Kubat habe mit dem Trauzeugen ihres Mannes über ihre Eheprobleme gesprochen. Findest du das nicht verdächtig?«

»Nein, weil ich ihm diese Aussage entlockt habe. Freiwillig hätte er sie nicht gemacht. Der Mann ist nicht der Pfarrer.«

»Was macht dich so sicher? Ach, warte, lass mich raten. Dein Bauchgefühl.«

So, wie er es sagte, hatte es etwas Beleidigendes.

Nora stand ebenfalls auf.

»Ich dachte, du bist auf meiner Seite.«

»Nein«, sagte Paul laut und zeigte wieder mit dem Finger auf sie, »komm mir nicht so. Ich bin nämlich auf deiner Seite, aber du willst ja nicht auf mich hören.«

»Du hast Angst um deinen Job, das ist alles. Ich dachte nicht, dass ihr SEK-Leute so feige seid.«

Paul wurde rot vor Wut und setzte zu einer Rechtfertigung an, doch plötzlich ließ er den Arm sinken, schüttelte den Kopf und verließ die Küche der Fockes wie ein geprügelter Hund.

Nora blieb allein zurück. Sie verharrte still, bis sie auf dem Hof einen Motor starten und einen Wagen abfahren hörte. Erst dann ging auch sie hinaus. In der Ferne sah sie Pauls Wagen davonfahren und fühlte sich im Stich gelassen.

6

Es regnete leicht. Die feinen Tropfen sammelten sich auf den jungen Blättern des Unterholzes, bis diese sich unter der Last bogen und auf Nora herabregneten. Ihr Haar klebte am Kopf, ihre Kleidung am Körper, ihre Gedanken klebten an Henk Claasen, dessen Haus sie seit zwei Stunden aus dem kleinen Wäldchen heraus beobachtete.

Zweimal hatte sie wegen Hundespaziergängern abtauchen und sich dicht an den Boden pressen müssen, doch seitdem das Wetter schlechter geworden war, war niemand mehr gekommen – auch Henk nicht.

Die ganze Zeit über fragte Nora sich, ob sie Paul die volle Wahrheit hätte sagen sollen. Seine Reaktion zeigte ihr jedoch, dass das falsch gewesen wäre. In seinem Blick war nichts mehr zu sehen gewesen von dem Respekt und der Anerkennung, die er für sie empfand. Für ihn war sie tief gesunken, und es wäre fatal gewesen, sich selbst noch weiter hinabzustoßen. Andererseits: Wenn er alles wüsste, würde er ihr vielleicht doch dabei helfen, Henk außerdienstlich aufzuhalten.

Wenige Monate bevor das mit Henk damals dramatisch geworden war, hatte Nora einen Fall bearbeitet, der vieles von dem, was sie später getan hatte, erst ermöglichte. Eine junge Frau war getötet worden, nachts, auf offener Straße. Jemand war an sie herangetreten, hatte ihr von hinten ein Messer in den Brustkorb gestoßen und sie sterbend in der Gosse liegen lassen. Zunächst hatten sie keinen Anhaltspunkt dafür gefunden, wie es zu diesem Mord gekommen sein könnte. Die junge Frau war nicht ausgeraubt worden, und es gab in ihrem Bekannten-, Freundes- und Familienkreis niemanden, den sie verdächtigten. Irgendwann hatte sich dann herausgestellt, dass die Frau als Moderatorin für eine Internet-Datingplattform gearbeitet hatte. Die meisten dieser Singlebörsen arbeiteten seriös, aber es gab auch welche, die Mitarbeiter dafür bezahlten, hauptsächlich Männer durch sexuell anregende Gespräche zu weiteren kostenpflichtigen Diensten zu verleiten. Genau damit hatte die junge Frau ihr Studium finanziert. Es war schwierig gewesen, den Betreiber der Website dazu zu bringen, mit den Behörden zusammenzuarbeiten. Die Firma hatte versucht, sich damit zu rechtfertigen, dass sie sich als Unterhaltungs- und Chatplattform sah, nicht als Dating- und Singlebörse, und dies auch in den allgemeinen Geschäftsbedingungen aufführte. Das stimmte. Darin stand eindeutig, dass Moderatoren als Chatpartner eingesetzt wurden. Aber wer las schon diese seitenlangen, klein gedruckten Geschäftsbedingungen, wenn er notgeil vor dem PC saß?

Später war es sehr komplex gewesen herauszufinden, welche IP-Adressen der jungen Frau als Moderatorin zugeordnet werden konnten und wer hinter diesen Adressen steckte. Wochenlang zogen sich die Ermittlungen hin, bis sie einen Zwanzigjährigen herausgefiltert hatten, der immer wieder in dem Glauben mit der jungen Frau gechattet hatte, sie sei in ihn verliebt. Der Zwanzigjährige war ein Nerd, wie er im Buche stand, und mindestens ebenso fit in der digitalen Welt wie die Ermittler der Polizei. Auf dem gleichen Weg wie die Behörden hatte er die Identität der jungen Frau herausgefunden und sie getötet. Ganz einfach deshalb, weil sie ihm ihre Liebe vorgespielt und ihn damit zutiefst verletzt und gekränkt hatte. Nora hatte damals die Chatprotokolle gelesen und sich nur darüber wundern können, mit welcher Glaubwürdigkeit und Ausdauer die junge Frau alle Kunden, speziell aber diesen Jungen, bei der Stange gehalten hatte. Sie hatte einen Job gemacht, mit dem sie Geld verdiente, hatte dadurch einem Menschen das Herz gebrochen und dafür mit dem Leben bezahlt.

Schöne neue Welt!

Nur wenige Monate später setzte Nora die gleichen Mittel ein. Weil sie Henk anfangs nicht nachweisen konnte, dass er sie betrog, durch die Okkupation seines Handys aber bereits wusste, dass er sich immer mal wieder auf einer bestimmten Datingseite herumtrieb, hatte sie sich dort ein Fakeprofil zugelegt und versucht, ihn zu verführen. Online und mit Worten hatte das auch geklappt. Henk war auf die eindeutigen Avancen angesprungen, aber er hatte sich nicht mit ihr treffen wollen – warum auch immer. Wahrscheinlich war sie nur eine von vielen gewesen, und es wäre ihm schlicht über den Kopf gewachsen, wenn er sich mit allen Frauen, die es wollten, persönlich getroffen hätte.

Ja, sie war tief gesunken. Und so wie die junge Frau damals würde sie dafür nun bezahlen müssen. Sie selbst, die Kubats und wahrscheinlich auch Barbara und Matthias Focke.

Ein wenig Hoffnung ließ Nora noch zu. Vielleicht hatte Paul recht, und sie irrte sich, was Krümel und ihren Mann betraf. Vielleicht hatten die beiden Eheprobleme, waren gerade dabei, diese beizulegen, und wollten nicht gestört werden, oder es war ihnen peinlich, mit Nora zu sprechen, nachdem Matthias sie betrunken angerufen hatte.

Ein wenig Hoffnung, aber nicht viel.

Der Regen wurde stärker. Bis auf die Haut durchnässt, begann sie bald zu frieren, ihre Zähne schlugen klappernd aufeinander, sie umschlang ihren Oberkörper mit den Armen, aber auch das half nicht, sich warm zu halten. Eine halbe Stunde hielt Nora noch aus, dann ging es nicht mehr. Frustriert und kraftlos verließ sie ihren Beobachtungsposten und wankte zu ihrem Wagen zurück. Dort angekommen, startete sie den Motor, drehte Heizung, Lüftung und Sitzheizung voll auf und wartete minutenlang, bis sie nicht mehr so stark zitterte und in der Lage war zu fahren.

Jetzt gab es nur noch einen, der ihr helfen konnte.

7

Paul Diekhoff stand im Regen und sah dem abfahrenden Wagen nach. Zuvor hatte er Nora dabei zugesehen, wie sie zwei Stunden im Wald hockte und das Haus von Henk Claasen beobachtete. Zwei Stunden im Regen! Sie glaubte wirklich, dass Henk der Pfarrer war, daran bestand kein Zweifel.

Paul war wütend auf Nora gewesen, aber das hatte nur ein paar Minuten angedauert. Er mochte sie viel zu sehr, um nachtragend sein zu können, und es tat ihm weh, sie in diesem Zustand zu sehen. Nora war aufgewühlt und verzweifelt und hatte die Kontrolle verloren. Ihr sonst so analytischer Verstand hatte sich auf Henk Claasen als Täter eingeschossen, und man konnte ihr Verhalten beinahe schon als Amoklauf bezeichnen. Deshalb war Paul sofort klar gewesen, er durfte sie nicht allein lassen. Aber er kannte auch ihren Dickkopf. Nora konnte stur sein und würde nicht einfach von ihrem Ziel ablassen, nur weil Paul ihr die Gefolgschaft verweigerte.

Als sie kurz nach ihm das Haus der Fockes verlassen hatte, war er ihr gefolgt. Zunächst hatte er nicht gewusst, wohin sie fuhr, warum sie den Waldparkplatz aufsuchte, und als sie dort ausgestiegen war, hatte er geglaubt, sie wolle einen Spaziergang machen, um den Kopf frei zu bekommen. Erst als sie sich am Rande des Wohngebietes im dichten Gebüsch unter einen Baum gesetzt hatte, begriff er, wessen Haus sie da beobachtete.

In den zwei Stunden hatte Paul mit sich gerungen, ob er zu ihr gehen sollte. Er hatte es nicht getan, weil ihr dann klar gewesen wäre, dass er sie verfolgt hatte. Ohne Zweifel wäre sie deshalb noch wütender auf ihn geworden. Allerdings hatte Paul sich geschworen einzugreifen, falls Nora zum Haus hinübergehen und Henk zur Rede stellen sollte. Aber das hatte sie zum Glück nicht getan.

Während er nachdenklich ihrem Wagen nachsah, fragte Paul sich, ob er Nora weiter folgen sollte. Er entschied sich dagegen. Zum einen, weil er ahnte, dass sie, durchnässt und frustriert, wie sie war, nach Hause fahren würde, zum anderen, weil ihre Beharrlichkeit etwas in ihm geweckt hatte.

Er wartete noch, bis ihr Wagen verschwunden war, dann ging er den Weg zurück, den er vor ein paar Minuten gekommen war. Eine Viertelstunde später beobachtete er die Rückseite von Henk Claasens Haus, allerdings nicht aus der Deckung im Gebüsch heraus, sondern frei auf dem Weg stehend.

Hatte Nora doch recht?

War Henk der Pfarrer?

Paul wollte das immer noch nicht glauben. So vieles passte nicht zusammen. Dass Henk der Trauzeuge von Rolf Kubat gewesen war, war jedoch besorgniserregend. Waren die Kubats aus diesem Grund als Opfer ausgesucht worden? Aber wer wusste davon? Der Pfarrer von Dörverden natürlich! Und wahrscheinlich auch dieser ominöse Therapeut, Gereon Reichmann.

Paul folgte dem Weg, bis er das brachliegende Grundstück erreichte. In Henks Haus brannte trotz des grauen Wetters kein Licht, unter dem Carport stand aber ein Wagen. Er war anscheinend zu Hause. Da er schon einmal hier war, wollte Paul wenigstens klingeln und das Gespräch mit Henk suchen.

Als Paul die Hälfte der Brache durchschritten hatte, hielt ein silberner Mercedes vor dem Haus. Der Fahrer musste Paul bereits gesehen haben, deshalb ging er einfach weiter und tat so, als wohne er hier.

Aus dem Augenwinkel beobachtete er, wie aus dem Mercedes ein Mann ausstieg, den Kragen seines Mantels hochschlug und durch den Regen rasch auf die Haustür zulief. Dort klingelte er.

Weil Paul nicht stehen bleiben konnte, ohne aufzufallen, ging er bis zum Nachbargrundstück. Dort versteckte er sich hinter einer Koniferenhecke und beobachtete, wie der Mann noch zweimal klingelte, eine angemessene Zeit wartete, dann zu seinem Wagen zurücklief und davonfuhr.

»Schau mal einer an«, sagte Paul leise.

Er hatte den Typen erkannt.

Gereon Reichmann. Der Paartherapeut.

8

»Wie geht es dir, Barbara?«

Die kleine, dralle Frau lag auf dem großen Bett im Heck des Love-Mobils, eingerollt wie ein Fötus. Zitternd presste sie die Arme vor den Brustkorb und traute sich kaum, ihn anzuschauen. Seitdem er Bernd Meyer vor ihren Augen »erlöst« hatte, war sie in diesem katatonischen Zustand. Er wusste nicht, was er davon halten sollte. Vielleicht spielte sie ihm nur etwas vor.

Nun, er würde es herausfinden.

Er krabbelte zu ihr aufs Bett und berührte sie am nackten Unterschenkel. Sofort zog sie das Bein weg und drückte sich noch dichter in die Ecke.

»Du musst dich zusammenreißen, Barbara. Ich brauche dich bei wachem Verstand. Meinst du, du schaffst das?«

Keine Antwort, nur dieses erbärmliche Zittern.

Also zeigte er ihr das Messer aus der Küchenzeile des Wohnmobils. Es war nicht besonders groß, aber da es unbenutzt war, sehr scharf, und ein Messer machte ja eigentlich immer Eindruck.

»Weißt du, ich hab dich ausgesucht, weil ich dich für stark hielt. Stark genug, um für deine Sünden geradezustehen und Gottes Strafe zu ertragen. Vielleicht habe ich mich aber auch getäuscht. Habe ich mich getäuscht? Sag du es mir, Barbara.«

Sie sagte nichts, glotzte ihn nur aus weit aufgerissenen Augen an.

Er rutschte näher heran, streichelte mit der einen Hand ihren Unterschenkel, den sie jetzt nicht mehr wegziehen konnte, während er das Messer dicht vor ihr Gesicht hielt.

»Wenn du nicht bereit bist, die Strafe zu ertragen, muss ich dich sofort töten. Es geht nicht anders, du verstehst das sicher.«

Er deutete mit der Messerspitze auf die Matratze.

»Dein Bernd liegt genau unter uns, er wird sich bestimmt freuen, wenn du ihn besuchen kommst. Hm, was meinst du?«

Nachdem er den Mann erwürgt hatte, hatte er ihn in dem voluminösen Kofferraum des Wohnmobils versteckt. Dort lag er mit Gurten in einer Rolle künstlichem Rasen verpackt, der dafür gedacht war, bei einem längeren Aufenthalt vor dem Campingbus ausgerollt zu werden. Darüber hatte er Tisch, Stühle und Liegen gestapelt. Selbst bei einer Verkehrskontrolle würde Bernd unentdeckt bleiben – solange er nicht stank!

Barbara hielt noch durch, bis er ihr das Messer an die Kehle setzte.

»Nein … Bitte nicht!«, stieß sie mit krächzender Stimme hervor.

»Sieh an, du kannst ja doch noch sprechen. Wie erfreulich. Dann wiederhole ich meine Frage noch einmal: Wie geht es dir, Barbara?«

Es war schon interessant zu beobachten, wie schwer es ihr fiel, auf diese einfache Frage zu antworten.

»Möchtest du etwas trinken? Ein Glas Wasser vielleicht?«

Sie nickte. Also ging er in die Küche, legte das Messer in die Schublade zurück, füllte ein Glas mit Mineralwasser aus der Flasche, reichte es ihr und setzte sich auf die oberste der beiden Stufen, die zu dem Bett hinaufführten.

Barbara Focke trank hastig.

»Hast du dich je gefragt, was du mit deinem Verhalten anrichtest?«, fragte er. »Und damit meine ich nicht einmal deine Untreue. Nein, was ich meine, ist dein Verstoß gegen das Neunte Gebot. Kennst du die Bedeutung des Neunten Gebotes, Barbara?«

Immerhin schaffte sie es, den Kopf zu schütteln.

»Du sollst nicht begehren deines nächsten Weib. Jaja, ich weiß, was du sagen willst, aber wie beinahe alles Göttliche, so ist auch dieses Gebot nicht wörtlich zu verstehen. Denn dann wäre mit dem Sechsten Gebot schon alles geklärt gewesen. Nein, das Neunte Gebot setzt in den Herzen der Menschen an, es geht nicht um Handlungen, sondern um geistige Fehlhaltungen gegen die Liebe und Treue. Und dessen bist du schuldig geworden, Barbara. Es ist deine Art, sich zu kleiden, zu schminken, auf Männer zuzugehen und auf sie zu wirken, die den Ehebruch erst möglich macht. Christus sagte: ›Wer eine Frau auch nur lüstern ansieht, hat in seinem Herzen schon Ehebruch mit ihr begangen.‹ Und du forderst diese lüsternen Blicke geradezu heraus. Hast du nie darüber nachgedacht, Barbara?«

Plötzlich warf sie das Wasserglas nach ihm und traf ihn an der Stirn.

Sterne explodierten vor seinen Augen, und er stürzte rücklings die Stufen hinunter. Dabei spürte er, wie Barbara über ihn hinwegstieg. Blind packte er zu und bekam einen Knöchel zu fassen. Es gelang ihr jedoch, sich seinem Griff zu entwinden, nachdem sie ihn ein Stück durch den engen Gang mitgeschleift hatte. Er hörte, wie sie die Tür aufriss und sofort um Hilfe schrie. Ein kühler Luftzug erreichte ihn, die Sterne vor seinen Augen verschwanden, die Sicht kehrte zurück. Er brauchte noch ein paar Sekunden, bevor er sich aufrichten konnte. Barbara war längst hinausgerannt, aber das war nicht schlimm. Sie würde hier nicht weit kommen.

Sie hatte nicht einmal besonders hart geworfen, aber der dicke Boden des Glases hatte ihn genau an der rechten Schläfe getroffen, einem sehr empfindlichen Bereich. In dem engen Gang des Wohnmobils konnte er sich an der Einrichtung abstützen, doch als er nach draußen trat, torkelte er und fiel in das hohe, feuchte Gras.

Es regnete leicht, dicke Wolken bedeckten den Himmel, dennoch sah er Barbara in ihrem Kleid durch die Wiese flüchten. Wenn sie nicht aufpasste, würde sie gleich …

Der Schrei bestätigte seine Vorahnung. Sie war in den Stacheldrahtzaun gerannt, der im Sommer das Vieh auf der Weide hielt. Das tat sicher weh.

Er setzte sich auf, zog sich am Wohnmobil hoch, verharrte eine halbe Minute und hörte Barbara kreischen. Wahrscheinlich hatte sich ihr Kleid im Stacheldraht verfangen. Das Glück war eben stets mit den Gottesfürchtigen und den Fleißigen.

Als er sicher war, laufen zu können, stieß er sich von dem Wohnmobil ab und nahm die Verfolgung auf. Barbara hatte sich befreit und lief am Zaun entlang Richtung Fluss. Sie war schnell, die Todesangst verlieh ihr zusätzliche Kraft.

Was, wenn sie es wagte, in den Fluss zu springen?

Das Wasser war kalt, sie würde binnen weniger Minuten sterben.

Er beschleunigte seine Schritte, begann zu laufen und spürte bei jedem Aufprall seiner Füße auf dem weichen Boden, wie jemand in seinem Kopf eine Trommel schlug. Dennoch hielt er durch und erreichte Barbara, als sie bereits bis zu den Unterschenkeln im Wasser stand. Die Strömung war hier stark.

»Barbara, komm zu mir!«, rief er und streckte die Hand aus.

Sie wich zurück ins Wasser, bis es den Saum ihres Kleides erreichte. Weinend, zitternd, den Oberkörper vorgebeugt, die Arme seitlich ausgestreckt, um das Gleichgewicht halten zu können, wechselte ihr Blick zwischen dem Fluss und ihm. Noch hatte sie nicht entschieden, was das größere Übel war.

»Der Fluss wird dich töten«, sagte er mit weicher Stimme. »Er ist gnadenlos, ich hingegen nicht. Wenn du deine Sünden vor Gott gestehst und ihm sein Recht gewährst, dann kannst du überleben.«

Zu diesem Zeitpunkt wäre es unklug, ihr zu erklären, dass ihr Mann Matthias dabei eine erhebliche Rolle spielte und ihre Chance, tatsächlich zu überleben, minimal war.

Sie glaubte ihm nicht, das konnte er sehen.

Im selben Moment, in dem sie sich umdrehte, um in die Strömung zu gehen, stürzte er auf sie los.

Verdammte Scheiße, war das Wasser kalt! Es presste ihm den Brustkorb zusammen und die Luft aus den Lungen. Er hatte Barbara fast erreicht, als der sandige Boden unter seinen Füßen plötzlich wegbrach und er schwimmen musste. Mit einer Hand bekam er sie am Haar zu packen, ließ nicht wieder los und zog sie trotz heftiger Gegenwehr aus dem Wasser. Am schmalen Sandstrand ließ er sie los und schlug ihr aus Frust und Angst mit der Faust ins Gesicht. Herrgott noch mal, für einen Moment hatte er wirklich geglaubt zu ersaufen. Diese blöde Kuh!

Er trat ihr in die Seite, und sie krümmte sich wimmernd zusammen. Auf seine Oberschenkel gestützt, stand er da und rang nach Luft. Es dauerte einen Moment, bis seine Atmung sich beruhigt hatte. Er begann zu frieren, und seine Wut legte sich.

»Na los, komm, wir müssen dich aufwärmen.«

Da sie sich nicht rührte, packte er Barbara unter den Achseln und schleppte sie zurück zum Wohnmobil. Dort befahl er ihr, sie solle sich ausziehen und heiß duschen, doch sie stand nur da, zitterte und rührte sich nicht. Also riss er ihr das Kleid vom Leib, verfrachtete sie unsanft in die Dusche und drehte das warme Wasser auf. Weil er aber auch entsetzlich fror, zerrte er sie nach wenigen Minuten aus der Dusche heraus, befahl ihr, sich abzutrocknen und aufs Bett zu legen, und fesselte sie. Dann stieg er selbst unter die Dusche und duschte so lange, bis kein warmes Wasser mehr kam.

9

»Trotzdem kannst du Nora jetzt nicht allein lassen!«

Paul trat aus der Dusche, nahm das Handtuch, das Anke ihm hinhielt, und begann, sich das Haar trocken zu rubbeln.

»Mach ich doch gar nicht. Aber du weißt ja, wie sie sein kann. Vorhin kam ich einfach nicht mehr an sie heran. Was hätte ich denn tun sollen?«

Anke lehnte, die Arme vor der Brust verschränkt, am Waschbecken und blies die Wangen auf, was Paul bei ihr besonders süß fand. Nachdem er Gereon Reichmann an Henk Claasens Haus gesehen hatte, war Paul, bis auf die Knochen durchnässt, nach Hause gefahren, um heiß zu duschen, bevor es wieder ins Präsidium ging.

»Weiß ich auch nicht«, sagte Anke. »Ich glaube, sie hat das mit Henk noch nicht überwunden. Beim Abendessen war sie auch so komisch.«

»Sag ich doch!«

»Meinst du, dieser Paartherapeut und Henk stecken unter einer Decke?«

Paul zuckte mit den Schultern.

»Schwer zu sagen. Die Möglichkeit, dass zwei Personen hinter dem Pfarrer stecken, wurde schon angesprochen. Immerhin ist der logistische Aufwand groß, zwei Opfer an verschiedenen Orten gefangen zu halten. Denkbar wäre es.«

»Dann musst du Nora davon erzählen!«

»Werde ich. Auch wenn ich befürchte, dass sie mir nicht zuhört. Ich glaube, sie mag diesen Gereon Reichmann.«

»Oder er sie«, gab Anke zu bedenken. »Du weißt ja, wie Nora auf Männer wirkt.«

»Ja, weiß ich.«

Anke nahm ihm das feuchte Handtuch ab, schlang es ihm um den Hals und zog ihn zu sich her.

»Ein Wunder, dass du dich nicht in sie verliebt hast.«

»Hab ich doch, aber du passt viel zu stark auf mich auf, ich hab ja gar keine Chance auf einen Seitensprung. «

»Nur deshalb bin ich mit Nora befreundet. Getreu dem Motto, mach deine Feinde zu deinen Freunden.«

Sie zog ihn noch etwas weiter heran und küsste ihn.

Paul fragte sich, ob Anke das ernst meinte.

10

Nora eilte mit gesenktem Kopf durchs Präsidium. Die Jeans klebte feucht an ihren Beinen, das Haar an ihrem Kopf. Im Büro angekommen, nahm sie das noch nasse Handtuch vom Schwimmen aus der Sporttasche, trocknete ihre Haare, holte den kleinen Ersatzföhn heraus und föhnte sie. Dank des kurzen Schnitts kam eine halbwegs annehmbare Frisur dabei heraus. Sie zog ihre Hose aus und bearbeitete sie fünf Minuten lang mit dem kleinen Föhn. Als sie wieder hineinschlüpfte, war sie zwar nicht wirklich trocken, aber immerhin warm.

Nachdem sie sich einigermaßen beruhigt und vier Kinderriegel aus ihrem Notfalldepot gegessen hatte, rief sie in der technischen Abteilung an, doch dort nahm niemand ab. Die Wanduhr zeigte 13:30 Uhr an, eigentlich müssten die Kollegen noch im Dienst sein. Das Wochenende begann erst um sechzehn Uhr.

Nora war fest entschlossen, also lief sie quer durch das große Gebäude, bis sie Men's Cave erreichte. Die Räumlichkeiten der Abteilung für IT-Ermittlungen hießen so, weil vor den PCs nur Männer saßen und stets eine Temperatur wie in einer Höhle herrschte. Eine Frau wäre binnen kurzer Zeit darin zu Eis erstarrt.

Nora pochte an die Verbindungstür aus Glas und trat in den abgedunkelten Raum. Augenblicklich begann sie, in ihren feuchten Klamotten zu frieren.

Mindestens ein Dutzend Bildschirme war in Betrieb, sie sah aber nur drei gebeugte Rücken. Niemand schien von ihr Notiz nehmen zu wollen. So waren sie, diese Nerds. Wen interessierte das wahre Leben, wenn man im digitalen sein konnte, wer man wollte.

»Lebt hier noch jemand?«, rief Nora und spürte, wie sie zu zittern begann.

Ein Drehstuhl fuhr langsam herum. Der Kollege Özdemir schien mit dem Stuhl verwachsen zu sein. Aus kleinen, eckigen Augen sah er Nora überrascht an, so als sei ihre Anwesenheit in Men's Cave die Sensation des Jahres.

»Ich suche den Kollegen Roth … Dominik«, sagte Nora, darum bemüht, nicht mit den Zähnen zu klappern.

Dominik zu suchen war nicht verwerflich, immer wieder schauten Ermittler in Men's Cave vorbei, wenn sie dringend Hilfe brauchten.

Es dauerte einen Moment, bis diese einfache Frage zu Özdemir durchdrang. Der Mann trug ein T-Shirt mit dem Hard-Rock-Café-Aufdruck. Ein T-Shirt! Bei dem Anblick verkrampften sich Noras Eingeweide.

»Ist nicht da, schon im Wochenende, seit gestern. Vater krank«, sagte der Kollege in den für ihn üblichen abgehackten Sätzen. Nora hatte ihn während einer Dienstbesprechung fünf Minuten am Stück so sprechen hören. Das war äußerst anstrengend gewesen.

»Okay, danke.«

Enttäuscht wandte Nora sich ab. Auf dem Rückweg zu ihrem Büro dachte sie darüber nach, Dominik Roth zu Hause anzurufen. Sie entschied sich dagegen, weil er dort nicht das technische Equipment hatte, um die Handys der Fockes und das von Henk zu orten.

Hilf- und ratlos ging sie in ihrem Büro auf und ab. Sie fror immer noch, die Kälte war tief in ihren Körper gekrochen. Die Angst um Krümel wurde von Minute zu Minute größer. Paul hatte sie mit seiner Argumentation nicht zerstreuen können.

Paul! Warum war er nicht hier? Sie brauchte jetzt jemanden, dem sie vertrauen konnte. Sie schaffte das nicht allein. Leider sah Paul die Dinge nicht so wie sie. Er hatte Gereon Reichmann im Visier, aber Nora glaubte nicht, dass der irgendetwas mit dem Fall zu tun hatte.

Nein, es lief auf Henk hinaus.

Es konnte gar nicht anders sein.

Weil sie nichts tun konnte, beschloss Nora, nach Hause zu fahren und heiß zu duschen. Ansonsten würde sie sich womöglich erkälten, und damit wäre niemandem gedient. Danach würde sie noch einmal Krümel anrufen und eventuell zu ihr hinausfahren. Vielleicht war sie ja inzwischen wohlbehalten zu Hause angekommen!

KAPITEL 7

SAMSTAG

1

Matthias Focke erwachte mit Kopfschmerzen. Vom Hinterkopf ausgehend, pulsierten sie durch den gesamten Schädel, der sich anfühlte, als würde er jeden Moment platzen.

Er erinnerte sich sofort daran, was geschehen war. Jemand war in sein Haus eingedrungen und hatte ihn niedergeschlagen. Ein Einbrecher. Hörte man heutzutage ja immer wieder, wie brutal diese Banden vorgingen.

Aber er lebte! Was auch immer dieser Typ mitgenommen hatte, es spielte keine Rolle, denn er lebte.

Nur, was war das für ein merkwürdiger Geruch?

Klamm und feucht und irgendwie muffig. In ihrem Haus roch es nirgendwo so, auch nicht im Keller, denn sie hatten keinen.

Matthias riss die Augen auf.

Dunkelheit.

»Hallo?«, rief er, und durch seinen Kopf schoss eine heftige Welle des Schmerzes. Er stöhnte auf, wollte sich an die Stirn fassen, musste aber feststellen, dass er seine Hände nicht bewegen konnte. Sie schienen festgebunden zu sein.

»Hallo … Was ist hier los?«, rief er noch einmal und ignorierte die Schmerzen.

Im nächsten Moment ertönte ein metallisches Klacken. Gleißende Helligkeit, eine Explosion von Licht, die ihn zwang, die Lider zusammenzupressen. In dem schwarzen Tunnel hinter seinen Lidern kreiselten Lichtspiralen auf die Unendlichkeit zu. Plötzlich erklang Musik.

Was war das? Orgeltöne. Ein Chor?

Kirchenmusik, das war Kirchenmusik. Aber wie kam er in eine Kirche?

»Was Gott zusammengeführt hat, soll der Mensch nicht trennen«, sprach eine laute Stimme über die Musik hinweg.

Flatternd öffnete Matthias die Augen, schloss sie sofort wieder, öffnete sie und gewöhnte sie an das helle Licht. Sein tränenverschleierter Blick ging zu einer Decke hinauf, die mindestens acht Meter hoch war. Von dort schienen gleich mehrere Sonnen auf ihn herab, kleine, aber kräftige Sterne, deren Wärme er hier unten spüren konnte.

Matthias drehte den Kopf aus dem Licht weg und erkannte unter sich einen abgenutzten Parkettboden riesigen Ausmaßes, an dessen Rändern Dunkelheit lauerte, sowie eine schwarze Wand mit einer Öffnung darin.

Jemand trat hindurch.

Im ersten Moment glaubte Matthias noch an eine Täuschung – das konnte schließlich nicht sein! Eine große Gestalt in der üblichen Kleidung eines Pfarrers kam gemessenen Schrittes auf Matthias zu. Dabei hielt er die Arme vor der Brust verschränkt, die Hände waren nicht zu sehen, sie verschwanden in den weiten Ärmeln des Talars.

»Hallo, Matthias, wie geht es dir?«, fragte der Pfarrer, noch ehe er ihn erreichte.

»Mein Kopf tut weh«, antwortete Matthias wahrheitsgemäß.

»Das wird vergehen. Weißt du, warum du hier bist?«

Der Pfarrer stand jetzt eine Armeslänge von Matthias entfernt, sodass dieser Details erkennen konnte. Der Mann hatte langes schwarzes Haar, das über ihm über die Ohren und tief in die Stirn fiel. Außerdem trug er eine schwarze Chirurgenmaske, die sich bei jedem Atemzug an die Lippen schmiegte, um sich dann wieder aufzublähen.

»Wo bin ich?«, fragte Matthias. Er fühlte sich merkwürdig abwesend und nahm seine Stimme als etwas wahr, das nicht zu ihm gehörte.

»Nun, früher war das hier Sodom, ein gottloser Ort. Das ist er auch heute noch, aber nun ist er von den Menschen verlassen.«

»Ah ja«, sagte Matthias, als verstünde er das Gesagte. So gut es ging, schaute er sich um, wie man es tat, wenn man von einem Makler durch eine Wohnung geführt wurde. Auf einer vernebelten Ebene seines Verstandes war ihm klar, wie merkwürdig er sich verhielt, ändern konnte er daran jedoch nichts.

»Sodom«, wiederholte er und lachte. »Sodomie, was?«

»Ja, aber nicht in der Bedeutung, die dir bekannt ist. Sodomie ist ein sündhaftes Sexualverhalten, das nicht der Fortpflanzung in der Ehe dient. Und damit kommen wir zu meiner Frage zurück. Weißt du, warum du hier bist, Matthias?«

»Ich … Äh … Nein.«

»Dann will ich es dir erklären. Deine Frau Barbara und du, ihr seid abgekommen vom rechten Weg und wollt euer vor Gott gegebenes Ehegelübde brechen. Das aber kann ich nicht zulassen.«

»Babsi … Was ist mit Babsi? Sie schläft mit einem anderen, nicht wahr! Ich hab es gewusst, ich hab es doch gewusst.«

Erst nachdem der Pfarrer ihren Namen erwähnte, erinnerte Matthias sich an seine Frau – und an die Flasche Obstbrand, die wohl nicht ganz unschuldig war an seinen Kopfschmerzen. Plötzlich wurde ihm alles klar.

»Du bist das!«, stieß er aus. »Du fickst meine Frau, du mieses kleines Arschloch.«

Matthias wollte auf den Pfarrer losgehen, doch er konnte nicht. Nicht nur seine Arme, sein gesamter Körper war an eine Holzplatte gefesselt.

»Mach mich los, damit ich dir die Fresse polieren kann«, schrie Matthias.

Speicheltropfen landeten auf dem Talar des Pfarrers.

Der hob die Hand, um Matthias zum Schweigen zu bringen, doch Matthias wollte nicht schweigen.

»Du mieses kleines Arschloch, wie kannst du es wagen, mit meiner Babsi …«

Der Pfarrer schlug ihm mit der flachen Hand ins Gesicht. Es klatschte, und ein Brennen breitete sich auf Matthias' linker Wange aus.

Matthias schwieg verdutzt und starrte den Mann an. Seine Mutter hatte Ohrfeigen dieser Art verteilt, als Matthias ein kleiner Junge gewesen war, und er hatte eigentlich gedacht, diese Zeiten seien vorbei.

»Schweig und hör mir zu«, sagte der Pfarrer. »Ob du leben oder sterben wirst, hängt davon ab, dass du mir zuhörst. Verstehst du, was ich sage, Matthias?«

»Ich will wissen, was mit Babsi ist!«

»Deine Frau betrügt dich, sie begeht fortlaufend Ehebruch, aber nicht sie allein trägt die Schuld. Zwei Seiten formen eine Medaille, und auf jeder Seite steht eine andere Geschichte. Auf deiner steht die Geschichte der Gleichgültigkeit, der Trägheit, der Respektlosigkeit. Auch du hast dich nicht an dein Gelübde gehalten, hast deine Frau nicht in Ehren gehalten, nicht zu ihr gestanden in guten wie in schlechten Zeiten.«

»Aber …«

Langsam verschwand der Nebel aus Matthias' Kopf, und er verstand, dass er sich in einer lebensbedrohlichen Lage befand.

»Du musst eine Entscheidung treffen, Matthias.«

Der Pfarrer zauberte ein Handy hervor.

»Dieses Smartphone ist funktionstüchtig und kann von der Polizei geortet werden. Sobald ich fort bin, kannst du anrufen, wen du willst. Aber bedenke: Wenn du gerettet wirst, stirbt Barbara. Wird Barbara gerettet, stirbst du. Triffst du in acht Stunden keine Entscheidung, stirbst du als Erster.«

»Babsi? Was ist mit Babsi?«

Der Pfarrer ließ Matthias einen Blick auf den Bildschirm des Handys werfen. Darauf lief ein Film ab. Die Kamera folgte einer dunklen, schmutzigen Betontreppe nach unten, nur das Licht einer Taschenlampe oder des Handys selbst erhellte einen langen Gang, von dem einige Türen abgingen. Erst an der letzten Tür auf der linken Seite machte die Kamera einen Schwenk hinein in den Raum dahinter. Auch dort war es finster. Der Lichtkegel der Taschenlampe schnitt einen auf dem Boden liegenden, gefesselten Körper aus der Dunkelheit. Barbara. Ihre Augen waren weit aufgerissen und zuckten wild hin und her. In ihrem Mund steckte ein Knebel, ein nass glänzender roter Ball an zwei schwarzen Gummibändern.

»Babsi!«, stieß Matthias erschrocken aus.

Der Pfarrer steckte das Handy in Matthias' Hosenbund.

»Hast du verstanden, was ich gesagt habe?«

»Du mieses Schwein!«

Der Pfarrer beugte sich über Matthias und befreite seine rechte Hand.

»Es liegt bei dir, Matthias. Triff eine Entscheidung oder stirb zuerst. Aber was auch immer passiert, eure Ehe wird durch den Tod getrennt.«

Damit wandte der Pfarrer sich ab und verschwand in dem Durchgang, durch den er zuvor gekommen war.

Matthias starrte ihm nach. Er hörte irgendwo eine Tür zuschlagen, dann noch eine zweite, und schließlich war es totenstill.

»Hey, komm zurück!«, rief Matthias, doch der Pfarrer kam nicht zurück.

Matthias blieb allein in Sodom, das er jetzt erstmals genauer betrachtete. Seine Augen hatten sich an das grelle Licht gewöhnt, und er erkannte die vier runden Strahler, die unter der hohen Decke an Metallschienen befestigt waren. Daran hingen noch einige andere Strahler in unterschiedlichen Farben und Größen, die jedoch nicht in Betrieb waren.

Der Parkettboden, die dunklen Wände, die Strahler … Der gesamte Raum erinnerte ihn an eine Diskothek, wie es sie früher, in seiner Jugendzeit, gegeben hatte.

»Verdammte Scheiße«, murmelte Matthias und unternahm einen Versuch, sich aus seinen Fesseln zu befreien. Keine Chance. An den Fußgelenken, der Hüfte, dem Hals und der linken Hand waren die Fesseln stark und unnachgiebig, er hatte kaum einen Zentimeter Spielraum.

Er geriet ins Schwitzen, und in seinem Kopf begann es wieder zu pochen. Matthias hörte auf, gegen die Fesseln anzukämpfen, und griff nach dem Handy, das in seinem Hosenbund steckte. Zunächst betrachtete er es, ohne es einzuschalten.

Es kann geortet werden, und ich kann damit anrufen, wen ich will, dachte er. Auch die Polizei. Aber wenn ich das tue, tötet er Babsi. Und wenn ich nichts tue, tötet er mich … und dann wahrscheinlich Babsi.

Zweimal sagte er sich das, bis er begriff, was das für ihn bedeutete.

Dann schaltete er das Handy ein und überprüfte den Ladezustand des Akkus. Der lag bei fünfundneunzig Prozent. Matthias startete erneut das Video, sah seine verzweifelte und panische Babsi und verstand endgültig, was hier auf dem Spiel stand.

Jetzt waren seine Gedanken klar und fokussiert.

Und endlich konnte die Angst ihre Krallen in ihn hineinschlagen.

2

Lautes Pochen riss Nora aus tiefem Schlaf. Sie hatte Probleme, sich zu orientieren. Für einen Moment wusste sie nicht, wo sie sich befand, blickte verwirrt umher und erkannte nur langsam die Einrichtung ihrer Wohnung. Sie lag im Wohnzimmer auf der Schlafcouch, eingewickelt in drei Decken.

Jemand klopfte gegen die Wohnungstür.

»Nora, bist du da? Mach auf!«

Das war Pauls Stimme.

»Moment«, rief Nora.

Mühsam befreite sie sich aus den Decken und erinnerte sich, nach der heißen Dusche am Nachmittag noch stärker gefroren zu haben, weshalb sie beschlossen hatte, sich eine Viertelstunde auszuruhen. Auf keinen Fall länger! Sie musste aber doch erschöpfter gewesen sein, als sie vermutet hatte, denn es fühlte sich an, als habe sie drei Tage am Stück geschlafen. Der Himmel draußen war noch immer wolkenverhangen und verriet ihr wenig über die Tageszeit.

Nora taumelte zur Tür und öffnete sie.

Paul starrte sie überrascht an.

»Was ist los mit dir? Warum gehst du nicht an dein Handy?«

»Wie spät ist es?«

»Beinahe zwanzig Uhr.«

»Was? Verflucht … Tut mir leid, ich wollte mich nur einen Moment hinlegen.«

»Geht es dir gut?«

»Ja, alles klar, ich war nur erschöpft.«

»Dann zieh dir was an, wir müssen los.«

Erst jetzt registrierte Nora, dass sie lediglich den flauschigen Bademantel trug, in den sie sich nach der Dusche gehüllt hatte. Im Schlaf hatte sich der Knoten gelöst, der Bademantel klaffte vorn auseinander und entblößte mehr, als schicklich war. Nora trug zwar Unterwäsche, dennoch raffte sie den Mantel rasch zusammen.

»Was ist denn los?«, fragte sie.

»Der Pfarrer ist zurück«, sagte Paul und folgte Nora in die Wohnung.

»Nein!«

Er nickte. »Doch. Ein Notruf. Der gleiche Ablauf, nur dass es diesmal ein Mann ist, der angerufen hat.«

»Wer? Wer ist es?«

»Weiß ich noch nicht. Da ich dich nicht erreichen konnte, bin ich sofort hergekommen. Der Notruf liegt aber schon eine Viertelstunde zurück. Warum gehst du nicht an dein Handy?«

Nora fand es im Bad in der hinteren Tasche ihrer Jeans, darüber lagen ihre anderen Klamotten und das Handtuch, das sie zum Abtrocknen benutzt hatte. Deshalb hatte sie das Klingeln nicht gehört.

»Habt ihr schon den Aufenthaltsort des Mannes ermitteln können?«, rief Nora Paul aus dem Schlafzimmer zu, während sie sich ankleidete.

»Die Kollegen sind dran. Er sprach am Telefon von einer Diskothek.«

»Diskothek? Dann muss sie leer stehen. Die wird sich finden lassen.«

»Tja, wenn der Pfarrer sich an seinen Ablauf hält, wird sich das Handy des Anrufers ohnehin orten lassen.«

Im Flur zog Nora hastig ihre Sportschuhe an, überprüfte den Inhalt ihrer Handtasche und schnappte sich noch das Ladekabel fürs Handy, denn der Akku war beinahe leer.

»Nimmst du mich in deinem Wagen mit?«

»Sicher.«

Nora lief das Treppenhaus hinunter, und Paul folgte ihr. Sein Wagen stand mit eingeschaltetem Warnblinklicht, die Einsatzleuchte auf dem Dach, halb auf dem Gehweg direkt vor dem Hauseingang. Noch auffälliger ging es kaum. Bisher hatte Nora vor den anderen Hausbewohnern geheim halten können, dass sie Polizistin war, aber das war nun wohl vorbei.

Sie stieg ein, schnallte sich an, verband ihr Handy mit der USB-Buchse des Wagens, und Paul fuhr los.

»Setz mich ins Bild«, forderte Nora ihn auf, klappte die Sonnenblende herunter, um ihre Frisur zu überprüfen, und schreckte beinahe zurück. Sie sah aus wie Rumpelstilzchen.

»Nora …«, begann Paul vorsichtig.

Das klang nicht gut. Sie sah ihn an.

»Oben in der Wohnung wollte ich dich nicht damit überfallen, aber … wir wissen, wer der Mann am Telefon ist.«

»Matthias Focke?«

Paul blickte stur geradeaus und nickte.

»Und er hat gesagt, seine Frau werde ebenfalls festgehalten.«

»Krümel«, sagte Nora und spürte, wie sich ihr Magen zusammenzog. »Also doch. Es geht dem Täter allein um mich.«

»Ich habe bereits die Fahndung nach Henk Claasen eingeleitet.«

Nora schloss die Augen und schüttelte den Kopf. Jetzt passierte das, was sie hatte vermeiden wollen. Jeder, allen voran Zerhusen, würde erfahren, was sie damals getan hatte, um Henk des Betruges zu überführen. Ihre Karriere konnte sie vergessen.

»Es ging nicht anders«, sagte Paul.

»Ich weiß … Ich weiß …«

»Allerdings ist auch eine Streife zu Gereon Reichmann unterwegs. Da ist nämlich etwas, was du wissen musst.«

Paul erzählte ihr, dass er ihr am Nachmittag zum Haus von Henk Claasen gefolgt war und dort Gereon Reichmann beobachtet hatte.

»Die beiden kennen sich?« Nora war verblüfft.

»Das weiß ich nicht. Jedenfalls hat Reichmann bei Henk geklingelt. Der war aber nicht zu Hause, also ist Reichmann wieder abgefahren. Ich konnte ihn leider nicht verfolgen, da mein Wagen auf dem Waldparkplatz stand.«

»Das … Ich verstehe das nicht.«

»Vielleicht arbeiten die beiden zusammen«, schlug Paul vor. »Wäre ja nicht das erste Mal, dass so etwas vorkommt.«

»Aber warum? Welchen Grund sollte Gereon Reichmann haben, auf diese Art gegen mich vorzugehen?«

Paul zuckte mit den Schultern. »Das finden wir noch heraus, aber jetzt sollten wir uns Gedanken darüber machen, wie wir deine Freundin und ihren Mann retten können.«

Wie auf ein Zeichen hin klingelte Pauls Handy in der Freisprecheinrichtung.

Ein Kollege informierte sie über Matthias' Aufenthaltsort. Er war in Emtinghausen, einem kleinen Ort, ungefähr eine Viertelstunde außerhalb von Bremen. Dort hatte es bis vor einigen Jahren eine Diskothek namens Dancefloor gegeben, die pleitegegangen und später in ein Luxusbordell umgewandelt worden war. Nach Proteststürmen der Anwohner war das Etablissement nach nur zwei Jahren wieder geschlossen worden, seitdem stand die Immobilie leer.

Paul schickte ein SEK-Team dorthin und beendete das Gespräch.

»Ein ehemaliges Bordell. Der Pfarrer hat Sinn für Humor«, sagte er grimmig.

»Und er kennt sich hier sehr gut aus. Die Lagerhalle, das Gutshaus, jetzt die Disco … Man muss schon eine Weile hier leben, um diese Locations zu kennen. Aber wo hält er Krümel gefangen?«

»Warum eigentlich Krümel?«

»Ich nenne Barbara schon immer so. Weil sie auffallend klein ist und außerdem bei jedem Essen furchtbar krümelt.«

»Klingt sympathisch.« Paul warf Nora einen Blick zu. »Wir werden sie finden, diesmal trickst der Pfarrer uns nicht aus.«

»Ja«, sagte Nora einsilbig und spürte Zweifel in sich.

»Willst du mit Matthias Focke sprechen?«, fragte Paul.

»Unbedingt.«

Paul stellte die Verbindung her. Während er mit Blaulicht und Höchstgeschwindigkeit durch kleine Dörfer Richtung Emtinghausen raste, telefonierte Nora mit Matthias Focke. Es war ein schwieriges Gespräch, da Matthias nicht annähernd so gefasst war, wie es Olivia Kubat gewesen war. Er schien verwirrt zu sein, sprach teilweise unzusammenhängend, und es kostete Nora Geduld und Nerven, alle Informationen aus ihm herauszubekommen.

Matthias bestätigte, dass er in einer Art Disco gefangen gehalten wurde und der Mann, der ihm das Handy gegeben hatte, ein Pfarrer, nicht mehr da sei. Das von dem Pfarrer gestellte Ultimatum war das gleiche wie bei den Kubats. Zu Barbaras Aufenthaltsort konnte Matthias leider kaum etwas sagen. Auf dem Video sei lediglich eine schmutzige Betontreppe ohne Geländer sowie ein dunkler, eckiger Raum ohne Fenster zu erkennen. Seine Babsi war auf eine Holzplatte gefesselt.

Nora ließ sich den Ladezustand von Matthias' Handy nennen, bat ihn dann, das Video von Barbara an ihre Nummer zu schicken, und sagte ihm, er solle aufhören zu telefonieren und nicht wieder anrufen, es sei denn, ihm drohe Gefahr. Ganz anders als bei Olivia, die sofort kapiert hatte, was davon abhing, dauerte es mehr als zwei Minuten, bis Nora Matthias davon überzeugt hatte aufzulegen. Er jammerte herum, bedauerte sich selbst und beteuerte, seiner Babsi alles vergeben zu wollen, wenn sie heil zu ihm zurückkäme.

Nach zähem Ringen legte er dann aber doch auf.

Das war der Moment, in dem sie Emtinghausen erreichten.

»Wir sind gleich da«, sagte Paul, der hoch konzentriert den Wagen steuerte.

Nora starrte auf ihr Handy. »Wo bleibt das verdammte Video. Kann der Mann nicht mal mit einem Smartphone umgehen?«

Ein paar Minuten später ging es als SMS-Anhang ein.

»Da drüben«, sagte Paul und deutete auf ein eckiges Flachdachgebäude ohne Fenster auf einem großen Grundstück außerhalb der Ortschaft. Es lag circa fünfzig Meter zurückgesetzt von der Straße und war von hohen Tannen umgeben. Viele davon waren krank und braun, auch das Gebäude selbst wirkte krank, war von Zerfall bedroht und ein regelrechter Schandfleck.

Paul fuhr auf den geschotterten Parkplatz, auf dem hohes Unkraut und kleine Birken wuchsen.

»Die Jungs sind noch nicht da«, sagte er und stellte den Motor ab.

Nora startete das Video. Gemeinsam sahen sie es sich an.

»Scheiße«, sagte Paul, nachdem sie es dreimal abgespielt hatten. »Das kann überall sein.«

Auch Nora hatte nichts erkannt, was auf Barbaras Aufenthaltsort schließen ließ. Enttäuscht ließ sie das Handy sinken.

»Wenn dieser angebliche Pfarrer es genauso macht wie beim ersten Mal, dann sollten wir uns darauf einstellen, Barbaras Aufenthaltsort mühsam ermitteln zu müssen«, dachte sie laut nach. »Aber es muss Hinweise geben. Er will schließlich, dass wir die Aufenthaltsorte der beiden kennen und den gleichen Fehler begehen wie beim ersten Mal.«

»Oder einen anderen, der seinem Ziel dienlich ist«, sagte Paul.

»Was meinst du?«

»Na ja, der Mann ist nicht dumm. Er wird einkalkulieren, dass wir diesmal zeitgleich zuschlagen, um die Fockes zu befreien. Was, wenn er in dem Moment per Fernzündung beide tötet?«

»Ich weiß nicht … Wir müssen uns etwas einfallen lassen.«

Das SEK traf ein. Sechs Fahrzeuge fuhren auf den Parklatz des ehemaligen Bordells und wirbelten Staub auf. Ihnen folgte ein Notarzt in einem Kombi und ein Rettungswagen. Die Kavallerie.

»Na endlich«, sagte Paul. Er sprang aus dem Wagen, um seine Jungs zu begrüßen.

Nora blieb noch einen Moment sitzen und betrachtete den Aufmarsch. Sie wusste, diese gut ausgebildeten Männer und Frauen würden ihnen nichts nützen, wenn sie dem Pfarrer nicht einen Schritt voraus waren. Aber dazu mussten sie unbedingt wissen, wo sich Krümel befand.

Paul kam zurück und öffnete die Beifahrertür. Er hielt sein Handy in der Hand.

»Sie haben Gereon Reichmann aufs Präsidium gebracht. Falls er der Pfarrer ist, richtet er keinen Schaden an.«

»Und Henk?«

»Sie suchen noch nach ihm.«

»Okay … Okay …«

Nora versuchte, sich zu konzentrieren. Sie fühlte sich überfordert, ihre Gedanken sprangen von einem Ansatz zum nächsten und wollten sich nicht bändigen lassen. Sie musste sich beruhigen und beginnen, so analytisch zu denken wie sonst auch, obwohl es jetzt um ihre beste Freundin ging.

Paul legte ihre die Hand auf den Unterarm.

»Alles klar?«, fragte er.

Nora presste die Zähne zusammen und nickte.

»Wir finden deine Freundin«, sagte Paul. »Ich mache kurz eine Einsatzbesprechung mit den Jungs, und dann sehen wir weiter, okay?«

»Okay.«

Paul verschwand.

Sein Handy steckte noch in der Freisprecheinrichtung. Nora rief den letzten Anruf auf, um Matthias' Nummer auf ihr eigenes Handy zu übertragen. Als sie das tat, meldete ihr Kontaktverzeichnis, dass die Nummer bereits existierte. Es war Krümels.

Matthias hatte das Handy seiner Frau! Warum war sie nicht gleich darauf gekommen! Schließlich hatte der Pfarrer Olivia Kubat auch das Handy ihres Mannes dagelassen.

Nora rief Matthias an.

»Nora, habt ihr sie?«, rief er ins Telefon. »Habt ihr Babsi gefunden?«

»Nein, haben wir nicht. Du musst uns dabei helfen, Matthias. Das Handy, mit dem du telefonierst, gehört Babsi.«

»Echt?« Es passte zu seiner Verwirrtheit, dass er das noch nicht bemerkt hatte.

»Pass auf, du musst ihre Kontakte durchsuchen. Da muss irgendetwas sein, was uns einen Hinweis auf ihren Aufenthaltsort geben kann. Wenn sie einen Freund hat, muss seine Nummer gespeichert sein.«

»Ich … Ja, ich denke schon, aber ich kenne den Mann doch nicht. Wie soll ich da …«

Nora schloss die Augen und schüttelte den Kopf. Der Mann war total unkreativ und würde nie die richtigen Schlüsse ziehen. Kein Wunder, dass Krümel es geschafft hatte, ihn zu betrügen, ohne erwischt zu werden.

»Wahrscheinlich nicht unter seinem Realnamen, sondern unter irgendeinem Kürzel. Die Anfangsbuchstaben vielleicht. Oder ein Ortsname.«

»Ein Ortsname … Was für ein Ortsname?«

»Hast du denn überhaupt keine Ahnung, mit wem, wann und wo sich dich betrogen hat?«

Wie hart diese Frage für Matthias sein musste, kapierte Nora erst, nachdem sie sie gestellt hatte. Sie hörte ihn am anderen Ende schniefen, und es dauerte einen Moment, ehe er antwortete.

»Ich … Nein … Ich dachte, du wüsstest es.«

Nora schloss die Augen und rieb sich die Nasenwurzel. Matthias hatte recht. Genauso gut wie er hätte sie wissen können, was Babsi trieb, immerhin hatte sie letzten Sonntag noch mit ihr gefrühstückt. Dabei war das Thema Henk Claasen mal wieder ausgeklammert worden, daran hatte Nora sich schon gewöhnt. Sie hatte sich zwar des Öfteren gefragt, warum Krümel so abweisend darauf reagierte, war aber nicht auf den Gedanken gekommen, ihre beste Freundin könnte einer anderen Frau den Mann ausspannen, so wie es irgendeine Tussi mit Henk getan hatte.

»Matthias, hör zu. Du kannst Babsis Kontakte an mich senden. Weißt du, wie das unter Android geht?«

Nora wusste es nur allzu gut. Sie hatte das Gleiche mit Henks Handy und seinen Kontakten getan.

»Ich benutze ein iPhone, keine Ahnung, wie das hier auf dem Samsung funktioniert.«

Nora erklärte es Matthias.

»Versuch es einfach. Es ist wichtig, hörst du! Wir finden Babsi sonst nicht. Ich leg jetzt auf.«

Paul kam von der Einsatzbesprechung mit seinen Jungs zurück.

»Okay, hier wissen alle Bescheid. Ricken hat das Kommando. Wir könnten ins Präsidium fahren und uns diesen Therapeuten vorknöpfen.«

Sein Gesichtsausdruck bewies, wie sehr Paul darauf brannte, das zu tun. Nora glaubte zwar nicht, dass Reichmann der Pfarrer war, aber es musste ja einen Grund dafür geben, warum er an Henks Haus gewesen war. Hier vor Ort konnte sie im Moment ohnehin nichts ausrichten.

»Okay, lass uns fahren.«

Paul nickte, schlug die Tür zu, stieg auf der Fahrerseite ein und startete den Motor.

»Diesmal überlistet das Dreckschwein uns nicht«, sagte er und fuhr mit durchdrehenden Reifen vom Parkplatz des ehemaligen Bordells.

Nora stellte den Timer ihres Handys auf 06:30:00.

3

05:40:04

Gereon Reichmann hockte allein im Vernehmungsraum. Paul und Nora betrachteten ihn durch den Venezianischen Spiegel. Nora fand, er mache einen verstörten Eindruck, so als verstünde er nicht, was hier vorging. Wie ein eiskalter Killer sah er nicht aus.

»Wie er schon dasitzt, bin ich mir sicher, der hat Dreck am Stecken«, sagte Paul.

Wie unterschiedlich doch unsere Wahrnehmung ist, dachte Nora. Aber das war in Ordnung. Mit einem Partner zu arbeiten, der stets genauso dachte wie sie selbst, wäre ineffektiv und wenig kreativ. Die Frage war nur, welche Einschätzung richtig war. Nora vermutete, sie selbst sei nicht objektiv, weil sie Gereon mochte – und seinen Hund!

»Gehen wir rein. Aber nicht ausfallend werden!«, warnte sie Paul.

Er hob abwehrend die Hände. »Ich doch nicht.«

Als sie eintraten, zuckte Gereon zusammen, stand dann auf und schien sichtlich erleichtert zu sein, Nora zu sehen.

»Nora, was ist denn nur los?«, begrüßte er sie und kam auf sie zu.

Paul drängte ihn zurück.

»Setzen Sie sich«, befahl er und warf Nora einen missbilligenden Blick zu. Sie wusste, der galt dem Du.

Nora nahm Gereon gegenüber Platz, während Paul, die Arme vor dem Brustkorb verschränkt, neben der Tür Position bezog. Sein grimmiger Blick erfasste den Therapeuten.

»Warum bin ich hier? Stehe ich jetzt doch unter Verdacht?«, fragte Gereon.

Nora hatte sich vorgenommen, zunächst nicht über den neuen Entführungsfall zu sprechen. Sie wollte erst einmal herausfinden, ob Gereon lügen würde, was seine Beziehung zu Henk betraf. Für zwei, drei Atemzüge sah sie ihn einfach nur an. Er war immer noch der Mann, zu dem sie Vertrauen gefasst hatte. Er sah immer noch blendend aus und besaß Charisma, auch innerhalb dieses trostlosen Raumes. Natürlich, in seiner Praxis fühlte er sich sicherer und strahlte mehr Ruhe aus, aber das war normal. Wer in einem Zimmer wie diesem nicht die Fassung verlor, der war schuldig.

»Wo warst du heute Nachmittag zwischen zwei und vier?«, fragte Nora und empfand ihre Stimme als zu scharf. Wen wollte sie beeindrucken? Paul?

»Zwischen zwei und vier?«, wiederholte Gereon und wich ihrem Blick dabei nicht aus. Ein Mann wie er würde nie in der Luft nach einer Wahrheit suchen, die erst noch erfunden werden musste. Dafür war er zu intelligent.

»Um halb drei verließ meine letzte Klientin meine Praxis, danach habe ich einen Bekannten besucht.«

In dem Moment ging Gereon ein Licht auf, Nora konnte es ihm ansehen, und sie war erleichtert, als er sagte: »Du lässt Henk Claasen beschatten. Deswegen bin ich hier.«

»Richtig. Warum hast du mir nicht sofort gesagt, dass du ihn kennst?«

Gereon presste die Lippen zusammen und nickte. »Das hätte ich vielleicht tun sollen. Aber Henk war ein Klient, und wie du weißt, muss ich Diskretion wahren.«

»Ein Klient?«

»Ja. Er war bei mir, um sich Rat zu holen. Seine Partnerin war dabei, ihn zu verlassen, und er wusste nicht mehr weiter.«

Diese Nachricht traf Nora wie ein Schlag mit dem Hammer. Niemals wäre sie auf die Idee gekommen, Henk könnte während ihrer schlimmen Zeit Hilfe bei einem Paartherapeuten gesucht haben. Er war doch gar nicht der Typ dafür!

»Das … das glaube ich nicht«, stieß sie aus.

»Solltest du aber. Henk hat unter eurer Trennung gelitten. Nachdem ich von dir erfahren hatte, dass du die Frau bist, wegen der Henk Claasen damals bei mir war, habe ich geschwiegen, weil ich darüber nachdenken musste, was ich tun sollte. Glaub mir, ich hatte schlaflose Nächte deswegen. Ich entschied mich dafür, zuerst persönlich mit Henk zu sprechen. Ich wollte sehen, wie er reagiert. Hätte ich den Eindruck gewonnen, dass du mit deiner Vermutung richtigliegst, wäre ich sofort zu dir gekommen.«

»Bullshit!«, schnauzte Paul, stieß sich von der Wand ab, stützte sich auf den Tisch, beugte sich vor und kam Gereon dabei sehr nahe.

»Das kauft Ihnen niemand ab.«

»Das ist auch nicht nötig, weil es die Wahrheit ist«, entgegnete Gereon gefasst.

Nora schüttelte den Kopf. Noch immer hallte der Hammerschlag darin nach. Henk hatte sich einem Therapeuten anvertraut! Nein, unmöglich! Bei all ihren Vorhaltungen und Streitereien war er immer nur auf Konfrontationskurs gegangen und hatte ihr vorgeworfen zu lügen. Nicht einmal im Ansatz war er auf seine Betrügereien eingegangen. So jemand heulte doch nicht einem Therapeuten die Ohren voll.

»Versetz dich einmal in unsere Lage«, sagte Nora. »Du kennst den Fall und weißt, inwieweit du darin involviert bist, und auch, dass du zu den Verdächtigen gehörst. Jetzt stellt sich heraus, du weißt mehr, als du mir in der Vernehmung gesagt hast. Was wirft das für ein Licht auf dich?«

Gereon hob die Augenbrauen.

»Das war eine Vernehmung? Den Eindruck hatte ich an dem Abend nicht. Vielmehr dachte ich, unser Gespräch wäre vertraulich. Was für ein Licht wirft es auf dich, wenn du es jetzt gegen mich verwendest? Immerhin hast du mich aufgesucht, weil du verzweifelt warst.«

»Sparen Sie sich Ihre Haarspaltereien«, fuhr Paul erneut dazwischen.

Nora hob die Hand, um ihn zum Schweigen zu bringen. Gereon hatte recht, und sie erkannte jetzt, dass es ein Fehler gewesen war, sich ihm anzuvertrauen. Aber sie hatte ja nicht wissen können, wie sich die Dinge entwickelten. Gereon hatte an jenem Abend nicht gelogen, aber er hatte die Wahrheit zurückgehalten und sich nicht einmal anmerken lassen, wie sehr es ihn aufgeschreckt haben musste, als er erfuhr, wen Nora verdächtigte.

»Ich kann mir denken, was in deinem Kopf vorgeht«, sagte Gereon.

»Ach ja? Das bezweifle ich.«

»Ich kann nur wiederholen, ich habe mit dem Mord an Olivia Kubat nichts zu tun. Und damit die Zusammenhänge für alle klar werden: Olivia hat zuerst mit dem Trauzeugen ihres Mannes, also mit Henk, zu dem sie ein gutes Verhältnis hatte, über ihre Trennungsabsichten gesprochen. Sie glaubte, Henk könnte Einfluss auf Rolf nehmen, doch der lehnte das ab. Stattdessen empfahl er Olivia, mich aufzusuchen.«

Beinahe hätte Nora laut aufgelacht. Das war doch alles nicht zu fassen! Führte denn jedes Detail dieses Falles auf sie zurück? Weil sie sich von Henk trennen wollte, ging der zu einem Therapeuten, und dieser Therapeut behandelte in Folge ein späteres Mordopfer, für dessen Tod Nora mehr oder weniger verantwortlich war.

Scheiße! Das war doch zum Verrücktwerden!

»Wie bitte?«, fragte Paul. »Olivia Kubat kam auf Empfehlung von Henk Claasen zu Ihnen?«

»Richtig«, sagte Gereon. »Und daran ist überhaupt nichts ungewöhnlich. Die Mehrzahl meiner Klienten kommt auf Empfehlung.

Oder haben Sie in der Tageszeitung mal eine Werbeanzeige eines Paartherapeuten gesehen?«

Nora spürte Pauls Hand an ihrer Schulter.

»Kann ich dich kurz draußen sprechen?«, fragte er und ging voraus. Nora blieb nichts anderes übrig, als ihm zu folgen. An der Tür warf sie einen Blick zurück und überraschte Gereon, der sie ansah. Er lächelte, aber dieses Lächeln erreichte seine Augen nicht.

Es wirkte berechnend.

Paul lief auf dem Gang auf und ab wie ein eingesperrter Tiger, der kein Essen bekommen hatte. Er zeigte mit dem Finger auf die Tür zum Vernehmungszimmer.

»Dieser Typ ist so schuldig wie Ted Bundy.«

»Ich bin mir nicht so sicher.«

»Nora, ich bitte dich, solche Zufälle gibt es nicht.«

»Es sind ja auch keine Zufälle. Es ist eine Kausalkette, die nicht zwangsläufig Gereons Schuld beweist.«

»Gereon also, ja? Ich versteht euch gut, hab ich recht?«

Den Blick, den Paul sich dafür einfing, hatte er verdient, fand Nora, und wenn er nicht so aufgeregt wäre, hätte er ihn auch verstanden. So aber polterte er ungehemmt weiter.

»Dir fehlt der nötige Abstand, um zu erkennen, dass …«

»Halt die Klappe!«, unterbrach sie Paul. »Ich weiß selbst, dass ich einen Fehler gemacht habe, und brauche mir von dir keine Vorhaltungen anzuhören. Außerdem hast du Abstand ebenso nötig. In deiner Fixierung auf Gereon lässt du alle anderen Möglichkeiten außer Acht. So wird nie ein Ermittler aus dir.«

Paul sah sie noch einen Moment gekränkt an, dann wandte er sich wortlos ab. Mit weit ausholenden Schritten lief er den Gang hinunter. Nora wollte ihm etwas nachrufen, doch in dem Moment kam ein Kollege um die Ecke. Er musste Paul ausweichen, sonst hätte der ihn umgerannt.

Nora lächelte dem Kollegen entschuldigend zu, wartete noch einen Moment, ob Paul zurückkehrte, doch das tat er nicht. Schließlich betrat sie wieder das Vernehmungszimmer.

»Dein Kollege ist leicht reizbar«, sagte Gereon.

Nora ging nicht darauf ein. Sie setzte sich, wusste nicht, wohin mit ihren Händen, und steckte sie zwischen die Oberschenkel. Eine Klein-Mädchen-Geste, die ihr unangenehm war, aber Gereon konnte es unter dem Tisch ja nicht sehen.

»Was hat er dir erzählt?«, fragte sie. »Henk. Während der Therapie?«

Gereon seufzte und lehnte sich zurück.

»Du weißt, dass ich darüber …«

»Nein!«, fuhr Nora ihm ins Wort. »Tu das nicht. Komm mir nicht wieder mit deiner Diskretion. In diesem Moment befinden sich meine beste Freundin und deren Mann in der Gewalt des Täters, der bereits Olivia Kubat getötet hat. Wir wissen nicht, wo Barbara ist, und er wird sie ebenfalls töten, wenn wir ihm nicht zuvorkommen. Also sag mir, was ich wissen muss.«

Der Schreck, der sich auf Gereons Gesicht abzeichnete, war nicht gespielt. Er brauchte einen Augenblick, um sich zu fangen, dann rückte er wieder an den Tisch heran und sah Nora mit diesem intensiven Blick an.

»Weißt du, eine Medaille hat immer zwei Seiten, auch in eurem Fall. Henks Seite kenne ich aus den Gesprächen mit ihm ziemlich gut, deine nur oberflächlich. Henk fühlte sich von dir verfolgt und ausspioniert. Er sagte, du verdächtigst ihn einer Sache, die er nicht getan hat, und behandelst ihn wie einen dieser Verbrecher, mit denen du zu tun hast. Ich glaube, er war ehrlich zu mir, als er beteuerte, dass er dich nie betrogen hat, außer hin und wieder in den sozialen Netzwerken, aber das betrachtete er als Spielerei. Er war gekränkt und verletzt und wollte von mir wissen, wie er es schaffen könne, dein Vertrauen zurückzugewinnen.«

Nora schluckte trocken.

»Und was hast du ihm geraten?«

»Dich mit in die Therapie zu bringen. Er wollte es versuchen, aber dann hörte ich nichts mehr von ihm. Er brach die Therapie einfach ab und reagierte nicht auf zwei Nachrichten, die ich ihm auf die Box gesprochen habe. Die Rechnung hat er sofort bezahlt, damit war die Sache für mich erledigt, so etwas kommt häufig vor. Für manche Menschen ist es einfach zu hart. Ich war dann natürlich überrascht, als ich von Olivia erfuhr, dass Henk mich dennoch empfohlen hatte.«

Nora schüttelte den Kopf wie ein bockiges kleines Kind und krampfte unter dem Tisch ihre Finger ineinander.

»Henk hat mich betrogen, ich habe Beweise dafür. Aus der Nummer kommt er nicht raus.«

»Hörst du, wie du sprichst, Nora? Hier auf dem Revier mag das die richtige Tonart sein, in einer Beziehung ist sie es ganz sicher nicht. Vielleicht war es anfangs nur diese Spielerei in den sozialen Netzwerken, so wie Henk es behauptete, und als er bemerkte, wie du gegen ihn vorgingst, hat er aus Trotz und verletzter Eitelkeit mehr daraus werden lassen.«

»Jetzt bin ich auch noch schuld daran!«

Gereon schüttelte den Kopf. Sein nachsichtiger Blick ärgerte Nora.

»Es geht dabei nie um Schuld. Nicht einmal um Wahrheit. Es geht um Vergebung, und dazu wart ihr beide nicht bereit.«

Unter dem Tisch kniff sich Nora in den Unterarm, damit der Schmerz dorthin wanderte, denn dort, wo sie ihn gerade spürte, war er unerträglich.

»Ist Henk der Pfarrer?«, fragte sie mit heiserer Stimme.

Gereon schüttelte den Kopf. »Ich weiß es nicht.«

»Bist du der Pfarrer?«

»Nein.«

4

05:03:00

Matthias hatte es geschafft, Barbaras Kontaktdaten auf Noras Handy zu schicken.

Noch auf dem Flur vor dem Vernehmungszimmer durchsuchte sie sie. Bei der ersten Durchsicht fiel ihr jedoch nichts Besonderes auf. Krümel arbeitete in einem Unternehmen, das Arbeitsgeräte für Baufirmen herstellte und verkaufte. Viele ihrer Kontakte waren beruflicher Art. Nora zählte vierundzwanzig Namen und Telefonnummern aus der Branche. Keine der Daten war besonders markiert oder stach sonst irgendwie hervor.

Sie rief Matthias an.

Der heulte sofort los.

»Ich hab ein Geräusch gehört, gerade eben, irgendwo hinter der Wand. Er ist noch hier und beobachtet mich … Nora, bitte, du musst mich sofort rausholen.«

»Wenn ich das tue, tötet er Babsi.«

Das saß. Matthias schwieg. Nora sagte ihm, sie würde sofort wieder anrufen, drückte ihn weg, verband sich mit Ricken, dem SEK-Leiter vor Ort an der ehemaligen Disco in Emtinghausen, und fragte ihn, ob außer Matthias noch jemand im Gebäude sein könne.

Ricken verneinte. Man habe das komplette Gebäude mit Infrarot und Richtmikrofonen abgesucht. Nur das Opfer befand sich darin, da war sich Ricken sicher. Vielleicht Ratten, vermutete er, als Nora ihm von angeblichen Geräuschen erzählte.

Nora rief Matthias an und beruhigte ihn. Das klappte mehr schlecht als recht.

»Matthias, hör zu, schau bitte in Babsis Handy nach, welche

Nummer sie zuletzt oder in den letzten Tagen am häufigsten angerufen hat.«

Matthias tat, was sie verlangte.

»Bauunternehmen Meyer taucht hier in einer Tour auf. Einer ihrer Kunden, nehme ich an«, sagte er nach einer Weile.

»Okay, danke. Wie viel Saft hat der Akku noch?«

»Zweiunddreißig Prozent.«

»Was? Wie kann das sein in der kurzen Zeit?«

»Keine Ahnung, ich … Vielleicht ist er alt oder kaputt.« Schon war Matthias wieder den Tränen nah.

»Na gut, okay, kein Problem, wir bekommen das hin. Leg jetzt bitte sofort auf, Matthias. Ich melde mich wieder.«

Nora beendete das Gespräch und wollte aus den Kontakten die Baufirma Meyer heraussuchen, als sie jemanden hinter sich spürte.

Es war Paul. Er wirkte zerknirscht.

»Ich war bei den EDV-Fuzzis«, sagte er. »Im Umkreis von fünfhundert Metern um die ehemalige Disco schalten sie auf unser Kommando hin alle Handysignale ab. Einen Sprengsatz zündet der Wichser auf die Art jedenfalls nicht mehr.«

Nora wäre ihm gern um den Hals gefallen, tat es aber nicht.

»Danke dir«, sagte sie stattdessen. »Das eben war unfair von mir, entschuldige bitte.«

»Erst sagst du mir, was ich hören will.«

»Und was ist das?«

Paul antwortete nicht, straffte nur die Schultern.

»Okay, okay, du wirst einmal der beste Ermittler der Welt.«

»Genau das brauchte ich. Was ist mit diesem windigen Therapeuten?«

»Bleibt freiwillig in Haft, bis das Ultimatum des Pfarrers abgelaufen ist.«

»Echt? Ich traue ihm trotzdem nicht.«

»Spielt keine Rolle. Schau mal hier. Ich habe die Kontakte von Krümels Handy. Mit diesem Bauunternehmen hat sie in den letzten Tagen häufig telefoniert. Vielleicht steckt ihr Lover dort. Ich ruf da jetzt an.«

5

04:02:32

»Ist Sache von meinem Mann, wen er vögelt.«

Antonia Meyer war eine gebürtige Podolski, und man hörte ihr die polnische Abstammung deutlich an. Sie sprach schlechtes Deutsch, war klein und drall, ihr Gesicht hart, beinahe schon verhärmt und viel zu stark geschminkt. Nora fand, sie sah aus wie ein Clown. Allerdings keiner von der lustigen Sorte. Die Frau war ihr unsympathisch.

»Sie wissen also von seiner Affäre?«, fragte Nora überrascht.

»Heute die, morgen die, so ist Bernd. Kein Problem, solange er Arbeit nicht vernachlässigt.«

Paul und Nora befanden sich in dem Büro der Baufirma von Bernd Meyer. Zwei Wände waren mit Aktenregalen zugestellt, in der Mitte stießen zwei Schreibtische zusammen, auf denen zwei PC-Bildschirme standen. Sie waren allein, alle Mitarbeiter längst im Wochenende. Vor dem breiten Panoramafenster, das auf den Betriebshof hinausging, gab es eine Sitzecke aus vier Stühlen und einem Glastisch. Daran saßen sie.

Nora war nicht gleich mit der Tür ins Haus gefallen. Sie hatte sich vorsichtig vortasten wollen und gefragt, ob Antonia Meyer Barbara Focke kenne. Das hatte die Frau verneint. Erst als Nora ihr ein Foto von Krümel gezeigt hatte, hatte sie sie als Freundin ihres

Mannes erkannt und das auch ganz unverblümt zugegeben. Sie hatte die beiden zusammen beobachtet.

»Die Frau, mit der sich Ihr Mann trifft, ist verschwunden«, sagte Nora knapp an der Wahrheit vorbei.

»Ach, nicht verschwunden.« Antonia Meyer winkte ab. »Ist in Polen mit meine Mann. Geschäftswochenende. Sie verstehen?«

»Wieso in Polen?«

»Kauft mein Mann Grundstücke dort über meine Kontakte. Ich weiß, er nimmt Kleine mit für Spaß haben. Seine Sache. Hauptsache, ist Montag wieder hier und kümmert sich um Geschäft.«

»Frau Meyer, wo genau in Polen hält sich Ihr Mann auf?«

»Warschau und Umgebung. Er ist mit neues Spielzeug unterwegs. Großes Wohnmobil. Sehr teuer. Mit großes Bett, Sie verstehen?«

»Seit wann wissen Sie von dem Verhältnis Ihres Mannes?«

»Ach, hat er immer mal wieder. Ist egal. Aber ich habe ihm gesagt, wenn er liebt andere Frau, dann Schluss. Aber er liebt nur mich. Wegen Geld, Sie verstehen.«

»Nein, verstehe ich nicht.«

»Firma gehört Hälfte mir, Hälfte ihm. Bei Scheidung alles kaputt.«

Klar, das war ein nachvollziehbarer Grund für aufrichtige Liebe, dachte Nora. Und Bernd Meyer hatte es ja nicht schlecht getroffen. Er durfte sich außerehelich vergnügen und hatte zu Hause eine Frau, die sich um sein Geschäft kümmerte. Ob Krümel wusste, was für einen Typen sie sich geangelt hatte? Wahrscheinlich nicht. Nora kannte ihre Freundin. Sie war romantisch, glaubte an die eine große Liebe. Irgendwann musste sie wohl begriffen haben, dass Matthias nicht diese eine große Liebe war. Warum sie sie in Bernd Meyer zu finden geglaubt hatte, war Nora schleierhaft, aber sie kannte den Mann ja auch nicht. Vielleicht war er ein begnadeter Schauspieler.

»Wann haben Sie zuletzt von Ihrem Mann gehört, Frau Meyer?«

»Donnerstag, früher Abend. Hat gemeldet, dass Geschäft geklappt hat.«

»Seitdem nicht mehr?«

»Nächster Termin für Grundstückskauf ist morgen.«

»Rufen Sie Ihren Mann bitte sofort an.«

»Warum?«

»Weil es sein kann, dass er in Gefahr ist.«

Antonia Meyer schaute zwar skeptisch, stand aber auf, nahm ihr Handy, wählte und hielt es sich ans Ohr. Nora und Paul starrten sie gespannt an.

»Geht nicht ran. Wahrscheinlich fickt gerade.«

Nora schoss vom Stuhl hoch.

»Ich brauche die Nummer Ihres Mannes und die Adressen und Telefonnummern der Geschäftspartner, mit denen Ihr Mann Termine hatte. Außerdem das Kennzeichen des Wohnmobils. Haben Sie ein Foto Ihres Mannes?«

»Ich verstehe nicht. Was das soll?«

Ein wenig Angst schlich sich nun doch in das harte, abgeklärte Gesicht der Unternehmersgattin.

Fünf Minuten später verließen Paul und Nora mit den notwendigen Informationen das Baugeschäft von Bernd Meyer.

»Junge, Junge«, sagte Paul und schüttelte den Kopf. »So was hab ich auch noch nicht erlebt.«

Sie stiegen in den Wagen. Paul fuhr. Er war der bessere Rennfahrer, und die Zeit saß ihnen im Nacken. Nora gab die Rufnummer von Bernd Meyer an die Kollegen durch, damit sie nach dem Handy suchten. Entweder fanden sie dadurch den Bauunternehmer oder, wenn sie Glück hatten, Barbara. Vielleicht war dies die versteckte Spur, die der Pfarrer ausgelegt hatte. Gleichzeitig gab sie eine Fahndung nach dem Wohnmobil und Barbaras Wagen heraus.

»In dem Wohnmobil ist sie jedenfalls nicht mehr«, sagte Paul, nachdem Nora das Telefonat beendet hatte. »Auf dem Video ist deutlich so etwas wie ein Keller zu sehen.«

»Ich gehe davon aus, dass der Pfarrer Krümel in Polen entführt und zurück nach Deutschland gebracht hat. Und das sicher nicht in so einem auffälligen Gefährt.«

»Und Bernd Meyer?«

Nora zuckte mit den Schultern. Ehrlich gesagt interessierte es sie im Moment nicht, was mit dem Schürzenjäger passiert war.

»Dieser Keller in dem Video«, dachte sie laut nach. »Der sieht eher nach Industrie als nach einem Wohnhaus aus, oder?«

Paul nickte. »Finde ich auch. Wahrscheinlich wieder so eine Industriebrache wie die Halle, in der Olivia Kubat gestorben ist.«

Nora warf ihm einen Blick zu. »Die Halle hat aber keinen Keller, oder.«

Paul verstand, was sie meinte. »Das wäre unglaublich dreist. Ich weiß es nicht, aber das lässt sich ja herausfinden.«

Er rief Ricken an. Der bestätigte ihm, dass die Halle keinen Keller hatte.

»Was ist eigentlich mit dem Pfarrer aus Dörverden?«, fragte Paul nach dem Telefonat.

»Was meinst du?«

»Sollten wir ihn nicht zumindest überwachen lassen? Immerhin hat er uns wegen der Fische angelogen.«

Nora klärte ihn darüber auf, dass Pfarrer Görling gelogen hatte, weil er seine Küsterin und Haushälterin Marlies Fechtmann fürchtete.

»Herrschaftszeiten, führt denn heute niemand mehr eine normale Beziehung?«, sagte Paul und schlug aufs Lenkrad.

Nora hatte noch gar nicht daran gedacht, dass Pfarrer Görling und seine Küsterin eine Beziehung haben könnten.

»Doch. Du«, sagte sie, tätigte einen weiteren Anruf und bat darum, eine Streife nach Dörverden zu schicken.

Nur zur Sicherheit.

6

01:23:10

Eine Schranke aus einem weiß lackierten Baumstamm verhinderte die Weiterfahrt.

Paul und Nora stiegen aus. Paul sah sich die Schranke näher an, während Nora den Blick schweifen ließ.

Der Wald lag in tiefer Finsternis. Früher war das hier der Truppenübungsplatz der Niedersachsen-Kaserne gewesen. Die Kaserne gab es nicht mehr, und der Wald hatte sich längst von den Strapazen erholt.

»Ist mit einem Schloss gesichert«, rief Paul und kam zu Nora zurück. »Noch circa vierhundert Meter. Entweder zu Fuß, oder wir machen ausnahmsweise mal einen Dienstwagen kaputt. Besonders stabil ist die Schranke nicht.«

»Dann lass uns den Wagen kaputt machen. Wir müssen näher ran.«

Mit »wir« meinte Nora auch die anderen Fahrzeuge, die hinter ihnen warteten. Zwei, die zum SEK gehörten, sowie zwei Streifenwagen und ein Rettungswagen. Nora hätte gern mehr Manpower dabei, doch sie waren mit diesem Einsatz an ihrer Kapazitätsgrenze angelangt.

Sie stiegen ein und schnallten sich an. Paul setzte zehn Meter zurück und drückte dann aufs Gas. Es gab einen heftigen Ruck, die Baumschranke zersplitterte, und beide Teile flogen zu den Seiten weg. Ein Scheinwerfer des VW-Busses zerbarst, sodass sie die Fahrt durch den Wald halb blind fortsetzen mussten.

»Macht Spaß!«, rief Paul gegen den heulenden Motor an.

Der Weg wurde schlechter, die Schlaglöcher tiefer. Nora hüpfte unfreiwillig auf ihrem Sitz auf und ab und fragte sich, was daran Spaß machte. Der Bewuchs kratzte an den Seitenflächen und über das Dach des Busses, und in einer besonders tiefen Mulde setzte der Unterboden auf.

»Hoppla!«, sagte Paul, reduzierte die Geschwindigkeit aber nicht.

Die Lichter der nachfolgenden Fahrzeuge im Rückspiegel wurden kleiner.

Nora klammerte sich mit einer Hand an den Griff über der Tür, die andere stemmte sie gegen das Armaturenbrett. Ihr wurde schlecht, und das lag nicht nur am Weg.

Nachdem Bernd Meyers Handy geortet worden war, stand nun endgültig fest, dass Henk Claasen der Pfarrer war. Wer sonst hätte als Versteck für Barbara Focke das weitläufige Gelände hinter der ehemaligen Niedersachsen-Kaserne gewählt, wenn nicht ein ehemaliger Soldat. Zudem war Henk nicht auffindbar und sein Handy ausgeschaltet. Sogar Paul hatte eingesehen, dass er sich geirrt hatte. Auch er glaubte nun an Henk als Täter.

Noch hatte Zerhusen nicht angerufen, aber Nora rechnete jeden Moment damit, und das bereitete ihr zusätzliche Bauchschmerzen. Sobald ihr Chef erfuhr, wie das alles zusammenhing, würde er sie von diesem Fall abziehen. Ihre beste Freundin ein Opfer, ihr ehemaliger Lebensgefährte der Täter – Nora konnte selbst kaum glauben, in was sie da hineingeraten war, und die Vorwürfe, die sie sich machte, lähmten ihr Denken. Ohne Paul an ihrer Seite wäre sie schon jetzt nicht mehr in der Lage, diesen Einsatz zu leiten. Dennoch war sie fest entschlossen, zumindest noch Krümel zu befreien. Was danach passierte, war ihr egal, sollte doch jemand anderer den Fall übernehmen und sich um Henk kümmern. Ihre Karriere fand heute ein Ende, da war sich Nora sicher. In diesem Präsidium würde sie nicht weitermachen können – wenn überhaupt!

Paul stieg auf die Bremse, und Nora wurde nach vorn geschleudert. Vor ihnen verengten zwei brusthohe Mauern rechts und links den Weg, darüber lag eine vom Sturm gefällte Fichte. Noch zwei Meter, dann hätte sie ihnen die Köpfe abrasiert.

»Endstation«, sagte Paul. »Wir brauchen eine Motorsäge.«

Er stieg aus und instruierte seine Leute.

Nora duckte sich unter dem mächtigen Stamm hindurch und ging ein paar Schritte weiter. Das Unterholz war hier sehr dicht, sie konnte sogar im Licht der Scheinwerfer kaum zwei Meter weit schauen. Irgendwo dort vorn befand sich laut der Karte ein alter Bunker aus dem Zweiten Weltkrieg. Zu der Zeit hatte hier eine Munitionsfabrik existiert, deren Gebäude im ganzen Wald verteilt gewesen waren. Viele waren nach dem Krieg gesprengt worden, aber einige wenige hatte man stehen lassen, wahrscheinlich als Mahnung. Irgendwo hier befand sich das Handy von Bernd Meyer und wahrscheinlich auch Barbara Focke.

Paul trat an ihre Seite und reichte ihr eine Taschenlampe.

»Bereit?«

Nora nickte. Sie zogen ihre Waffen, richteten den Lichtstrahl nach vorn und marschierten los. Hinter ihnen schlichen beinahe geräuschlos die Jungs vom SEK.

Nach wenigen Minuten erreichten sie einen Maschendrahtzaun. Paul leuchtete ihn ab und entdeckte eine aufgeschnittene Stelle.

»Ist breit genug für eine Person mit Last auf der Schulter und sieht frisch aus«, sagte er und deutete auf Schnittflächen, die noch nicht angerostet waren.

Nora zweifelte ohnehin nicht daran, dass sie hier richtig waren. Die Handyortung war sehr präzise, denn in unmittelbarer Umgebung befand sich ein Sendemast, der die Signale von Bernd Meyers Telefon aufgefangen hatte. Das waren die Fakten. Hinzu kam ihr Bauchgefühl. In ihrer gesamten Karriere hatte Nora sich eigentlich immer auf ihren analytischen Verstand verlassen. Bauchgefühl war nichts für sie. Bei diesem Fall war aber alles anders.

Paul stieg durch das Loch im Zaun, Nora folgte ihm. Ein kurzer Pfad führte sie zu dem Bunker. Dessen graue Betonmauern ragten aus dem Wald auf wie die Überreste einer Inka-Stadt in Mexiko. Er wirkte unpassend und irgendwie fehl am Platze. Auf dem massiven Flachdach wuchsen Bäume und Sträucher.

»Was für ein Kasten«, sagte Paul leise.

Sie gingen nicht davon aus, den Pfarrer hier anzutreffen, deshalb war es nicht nötig, leise zu sein, aber Nora verstand, warum Paul flüsterte. Es lag an dem Gebäude, an dessen einschüchternder Ausstrahlung und dem geschichtlichen Hintergrund. Und jetzt war irgendwo hinter diesen dicken Mauern Krümel gefangen und litt Todesängste.

Nora musste den Impuls unterdrücken, einfach loszustürmen, um ihre Freundin zu befreien. Ihr ging es nur um Krümel, was mit Matthias passierte, war ihr nicht wichtig, aber sie wusste, so durfte sie nicht denken. Das war unfair.

Paul besprach sich mit seinen Leuten, dann kam er zu Nora zurück.

»Okay, alle wissen Bescheid. Machen wir es wie besprochen?«

»Es bleibt dabei«, bestätigte Nora. »Diesmal schlagen wir zeitgleich zu.«

Nora ging voran. Nach wenigen Minuten entdeckte sie die Treppe, die in den Keller hinunterführte – sie sah genauso aus wie in dem Video.

Paul nickte ihr zu, sie stieg die Stufen hinunter, und er folgte dichtauf. Sie bewegten sich langsam vorwärts, leuchteten jeden Winkel aus auf der Suche nach einer Kamera, einem Mikro oder eventuell Drähten, die eine Explosion auslösen könnten. Eine Fernzündung mit dem Handy funktionierte hier nicht, alle Verbindungen waren für die nächsten dreißig Minuten lahmgelegt.

Nora begann zu schwitzen. Stufe um Stufe stieg die Anspannung, bis sie beinahe unerträglich wurde. Ihr Plan sah vor, sich so weit wie möglich an Krümel heranzuschleichen, um dann zeitgleich mit der SEK-Einheit an der alten Disco in Emtinghausen zuzuschlagen. Weil aber die Handys weder hier noch dort funktionierten und für eine Funkverbindung der Abstand zu groß war, hatten sie einen genauen Zeitpunkt abgesprochen. Dreißig Minuten vor Ablauf des Ultimatums würden sie zuschlagen.

Dort, wo die Treppe endete, blieb Nora stehen und warf einen Blick auf den Timer ihres Handys.

00:45:40

Sie hatten noch eine Viertelstunde. Das musste reichen, um den Raum ausfindig zu machen, in dem Krümel gefangen gehalten wurde.

7

Matthias Focke tippte immer verzweifelter auf dem Handy seiner Frau herum. Wieder und wieder versuchte er, Nora Jacobi zu erreichen, doch jedes Mal erhielt er die gleiche Meldung: Das Mobilnetz ist derzeit nicht erreichbar.

Sie hatte ihn vom Netz getrennt!

Nora Jacobi, die seiner Babsi Rückendeckung beim Ehebruch gegeben hatte, ließ ihn im Stich. Was waren das nur für Frauen? Dunkel erinnerte Matthias sich, dass Babsi ihm davon erzählt hatte, wie Nora von ihrem eigenen Freund betrogen worden war. War das nun die Rache? Aber warum an ihm? Er hatte doch gar nichts getan! Gelegenheiten hatte es weiß Gott genug gegeben. Wenn er gewollt hätte, hätte er Babsi dutzendfach betrügen können, mit schöneren Frauen, als sie eine war. Er hatte es nicht getan, weil er streng katholisch erzogen worden war und an das Ehegelübde glaubte.

Auch jetzt noch, nach alledem, würde er versuchen, die Ehe mit Babsi zu retten.

Doch dafür mussten sie beide das hier überleben!

Matthias schickte ein Stoßgebet zum Himmel. Er bat sowohl für Babsi als auch für sich selbst um Hilfe. Dabei kämpfte er gegen die Fessel an seinem Becken an, denn irgendwas mit harten Kanten drückte ihm in den unteren Rücken, die ganze Zeit schon. Mittlerweile waren die Schmerzen dort kaum noch auszuhalten.

Ein Blick aufs Handy. Er hatte noch acht Prozent Akkuladung. Besser, er schonte es.

8

Er war so nervös wie schon lange nicht mehr.

Ging sein Plan auf?

So viel hing davon ab.

Das große Ziel würde er nur erreichen, wenn der heutige Tag erfolgreich verlief. Noch war Nora nicht dort, wo er sie haben wollte, noch hatte er sie nicht vollständig gebrochen. Nach dieser Nacht jedoch würde sie am Boden liegen wie ein getretener Hund. Ihres Amtes enthoben, würde sie jeden Strohhalm ergreifen, um Rache nehmen zu können. So war sie nämlich. Anfangs hatte er sich von ihrem Äußeren täuschen lassen. Dieses anmutige Gesicht, diese ätherische Schönheit, dieses kluge Wesen – niemals hätte er gedacht, so eine Frau könnte zu dem fähig sein, was sie ihm angetan hatte. Dabei hätte er nur auf die Form ihrer Lippen achten müssen, doch das wusste er damals noch nicht. Das hatte er erst durch dieses Hörbuch erfahren. Und es stimmte, was der Schriftsteller geschrieben hatte: Nora war eine Sirene. Ihre Schönheit täuschte über ihren schlechten, manipulativen Charakter hinweg. Sie hatte ihm Zuneigung, vielleicht sogar Liebe vorgegaukelt, und er war darauf hereingefallen wie ein Schüler, der keine Ahnung hatte von diesen Dingen.

Sie hatte ihm das Herz gebrochen und seine heile Welt zerstört.

Nun war sie an der Reihe, die Schmerzen zu spüren, die so ein Verhalten verursachte.

Ein Blick auf die Uhr.

Nur noch siebzehn Minuten bis zum Ablauf des Ultimatums.

9

Krümel sah und hörte nichts.

Ihre Augen waren verbunden, in ihrem Mund steckte nach wie vor dieser furchtbare Knebel, um sie herum war eine Stille, als befände sie sich metertief unter der Erde.

Er hatte sie betäubt und aus dem Wohnmobil irgendwohin gebracht. Sie war offensichtlich früher erwacht als geplant und hatte mitbekommen, wie er, mit ihr über der Schulter, eine Treppe hinuntergestiegen war. Er hatte sie auf eine Holzplatte gefesselt und mit dem Handy aufgenommen. Da unten war es kalt gewesen, und ein merkwürdiger Geruch hing in der Luft.

Wie lange lag das zurück?

Stunden, vermutete sie.

Noch in diesem kalten Kellerraum hatte er sie erneut mit einer Spritze betäubt, und diesmal war sie sehr lange bewusstlos gewesen. Krümel hatte keine Ahnung, was in der Zwischenzeit geschehen war oder wo sie gefangen gehalten wurde.

Aber wo auch immer, wenigstens war es nicht mehr so kalt wie dort unten.

10

00:30:00

Matthias hörte und spürte eine Explosion.

Eine Sekunde später schrie jemand, schwere Stiefel trampelten, Lichtlanzen durchstachen die Dunkelheit der großen Halle, in der er lag.

»Hier, ich bin hier!«, schrie Matthias und fuchtelte mit dem freien rechten Arm herum, dabei entglitt ihm das Handy und fiel zu Boden.

Schwarz gekleidete, vermummte Männer stürmten herein, Gewehre mit kurzen Läufen vor den Gesichtern. Die Lichtkegel der darauf montierten Taschenlampen fokussierten sich auf ihn, er war geblendet und konnte kurzzeitig nichts mehr sehen.

»Ich bin Matthias Focke«, schrie er.

»Liegen bleiben. Nicht bewegen.«

Beinahe hätte Matthias gelacht. Als ob er einfach aufstehen und davongehen könnte!

»Vorsicht, da könnte Sprengstoff sein!«, sagte jemand in seiner Nähe. Es dauerte einen Moment, bis Matthias in seiner Euphorie kapierte, was das bedeutete.

»Macht mich los, macht mich los«, bettelte er, doch die schwarzen Männer ließen ihn warten. Geblendet nahm er nur undeutlich wahr, wie sie um den Tisch herumschlichen, auf dem er gefesselt war. Einer bückte sich.

»Hier ist die Ladung«, sagte derjenige.

Jemand berührte Matthias an der Schulter.

»Ruhig bleiben, wir holen Sie hier raus.«

»Ist das eine Bombe? Liege ich auf einer Bombe?«

»Wir müssen den Sprengsatz entschärfen, dann holen wir Sie hier raus.«

Die Hand verschwand von Matthias' Schulter.

Er schloss die Augen und begann, still zu beten. Flehte seinen Gott an, ihn nicht hier sterben zu lassen, bat ihn um die Vergebung seiner Sünden, gestand sie alle ein, begann mit dem Diebstahl von Geld aus der Tasche seiner Mutter und endete mit dem dutzendfachen Betrug von Kunden, denen er Anlagestrategien empfohlen hatte, die allein ihm die Taschen füllten. Er schwor, sein Leben zu ändern, sich einen anderen, ehrlichen Job zu suchen, sich mehr um Babsi zu kümmern und ihr den Wunsch nach einem Adoptivkind zu erfüllen. Er würde ab sofort jeden Sonntag in die Kirche gehen und Geld für Bedürftige spenden. Er würde all das tun, wenn nur diese Sprengladung unter ihm nicht hochginge.

»Safe«, sagte eine Stimme unter ihm, und für einen kleinen Moment glaubte Matthias, sein Gott habe zu ihm gesprochen.

Dann spürte er, wie die Fesseln durchschnitten wurden. Er schlug die Augen auf.

»Kommen Sie!«, sagte der vermummte Mann zu seiner Rechten und half ihm auf.

Rechts und links gestützt, schleppte sich Matthias aus der ehemaligen Diskothek ins Freie.

»Babsi, was ist mir ihr? Was ist mit meiner Frau?«, fragte er immer wieder, bekam aber keine Antwort.

11

00:30:00

»Zugriff!«

Paul schrie, obwohl ihn hier unten außer Nora und den beiden SEK-Beamten, die dicht bei ihnen standen, niemand hören konnte. Ein Zeichen seiner Anspannung.

Das Licht starker Taschenlampen flammte auf und flutete den Raum, in den sie nacheinander hineinstürzten. Zuerst die beiden SEK-Männer, dann Paul und Nora.

In der Mitte des lang gestreckten, rechteckigen Raumes lag eine Holzplatte auf dem nackten Betonboden. In diese Platte hatte jemand Löcher gebohrt und Stricke daran befestigt, doch die hingen schlaff herunter.

Hier war niemand.

Keine Barbara.

Nora konnte nicht fassen, was sie sah. Mit offenem Mund, die Waffe immer noch im Anschlag, stand sie da und starrte die alte Holzplatte an. Sie war sich sicher, es war die Platte aus dem Video, der Bunker, die Treppe in den Keller, alles stimmte überein. Sie befanden sich am richtigen Ort.

»Scheiße«, zischte neben ihr Paul. »Alles durchsuchen«, befahl er seinen Kollegen.

Die beiden Beamten verließen den Raum, Nora und Paul blieben allein zurück. Draußen hörten sie Stimmen Befehle bellen und Sohlen auf Beton scharren.

»Ich verstehe das nicht«, sagte Nora.

»Er hat uns wieder verarscht«, meinte Paul.

»Aber das Video … Sie war hier, wir haben es doch gesehen.«

»Dann hat er dieses Video nur gedreht, um uns hierherzulocken.«

Nora sah Paul an und spürte plötzlich eine große Leere in sich.

»Das heißt, Krümel stirbt in diesem Augenblick irgendwo anders.«

Paul zuckte mit den Schultern. Da war er wieder, der alte Schutzmechanismus.

»Es tut mir leid«, sagte er.

12

Ortsbrandmeister Wichmann hatte alle Hände voll zu tun, das Tragkraft-Spritzenfahrzeug mit sechs Mann Besatzung in der Spur zu halten. Der ausgefahrene Ackerweg war voller Schlaglöcher und wand sich wie eine Schlange auf die Weser zu. Hinter ihm wurden der Maschinist und die beiden Trupps ordentlich durchgerüttelt, und im Rückspiegel sah Wichmann, dass es dem nachfolgenden Tanklöschfahrzeug nicht anders erging. Aufgrund seines höheren Gewichts – es hatte dreitausend Liter Löschwasser und zweimal zwanzig Liter Schaummittel dabei – hatte es sogar noch größere Schwierigkeiten voranzukommen.

Der Notruf war vor einer Viertelstunde eingegangen. Brennendes Fahrzeug am Weserufer, vermutlich auf Krackes Weide. Eine Viertelstunde! Wichmann war stolz auf seine Männer! Für einen Freitagabend eine verdammt gute Zeit, und niemand fehlte.

Obwohl der Brandherd in unmittelbarer Nähe des Flussufers lag, hatte Wichmann befohlen, das TLF 3000 mitzunehmen. Wenn dort seit mehr als zwanzig Minuten ein Auto brannte, dürfte nicht mehr viel zu machen sein, und sie würden sofort Wasser benötigen, ohne erst langwierig Schläuche zum Fluss auszurollen und die Pumpe anzuschließen.

Wahrscheinlich war die Eile aber gar nicht notwendig. Irgendein Idiot entsorgte auf diese Art seine alte Schrottkarre – wäre nicht das erste Mal. Einen Personenschaden befürchtete Wichmann nicht, aber man konnte ja nie wissen.

Den Feuerschein sah er schon von Weitem.

Ganz klar auf Krackes Weide!

Vier Minuten später erreichten sie den Einsatzort, und als Wichmann erkennen konnte, was da brannte, wurde ihm doch etwas flau im Magen.

Ein verdammt großes Wohnmobil!

Er fuhr noch ein Stück weiter, damit das TLF möglichst nahe an den Brandherd herankam. Dann stoppte er. Die Männer sprangen heraus. Wichmann teilte sie ein und rief Befehle, aber eigentlich wusste sowieso jeder, was er zu tun hatte. Dies war eine gut eingespielte Truppe, hier auf dem Land funktionierte der Zusammenhalt noch; es kam selten vor, dass beim Training jemand fehlte.

Die Hitzeentwicklung war enorm. Da brannte vor allem Plastik und Gummi. Wie es aussah, waren Tank und Gasflaschen längst explodiert. Die Außenwände des Wohnmobils schmolzen dahin und tropften zu Boden. Da es geregnet hatte und das Gras noch jung und grün war, breitete sich das Feuer nicht aus. Eine alte Eiche, die in unmittelbarer Nähe wuchs, stand aber ebenfalls in Flammen und war nicht mehr zu retten.

Hier war rein gar nichts mehr zu retten.

Seine Jungs sprühten Löschschaum auf das Fahrzeug und Wasser auf die Eiche. Es dauerte keine zehn Minuten, dann war der Brand gelöscht. Mittlerweile war auch Petermann von der Lokalzeitung eingetroffen. Er hatte erste Fotos geschossen, hielt sich aber noch im Hintergrund. Irgendwie gehörte der Rentner, der nebenbei für die Zeitung arbeitete, auch zum Team, und er wusste genau, wie er sich zu verhalten hatte.

Schließlich näherte sich Wichmann den verkohlten Resten des Wohnmobils. Es war nicht viel mehr übrig als das Stahlskelett, das Chassis und die Radaufhängung.

Der Gestank war intensiv und brannte in der Nase.

Petermann trat neben ihn, die Kamera vor der Brust.

»War jemand drin?«

Wichmann wollte antworten, dass er das nicht wisse. In diesem Moment floss jedoch der Löschschaum von etwas herunter, das aus dem hinteren Bereich des Wohnmobils herausragte, und sie erkannten beide, worum es sich dabei handelte.

Ein emporgereckte, verkohlte, menschliche Hand.

KAPITEL 8
SONNTAG

1

Nora lief in Zerhusens Büro auf und ab. Vom Vorzimmer her drangen durch die geschlossene Tür Stimmen herein. Sie konnte zwar nicht verstehen, was gesprochen wurde, doch die Vehemenz, mit der gesprochen wurde, ließ auf ein hitziges Wortgefecht zwischen mehreren Personen schließen. Nora hätte gern die Tür aufgerissen, um daran teilzunehmen, doch Zerhusen hatte ihr befohlen, im Büro zu bleiben. Sie wusste nicht einmal, mit wem er dort sprach. War Paul dabei? War wenigstens er noch auf ihrer Seite?

Nora ahnte, was bevorstand.

Sie würde von dem Fall abgezogen werden, und wahrscheinlich käme dann noch ein internes Verfahren und eine Disziplinarstrafe auf sie zu. Zerhusen war stinksauer, weil Nora ihn nicht darüber informiert hatte, gegen wen sie ermittelte. Zudem hatte sie ihr zweites Fiasko innerhalb einer Woche hingelegt. Zwar war Matthias Focke unverletzt befreit worden, doch von Krümel fehlte jede Spur. Wie es aussah, waren sie dem Pfarrer erneut auf den Leim gegangen. Nora war in großer Sorge um ihre Freundin, und es nervte sie, hier warten zu müssen, statt nach ihr suchen zu können. Lange würde sie es nicht mehr aushalten, scheißegal, was Zerhusen befohlen hatte.

Vielleicht sollte sie Waffe und Dienstmarke einfach auf den Schreibtisch legen und abhauen, um sich auf die Suche nach Krümel zu machen.

Nora hatte den Gedanken noch nicht zu Ende gedacht, da flog die Tür auf.

Zerhusen kam herein. Man sah ihm seine Anspannung an, und endlich auch einmal die Wut, die er empfand.

Mit voller Wucht warf er die Tür zu.

»Setzen Sie sich!«, befahl er laut.

»Ich will nicht sitzen.«

»Schön, ich auch nicht, dann eben im Stehen.«

Er drehte sich zu Nora um, die vor dem Fenster stand. Auf Zerhusens gebräunter Stirn pochte eine Ader, seine Hände schlossen und öffneten sich.

»Den Fall sind Sie los, das ist Ihnen hoffentlich klar«, begann er. »Darüber hinaus suspendiere ich Sie bis auf Weiteres.«

»Warum denn das?«

»Warum? Sie fragen wirklich, warum? Schön, dann will ich es Ihnen sagen. Weil Sie nicht in der Lage sind, eine Ermittlung zu führen, nicht einmal für den Innendienst halte ich Sie im Moment für geeignet. Sie vermischen Privates und Dienstliches, ermitteln hinter meinem Rücken, ohne mich davon in Kenntnis zu setzen, und gefährden damit das Leben der Opfer.«

Nora überlegte, ob Zerhusen schon von ihrer privaten Schnüffelei gegen Henk wusste? Paul hatte bestimmt nichts gesagt, und Henk war ihres Wissens nach noch nicht gefunden worden.

»Seit wann muss ich Ihnen minutiös berichten, gegen wen ich ermittle?«, versuchte Nora ihr Glück.

»Darum geht es doch hier gar nicht!«

Zerhusen wurde laut, das hatte sie bei ihm noch nie erlebt.

»Ich werde jetzt nicht mit Ihnen debattieren, dafür ist später noch Zeit«, fuhr er fort. »Jetzt müssen wir Barbara Focke finden, lebend, wie ich hoffe. Und wenn nicht, dann können Sie sich das auf Ihre Fahnen schreiben.«

Er zeigte mit dem Finger auf Nora, und es tat weh, diesen Vorwurf, den sie sich selbst machte, seitdem sie den Keller in dem alten Bunker leer vorgefunden hatten, aus dem Mund ihres Chefs zu hören.

»Ich glaube nicht …«, begann sie kraftlos.

»Ist mir egal, was Sie glauben oder nicht. Wenn Sie nicht heimlich hinter Henk Claasen her gewesen wären, wäre die Sache anders verlaufen.«

»Haben wir ihn schon gefunden?«

Zerhusen starrte sie an, als habe er die Frage nicht verstanden. Einen Moment stand er noch in Kampfpose da, Oberkörper und Kinn vorgereckt, den Finger gegen Nora erhoben. Dann sackte er jedoch zusammen.

»Nein. Die Fahndung verlief bisher erfolglos.«

»Dann habe ich also recht?«

»Möglich, aber das macht es nicht besser, sondern nur schlimmer für Sie. Möchte ich eigentlich wissen, warum Henk Claasen so sauer auf Sie ist, dass er wegen seiner Rache zum Verbrecher wird?«

Nora gab keine Antwort, sie sah ihren Chef nur an.

Der schüttelte den Kopf.

»Schön, früher oder später wird ohnehin alles auf den Tisch kommen. Gehen Sie nach Hause und halten Sie sich zur Verfügung.«

Er wandte sich ab, um sich hinter seinem Schreibtisch niederzulassen.

»Sie können mich jetzt nicht einfach ausschließen«, sagte Nora.

»Und ob ich das kann. Und wenn Sie sich nicht an meine Anordnung halte, werde ich dafür sorgen …«

Zerhusens Handy schnitt ihm das Wort ab. Er holte es aus der hinteren Hosentasche und hielt es sich ans Ohr. Zunächst hörte er nur zu, dann stellte er einige kurze Fragen. Dabei vermied er den Blickkontakt mit Nora.

Als das Gespräch beendet war, rief er sofort jemanden an und bat die Person, in sein Büro zu kommen.

»Was ist passiert?«, fragte Nora, nachdem Zerhusen sein Handy abgelegt hatte.

Er sah sie an. Fürs Erste war die Wut offenbar verraucht. Fassungslosigkeit war an ihre Stelle getreten.

»Was ist passiert?«, schrie Nora ihn an.

Es klopfte kurz, und die Tür sprang auf.

Alke Grimm, die Polizeipsychologin, kam herein.

»Frau Jacobi«, begann Zerhusen, »das Wohnmobil von Bernd Meyer wurde gefunden. Es ist auf einer Weidefläche nahe der Weser ausgebrannt. Die Feuerwehr hat in dem Wrack zwei stark verkohlte Leichen entdeckt. Noch ist nicht klar, um wen es sich dabei handelt. Und wir wissen auch nicht, welchen Geschlechts die Leichen sind. Da aber sowohl von Bernd Meyer als auch von Barbara Focke jede Spur fehlt …«

Zerhusen beendete den Satz nicht. Stattdessen ließ er die Schultern sinken und warf Alke Grimm einen Hilfe suchenden Blick zu.

Die Psychologin kam auf Nora zu.

Das war dann auch das Letzte, was sie mitbekam.

2

Paul Diekhoff rannte die Stufen hinauf. Der Fahrstuhl war ihm viel zu langsam. Auf der zweiten Etage kam ihm die Psychologin Alke Grimm entgegen. Sie war in Gedanken verloren, sah ihn nicht, und sie stießen mit den Schultern zusammen.

»Haben Sie Frau Jacobi gesehen?«, fuhr Paul sie an und klang dabei unfreundlicher, als er wollte.

Die Grimm blinzelte ihn verwirrt an.

»Nora … Ja … Beim Chef zuletzt … Wir mussten einen Rettungswagen rufen.«

»Was? Wieso?«

»Fragen Sie Zerhusen … Ich muss weiter …«

Die Psychologin ließ ihn einfach auf dem Treppenabsatz stehen und eilte die Stufen hinunter. Sie lief, als sei der Leibhaftige hinter ihr her.

Paul wunderte sich über ihr Verhalten, hatte aber keine Zeit, sich auch noch darum zu kümmern, denn ihm wurde gerade alles ein bisschen zu viel. Er war im Bunker geblieben, während Nora auf einen Anruf Zerhusens hin ins Präsidium gefahren war. Beim Bunker hatte Paul davon erfahren, dass das Wohnmobil, nach dem sie fahndeten, ausgebrannt war. Die Fahrt dorthin hatte nur eine halbe Stunde gedauert, aber er war auch gerast wie ein Verrückter. Leider hatte er vor Ort nicht viel ausrichten können, das Wrack war noch viel zu heiß, um darin herumzustöbern. Die zwei verkohlten Leichen konnte man aber deutlich sehen, sie waren beinahe miteinander verschmolzen wie ein Liebespärchen.

Da Paul Nora über ihr Handy nicht erreicht hatte, war er ins Präsidium gerast, um ihr beizustehen. Zerhusen war sauer und würde sie wahrscheinlich von dem Fall abziehen. Paul bereute es, nicht mit ihr gefahren zu sein, aber sie hatte das nicht gewollt und ihn angewiesen, die Ermittlungen am Bunker zu leiten.

Scheiß Ermittlungen!

Von Anfang an lief hier alles verkehrt, und das war auch seine Schuld.

Völlig außer Atem erreichte Paul die oberste Etage. Er sah Zerhusen über den Flur von einem Büro ins andere eilen und lief ihm nach. An der Tür trafen sie aufeinander.

»Diekhoff, Sie wollte ich eben anrufen«, sagte Zerhusen.

»Wo ist Frau Jacobi?«

»Im Krankenhaus.«

»Warum?«

»Weil Sie in meinem Büro einen Kreislaufzusammenbruch hatte. Machen Sie sich keine Sorgen, es ist nichts Schlimmes. Sie ist nur unglücklich auf die Tischkante gefallen.«

»In welches Krankenhaus hat man Nora gebracht?«

Zerhusen antwortete nicht auf die Frage. »Kommen Sie bitte mal in mein Büro«, sagte er stattdessen.

Zerhusen wollte ihn zur Tür drängen, doch Paul stieß ihn zur Seite.

»Ich muss nach Nora sehen.«

»Nein, müssen Sie nicht. Sie wird gut versorgt. Wir haben hier einen Fall zu klären, der gerade eskaliert. Ich brauche jetzt jeden verfügbaren Mann und habe eben angeordnet, die Kollegen aus dem Wochenende zu holen. Sie stoßen ab sofort wieder zum SEK. Ihr kleiner Ausflug in den Ermittlungsdienst ist erst einmal vorbei.«

»Das können Sie nicht machen!«

»Natürlich kann ich das. Seit wann wussten Sie davon, dass Henk Claasen möglicherweise verdächtig ist?«

»Nora hat so etwas angedeutet, aber ...«

»Und dann haben Sie ihr geholfen, das geheim zu halten?«

»Nein, ich habe ...«

»Ist Ihnen eigentlich klar, dass möglicherweise dadurch zwei Menschen umgekommen sind?«

Zerhusen schüttelte den Kopf.

»Aber es ist genauso meine Schuld. Ich hätte Frau Jacobi nicht so schnell mit der Leitung einer Ermittlung betrauen dürfen.«

»Henk Classen ist nicht der Pfarrer«, sagte Paul.

»Und das wissen Sie hundertprozentig.«

»Nein, aber ...«

»Melden Sie sich beim SEK und lassen Sie sich dort einteilen«, erwiderte Zerhusen und schnitt Paul einfach das Wort ab.

»Ich fahre zu Nora ins Krankenhaus.«

Zerhusen fixierte ihn aus schmalen Augen.

»Das war kein Vorschlag, sondern ein dienstlicher Befehl.«

»Stecken Sie sich den sonst wohin.«

3

Dunkelheit.

Darin eingebettet das Geräusch einer Kreissäge mit stumpfem Sägeblatt, die hartes Holz zertrennt. Ein hoher, quälender Ton, der droht, ihren Kopf zum Platzen zu bringen. Bevor das geschehen kann, reißt Nora die Augen auf.

Sofort verschwand der Ton, hinterließ aber dumpf pochende Kopfschmerzen.

Sie wusste nicht, wo sie war, wollte ihre Hand heben und stellte erschrocken fest, dass sie gefesselt war. Panik erfasste sie. Einen Moment später erkannte sie ihren Irrtum. Sie lag unter einer weißen Decke, die fest an ihren Körper gepresst war. Dies war kein Verlies, in das der Pfarrer sie verschleppt hatte, sondern ein Krankenhauszimmer. Vor dem Fenster herrschte Dunkelheit. Über dem Bett brannte eine schwache Leselampe. Die Stille war allumfassend.

Nora richtete sich ein wenig auf und betrachtete ihren linken Unterarm. Darauf klebte ein Pflaster. Nach und nach sickerten undeutliche Bilder der Erinnerung in ihr Bewusstsein. Zerhusen, Alke Grimm, ein sich drehendes Büro, Fußboden. Dann der helle Innenraum eines Rettungswagens.

Sie war in Zerhusens Büro zusammengebrochen und ins Krankenhaus eingeliefert worden. Wie lange war sie bereits hier? Hatte man ihr ein Beruhigungsmittel gespritzt?

Nora kämpfte sich in eine sitzende Position und spürte an ihrer Schläfe die Quelle der pochenden Kopfschmerzen. Vorsichtig tastend fand sie dort ein weiteres Pflaster, größer als das an ihrem Unterarm. Darunter war das Gewebe geschwollen und berührungsempfindlich.

War sie in Zerhusens Büro gegen den Tisch gestürzt?

Scheiße, wie peinlich.

Einen Moment später dachte sie an das ausgebrannte Wohnmobil mit den zwei nicht identifizierten Leichen.

Um nicht sofort wieder von Furcht und Trauer überwältigt zu werden, schloss Nora die Augen und sagte sich, dass es ganz und gar nicht klar sei, um wen es sich bei den Leichen handelte. Krümel musste nicht zwangsläufig dabei sein. Vielleicht Bernd Meyer und der Täter! Es könnte einen Kampf oder einen Unfall gegeben haben!

Nora klammerte sich an diese Hoffnung, schlug die Decke zurück, setzte sich auf die Bettkante und ließ die nackten Beine baumeln. Sie trug eines dieser grauenhaften Krankenhaushemden. Unsicher und mit einem leichten Schwindelgefühl stand sie auf und tastete sich an der Wand entlang auf die Tür zu, hinter der sie das Bad vermutete.

Das grelle Licht blendete sie, und als sie sich im Spiegel betrachtete, erschrak Nora. Sie sah aus wie ein Geist. Totenblass, die Lippen blutleer, ein ordentliches Veilchen neben dem rechten Auge und das große Pflaster auf der Schläfe. Nora beugte sich näher zu dem Spiegel vor und betrachtete ihr Auge genauer. Es war blutunterlaufen.

Sie drehte den Wasserhahn auf und schöpfte sich kühles Wasser ins Gesicht. Als sie sich wieder aufrichtete, signalisierte ihr Kopf, was er derzeit von schnellen Bewegungen hielt.

Nora benutzte die Toilette und öffnete danach den Schrank im Krankenzimmer. Darin fand sie ihre Kleidung. Langsam und bedächtig zog Nora sich an. Ihre Handtasche war auch da, mit allem darin, was ihr gehörte, außer der Dienstwaffe und ihrem Dienstausweis. Zerhusen hatte also daran gedacht, sie ihr abzunehmen.

Das würde er noch bereuen.

Nachdem sie sich angekleidet hatte, kehrte Nora noch einmal zurück ins Bad. Das große Pflaster an ihrer Stirn war sehr auffällig, sie wollte es loswerden, doch als sie am Rand zupfte, um es abzuziehen, spürte sie, wie weh die Stelle tat, und ließ es an Ort und Stelle.

Vorsichtig öffnete sie die Tür zum Gang. Neben der Zimmertür stand ein Stuhl, daneben ein kleines Tischchen mit einer Flasche Wasser und ein paar Zeitungen darauf.

Ließ Zerhusen sie bewachen, damit sie blieb, wo sie war? Oder hatte er eingesehen, dass sie mit ihrer Vermutung, was Henk betraf, recht hatte. Befürchtete Zerhusen, Henk könne hierherkommen?

Wie auch immer: Die Wache hatte den Posten verlassen, war vielleicht zur Toilette gegangen oder abgezogen worden. Das war ihre Chance.

Nora trat auf den Gang, schloss die Tür leise hinter sich, sah sich um, entdeckte ein beleuchtetes Schild, das zum Ausgang wies, und ging in die angegebene Richtung. Niemand begegnete ihr. Am Ende des Ganges zog sie an einer Schnur, die schwere Doppeltür schwang auf, und sie verließ unbehelligt die Station. Ein Fahrstuhl brachte sie ins Erdgeschoss. Hinter dem Empfang saß eine Frau mit toupiertem blondem Haar. Sie sah kurz zu ihr auf, und als Nora ihren Blick nicht erwiderte, sondern schnurstracks auf die Ausgangstür zuhielt, widmete sie sich wieder ihren Aufgaben.

An der Wand neben der Tür hing eine Digitaluhr.

02:30 Uhr.

In der kühlen Nachtluft verharrte Nora, atmete ein paarmal tief durch und sah sich um. Sie kannte das Krankenhaus, hier war sie einige Male gewesen, um Zeugen oder Verdächtige zu befragen. Einmal hatte sie eine Kollegin besucht, die bei einem Einsatz angeschossen worden war. Nora lief eine Rampe zur Straße hinunter und fand den Taxistreifen leer vor. Das war nicht weiter verwunderlich um diese Zeit.

Per Handy rief sie in der Taxizentrale an und orderte einen Wagen. Dabei stellte sie fest, dass ihr Akku nur noch zwanzig Prozent Ladung hatte. Anrufe waren während ihrer Auszeit nicht eingegangen. Sie war abgemeldet, nicht mehr im Dienst, niemand brauchte sie noch, um diesen Fall zu Ende zu bringen.

Aber da täuschten sich alle, und das würde Nora ihnen auch beweisen.

4

Paul kam von der Toilette zurück und ließ sich auf den Stuhl vor Noras Krankenzimmer fallen, auf dem er die letzten zwei Stunden verbracht hatte. Er wäre gern zu ihr hineingegangen, durfte aber nicht. Zweimal hatte die Krankenschwester ihn drinnen erwischt, beim nächsten Mal würde er das Krankenhaus verlassen müssen. Da nützte ihm sein Dienstausweis auch nicht viel. Er hatte gelogen und behauptet, die Kollegin müsse bewacht werden, doch das Krankenhauspersonal bestand darauf, dass er vor der Tür bleiben müsse. Paul hatte sich schließlich gefügt, und während er wartete, war dann tatsächlich ein junger Kollege aufgetaucht, der auf Zerhusens Auftrag hin Nora bewachen sollte. Immerhin hatte der blöde Sack daran gedacht. Denn wenn er Henk Claasen für den Täter hielt, musste ihm auch klar sein, dass er weiterhin hinter Nora her war.

Paul hatte den jungen Kollegen fortgeschickt. Er hatte ihn zwar schon mal irgendwo im Präsidium gesehen, kannte ihn aber nicht näher. Zerhusen schien tatsächlich alles und jeden zusammengetrommelt zu haben. Der junge Kollege war schlau genug gewesen, sich nicht mit Paul anzulegen, und war nach kurzer Diskussion verschwunden. Natürlich würde Zerhusen davon erfahren, aber das war Paul egal. Wenn er jetzt nicht zu Nora stand, würde er das ewig bereuen.

Irgendwo fand der Ehrgeiz auch bei ihm eine Grenze, und die war jetzt erreicht.

Scheiß auf die Karriere!

5

Nora ließ sich von dem Taxifahrer nach Hause fahren. Der junge Mann mit Vollbart und zarten Händen war sehr gesprächig und erzählte von seinen Schauspielerambitionen. Nora ließ ihn quatschen, hing ihren eigenen Gedanken nach und horchte nur einmal kurz auf, als er von seiner Freundin erzählte, die ihn wegen einer Sexszene in einem Musikvideo verlassen hatte. Er behauptete, die Frauen von heute seien nicht konfliktfähig. In jeder anderen Situation hätte Nora dem Kerl auf den Zahn gefühlt, aber nicht heute.

Zu Hause angekommen, duschte sie und zog sich frische Kleidung an. Danach brühte sie einen starken Kaffee auf und setzte sich mit der Tasse in der Hand auf ihren Balkon. Noch lag die Stadt im Dunkeln, am Horizont schimmerte jedoch bereits das Licht des neuen Tages – oder war das nur Einbildung?

Sie dachte an Krümel. Am Sonntag vor einer Woche hatten sie beide am frühen Vormittag hier zusammengesessen und gequatscht und Sekt getrunken. Krümel hatte wie immer mit den Brötchen gekrümelt und war bester Laune gewesen. Zu dem Zeitpunkt hatte Henk Claasen im Hintergrund bereits seine Fäden gesponnen, in denen Nora und Krümel sich verfangen sollten. Sein Plan war aufgegangen – bis hierher.

Ab sofort würde Nora den dienstlichen Weg verlassen und endlich zurückschlagen.

Und wenn alle anderen gegen sie waren, wenn niemand sie verstand und alle glaubten, sie habe den Verstand verloren, so ließ sie dennoch nicht nach.

Vielleicht lebte Krümel noch. Und wenn nicht, war sie trotzdem verpflichtet, den Mann, der für all das verantwortlich war, aus dem Verkehr zu ziehen.

Wenn es sein musste, dann eben allein.

Nora dachte an den Stuhl und den Tisch mit den Zeitschriften vor ihrem Krankenhauszimmer. Vielleicht hatte Zerhusen gar keine Wache abgestellt, und es war Paul gewesen, der darauf gewartet hatte, dass sie aufwachte. Einen besseren Kollegen und Freund würde sie nie wieder haben, um Hilfe bitten konnte sie ihn dennoch nicht. Diese Sache musste sie allein durchziehen.

Nora wartete bis sechs Uhr.

Dann rief sie Dominik Roth an, den Polizeitechniker, der ihr schon damals mit Henks Handy behilflich gewesen war. Wenn herauskam, dass er ihr wieder half, würde auch er seinen Job verlieren, aber das war Nora jetzt egal. Sie hatte nur diese eine Option. Manchmal musste man über Leichen gehen. Wenn dieser Fall sie eines gelehrt hatte, dann das.

Dominik ging nicht ans Handy.

Nora wartete eine halbe Stunde und versuchte es erneut. Dann noch mal um sieben, und endlich nahm er ab.

»Roth.«

»Ich bin's, Nora Jacobi.«

»Nora? Moment …«

Sie hörte ihn sich bewegen und eine Tür zuschlagen und stellte sich vor, wie er Men's Cave verließ.

»Die haben mich aus dem Wochenende geholt wegen deines Falles«, sagte er schließlich so leise, dass sie ihn kaum noch verstand. »Wo bist du?«

»Suspendiert.«

»Ja, ich weiß, hat sich bereits herumgesprochen. Es heißt, du bist im Krankenhaus.«

»Da war ich. Aber nur kurz. Ich brauche deine Hilfe.«

»Wobei?« Er klang vorsichtig zurückhaltend. »Wir fahnden hier unter Hochdruck nach Henk Claasen. Ich bin heilfroh, dass ich damals alle Spuren gelöscht habe, die ich auf den Dienstrechnern hinterlassen habe. Was ist mit Henk? Ist er wirklich der Pfarrer?«

»Ja wahrscheinlich. Deshalb habe ich eine Bitte an dich. Kannst du ein Handy für mich orten?«

»Dienstlich?«

»Nein.«

»Nora, das geht nicht! Ich komme in Teufels Küche, wenn ich dir helfe.«

»Barbara, meine Freundin, ich muss sie finden … Ich habe hier eine Nummer, mit der das eventuell möglich ist.«

»Dann gib sie Zerhusen, der leitet die Ermittlungen jetzt persönlich.«

»Das geht nicht … Dominik, bitte, ich muss das machen, ich bin es Krümel schuldig.«

»Krümel?«

»Meine Freundin, ihr Kosename ist Krümel. Ich darf sie nicht hängen lassen, und Zerhusen würde mir nicht glauben. Bitte, Dominik, ein letztes Mal, dann behellige ich dich nie wieder.«

Er schwieg. Die Sekunden zogen sich endlos dahin.

»Schick mir dir Nummer. Aber ich kann nichts garantieren. Hier ist die Hölle los, vielleicht komme ich gar nicht dazu. Die Ressourcen sind am Limit.«

»Danke, ich danke dir. Du hast für alle Zeiten etwas gut bei mir.«

Nora beendete das Gespräch und schickte Dominik die Handynummer, von der aus sie das Foto von sich selbst, versehen mit der Warnung *Halt dich fern*, bekommen hatte. Sie musste von Henk stammen. Diese Nummer war ihre letzte und einzige Chance.

6

Paul war auf seinem Stuhl vor Noras Krankenzimmer eingeschlafen und wurde vom Lärm des erwachenden Krankenhauses geweckt.

Er schreckte hoch, fuhr sich mit den Händen übers Gesicht und durch die Haare und machte der Schwester Platz, die einen Wagen mit Medikamenten darauf vor ihm parkte.

»Gut geschlafen?«, fragte sie leicht genervt und betrat mit einer kleinen weißen Plastikschachtel Noras Zimmer.

Paul war noch viel zu schlaftrunken, um ihr schlagfertig antworten zu können.

Kaum war die Schwester im Zimmer verschwunden, kam sie auch schon wieder heraus und sah ihn fragend an.

»Wo ist sie?«

»Häh?«, machte Paul.

»Ihre Kollegin? Wo ist sie hin?«

Die Information, die diese Frage beinhaltete, drang nur langsam zu Paul durch, und als sie nach einigen Sekunden angekommen war, schob er sich an der Schwester vorbei ins Krankenzimmer. Das Bett war leer. Das Bad auch. Auf dem Bett lag ein achtlos hingeworfenes Patientenhemd, der Schrank war ausgeräumt, keine Spur von Noras Privatkleidung.

»Sie sind ja ein toller Aufpasser«, ätzte die Schwester hinter ihm.

Paul fuhr herum und starrte sie böse an. Er war durcheinander und wurde erst allmählich richtig wach. Irgendwann zwischendurch hatte er für zehn Minuten seinen Platz verlassen, sich die Beine vertreten und die Toilette aufgesucht. Wann war das gewesen? Kurz bevor der junge Kollege aufgetaucht war, der Nora bewachen sollte. In diesen zehn Minuten musste Nora verschwunden sein. Oder aber, sie hatte sich an ihm vorbeigeschlichen, als er geschlafen hatte.

»Kann ich das Bett neu beziehen?« Die Schwester glotzte ihn aus großen Augen fragend an.

Paul ließ sie stehen und eilte aus dem Krankenhaus. Noch im Foyer schickte er eine SMS an Nora, fragte sie, wo sie sei, doch eine Antwort erhielt er nicht.

»Scheiße!«, brüllte er draußen vor der Tür seine Wut hinaus und erschreckte einen jungen Mann im Arztkittel, der gierig an einer Zigarette sog.

7

Nora stand am Fluss und schaute zum gegenüberliegenden Weserufer hinüber. Rauer Wind kühlte ihr erhitztes Gesicht, graues Wasser plätscherte gegen algenüberwucherte Steine. Sie sah Feuerwehr- und Einsatzfahrzeuge der Polizei, außerdem mehrere Spurentechniker in weißen Ganzkörperanzügen, die sich um das Skelett des ausgebrannten Wohnmobils scharten.

Dominik Roth hatte Nora nach einer Stunde zurückgerufen und ihr den Standort des Handys genannt, nach dem sie suchte. Es befand sich in einem kleinen Ort namens Oberboyen. Roth hatte sie darauf hingewiesen, dass der Platz, an dem das Wohnmobil abgebrannt war, nicht weit entfernt lag.

Daraufhin hatte Nora sich die Gegend auf Google Maps angeschaut. Oberboyen lag Luftlinie zehn Kilometer von Dörverden entfernt, war aber von dem Ort, an dem Pfarrer Görling seine Kirche hatte, durch die Weser getrennt. Eine Brücke gab es dort nicht.

Nora war zunächst nach Dörverden gefahren und durch die Marsch über einen betonierten Weg bis zu einer Stelle am Fluss gelaufen, von wo aus sie den Tatort sehen konnte. Da sie suspendiert war, würde sie nicht näher herankommen, aber der Blick auf das Tohuwabohu war erschreckend genug und reichte ihr – und er rief ihr etwas in Erinnerung, was Pfarrer Görling aus Dörverden ganz zu Beginn der Ermittlungen gesagt hatte. Eine Anekdote am Rand, der sie damals keine Beachtung geschenkt hatte. *Ich hab das mit dem Angeln von einem Kollegen gelernt, drüben, auf der anderen Seite des Flusses. Jahrelang saßen wir uns beim Fischen gegenüber, getrennt durch das Wasser, verbunden durch die Stille. Vor zwei Monaten ist er dort ertrunken. Man vermutet Selbstmord. Er litt sehr darunter, dass die Menschen Gott vergessen. Zu seinem Unglück suchte er die Schuld bei sich selbst …*

Nora fragte sich, ob das etwas mit dem Fall zu tun hatte? Ein Pfarrer, der sich das Leben genommen hatte, kam als Täter schließlich nicht mehr infrage. Und wie passten Henk und sie selbst mit ihrer ganz speziellen Geschichte da hinein?

Gar nicht, und dennoch ließ es ihr keine Ruhe. Zwei Pfarrer, verbunden durch die gleiche Leidenschaft und denselben Kummer, getrennt durch einen Fluss, vereint in Gott. Der eine nimmt sich das Leben, der andere verbittert und sucht sein Seelenheil in der Natur. Ein anderer Pfarrer, vielleicht nur als solcher verkleidet, tötet Ehebrecher, und einer der Tatorte liegt an ebenjenem Fluss. Die ehemalige Kaserne, Dreh- und Angelpunkt in der Beziehung zwischen den Kubats und Henk Claasen, war auch nicht weit entfernt.

Wie konnte das alles Zufall sein?

Konnte es nicht!

Nora stieg die sandige Uferböschung hinauf und lief wieder zurück zu ihrem Wagen. Sie musste den genauen Standort des Handys in Oberboyen finden, um den Fall lösen zu können. Mit dem Auto dauerte die Fahrt dorthin fast eine Stunde, da die nächste Brücke fünfundzwanzig Kilometer Richtung Süden entfernt lag. Als Nora die kleine Ortschaft erreichte, war es Mittag, die Wolkendecke aufgerissen, die Sonne strahlte von einem blauen Himmel, die Temperatur lag bei zwanzig Grad.

Oberboyen war ein Nest von vielleicht fünfhundert Einwohnern, Geschäfte gab es keine, lediglich eine Kneipe, eine Kirche und einen Friedhof. Genau dort hielt Nora an und stieg aus. Sie wusste nicht, wo sich das Handy befand, die Ortung war hier draußen auf dem Land schwierig.

Es war Sonntagmittag, und auf dem kleinen Friedhof herrschte göttliche Stille. Einige wenige alte Leute waren mit der Pflege der Gräber beschäftigt. Nora entdeckte eine grauhaarige Frau gleich vorn bei der Mauer und sprach sie an.

»Entschuldigung, können Sie mir helfen?«

Die Frau richtete sich auf, wischte sich mit dem verschmutzten Handrücken über die Stirn und hinterließ eine Erdspur daran.

»Wenn ich kann.«

Sie trat aus der Grabstelle heraus und kam an die hüfthohe Backsteinmauer.

»Ich komme aus Bremen«, begann Nora. »Möglicherweise habe ich Verwandtschaft hier, deshalb wollte ich mit dem Pfarrer des Ortes reden. Können Sie mir sagen, wo ich den finde?«

Die alte Dame schüttelte den Kopf. Ihr ohnehin zerfurchtes Gesicht legte sich noch stärker in Falten.

»Wir haben hier seit einem Jahr keine Kirche und seit zwei Monaten auch keinen Pfarrer mehr.«

»Ich hab doch aber von Weitem einen Kirchturm gesehen!«

»Jaja, die Kirche steht ja auch noch, aber es findet darin kein Gottesdienst mehr statt. Die Pfarrstelle wurde geschlossen, als unser Pfarrer in Pension ging. Aus Kostengründen. Die Kirche droht einzustürzen, und es fehlt das Geld, sie zu sanieren, also schließt man sie kurzerhand. Eine Schande so etwas. Ein Ort ohne Kirche. Wir leben in einer gottlosen Zeit. Unseren Pfarrer hat das ins Grab gebracht, er ist aus Gram darüber gestorben.«

Pfarrer Görling aus Dörverden hatte von Selbstmord am Fluss gesprochen, aber selbst wenn das stimmen sollte, würden die Menschen hier im Ort ihre eigene Geschichte erzählen. Und es konnten ja durchaus Gram und Enttäuschung gewesen sein, die den alten Pfarrer in den Fluss getrieben hatten.

»Und wenn Sie einen Gottesdienst besuchen möchten?«, fragte Nora.

»Dann müssen wir mit dem Wagen zehn Kilometer fahren. Wer das nicht kann, betet eben zu Hause … und zahlt dafür Kirchensteuer.«

Nora hörte die Verbitterung in der Stimme der alten Dame.

»Na ja, da kann man nichts machen«, sagte sie. »Vielen Dank für Ihre Hilfe.«

»Wie heißt denn ihre Verwandtschaft?«, fragte die Dame.

»Äh … Jacobi.«

Ein anderer Name fiel Nora auf die Schnelle nicht ein.

Die alte Frau schürzte die Lippen und schüttelte den Kopf. Erdkrümel fielen von ihrer Stirn.

»Jacobi? Nein, die gibt es hier nicht. Ich lebe seit meiner Geburt hier, aber den Namen habe ich noch nie gehört. Sind Sie sicher? Oder haben Sie vielleicht einen Mädchennamen?«

»Nein, ich bin nicht verheiratet. Vielleicht handelt es sich auch nur um einen Irrtum. Einen schönen Tag noch!«

Nora wandte sich ab, bevor die Frau ihr noch mehr Fragen stellen konnte. Auf dem Weg zu ihrem Wagen fiel ihr etwas ein, und sie drehte sich noch einmal um. Natürlich sah die Dame ihr nach.

»Lebt noch Verwandtschaft des verstorbenen Pfarrers im Ort?«

»Nein. Seine Frau ist lange vor ihm verstorben, und der Sohn lebt irgendwo in der Stadt. Wer bleibt schon in einem Ort wie diesem, wenn er nicht muss.«

Nora winkte der Frau zum Abschied zu, stieg in ihren Wagen und fuhr davon. Kirche und Friedhof waren ein gutes Stück voneinander entfernt, und ganz anders als in Dörverden, wo das Gotteshaus von Pfarrer Görling den Mittelpunkt bildete, stand die Kirche hier etwas außerhalb. Das mochte daran liegen, dass Oberboyen eine Streusiedlung ohne echten Dorfkern war. Auf dem Weg zur Kirche dachte Nora über die Information nach, die sie von der alten Dame bekommen hatte.

Der Sohn des verstorbenen Pfarrers lebte irgendwo in der Stadt.

Henk hatte ihr erzählt, seine Eltern lebten nicht mehr. Rührte Henks Abneigung gegen die Kirche daher, dass sein Vater Pfarrer gewesen war? Aber der Pfarrer dieses Ortes war erst vor zwei Monaten verstorben. Das passte nicht zusammen.

An der einzigen Kreuzung im Ort musste Nora stoppen. Eine Kolonne von vier Einsatzfahrzeugen der Polizei rauschte Richtung Fluss vorbei. Nora widerstand dem Impuls, sich so klein wie möglich zu machen.

8

Diesmal schlich Paul sich wie ein Dieb ins Präsidium, darauf bedacht, Zerhusen nicht über den Weg zu laufen – oder jemand anderem aus der Sonderkommission Pfarrer. Er hätte diese Sache gern telefonisch erledigt, damit aber einen Beweis hinterlassen, den Zerhusen später sicher dankbar aufgreifen würde. Nein, er musste selbst mit den Jungs in Men's Cave sprechen und wenn möglich sofort ein Ergebnis mitnehmen. Paul wurde nämlich das Gefühl nicht los, nicht mehr viel Zeit zu haben. Wo immer Nora sich gerade aufhielt und was sie auch anstellte, es würde in einer Katastrophe enden.

Den Kollegen am Empfang grüßte Paul wie immer, doch statt den Fahrstuhl zu benutzen, lief er die Treppen in den dritten Stock hinauf. Auf dem Gang in Richtung technischer Abteilung passte er gut auf, um jederzeit in eines der Büros schlüpfen zu können. Nie zuvor hatte er das Präsidium als Feindesland betrachtet, das war ein ganz neuer Blickwinkel und verlangte ihm einiges ab, diese Sache durchzuziehen. Auf dem Weg ins Präsidium hatte er Anke angerufen und sie über die Entwicklung informiert. Er hatte seiner Frau erklärt, was es für seinen Job und seine Karriere bedeuten könnte, wenn er gegen eine klare Anordnung Nora trotzdem half. Sie hatte nicht eine Sekunde gezögert und sofort gemeint, er könne Nora jetzt nicht im Stich lassen.

Anke war einfach klasse!

Ohne angesprochen zu werden, erreichte Paul die Glastür, die den technischen Bereich vom Ermittlungsdienst trennte. Glück gehabt! Auf dem Gang dahinter war es wie meistens mucksmäuschenstill. Die Techniker hielten sich in ihren Büros, Laboren und Werkstätten auf. Schon häufiger hatte Paul sich gefragt, ob diese Jungs nicht längst wichtiger geworden waren als die herkömmlichen Ermittler, die darauf angewiesen waren, von Zeugen und Verdächtigen ehrliche Antworten zu bekommen. DNA log nicht. Blutspuren logen nicht. Eine Tatortanalyse log nicht. Handydaten logen nicht. Menschen schon.

Sobald er die Tür der EDV-Abteilung aufzog, schlug ihm die kalte Luft entgegen. Der Raum war vom Licht der Bildschirme nur schummrig beleuchtet. Vor allen Bildschirmen krümmten sich Rücken, außer vor einem. Paul am nächsten saß der Kollege Özdemir. Zu ihm hatte Paul ein ganz gutes Verhältnis, er hatte ihn schon das eine oder andere Mal bei privaten EDV-Problemen und vor dem Kauf eines neuen Handys um Rat gebeten.

»Özi«, sprach er ihn leise an, um die anderen, die anscheinend in ihre Arbeit versunken waren, nicht zu stören.

Özi reagierte mit Verzögerung.

»Was machst du hier?«, fragte er. Hinter den dicken Gläsern seiner Brille wirkten seine Augen unnatürlich vergrößert.

»Ich brauche deine Hilfe.«

»Na, da bist du nicht der Einzige. Schau dich um. Bis auf einen Kollegen arbeiten wir in Vollbesetzung. Ich hab jetzt keine Zeit, deine Festplatte aufzuräumen.«

»Darum geht es auch nicht. Du musst für mich eine Handynummer lokalisieren.«

»Dienstlich, nehme ich an.«

»Natürlich!«

»Okay, gib her.«

Paul schrieb Noras Handynummer auf einen Zettel, achtete aber darauf, ihn einzustecken, nachdem Özi ihn in sein System eingegeben hatte.

»Dauert einen Moment«, sagte Özi und drehte sich auf seinem Stuhl zu Paul um. »Was ist eigentlich los da draußen? Kommt mir so vor, als wäre Panik ausgebrochen. Ich musste die Kollegen aus dem Wochenende holen.«

»Erklär ich dir später. Ist sehr komplex, und ich hab es verdammt eilig.«

Özi zuckte mit den Schultern und widmete sich wieder seinem Bildschirm. Während er auf die Lokalisation des Handys wartete, rief Özi ein anderes Fenster auf. Paul, der direkt hinter ihm stand, konnte das Foto darauf sehr gut erkennen und zuckte zusammen. Plötzlich wusste er, woher er den jungen uniformierten Kollegen kannte, der im Krankenhaus aufgetaucht war, um Nora zu bewachen.

Özi griff zum Telefon und rief die Nummer an, die unter dem Bild des Mannes verzeichnet war.

»Wo steckt der nur?«, fragte er sich.

Paul stellte Özi eine Frage.

Und dessen Antwort war des Rätsels Lösung.

9

Die Kirche von Oberboyen lag auf einer Anhöhe. Sie war nicht sehr groß, aus rotem Backstein gemauert und stand schief. Sowohl das Kirchenschiff als auch der Turm schienen linksseitig im Rasen zu versinken. Das ungepflegte Grundstück ließ darauf schließen, dass hier keine Gottesdienste mehr stattfanden.

Der einspurige Weg führte Nora um die Anhöhe herum zur Rückseite. Dort fiel das Gelände zu einem kleinen Wald hin ab, auf einem schmalen Streifen davor ragten uralte Grabsteine aus dem Boden. Sie stammten wohl aus der Zeit, als die Menschen noch in unmittelbarer Nähe der Kirche begraben worden waren.

Einen Parkplatz gab es nicht. Nora ließ ihren Wagen am Straßenrand stehen.

Es war still.

Aus Noras Perspektive schien der Kirchturm in ihre Richtung zu kippen. Durch eine enge Scharte unter der Dachkante sah Nora die Glocke. Ihr lief ein Schauer über den Rücken, und sie bedauerte es, keine Dienstwaffe dabeizuhaben. Wenn sie auf den Pfarrer traf, würde sie sich nur mit dem Pfefferspray, das sie immer bei sich trug, verteidigen können. Sie nahm es vorsichtshalber schon mal aus ihrer Handtasche und steckte die Flasche mit dem Spraykopf in die vordere Hosentasche.

Ein Stück der Einfriedungsmauer war umgefallen, hohes Gras umwucherte die losen Backsteine. Das schmiedeeiserne Tor wollte sich nicht öffnen lassen, also stieg Nora darüber. Auf dem Pflasterweg, der auf die Kirche zuführte, wuchs frischer Löwenzahn und drückte die Steine auseinander.

Auf halber Strecke blieb Nora noch einmal stehen und sah sich um. Rechts der Kirche befand sich gut hundert Meter entfernt ein flaches Fachwerkhaus mit Anbauten, vermutlich der ehemalige

Wohnsitz des Pfarrers. Das Haus wirkte gemütlich und irgendwie beschützend, verfiel aber genauso wie die Kirche. Einer der blauen Fensterläden hing schief in den Angeln, die Farbe blätterte ab.

Nora hatte keine Zweifel mehr: Hier war sie richtig. Die entscheidende Spur musste einfach zu einer Kirche führen. Wie das alles zusammenhing, würde sich später klären, jetzt war es erst einmal wichtig, Krümel aus den Fängen dieses Irren zu befreien.

Nora fragte sich, wie sie Henks wahre Persönlichkeit so falsch hatte einschätzen können. Oder war er erst durch sie so geworden?

Die letzten Schritte zu der massiven Tür in der Giebelseite der Kirche legte Nora langsam zurück und sah sich dabei in alle Richtungen um. Henk war nicht dumm, gut möglich, dass er ihr eine Falle stellte. Hatte er sie mit der Handynummer absichtlich hierhergelockt? Legte er es auf einen dramatischen Showdown an? Aus seiner Sicht wäre das sicher ein logischer Ablauf.

Vor der Tür verharrte Nora und lauschte.

Kein Geräusch, außer dem leichten Pfeifen des Windes oben im Glockenturm und dem Zwitschern der Vögel im verwilderten Pfarrgarten. Die alte Kirche von Oberboyen schien auf einer einsamen Insel zu liegen, von Gott und den Menschen verlassen.

Nora legte die Hand auf die Klinke.

Einen Moment dachte sie daran, Paul anzurufen. Sie wünschte sich ihn an ihre Seite, mit seiner Ruhe und Kraft und seiner Erfahrung aus Hunderten von Einsätzen. Dann drückte sie die Klinke hinunter und schwor sich, Paul anzurufen, falls die Tür verschlossen sein sollte.

War sie aber nicht. Sie ging schwer auf, quietschte in den Scharnieren, und das jämmerliche Geräusch fand einen beängstigenden Resonanzraum in der Kirche, aber sie war nicht verschlossen und entband Nora somit von ihrem Schwur.

Nora trat zwei Schritte in den Vorraum, der durch eine Holzwand von der eigentlichen Halle getrennt war. Hinter ihr fiel dröhnend die schwere Tür ins Schloss und schnitt den Lichteinfall ab. Nora erschrak. Wenn das Quietschen sie nicht verraten hatte, dieser Lärm bestimmt.

Sie nahm das Pfefferspray in die rechte Hand und betrat das Kirchenschiff. Der Begriff passte hier nicht wirklich, denn es handelte sich um eine kleine Halle, der Größe der Ortschaft angemessen. Durch die schmalen Buntglasfenster fiel nur wenig Licht herein, und einzelne Sonnenstrahlen stachen wie Lichtlanzen auf den Boden. Staub tanzte darin.

Irgendjemand musste ihn aufgewirbelt haben.

Nora war alarmiert.

Rechts und links des Mittelganges reihten sich grau gestrichene Holzbänke bis dicht an den Altar. Die hohen Rückenlehnen dieser Bänke verstellten den Blick, dazwischen konnte sich jemand verstecken.

»Krümel?«, rief Nora, erhielt aber keine Reaktion.

»Henk? Bist du hier? Lass uns reden!«

Auch darauf reagierte niemand.

Angespannt bis in die letzte Faser ihres Körpers, ging Nora vor bis an den Altar. Ein großer Sandsteinblock ohne jeden Schmuck. Dahinter ragte an einer weiß getünchten Wand der Gottessohn an seinem Kreuz auf. Nahm man den nicht ab, wenn eine Kirche aufgegeben wurde, oder wäre das pietätlos? Nora hatte keine Ahnung, wunderte sich aber darüber, dass die sicher wertvolle Holzschnitzarbeit noch nicht gestohlen worden war.

Wahrscheinlich war die Kirche normalerweise abgeschlossen. Jemand hatte sie allein für Nora geöffnet. Aber warum war dieser Jemand nicht hier?

Diesen Gedanken noch nicht zu Ende gedacht, hörte Nora hinter sich ein Geräusch und fuhr herum. Da war niemand. Trotzdem, sie hatte sich nicht getäuscht. Es hatte geklungen, als schabten Ledersohlen über den steinernen Fußboden.

»Ist da jemand?«

Nora schritt durch den Gang zwischen den Holzbänken zurück. Mittlerweile war ihre Anspannung so groß, dass ihre Hände zitterten und ihre Beine sich anfühlten, als bestünden sie aus Gummi. Nie zuvor in ihrem Leben hatte sie solche Angst ausgestanden.

Über dem Vorraum, das fiel ihr erst jetzt auf, befanden sich eine Empore für die Orgel und einige zusätzliche Sitzreihen. Von dort oben könnte jemand sie auf ihrem Weg zum Altar beobachtet haben.

Nora entdeckte eine schmale Wendeltreppe, die hinauf zur Orgel führte. Sie erklomm sie und sah sich auf der Empore um, fand dort aber niemanden.

Nachdem sie wieder hinabgestiegen war, wollte sie die Kirche verlassen, doch die massive Außentür ließ sich nicht öffnen. Nora rüttelte an der Klinke, stemmte sich mit der Schulter gegen das Holz, trat dagegen, nichts half. Sie war eingesperrt.

Jemand hatte sie eingeschlossen. War diese Person mit ihr hier drinnen?

Nora inspizierte den Vorraum genauer und entdeckte eine schlichte, grau lackierte Schranktür, die vom Boden bis unter die niedrige Decke reichte. Sie fiel ihr nur deshalb auf, weil in dem Staub auf dem Fußboden davor Spuren zu erkennen waren.

Die Tür ließ sich öffnen. Sie wurde lediglich von Magnetschnappern gehalten.

Dahinter lag eine Treppe. Stufen aus Natursteinen führten in einem engen Bogen in die Tiefe.

»Hallo?«, rief sie in den Keller.

Keine Antwort.

Nora betätigte den Lichtschalter neben der Tür. Irgendwo unten flammte Licht auf. Sie nahm ihren ganzen Mut zusammen und stieg hinab. Nach der Biegung lag vor ihr ein niedriger Gang. Sie zog den Kopf ein und ging weiter. Eine nackte Glühbirne spendete

Licht, eine weitere zehn Meter tiefer im Gang. Die Wände bestanden, genau wie die Treppe, aus Natursteinen und waren feucht. Dort, wo es Licht gab, wuchs Moos, und es roch nach Schimmel. In dem lehmigen Fußboden versickerte die Feuchtigkeit, die aus den Wänden drang, und die Fußspuren waren deutlich zu erkennen. Sie führten den Gang hinunter.

Das Pfefferspray fest in der rechten Hand, folgte Nora der Spur. Sie war sich bewusst, dass sie absichtlich hierherunter gelockt wurde. Jemand hatte sie beim Betreten der Kirche beobachtet, wahrscheinlich Henk. Er musste ja hier sein, die Ortung des Handys bewies das. Schlauer wäre es, nicht in seine Falle zu laufen, aber Nora war längst darüber hinaus, logisch und schlau zu handeln. Sie wollte wissen, was hier gespielt wurde, und die Sache zu Ende bringen. Falls Krümel in diesem Gewölbe unter der Kirche gefangen gehalten wurde, musste sie ihr helfen.

Unter ihren Füßen fühlte es sich an, als versinke sie bei jedem Schritt ein wenig in dem feuchten Boden. Nun wusste sie, warum der Glockenturm und die Kirche so schief standen. Der Untergrund war für das Gewicht nicht geeignet, und wenn dieses Gewölbe erst nach dem Bau der Kirche gegraben worden war – und danach sah es aus –, trug das sicher noch zum Absinken der Kirche bei.

»Krümel?«, rief Nora. Sie wusste, sie würde keine Antwort bekommen, aber es tat gut, wenigstens ihre eigene Stimme zu hören.

Je weiter sie den Gang entlangschlich, desto stärker spürte sie das Gewicht der Kirche und der Erde über sich. Ein entsetzlich beklemmendes Gefühl packte sie, schnürte ihr den Brustkorb zusammen und ließ sie nach Luft ringen. Ihr Körper wollte flüchten, heraus aus dieser tödlichen Falle unter der Erde, doch Nora zwang den Impuls nieder und ging weiter.

Sie erreichte das Ende des Ganges und stand vor einer verrosteten Metalltür. Der Rost musste schon seit Jahrzehnten daran genagt haben, da er Löcher von der Größe einer Faust hineingefressen hatte. Durch diese Löcher konnte Nora Licht auf der anderen Seite der Tür erkennen. Sie bückte sich und spähte hindurch. Das Licht stammte von Kerzen, die auf dem Boden standen.

Ein Geräusch. Hinter ihr!

Nora richtete sich ruckartig auf und stieß sich den Kopf an der niedrigen Decke. Sie taumelte gegen die Metalltür und riss die Hand mit dem Pfefferspray hoch, doch hinter ihr war niemand. Sie konnte den Gang bis zum Fuß der Treppe einsehen, er war leer.

Ihre überreizten Nerven hatten ihr einen Streich gespielt.

Nora beruhigte sich, so weit das überhaupt möglich war, dann öffnete sie die verrostete Metalltür. Dahinter lag ein großer rechteckiger Raum von vielleicht zehn mal zehn Metern. Die niedrige Decke bestand aus massiven Holzbohlen, die von Dutzenden Eichenständern abgestützt wurde. Sie wuchsen wie eckige Bäume aus dem mit Backsteinen gepflasterten Boden. Dennoch bog sich die Decke zur Mitte hin durch. Auch die Wände waren mit Holzbohlen verkleidet. Rechts, links und an der gegenüberliegenden Stirnwand befanden sich grob gezimmerte Kojen. In der Mitte des Raumes standen zwei lange Tische mit Bänken daneben. Auf einem Tisch brannten Dutzende von Kerzen – auf dem anderen lag jemand.

Zunächst sah Nora nur die Schuhsohlen der Person, die in ihre Richtung wiesen. Männerschuhe, schoss es ihr durch den Kopf. Businessschuhe, wie sie im Geschäftsleben getragen wurden. Also konnte es sich nicht um Krümel handeln, denn sie trug allein schon wegen ihrer geringen Größe stets hochhackige Schuhe.

Die männliche Person lag lang ausgestreckt auf dem Rücken und bewegte sich nicht. Nora näherte sich ihr von der Seite und entdeckte Seile, mit denen der Mann an den Tisch gefesselt war.

»Hallo?«, sprach Nora ihn an.

Plötzlich zuckte der Mann zusammen und kämpfte gegen die Fesseln an, er hatte jedoch kaum Bewegungsspielraum.

Nora machte drei schnelle Schritte auf ihn zu.

Der Mann starrte sie aus panisch geweiteten Augen an, in seinem Mund steckte ein Knebel, ein roter Gummiball mit Lederbändern, die hinter dem Kopf geschlossen waren.

»Du?«, stieß Nora erstaunt aus und konnte nicht glauben, wen sie da vor sich sah.

Ein heftiger Schlag auf den Kopf löschte ihre Lichter.

10

Nora erwachte, erneut mit Kopfschmerzen, und glaubte im ersten Moment, sie befinde sich noch im Krankenhaus. Das Kerzenlicht und der muffige Geruch belehrten sie jedoch rasch eines Besseren.

Sie war auf den zweiten Holztisch gefesselt, und als sie den Kopf drehte, sah sie direkt neben sich den anderen Tisch mit dem Mann darauf. Er war bei Bewusstsein und schaute sie an. Der Knebel war entfernt worden.

Es war Henk.

Henk Claasen, ihr Ex, von dem sie angenommen hatte, er sei der mörderische Pfarrer. Nun lag er gefesselt neben ihr, und Nora verstand die Welt nicht mehr.

»Henk«, sagte sie. »Was ist hier los?«

»Nora« – er klang geschwächt, seine Stimme zitterte –, »ich … weiß nicht … Ein Pfarrer …«

»Wer ist es? Kennst du ihn?«

Für einen Moment dachte Nora, Henk spiele ihr etwas vor, um sie zutiefst zu demütigen, aber die Angst in seinen Augen war echt.

Er schüttelte den Kopf.

»Nein … Ich kenne ihn nicht. Nora, bitte … Er tötet uns.«

»Henk.« Sie sah ihm in die Augen. »Hör mir zu. Hilfe ist unterwegs. Wir werden hier nicht sterben, verstehst du?«

Er nickte.

»Ich … ich habe dich nie betrogen«, sagte er. »Das musst du mir glauben.«

Nora schloss die Augen. Die Lüge mit der bald eintreffenden Hilfe war ihr leicht über die Lippen gekommen, aber Henk in dieser Situation eine Absolution zu erteilen, das schaffte sie nicht.

»Glaubst du mir?«, fragte er bettelnd.

Sie schüttelte den Kopf.

»Das solltest du aber.«

Die männliche Stimme erklang gleichzeitig von allen Seiten und hatte deswegen etwas Göttliches.

Nora hob den Kopf und sah sich um.

Aus dem Schatten hinten an der Wand, wo die Kojen standen, löste sich eine Gestalt und kam auf Nora zu. Es war der Pfarrer. Zumindest trug er einen Talar, ein weißes Beffchen sowie eine Perücke und die schwarze Chirurgenmaske, die Olivia Kubat Nora am Telefon beschrieben hatte.

»Henk sagt nämlich die Wahrheit.«

Zwei Armlängen von ihr entfernt blieb der Pfarrer stehen. Er bewegte sich wie ein junger Mann. Nora wünschte sich, einen Blick in seine Augen werfen zu können, denn die hätten ihr mehr über den Mann verraten, aber das schlechte Licht und ihre liegende Position verhinderten das.

»Zumindest hat dein Henk dich niemals körperlich betrogen. Digital gleichwohl schon. Er ist wie alle anderen den Verlockungen des Internets erlegen. Es war eine Kleinigkeit für mich, dich glauben zu lassen, er treibe es mit anderen Frauen. Du warst so verblendet in deiner Eifersucht, du wolltest gar nichts anderes hören.«

»Wer bist du?«, fragte Nora.

»Weißt du das denn immer noch nicht? Hast du denn wirklich nichts für mich empfunden, Nora?«, fragte der Pfarrer hinter der Maske, die sich dabei wie eine zweite Haut bewegte.

Nora suchte nach Worten. Was sollte sie sagen? Auf ihn eingehen und versuchen, eine Beziehung aufzubauen? Das konnte klappen, und genauso könnte der Schuss nach hinten losgehen.

»Ich … Mir ist schwindelig, ich kann keinen klaren Gedanken fassen«, log sie, um Zeit zu schinden.

Doch der Pfarrer reagierte darauf nicht.

»Wie wenig du doch die Welt um dich herum wahrnimmst, Nora. Gehst durch sie hindurch, betörst die Männer mit deiner Schönheit und deinem Sirenengesang und hinterlässt eine Spur der Verwüstung in deren Herzen. Auch in meinem. Und dabei merkst du nicht einmal, wessen Gefühle du mit Füßen trittst. Es war an der Zeit, dir die Augen zu öffnen.«

»Es … es tut mir leid, wenn ich dich … irgendwie verletzt haben sollte«, sagte Nora vorsichtig.

»Nein, Nora, nicht irgendwie, sondern hier.« Er zeigte auf seinen Brustkorb, dorthin, wo das Herz saß. »Du hast mir Liebe vorgegaukelt und mir Hoffnung gemacht, und dann hast du mich fallen lassen und mein Leben zerstört. Und du weißt nicht einmal, wem du das angetan hast, habe ich recht?«

»Ich …«

»Ja richtig, du. Du selbst bist dir am wichtigsten, und du duldest niemanden neben dir. Genauso gut könnten alle tot sein, die glauben, von dir geliebt zu werden, nicht wahr. Was spielt es schon für eine Rolle?«

»Es tut mir leid.«

»Nein, tut es nicht, und das weiß ich leider. Aber spielen wir doch ein kleines Spiel, Nora. Du sagst mir auf der Stelle, wer ich bin, dann töte ich Henk nicht. Wenn du es nicht kannst, bringe ich ihn sofort um. Wenn du dich weigerst, töte ich dich als Erste. Nun, was sagst du?«

Der Pfarrer faltete die Hände vor dem Bauch, legte den Kopf leicht schräg und sah sie an.

Nora strengte sich an, um mehr von ihm zu erkennen, aber er hielt sich geschickt im Halbschatten auf, kam nicht einen Zentimeter näher. Wenn sie doch nur draufkäme, woher ihr die Statur und die Stimme bekannt vorkamen? Er sprach davon, dass sie ihm Liebe vorgespielt und ihn dann fallen lassen hatte, aber so etwas hatte sie nie getan. Nicht einmal bei Henk, denn ihn hatte sie wirklich geliebt – bis er sie betrog. Und jetzt behauptete dieser Pfarrer, dass das gar nicht stimmte. Woher wollte er das wissen? Viel wichtiger war aber die Frage, ob er die Wahrheit sagte? Hatte sie Henk wirklich zu Unrecht verdächtigt. Hatte der Pfarrer alles so eingerichtet?

Sie hörte Henk neben sich gegen die Fesseln kämpfen.

»Du mieses Stück Scheiße«, sagte er und schien zu alter Kraft zurückzufinden.

Nora begriff, dass der Pfarrer sie vor eine ähnliche Entscheidung stellte wie die Kubats und Fockes, nur ohne das großzügige Zeitfenster, das aber sowieso nur ein Fake gewesen war, um seinen Opfern Hoffnung zu machen.

»Wo ist Krümel?«, fragte sie, um selbst Zeit zu schinden.

»Im Fegefeuer, sozusagen.«

»Du Dreckschwein«, schleuderte sie ihm entgegen.

Er nahm es ungerührt hin.

»Darf ich das als Weigerung auffassen? Willst du mein Angebot nicht annehmen?«

Und plötzlich wusste Nora, woher sie den Mann kannte. Wie hatte sie nur so dumm sein können! Er war die ganze Zeit da gewesen, immer in ihrer Nähe, und aus seiner Sicht war es wohl so, dass sie ihm ihre Liebe entzogen hatte. Dabei waren sie nur kurz zusammen gewesen, und für Nora hatte diese Affäre kaum etwas bedeutet. Aber er wusste, dass sie Barbara stets Krümel genannt hatte, genau wie der Pfarrer es wusste.

»Du bist Peter Richter«, sagte sie.

Der Pfarrer hob den Kopf.

Dann ging er wortlos zu dem Tisch hinüber, auf dem Henk Claasen lag.

Henk kämpfte wie ein Berserker gegen seine Fesseln an und schrie laut.

Der Pfarrer zog ein langes Küchenmesser unter seinem Talar hervor, beugte sich über Henk, setzte es an dessen Kehle und sah zu Nora hinüber.

»Falsch«, sagte er und schnitt Henk die Kehle durch.

Nora schrie, bäumte sich gegen die Seile auf, doch es nützte nichts. Sie wandte den Kopf ab und hörte neben sich röchelnde, blubbernde Geräusche. Unter Aufbietung all ihrer Kräfte schaffte sie es, Henk anzuschauen. Den sterbenden Henk, der nur wegen ihr hier lag, der sein Leben aushauchte, weil sie ihm nicht geglaubt hatte.

Da war noch ein Funken Leben in seinen Augen.

»Ich glaube dir«, sagte Nora weinend und spürte, wie sie selbst innerlich starb.

Dann schloss sie die Augen, wandte den Kopf ab und ertrug die grässlichen Geräusche, bis sie verstummen. Blutgeruch stieg ihr in die Nase.

»Und jetzt sind wir beide endlich allein«, sagte der Pfarrer und näherte sich dem Tisch, auf dem Nora gefesselt war.

Das Messer hielt er noch in der Hand. Blut tropfte von der Klinge.

»Weißt du, was Boccaccio über die Sirenen sagt? Ihre Flügel symbolisieren für ihn ihre häufigen Partnerwechsel, und mit ihren Klauen hinterlassen sie tiefe Wunden bei den Verlassenen, bevor sie wegfliegen. Boccaccio beschreibt sie als Huren.«

Nora hörte, was der Pfarrer sagte, war aber außerstande zu antworten. Sie konnte nur noch an Henk denken und daran, dass sie alles falsch gemacht hatte. Aus gekränkter Eitelkeit und brennender Eifersucht war sie diesem Mörder auf den Leim gegangen und hatte es nicht einmal bemerkt.

»Du bist eine Hure, Nora, ich weiß es genau. Du machst dir die Männer gefügig und nutzt sie aus, solange du sie brauchst, dann wirfst du sie weg. Mit mir hast du das auch getan, und du kannst dich nicht einmal daran erinnern, weil du mich gar nicht wahrgenommen hast. Ich habe dir meine Liebe signalisiert, und du hast so getan, als könne ich mir Hoffnung machen, doch als ich nicht mehr wichtig war für dich, hast du mich fallen lassen. Meine Liebe zu dir sollte rein und unbefleckt sein, deshalb habe ich für dich eine andere Frau verlassen, der ich bereits die Ehe versprochen hatte.«

»Du Dreckschwein!«, spie Nora ihm ins Gesicht. »Du Mörder!«

Er lächelte sanft.

»Gib dir keine Mühe, dein Gesang kann mich nicht mehr bezirzen. Die Zeiten sind vorbei. Und wenn Sirenen mit ihrem Gesang nichts mehr bewirken, weißt du, wie sie dann sterben müssen? Nein? Durch Selbstmord!«

»Wer bist du?«, schrie Nora ihn an. »Versteck dich nicht hinter dieser Maske. Zeig mir endlich dein wahres Gesicht!«

»Du wüsstest es längst, wenn du mich je wirklich wahrgenommen hättest. Allein mein Name hätte dir alles verraten, aber ich war es dir nicht einmal wert, dich mit seiner Bedeutung zu beschäftigen. Er steht oben an dem Kreuz, weißt du.«

Der Pfarrer deutete auf die Balkendecke des Kellerraumes.

»Für dich war ich immer nur eine Randfigur, aber dein Fehler war es, mich glauben zu lassen, ich bedeute dir etwas. Dafür habe ich dich mit deinen eigenen Waffen geschlagen, nun weißt du, wie es sich anfühlt, benutzt zu werden. Dich einfach nur zu töten, das wäre nicht genug Strafe für deine Sünden gewesen. Du bist schuld am Tod meines Vaters, dein Fegefeuer soll deshalb schon auf Erden beginnen.«

»Dein Vater?«, stieß Nora aus und hoffte, den Mann doch noch in ein Gespräch verwickeln zu können.

»Mein Vater war Pfarrer hier im Ort, und es brach ihm das Herz, als ich meine Verlobung aufgelöst habe. Für dich! Und nun nimm dieses Messer und töte dich, Sirene.«

Er hob das Messer an, wollte es Nora reichen, doch im selben Moment krachte es laut über ihnen in der Kirche. Ein Knall wie von einer Explosion pflanzte sich bis in den Keller fort, und Nora spürte die Schallwelle. Sie hörte Schreie, Rufe, das Stampfen von Stiefeln auf Steinboden.

»Hier unten!«, schrie sie, so laut sie konnte, und fing sich dafür einen Faustschlag ins Gesicht ein. Ihre Unterlippe platzte auf, Blut floss.

Der Pfarrer trat mit einem schnellen Schritt hinter sie und setzte das Messer an Noras Kehle. Sie spürte das kalte Metall an ihrer Haut. Seine Hand zitterte stark. Schritte auf der Treppe, die verstummten, als die Männer über den feuchten Lehmboden des Ganges auf den unterirdischen Raum zustürmten. Weil der Pfarrer mit dem Messer an ihrem Hals Noras Kopf nach hinten bog, konnte sie nicht sehen, wer kam. Aber sie erkannte die Stimme.

»Das Messer weg, Dominik Roth«, sagte Paul ganz ruhig.

Nora spürte, wie der Pfarrer erstarrte. Ihr ging es genauso. Sie hatte den Namen sehr gut gehört. Dominik Roth. Der EDV-Techniker, der für sie Henks Handy ausspioniert und dabei natürlich jede Gelegenheit gehabt hatte, das Handy zu manipulieren und sie glauben zu machen, Henk betrüge sie.

Sie hatte Dominik zum Essen eingeladen, weil sie ihn nicht im Präsidium darum bitten wollte, ihr dabei zu helfen, Henk Claasen auszuspionieren. Dabei hatte sie ihm Henks Handy überlassen. Jetzt, im Nachhinein, war ihr bewusst, dass Dominik diese Einladung vielleicht falsch verstanden hatte, und sie erinnerte sich an Blicke, Gesten und Worte, die sie damals anders gedeutet hätte, wenn sie nicht so sehr mit sich selbst beschäftigt gewesen wäre. Dominik war in sie verliebt gewesen, er hatte sich Hoffnung gemacht und sich zu ebenjener Zeit, als er Nora geholfen hatte, von seiner Verlobten getrennt.

»Ihr verschwindet hier, sonst bringe ich sie um«, schrie der Pfarrer.

»Nimm das Messer weg und die Maske runter. Ich sage es nicht noch einmal.« Nora sah, wie der Pfarrer die Hand hob, zuerst die Perücke und dann die Chirurgenmaske entfernte.

»Aber sie stirbt mit mir!«, stieß er aus. »Nur der Tod kann uns trennen.«

Nora spürte das Messer an ihrem Hals und verkrampfte sich.

Plötzlich ein lauter Knall. Blut spritzte Nora ins Gesicht, das Messer verschwand von ihrem Hals, und der Mann, der sie liebte, kippte mit einem Loch in der Stirn nach hinten.

Einen Moment später war Paul bei ihr, befreite sie von den Fesseln und schloss sie in seine Arme.

»Alles wird gut«, versuchte er sie zu trösten.